Diogenes Taschenb

de
te
be

Patricia Highsmith

Der talentierte Mr. Ripley

Roman
Aus dem Amerikanischen
von Barbara Bortfeldt

Diogenes

Titel der Originalausgabe
›The Talented Mr. Ripley‹
Copyright © 1955 by Patricia Highsmith
Die deutsche Erstausgabe erschien 1961
unter dem Titel ›Nur die Sonne war Zeuge‹
im Rowohlt Verlag
Umschlagillustration von
Tomi Ungerer

Veröffentlicht als Diogenes Taschenbuch, 1979
Copyright © 1971
Diogenes Verlag AG Zürich
100/95/8/17
ISBN 3 257 20481 7

I

Tom blickte sich um. Er sah, daß der Mann aus dem *Grünen Käfig* gestürzt kam. Tom ging schneller. Kein Zweifel, der Mann hatte es auf ihn abgesehen. Vor fünf Minuten erst war Tom aufgefallen, daß der Mann von einem Nebentisch aufmerksam zu ihm herüberäugte – so als sei er sich noch nicht restlos sicher, aber doch beinahe. Tom hatte dieses ›beinahe‹ genügt – hastig hatte er seinen Drink hinuntergegossen, gezahlt und sich empfohlen.

An der Ecke duckte sich Tom und lief quer über die Fifth Avenue. Da war Raouls Kneipe. Sollte er es darauf ankommen lassen? Hineingehen, noch einen trinken? Sein Schicksal und das alles herausfordern? Oder sollte er sich lieber davonmachen, hinüber zur Park Avenue, wo er ihn vielleicht in irgendeiner dunklen Seitengasse abschütteln konnte? Tom kehrte bei Raoul ein.

Er schlenderte hin zu einem freien Platz an der Bar. Automatisch ließ er dabei seinen Blick durch den Raum schweifen. Niemand da, den er kannte? Doch, dort am Tisch saß der Dicke mit den roten Haaren, dessen Namen er immer wieder vergaß, er hatte ein blondes Mädchen bei sich. Der Rothaarige winkte, und Toms Hand hob sich zu einem lahmen Gegengruß. Er ließ ein Bein über den Hocker gleiten und drehte sich herausfordernd, wenn auch wie zufällig zur Tür um.

»Gin und Tonic, bitte«, sagte er zu dem Mixer.

War das der Typ von Mann, den sie ihm auf die Fährte setzen würden? War er es, war er es nicht, war er es doch? Er sah überhaupt nicht wie ein Polizist oder ein Detektiv aus. Er sah aus wie ein biederer Geschäftsmann, wie irgend jemandes Vater, gut gekleidet, gut genährt, mit ergrauenden Schläfen und einem Air der Unsicherheit. War das der Typ, dem man eine solche Aufgabe überträgt – in einer Bar ein Gespräch anzuknüpfen und dann – peng! – die Hand auf die Schulter, während die andere Hand eine Polizeimarke zückt? *Tom Ripley, Sie sind verhaftet.* Tom behielt die Tür im Auge.

Da kam er. Der Mann blickte sich suchend um, sah ihn und schaute sofort zur Seite. Er nahm seinen Strohhut ab und suchte sich einen Platz um die Ecke der Bar.

Mein Gott, was wollte er bloß? Ganz sicher, daß er nicht zur ›anderen Fakultät‹ gehörte, ging es Tom nun schon zum zweitenmal durch den Kopf. Aber sein gemartertes Hirn drehte und wendete dieses Wort, gerade als könnte das Wort ihn schützen; es wäre ihm viel lieber, der Mann gehörte dazu und nicht zur Polizei. Dann könnte er ihm einfach sagen: »Nein, vielen Dank«, könnte freundlich lächeln und seiner Wege gehen. Tom schob sich auf seinem Hocker zurecht und riß sich zusammen.

Er sah, wie der Mann dem Barkeeper ein Zeichen gab; dann kam er um die Ecke der Bar auf ihn zu. Es war soweit. Tom starrte ihm entgegen, keiner Bewegung fähig. Mehr als zehn Jahre können sie dir nicht geben, dachte er. Vielleicht fünfzehn, aber bei guter Führung . . . Jetzt öffnete der Mann den Mund, um zu sprechen. Ein Stich verzweifelter, quälender Reue durchzuckte Tom.

»Entschuldigen Sie – sind Sie Tom Ripley?«

»Ja«.

»Ich bin Herbert Greenleaf. Richard Greenleafs Vater.«

Der Mann irritierte Tom allein durch seinen Gesichtsausdruck mehr, als wenn er mit einem Revolver auf ihn gezielt hätte. Das Gesicht war freundlich, lächelnd und voller Hoffnung.

»Sie sind Richards Freund, nicht wahr?«

In Toms Gedächtnis erglomm ein schwacher Funke. Dickie Greenleaf, stimmt. Ein Langer, Blonder. Er hat ziemlich viel Geld gehabt, fiel Tom ein. »Ja, natürlich Dickie Greenleaf, ja.«

»Und ganz gewiß kennen Sie Karl und Marta Schriever, nicht? Die beiden haben mir von Ihnen erzählt und glaubten, Sie würden vielleicht ... äh ... was meinen Sie, ob wir uns vielleicht an einen Tisch setzen können?«

»Gewiß«, sagte Tom verbindlich und ergriff sein Glas. Er folgte dem Manne zu einem freien Tisch im Hintergrund des kleinen Raumes. Begnadigt! dachte er. Frei! Kein Mensch dachte daran, ihn zu verhaften. Bei diesem hier ging es um etwas anderes. Ganz egal, um was – jedenfalls nicht um schweren Diebstahl oder um Postbetrug oder wie immer sie es nennen mochten. Vielleicht saß Richard irgendwie in der Klemme. Vielleicht kam Mr. Greenleaf sich Hilfe oder gute Ratschläge holen. Na schön – was man einem Vater wie Mr. Greenleaf sagte, das wußte Tom.

»Ich war mir nicht ganz sicher, ob Sie wirklich Tom Ripley sind«, sagte Mr. Greenleaf. »Ich glaube, wir haben uns nur ein einziges Mal getroffen. Hat Richard Sie nicht einmal zu uns nach Hause mitgebracht?«

»Ich glaube schon.«

»Die Schrievers haben mir auch Ihre genaue Personenbeschreibung gegeben. Wir alle haben versucht, Sie zu erreichen. Den Schrievers wäre es nämlich am liebsten gewesen, wenn wir uns in ihrem Hause getroffen hätten. Irgend jemand hat den Schrievers erzählt, daß Sie ab und zu in die Bar zum *Grünen Käfig* gehen. Heute abend habe ich mich zum ersten Male auf die Suche nach Ihnen gemacht – was sagen Sie, habe ich nicht mächtiges Glück gehabt?« Er lächelte. »Vorige Woche habe ich Ihnen einen Brief geschrieben. Vielleicht haben Sie den gar nicht bekommen.«

»Den habe ich nicht bekommen, nein.« Marc lieferte ihm seine Post nicht aus. Verdammter Bursche, dachte Tom. Kann sein, daß auch ein Scheck von Tante Dottie gekommen ist. »Ich bin vor ungefähr einer Woche umgezogen«, fügte Tom hinzu.

»Ach so. Viel steht nicht drin in meinem Brief. Nur daß ich Sie gern einmal gesprochen hätte. Die Schrievers waren wohl der Meinung, daß Sie Richard recht gut kennen.«

»Ich erinnere mich an ihn, ja.«

»Aber Sie korrespondieren im Augenblick nicht mit ihm?«
In seinem Blick lag Enttäuschung.

»Nein. Es muß wohl ein paar Jahre her sein, daß ich
Richard zum letztenmal gesehen habe.«

»Er ist seit zwei Jahren in Europa. Die Schrievers haben
sich sehr lobend über Sie geäußert, und sie dachten, Sie hätten vielleicht Einfluß auf Richard, wenn Sie ihm schreiben.
Ich möchte, daß er nach Hause kommt. Er hat Verpflichtungen hier – aber gerade jetzt ignoriert er einfach alles, was ich
oder seine Mutter ihm klarzumachen versuchen.«

Tom war platt. »Was haben die Schrievers denn gesagt?«

»Anscheinend haben sie ein bißchen übertrieben. Sie sagten, daß Sie und Richard sehr enge Freunde seien. Sie haben
wohl als ganz selbstverständlich angenommen, daß Sie in
regem Briefwechsel mit ihm stehen. Sehen Sie, ich weiß fast
gar nichts mehr über Richards Freunde . . .« Sein Blick haftete
auf Toms Glas, als hätte er ihm gern eins spendiert, das
wenigstens. Aber Toms Glas war noch fast voll.

Tom erinnerte sich an eine Cocktailparty bei den Schrievers. Er war mit Dickie Greenleaf zusammen hingegangen.
Vielleicht waren die Greenleafs mit den Schrievers näher
bekannt als er, und alles hatte sich daraus ergeben. Denn
er selber war mit den Schrievers höchstens drei- oder viermal in seinem Leben zusammengewesen. Und das letztemal, dachte Tom, war jener Abend gewesen, an dem er
Charley Schrievers Einkommensteuer ausgerechnet hatte.
Charley war Fernsehdirektor; mit seinen freiberuflichen
Einkünften hatte er damals in hoffnungslosem Durcheinander
gesteckt. Charley war überzeugt gewesen, Tom sei ein Genie,
weil er tatsächlich die Steuersumme herausbekommen hatte,
und noch dazu war sie niedriger gewesen als die, bei der
Charley selber angelangt war. Übrigens völlig legal niedriger.
Möglicherweise war das der Grund, warum Charley ihn an
Mr. Greenleaf empfohlen hatte. Wenn Charley ihn von jenem
Abend her beurteilte, dann war es durchaus denkbar, daß er
Mr. Greenleaf erzählt hatte, Tom sei intelligent, gebildet,

von gewissenhafter Ehrlichkeit und zuvorkommender Hilfsbereitschaft. Das war ein kleiner Irrtum.

»Kennen Sie denn nicht irgend jemanden, der Richard nahesteht und ihm ein bißchen gut zureden könnte?« fragte Mr. Greenleaf ziemlich kläglich.

Buddy Lankenau vielleicht, dachte Tom. Aber ein Geschäft wie dieses sollte nicht gerade Buddy in die Finger bekommen. »Ich fürchte, nein«, sagte Tom und schüttelte den Kopf. »Warum will Richard denn nicht nach Hause kommen?«

»Er sagt, er zieht das Leben drüben vor. Aber es geht seiner Mutter jetzt wieder sehr gut... Ach, das sind Familienprobleme. Es tut mir leid, daß ich Sie damit belästige.« Geistesabwesend strich er sich über sein dünnes, säuberlich gekämmtes graues Haar. »Er sagt, daß er malt. Das ist ja nicht schlimm, aber er hat nicht das Zeug zu einem Maler. Er hat großes Talent zum Schiffskonstrukteur, wenn er nur wollte.« Er blickte auf, als ein Ober ihn ansprach. »Scotch und Soda, bitte. Möchten Sie nicht auch etwas?«

»Nein, danke«, sagte Tom.

Entschuldigend sah Mr. Greenleaf ihn an. »Sie sind der erste von Richards Freunden, der bereit ist, auch nur zuzuhören. Sie stellen sich alle auf den Standpunkt, ich wollte mich in Richards Angelegenheiten mischen.«

Das konnte Tom sehr gut verstehen. »Ich wünschte wirklich, ich könnte Ihnen helfen«, sagte er höflich. Jetzt fiel ihm ein, daß Dickies Geld aus einer Werft stammte. Kleine Segelschiffe. Kein Zweifel, sein Vater wollte, daß er nach Hause kam und die Familienfirma übernahm. Tom schenkte Mr. Greenleaf ein leeres Lächeln und trank sein Glas aus. Er saß ganz vorn auf der Stuhlkante, bereit zu gehen, aber die Enttäuschung auf der anderen Seite des Tisches war fast mit Händen zu greifen. »Wo lebt er denn in Europa?« fragte er, und es scherte ihn nicht einen Pfifferling, wo er lebte.

»In einer Stadt namens Mongibello, südlich von Neapel.

Es gibt dort nicht einmal eine Bibliothek, hat er mir gesagt. Verwendet seine Zeit auf Segeln und Malen. Er hat dort ein Haus gekauft. Richard hat sein eigenes Einkommen – nicht besonders groß, aber anscheinend genug, um davon in Italien leben zu können. Nun, jeder, wie es ihm gefällt – mir wird wohl immer unbegreiflich bleiben, was an dem Ort so attraktiv sein soll.«

Mr. Greenleaf lächelte tapfer. »Darf ich Sie nicht zu einem Gläschen einladen, Mr. Ripley?« fragte er, als der Ober ihm seinen Scotch mit Soda brachte.

Tom wäre gern gegangen. Aber der Gedanke, den Mann allein vor seinem vollen Glase sitzen zu lassen, war ihm peinlich. »Ja, danke, gern«, sagte er und reichte dem Ober sein Glas.

»Charley Schriever erzählte mir, daß Sie in der Versicherungsbranche sind«, sagte Mr. Greenleaf liebenswürdig.

»Das ist schon ein Weilchen her«, erwiderte Tom. »Ich . . .« Aber er wollte nicht sagen, er sei im Finanzamt beschäftigt, jetzt nicht mehr. »Ich bin gegenwärtig in der Buchhaltung einer Werbeagentur tätig.«

»So?«

Minutenlang stockte das Gespräch. Mr. Greenleafs Augen hafteten mit einem erbarmungswürdigen, hungrigen Ausdruck auf Tom. Was um Himmels willen konnte er schnell reden? Tom bedauerte nun, den Drink angenommen zu haben. »Wie alt ist Dickie denn eigentlich jetzt?« fragte er.

»Er ist fünfundzwanzig.«

Ich auch, dachte Tom. Wahrscheinlich lebte Dickie da drüben wir der Herrgott in Frankreich. Ein Einkommen, ein Haus, ein Schiff. Warum sollte er sich denn nach Hause zurückwünschen? In Toms Erinnerung nahm Dickies Gesicht genauere Konturen an: Er hatte ein breites Lachen, helles Haar mit krausen Locken, ein unbekümmertes Gesicht. Dickie war glücklich. Und er selber mit seinen fünfundzwanzig Jahren, was machte er? Er lebte von einer Woche zur anderen. Kein Bankkonto. Machte neuerdings einen Bogen um Polizisten, zum ersten Male in seinem Leben. Er war mathematisch begabt. Warum zum Teufel zahlte sich das nicht aus, irgendwie? Tom spürte, daß sich jeder Muskel seines Körpers gespannt hatte; die Streichholzschachtel zwischen seinen Fingern war zerquetscht, beinahe platt. Er hatte es satt, verflucht und zugenäht, er hatte es satt, satt, satt! Am liebsten wäre er aufgesprungen und wortlos gegangen. So gern hätte er wieder an der Bar gesessen, allein.

Tom nahm einen Schluck aus seinem Glase. »Ich will gern an Dickie schreiben, wenn Sie mir seine Adresse geben«, sagte er rasch. »Ich nehme an, er wird mich noch kennen. Ich weiß noch, wir haben einmal einen Wochenendausflug nach Long Island gemacht. Dickie und ich gingen Muscheln sammeln, und alle haben zum Frühstück davon gegessen.« Tom lächelte. »Einigen ist schlecht geworden, es war keine sehr gelungene Party. Aber ich weiß noch, Dickie sprach an diesem Wochenende davon, nach Europa zu gehen. Er muß wohl kurz darauf . . .«

»Ich erinnere mich!« sagte Mr. Greenleaf. »Das war das letzte Wochenende, das Richard hier verbrachte. Ich glaube, er hat mir damals von den Muscheln erzählt.« Er lachte ziemlich laut.

»Ich war auch ein paarmal oben in Ihrer Wohnung«, fuhr Tom fort und begann, der Sache Geschmack abzugewinnen. »Dickie zeigte mir ein paar Schiffsmodelle, die auf einem Tisch in seinem Zimmer standen.«

»Ach, das waren ja nur Kinderspiele!« Mr. Greenleaf strahlte. »Hat er Ihnen denn jemals seine Modellkonstruktionen gezeigt? Oder seine Zeichnungen?«

Das hatte Dickie nicht, aber Tom sagte begeistert: »Ja! Natürlich hat er sie mir gezeigt. Federzeichnungen. Großartig, einige davon.« Tom hatte sie nie gesehen, aber jetzt sah er sie vor sich, präzise Zeichnungen eines Konstrukteurs, jeder Strich, jeder Bolzen, jede Schraube beschriftet; er sah es vor sich, wie Dickie lächelte und sie hochhielt, damit er sie betrachten konnte, und er hätte noch minutenlang fortfahren können, zum Entzücken Mr. Greenleafs die Details zu beschreiben, doch er bezähmte sich.

»Ja, Richard ist begabter in dieser Beziehung«, sagte Mr. Greenleaf, und in seiner Stimme schwang Befriedigung.

»Ja, das ist er wirklich«, stimmte Tom zu. Sein Überdruß hatte die nächste Stufe erklommen. Tom kannte die Symptome genau. Sie zeigten sich manchmal auf Parties; meistens aber spürte er sie, wenn er mit jemandem dinierte, mit dem er gar nicht unbedingt hatte dinieren wollen, und der Abend zog sich hin, lang und länger ... Von jetzt an konnte er vielleicht, wenn er mußte, noch eine volle Stunde irrsinnig höflich sein, ehe in seinem Innern irgend etwas explodieren und ihn zur Türe hinausjagen würde.

»Ich bedaure, daß ich nicht frei über meine Zeit verfügen kann, sonst würde ich mit Vergnügen hinüberfahren und versuchen, Richard persönlich zu überreden. Möglich, daß ich etwas Einfluß auf ihn habe«, sagte er, einfach weil Mr. Greenleaf hoffte, er möge es sagen.

»Wenn Sie wirklich meinen ... das heißt, ich weiß ja nicht, ob Sie eine Reise nach Europa vorhaben oder nicht.«

»Nein, das habe ich nicht.«

»Richard hat sich immer von seinen Freunden lenken lassen. Wenn Sie Urlaub bekommen könnten, oder jemand wie Sie – ich würde ihn sogar hinüberschicken, damit er mit Richard reden kann. Das wäre jedenfalls besser, als wenn ich hinginge. Sie können wohl in Ihrer jetzigen Stellung keinen Urlaub bekommen, oder?«

Toms Herz machte plötzlich einen Sprung. Er setzte die Miene angestrengten Nachdenkens auf. Das war eine Gelegenheit. Irgend etwas in ihm hatte es gerochen, hatte sich daraufgestürzt, noch ehe es in seinem Kopf angekommen war. Derzeitiger Job: keiner. Vielleicht war er sowieso bald gezwungen, aus der Stadt zu verschwinden. Er wollte gern weg aus New York. »Es könnte sein«, sagte er vorsichtig, sehr nachdenklich, so als bedenke er unablässig die tausend kleinen Fesseln, die ihn halten könnten.

»Falls Sie fahren können, möchte ich gern Ihre Kosten übernehmen, das ist ja selbstverständlich. Glauben Sie wirklich, daß Sie es arrangieren könnten? Sagen wir, im Herbst?«

Es war schon Mitte September. Tom starrte auf den goldenen Siegelring mit dem abgewetzten Stein an Mr. Greenleafs kleinem Finger. »Ich denke, es wird gehen. Ich freue mich darauf, Richard wiederzusehen – vor allem wenn Sie glauben, daß ich etwas ausrichten kann.«

»Das glaube ich! Ich denke, auf Sie wird er hören. Einfach *weil* Sie nicht so besonders eng mit ihm befreundet sind ... Wenn Sie ihm nachdrücklich klarmachen, warum er Ihrer Meinung nach heimkommen sollte, dann wird er auch wissen, daß Sie keine Privatinteressen verfolgen.« Mr. Greenleaf lehnte sich in seinen Sessel zurück und betrachtete Tom wohlwollend. »Komisch war das, Jim Burke und seine Frau – Jim ist mein Partner –, sie sind voriges Jahr auf ihrer Seereise in Mongibello vorbeigefahren. Richard hat ihm versprochen, zu Anfang des Winters nach Hause zu kommen. Letzten Winter. Jim hat ihn aufgegeben. Aber welcher Junge hört mit fünfundzwanzig Jahren schon auf einen alten Mann von sechzig oder mehr? Ihnen wird wahrscheinlich gelingen, was uns anderen allen fehlgeschlagen ist!«

»Ich hoffe«, sagte Tom bescheiden.

»Was halten Sie von einem neuen Drink? Wir wär's mit einem kleinen Cognac?«

2

Mitternacht war vorüber, als Tom sich auf den Heimweg machte. Mr. Greenleaf hatte ihm angeboten, ihn mit einem Taxi nach Hause zu fahren, aber Tom vermied es lieber, ihm dieses Zuhause zu zeigen – den schmutzigbraunen Backsteinbau zwischen der Dritten und der Zweiten Avenue, an dem das Schild ›Zimmer frei‹ baumelte. Seit zweieinhalb Wochen wohnte Tom mit Bob Delancey zusammen, einem jungen Mann, den er nur flüchtig kannte; aber Bob war der einzige von Toms Freunden und Bekannten in New York gewesen, der sich aus freien Stücken erboten hatte, ihn aufzunehmen, als er nicht wußte wohin. Keinen seiner Freunde hatte Tom in dieses Zimmer geführt, ja er hatte niemandem auch nur mitgeteilt, wo er jetzt wohnte. Der größte Vorteil von Bobs Behausung war, daß Tom hier mit einem Minimum an Entdeckungsgefahr seine George McAlpin-Post empfangen konnte.

Aber dieses stinkende Klosett am Ende des Ganges, das sich nicht schließen ließ, dieses miese Einzelzimmer, das aussah, als hätten tausend Leute hier gewohnt und jeder hätte seine Spezialsorte von Dreck hinterlassen, ohne jemals eine Hand zu rühren, um ihn wegzuräumen – diese glitschigen Stapel von *Vogue* und *Harper's Bazaar*, diese dicken Kitschschalen aus Rauchglas in jeder Ecke, gefüllt mit Bindfadenknäueln und Bleistiften und Zigarettenstummeln und faulendem Obst! Bob war freischaffender Künstler, er dekorierte Schaufenster von Warenhäusern und Geschäften; im Augenblick allerdings machte er nichts als hier und da eine Gelegenheitsarbeit für ein paar Antiquitätenläden in der Dritten Avenue. Irgend so ein Antiquar hatte ihm als Gegenleistung für irgend etwas die Rauchglasschalen gegeben. Zuerst war Tom entsetzt gewesen über die schmutzige Primitivität dieser Umgebung – entsetzt, daß ein Mensch, den er kannte, so leben konnte. Aber er hatte gewußt, daß er selbst nicht sehr lange hier leben würde. Und nun war Mr. Greenleaf aufgetaucht. Irgend etwas tauchte immer auf. Das war Toms Philosophie.

Kurz bevor er die steinernen Stufen zum Eingang emporstieg, hielt Tom inne und sah sich sorgfältig nach allen Seiten um: nichts als eine alte Frau, die ihren Hund an die Luft führte, und ein Greis, der um die Ecke der Dritten Avenue bog und mit sich selber redete. Wenn es ein Gefühl gab, das Tom verhaßt war, dann war es das Gefühl, verfolgt zu werden – von wem auch immer. Und dieses

Gefühl hatte er in letzter Zeit ständig. Er rannte die Treppe hoch.

Was macht mir jetzt der Dreck noch aus, dachte er, als er das Zimmer betrat. Sobald sein Paß bewilligt war, ging es ab nach Europa. Höchstwahrscheinlich in einer Kabine erster Klasse. Stewards, die gelaufen kamen, wenn er auf den Knopf drückte! Umkleiden zum Abendessen; man schlendert in den großen Speisesaal, plaudert mit den Leuten am Tisch, ein Gentleman! Zum heutigen Abend kann ich mir gratulieren, dachte Tom. Er hatte sich genau richtig verhalten. Unmöglich konnte Mr. Greenleaf das Gefühl gehabt haben, daß Tom nach der Einladung zur Europareise geangelt hätte. Ganz im Gegenteil. Er ließ Mr. Greenleaf nicht im Stich. Er wird bei Dickie sein Bestes tun. Mr. Greenleaf war so ein anständiger Mensch, ganz selbstverständlich setzte er voraus, daß auch jeder andere auf dieser Welt anständig war. Tom hatte fast vergessen, daß es solche Leute gab.

Langsam zog er seine Jacke aus und löste die Krawatte. Er beobachtete jede seiner Bewegungen genau, es war, als beobachte er einen Fremden. Erstaunlich, wie viel aufrechter er jetzt ging, wie der Ausdruck seines Gesichts sich verändert hatte. Tom erlebte einen der seltenen Augenblicke seines Lebens, in denen er restlos mit sich zufrieden war.

Er schob eine Hand in Bobs vollgepfropften Kleiderschrank und stieß angriffslustig die Bügel nach rechts und links, um seinem Anzug Platz zu schaffen. Dann ging er ins Badezimmer. Die verrostete alte Brause schleuderte einen Wasserstrahl gegen den Badevorhang und einen zweiten in einer launischen Spirale in eine andere Richtung. Kaum gelang es Tom, sich naßzumachen. Aber es war immer noch besser, als sich in die schmutzverkrustete Badewanne zu setzen.

Als Tom am nächsten Morgen aufwachte, war Bob nicht da, und ein Blick auf das Bett sagte ihm, daß er auch gar nicht dagewesen war. Tom sprang aus dem Bett, ging zu dem zweiflammigen Kocher und setzte Kaffeewasser auf.

Auch gut, wenn Bob heute früh nicht hier war. Tom hatte keine große Lust, ihm etwas von der Europareise zu sagen. Der dumme Hund würde doch nichts weiter darin sehen als eine kostenlose Vergnügungstour. Ed Martin wahrscheinlich auch, und Bert Visser und all die anderen Wichte, die er kannte. Niemandem wollte er ein Wort erzählen, und niemand sollte am Schiff sein, wenn er abfuhr. Tom begann zu pfeifen. Er war für heute abend bei den Greenleafs in der Park Avenue zum Essen eingeladen.

Eine Viertelstunde später spazierte Tom, geduscht, rasiert, in Anzug und Schlips, mit einer Tasse schwarzen Kaffees im Zimmer auf und ab. Er hatte sich eine gestreifte Krawatte herausgesucht, die eigentlich gut wirken müßte auf dem Paßbild. Er wartete auf die erste Post. Nach der Post wollte er in die Stadt gehen und sich um die Paßbildsache kümmern. Was sollte er dann nachmittags unternehmen? In irgendeine Kunstausstellung gehen, damit er heute abend mit den Greenleafs darüber plaudern konnte? Ein paar Erkundigungen einziehen über die Burke-Greenleaf-Schiffs-AG, damit Mr. Greenleaf sah, daß Tom Anteil an seiner Arbeit nahm?

Schwach drang der Plumps, mit dem die Post in den Briefkasten fiel, durch das offene Fenster herein. Tom ging hinunter. Er wartete, bis der Postbote außer Sicht war; dann nahm er sich den Umschlag, den der Briefträger hinter die Briefkastenkante geklemmt hatte und der an George McAlpin adressiert war. Er schlitzte ihn auf. Heraus kam ein Scheck über einhundertneunzehn Dollar und vierundfünfzig Cents, zahlbar an den Kassierer des Finanzamtes. Gute alte Mrs. Superaugh! Zahlte, ohne mit der Wimper zu zucken. Nicht einmal ein Telephongespräch war nötig. Ein gutes Omen. Er ging wieder nach oben, zerriß den Umschlag von Mrs. Superaugh und warf die Schnitzel in den Mülleimer.

Den Scheck steckte er in einen großen Briefumschlag in der Innentasche eines seiner Jacketts, die im Schrank hingen.

Damit erhöhte sich sein Gesamtvermögen in Schecks auf eintausendachthundertdreiundsechzig Dollar und vierzehn Cents. Er rechnete es im Kopf aus. Schade, daß er sie nicht zu Geld machen konnte. Daß doch einer von den Dusseln einmal bar bezahlt oder seinen Scheck auf George McAlpin ausgestellt hätte – aber das war bisher noch keinem eingefallen. Tom besaß einen Ausweis als Kassenbote, er hatte ihn irgendwo einmal gefunden. Es war ein sehr alter Ausweis. Man könnte ja versuchen, das Datum zu ändern. Aber Tom fürchtete, daß er es nicht fertigbrächte, die Schecks zu kassieren – nicht einmal mit einer gefälschten Vollmacht über den entsprechenden Betrag. Es war also im Grunde genommen nichts weiter als ein Schabernack. Ein netter, sauberer Sport. Er stahl niemandem einen Pfennig. Ehe ich nach Europa gehe, werde ich die Schecks vernichten, dachte er.

Sieben Kandidaten hatte er noch auf seiner Liste. Ob er es nicht doch noch einmal versuchen sollte, ein einziges Mal noch in diesen letzten zehn Tagen, ehe er verschwand? Als er gestern abend nach dem Gespräch mit Mr. Greenleaf heimwärts trabte, hatte er daran gedacht, es aufzustecken, wenn Mrs. Superaugh und Carlos de Sevilla anstandslos zahlten. Mr. de Sevilla hatte bis jetzt noch nicht gezahlt – er hatte wohl noch einen hübschen kleinen Schreck per Telephon nötig, der ihn Himmel und Hölle fürchten ließ. Aber mit Mrs. Superaugh war es so leicht gewesen, daß Tom versucht war, es doch noch einmal zu wagen.

Er ging an den Schrank und entnahm seinem Koffer eine malvenfarbene Schreibmappe. In der Mappe lagen einige Bogen Schreibpapier und darunter ein Stapel der verschiedensten Formulare, die er sich aus dem Finanzamt mitgebracht hatte, als er dort Lagerist gewesen war vor ein paar Wochen. Ganz unten befand sich seine Kandidatenliste – sorgfältig ausgewählte Leute, die in Bronx oder Brooklyn wohnten und wohl kaum ein besonderes Bedürfnis verspürten, persönlich beim New Yorker Finanzamt zu erscheinen: Künstler, Schriftsteller, freiberuflich Tätige, die keine

Abzüge hatten und die so zwischen siebentausend und zwölftausend im Jahr verdienten. In dieser Größenordnung, kalkulierte Tom, nahmen sich die Leute selten einen berufsmäßigen Steuerberater; andererseits aber verdienten sie so viel, daß man sie durchaus bezichtigen konnte, ihre Steuern falsch berechnet, sich um zwei- oder dreihundert Dollars geirrt zu haben. Hier waren sie: William J. Slatterer, Journalist; Philip Robillard, Musiker; Frieda Hoehn, Graphikerin; Joseph J. Gennari, Photograph; Frederick Reddington, Künstler; Frances Karnegis ... Dieser Reddington hatte es Tom angetan. Er machte *Comic*-Hefte. Wahrscheinlich wußte er nicht, was hinten und was vorne war.

Tom wählte zwei Formulare: ›Mitteilung über eine Fehlberechnung‹. Er steckte einen Kohlebogen dazwischen und übertrug behende die Angaben, die auf seiner Liste unter dem Namen Reddington standen: Einkommen: 11 250 Dollar. Freibeträge: 1 Dollar. Abzüge: 600 Dollar. Gutschriften: keine. Rückzahlung: keine. Zinsen: (er zögerte einen Moment) – 2,16 Dollar. Bleibt zu zahlen: 233,76 Dollar. Dann nahm er einen Kopfbogen des Finanzamtes in der Lexington-Avenue – er bewahrte einen Vorrat davon in seiner Blaupapiermappe auf –, strich mit einer schrägen Bewegung seines Federhalters die vorgedruckte Adresse aus und tippte darunter:

Sehr geehrter Herr,
wegen einer vorübergehenden Überlastung unserer offiziellen Büros in der Lexington Avenue bitten wir Sie, Ihre Antwort zu richten an die

Rechnungsabteilung
zu Händen von George McAlpin
187 E. 51 Street
New York 22, N.Y.

Mit bestem Dank
Ralph E. Fischer, Gen.-Dir., Rechn.-Abt.

Tom unterzeichnete mit einem krausen, unleserlichen Namenszug. Die restlichen Formulare steckte er weg für den Fall, daß Bob plötzlich hereinkam, und nahm den Hörer von der Gabel. Er hatte beschlossen, Mr. Reddington einer Vorbehandlung zu unterziehen. Von der Auskunft bekam er Mr. Reddingtons Nummer, und er wählte sie. Mr. Reddington war zu Hause. Tom erläuterte in knappen Worten die Situation und gab seiner Überraschung Ausdruck, daß Mr. Reddington die Mitteilung der Rechnungsabteilung noch nicht in Händen habe.

»Die hätte vor ein paar Tagen herausgehen sollen«, sagte Tom. »Bestimmt werden Sie sie morgen haben. Wir sind ein bißchen hart im Gedränge hier.«

»Aber ich habe doch meine Steuern *bezahlt*!« sagte die aufgeregte Stimme am anderen Ende. »Es war alles . . .«

»Nun ja, so was kann passieren, wenn man freiberufliches Einkommen hat und keine Abzüge. Wir haben Ihre Aufstellungen mit äußerster Sorgfalt geprüft, Mr. Reddington. Ein Irrtum ist ausgeschlossen. Und es wäre uns gar nicht lieb, wenn wir kommen und bei dem Büro, für das Sie arbeiten oder bei Ihrem Agenten oder so den Kuckuck ankleben müßten . . .« Hier kicherte er. Ein freundliches, vertrauliches Kichern wirkte im allgemeinen Wunder. ». . . Aber dazu werden wir wohl gezwungen sein, wenn Sie nicht innerhalb von achtundvierzig Stunden zahlen. Es tut mir sehr leid, daß Sie noch keine Nachricht haben. Ich sagte ja schon, wir sind ziemlich . . .«

»Kann ich irgend jemanden bei Ihnen sprechen, wenn ich hinkomme?« fragte Mr. Reddington voller Unruhe. »Das ist ja ganz verflucht viel Geld!«

»Aber natürlich, gewiß, das können Sie.« An diesem Punkt klang Toms Stimme stets jovial. Er hörte sich an wie ein gutherziger alter Kauz von sechzig und darüber, der unendlich geduldig zuhören konnte, sollte Mr. Reddington zu ihm kommen, der aber um keinen roten Heller nachgeben würde, was immer Mr. Reddington auch reden und erklären würde.

George McAlpin repräsentierte das Finanzamt der Vereinigten Staaten von Amerika, na also! »Sie können mit *mir* reden, selbstverständlich«, Tom dehnte die Worte, »aber hier ist absolut kein Irrtum möglich, Mr. Reddington. Ich finde einfach, Sie könnten sich diesen Zeitverlust ersparen. Sie können herkommen, wenn Sie wollen, aber ich habe auch jetzt all Ihre Akten direkt zur Hand.«

Schweigen. Mr. Reddington verlangte nicht viel zu wissen über Akten, weil er wahrscheinlich nicht wußte, wo er zu fragen beginnen sollte. Aber falls Mr. Reddington um eine Erklärung bitten würde, wie denn das alles zusammenhinge, hatte Tom einen Haufen wirres Zeug in petto über Nettoeinkommen contra Ertrag, Zinsen von sechs Prozent per annum vom Datum der Fälligkeit der Steuer an bis zur Bezahlung auf jeden fälligen Betrag, der Steuer darstelle im Sinne der Originalveranlagung . . ., das alles konnte er mit öliger Stimme herunterleiern, unempfindlich gegen jeden Unterbrechungsversuch, stur wie ein Shermanpanzer. Bis jetzt hatte noch keiner darauf bestanden, persönlich vorzusprechen, um mehr davon zu hören. Auch Mr. Reddington trat den Rückzug an. Tom hörte es an dem Schweigen.

»Also gut«, sagte Mr. Reddington völlig gebrochen. »Ich werde mir die Mitteilung ansehen, wenn sie morgen eintrifft.«

»Schön, Mr. Reddington«, sagte Tom und hängte auf.

Einen Augenblick blieb er noch sitzen, glucksend, die Flächen seiner schmalen Hände zwischen den Knien aneinandergepreßt. Dann sprang er auf, packte Bobs Schreibmaschine wieder weg, kämmte sorgfältig vor dem Spiegel sein hellbraunes Haar und machte sich auf den Weg in die Stadt.

3

Hallo, Tom, mein Junge!« sagte Mr. Greenleaf in einem Ton, der gute Martinis, ein Feinschmeckermahl und ein Bett für die Nacht verhieß, falls Tom zu müde werden sollte, um noch nach Hause zu gehen. »Emily, das ist Tom Ripley!«

»Es freut mich sehr, Sie kennenzulernen!« sagte sie herzlich.

»Guten Tag, Mrs. Greenleaf.«

Sie sah fast genau so aus, wie er sie sich vorgestellt hatte – blond, ziemlich groß und schlank, konventionell genug, um ihn an seine Kinderstube zu erinnern, aber dennoch mit jenem naiven Sei-nett-zu-jedermann, das auch Mr. Greenleaf hatte. Mr. Greenleaf führte sie ins Wohnzimmer. Ja, hier war er schon einmal gewesen, mit Dickie.

»Mr. Ripley ist im Versicherungsgeschäft«, verkündete Mr. Greenleaf, und Tom dachte, er muß wohl schon einige intus haben, oder er ist heute abend reichlich nervös, denn gestern abend noch hatte Tom ihm die Werbeagentur, für die er angeblich arbeitete, recht ausführlich beschrieben.

»Kein sehr großartiger Job«, sagte Tom bescheiden zu Mrs. Greenleaf.

Ein Mädchen kam herein mit einem Tablett voller Martinis und Appetithäppchen.

»Mr. Ripley war schon einmal hier«, sagte Mr. Greenleaf. »Mit Richard.«

»Oh, wirklich? Da habe ich Sie aber nicht kennengelernt, glaube ich.« Sie lächelte. »Sind Sie aus New York?«

»Nein, aus Boston«, sagte Tom. Das stimmte.

Etwa eine halbe Stunde später – gerade zur richtigen Zeit, dachte Tom, denn die Greenleafs hatten ihn immer wieder genötigt, noch einen Martini und noch einen zu trinken – gingen sie in das angrenzende Eßzimmer. Der Tisch war für drei gedeckt, mit Kerzen, riesigen dunkelblauen Servietten und einem ganzen kalten Huhn in Aspik. Zuerst aber gab es Selleriesalat. Tom mochte ihn sehr gern. Er sagte es.

»Genau wie Richard!« sagte Mrs. Greenleaf. »Er hat ihn immer gern gemocht, so wie unsere Köchin ihn macht. Schade, daß Sie ihm keinen mitnehmen können.«

»Ich werde ihn einpacken, zusammen mit den Strümpfen«, sagte Tom lächelnd, und Mrs. Greenleaf brach in Lachen aus. Sie hatte ihm gesagt, daß sie ihm gern schwarze Wollstrümpfe für Richard mitgeben möchte – die von Gebr. Brooks, die Richard immer getragen hatte.

Die Konversation war stumpfsinnig, das Essen erstklassig. Auf eine Frage von Mrs. Greenleaf ließ Tom wissen, er arbeite für eine Werbefirma namens Rothenberg, Fleming und Barter. Als er später darauf zurückkam, sprach er absichtlich von Reddington, Fleming und Parker. Mr. Greenleaf schien den Unterschied gar nicht zu merken. Zum zweiten Male erwähnte Tom den Firmennamen, als er nach dem Essen allein mit Mr. Greenleaf im Wohnzimmer saß.

»Sind Sie in Boston zur Schule gegangen?« fragte Mr. Greenleaf.

»Nein. Eine Zeitlang war ich in Princeton, dann ging ich zu einer anderen Tante in Denver und besuchte dort das College.« Tom wartete. Er hoffte, Mr. Greenleaf würde ihn nach Princeton fragen, aber das tat er nicht. Tom hätte über alles diskutieren können – über die Methode des Geschichtsunterrichts, die Schulordnung, die Atmosphäre der Tanzabende am Wochenende, die politischen Tendenzen unter den Schülern, über alles. Im letzten Sommer war Tom nämlich mit einem Jungen aus Princeton befreundet gewesen. Der Kleine hatte über nichts anderes geredet als über Princeton, so daß Tom ihn schließlich ausquetschte, immer noch mehr aus ihm herausholte – in weiser Voraussicht der Gelegenheit, bei welcher er diese Informationen würde verwerten können. Tom hatte den Greenleafs erzählt, daß er von seiner Tante Dottie in Boston aufgezogen worden war.

Sie hatte ihn nach Denver mitgenommen, als er sechzehn war, und in Wahrheit hatte er dort nur die Oberschule besucht. Aber da hatte es einen jungen Mann namens Don Mizell gegeben, er hatte ein Zimmer im Hause seiner Tante Bea in Denver, und er studierte an der Universität von Colorado. Es war Tom, als hätte auch er dort studiert.

»Haben Sie sich auf irgend etwas Besonderes spezialisiert?« fragte Mr. Greenleaf.

»Man könnte sagen, ich habe mich zwischen Buchführung und englischem Aufsatz geteilt«, erwiderte Tom mit einem Lächeln. Er wußte, das war eine derart langweilige Auskunft, daß niemand auf die Idee käme, Näheres wissen zu wollen.

Mrs. Greenleaf kam mit einem Photoalbum, und Tom saß neben ihr auf dem Sofa, als sie die Seiten umblätterte. Richard bei seinen ersten Schritten, Richard auf einem gräßlichen, ganzseitigen Farbphoto in Aufmachung und Pose des ›Knaben in Blau‹ mit langen, blonden Locken. Das Album war uninteressant für Tom, bis sie etwa zu Richards sechzehntem Lebensjahr vorgedrungen waren. Richard, lang, dünn, mit festeren Wellen im Haar. Soweit Tom sehen konnte, hatte er sich zwischen sechzehn und drei- oder vierundzwanzig kaum verändert. Hier hörten die Richard-Bilder auf. Tom staunte, wie unverändert das sonnige, naive Lächeln auf den Bildern blieb. Ich kann mir nicht helfen, dachte er, sehr intelligent scheint Richard nicht zu sein; oder er hatte einfach das Photographiertwerden gern und meinte, daß er am besten aussähe, wenn sein Mund von einem Ohr zum anderen reichte. Was auch nicht gerade für seine Intelligenz sprach.

»Ich bin noch nicht ganz fertig geworden mit dem Einkleben«, sagte Mrs. Greenleaf und reichte ihm einen Stoß loser Bilder. »Diese sind alle aus Europa.«

Das war interessanter. Dickie in einem Pariser Café, wie es schien, Dickie an einem Strand. Auf einigen dieser Photos runzelte Dickie die Stirn.

»Dies ist übrigens Mongibello.« Mrs. Greenleaf wies auf ein Bild, das Dickie zeigte, wie er ein Ruderboot auf den Sand zog. Den Hintergrund bildeten ausgedörrte, felsige Berge und ein Saum kleiner weißer Häuschen am Ufer entlang. »Und hier – das ist dieses Mädchen. Die einzige Amerikanerin dort in der Gegend.«

»Marge Sherwood«, warf Mr. Greenleaf ein. Er saß am anderen Ende des Zimmers, aber er saß vorübergebeugt und verfolgte aufmerksam das Bilderzeigen.

Das Mädchen saß im Badeanzug am Strand, die Arme um die Knie geschlungen, sie sah gesund und natürlich aus mit ihrem zerzausten, kurzgeschnittenen Blondhaar – der Typ des guten Kameraden. Noch eine gelungene Aufnahme von Richard in kurzen Hosen, auf der Brüstung einer Terrasse hockend. Er lächelte – aber das war nicht dasselbe Lächeln, Tom sah es. Richard wirkte gereifter auf den europäischen Bildern.

Tom bemerkte, daß Mrs. Greenleaf unbeweglich auf den Teppich zu ihren Füßen starrte. Ihm fiel jener Moment am Tisch wieder ein, als sie gesagt hatte: »Ach, hätte ich doch nie von Europa gehört!« und Mr. Greenleaf sie mit einem ängstlichen Blick gestreift und dann Tom zugelächelt hatte, so als wären solche Ausbrüche nichts Neues. Jetzt sah Tom Tränen in ihren Augen. Mr. Greenleaf stand auf und ging zu ihr hinüber.

»Mrs. Greenleaf«, sagte Tom sanft, »bitte seien Sie versichert, daß ich alles tun werde, was in meiner Macht steht, um Dickie zur Rückkehr zu bewegen.«

»Gott segne Sie, Tom, Gott segne Sie!« Sie drückte Toms Hand, die über seinem Knie lag.

»Meinst du nicht, Emily, daß es für dich Zeit ist zum Zubettgehen?« fragte Mr. Greenleaf und beugte sich zu ihr herunter.

Tom stand auf, als Mrs. Greenleaf sich erhob.

»Ich hoffe, Sie kommen uns noch einmal besuchen, bevor Sie fahren, Tom«, sagte sie; »seit Richard weg ist, haben wir so selten junge Leute im Haus. Ich vermisse sie.«

»Mit dem größten Vergnügen werde ich kommen«, sagte Tom.

Mr. Greenleaf verließ mit ihr das Zimmer. Tom blieb noch stehen, die Hände an der Hosennaht, den Kopf hocherhoben. In einem großen Wandspiegel konnte er sich sehen: schon wieder der aufrechte, selbstbewußte junge Mann. Er guckte rasch weg. Er handelte richtig, benahm sich richtig. Und dennoch saß da ein Stachel des Schuldgefühls. Als er gerade eben zu Mrs. Greenleaf gesagt hatte, *ich werde alles tun, was in meiner Macht steht* . . . Ja, er meinte es so. Er wollte niemanden hinters Licht führen.

Er merkte, wie ihm der Schweiß ausbrach, und versuchte, sich zu entspannen. Was regte er sich so auf? Er hatte sich heute abend so wohl gefühlt! Als er das mit Tante Dottie gesagt hatte . . .

Tom richtete sich auf, heftete seinen Blick auf die Tür, aber die Tür hatte sich nicht bewegt.

Es war das einzige Mal gewesen heute abend, daß ihm unbehaglich zumute war, irgendwie unwirklich, so wie ihm zumute war, wenn er log, und doch war es praktisch von allem, was er erzählt hatte, das einzig wirklich Wahre gewesen: *Meine Eltern sind gestorben, als ich noch sehr klein war. Ich bin bei meiner Tante in Boston aufgewachsen.*

Mr. Greenleaf kam herein. Der ganze Mann schien zu pulsieren, groß und immer größer zu werden. Tom zwinkerte mit den Augen in einem Anfall panischer Angst vor dem Mann, in dem plötzlich Trieb, ihn anzugreifen, ehe er selbst angegriffen wurde.

»Ich denke, wir genehmigen uns einen Schnaps«, sagte Mr. Greenleaf und öffnete ein Türchen in der Wandtäfelung am Kamin.

Es ist wie ein Film, dachte Tom. Gleich wird Mr. Greenleaf oder irgendeine Stimme sagen: Gut, *abblenden!,* und er wird aufatmen und sich bei Raoul wiederfinden, seinen Gin und Tonic vor sich. Nein, wieder im *Grünen Käfig.*

»Genug getrunken?« fragte Mr. Greenleaf. »Sie brauchen dies nicht zu nehmen, wenn Sie nicht wollen.«

Tom ließ ein vages Kopfnicken sehen, und Mr. Greenleaf schaute einen Augenblick verdutzt drein. Dann goß er die beiden Cognacs ein.

Kalte Furcht überrieselte Tom von Kopf bis Fuß. Er dachte an den Vorfall in dem Drugstore vergangene Woche, obwohl das ja alles überstanden war, und in Wirklichkeit hatte er doch gar keine Angst, hielt Tom sich selber vor, jetzt nicht mehr. Da war ein Drugstore auf der Zweiten Avenue, Tom gab die Telephonnummer an Leute, die darauf bestanden, ihn wegen ihrer Einkommensteuer noch einmal anzurufen. Er gab sie aus als Nummer der Rechnungsabteilung, unter der er nur mittwochs und freitags zwischen halb vier und vier Uhr zu erreichen wäre. Um diese Zeit herum war Tom dann in dem Drugstore, hielt sich in der Nähe der Telephonkabine auf und wartete darauf, daß es klingelte. Als er das zum zweitenmal machte, hatte ihn der Drogist argwöhnisch betrachtet, und Tom hatte ihm erklärt, er warte auf den Anruf seiner Freundin. Am letzten Freitag hatte er den Hörer abgenommen und die Stimme eines Mannes gehört: »Sie wissen, um was es geht, nicht? Wir wissen, wo Sie wohnen, falls Sie möchten, daß wir zu Ihnen kommen . . . Wir haben das Zeug für Sie, wenn Sie es für uns haben.« Eine eindringliche und doch ausweichende Stimme, so daß Tom dachte, es sei irgendein Trick, und er war nicht imstande, ein Wort zu sagen. Dann: »Hören Sie, wir kommen direkt 'rüber. Zu Ihnen nach *Hause.*« Toms Knie waren aus Gallert, als er die Kabine verließ, und dann war sein Blick auf den Drogisten gefallen, der starrte ihn an mit weitaufgerissenen Augen, Panik im Blick, und ganz plötzlich hatte das Gespräch seine Erklärung gefunden: der Drogist handelte mit Rauschgift, und er befürchtete, Tom wäre ein Polizeispitzel, der gekommen war, um *ihn* zu erledigen. Tom hatte zu lachen angefangen, mit brüllendem Gelächter war er gegangen, stolpernd, weil seine Beine noch immer zitterten von seiner eigenen Angst.

»Sie denken an Europa?« sagte die Stimme Mr. Greenleafs. Tom nahm das Glas entgegen, das Mr. Greenleaf ihm hinhielt. »Ja, an Europa«, sagte er.

»Na, ich hoffe, die Reise wird Ihnen Spaß machen, Tom, und wird auch auf Richard ein bißchen wirken. Nebenbei gesagt – Emily mag Sie sehr gern. Sie hat es mir gesagt. Ich brauchte sie gar nicht erst zu fragen.« Mr. Greenleaf zwirbelte sein Cognacglas zwischen den Händen. »Meine Frau hat Leukämie, Tom.«

»Oh! Das ist sehr ernst, nicht wahr?«

»Ja. Sie hat vielleicht kein Jahr mehr zu leben.«

»Das tut mir aber leid«, sagte Tom.

Mr. Greenleaf zog ein Papier aus der Tasche. »Ich habe hier ein paar Schiffsverbindungen. Ich denke, über Cherbourg geht es am schnellsten, und es ist auch am interessantesten. Sie sollten den Anschlußzug nach Paris nehmen, dann Schlafwagen über die Alpen nach Rom und Neapel.«

»Wunderbar.« Jetzt wurde es doch allmählich aufregend.

»In Neapel werden Sie einen Bus nehmen müssen bis zu Richards Dorf. Ich will ihm schreiben, daß Sie kommen – nicht, daß Sie mein Abgesandter sind«, fügte er lächelnd hinzu. »Aber ich werde ihm sagen, daß wir uns getroffen haben. Richard wird Sie wohl bei sich aufnehmen, aber wenn er das aus irgendeinem Grunde nicht kann, dann gibt es auch Hotels in der Stadt. Ich nehme an, Sie und Richard werden das schon hinkriegen. Nun zu den Finanzen...« Mr. Greenleaf zeigte sein väterliches Lächeln. »Ich schlage vor, ich gebe Ihnen sechshundert Dollar in Reiseschecks, zusätzlich zu dem Rundreiseticket. Was halten Sie davon? Die sechshundert dürften Sie fast zwei Monate über Wasser halten, und falls Sie mehr brauchen sollten, dann genügt ein Telegramm an mich, mein Junge. Sie sehen nicht aus wie ein junger Mann, der das Geld zum Fenster hinauswirft.«

»Es hört sich reichlich an, Mr. Greenleaf.«

Immer benebelter und immer munterer wurde Mr. Greenleaf vom Cognac, und Tom wurde immer wortkarger und mürrischer. Er sehnte sich danach, hier herauszukommen. Und doch wollte er es mit Mr. Greenleaf nicht verderben. Diese Augenblicke auf dem Sofa waren qualvoller als die gestern abend in der Bar, als er sich so gelangweilt hatte, denn heute wollte dieser Durchbruch zur nächsten Stufe nicht gelingen. Mehrmals stand Tom auf und schlenderte mit seinem Drink bis zum Kamin und wieder zurück, und wenn er in den Spiegel blickte, sah er, daß seine Mundwinkel sich abwärts verzogen.

Mr. Greenleaf redete munter drauflos, von Richard, und wie er mit dem zehnjährigen Richard in Paris gewesen war, ,und das alles interessierte Tom nicht im geringsten. Wenn in den nächsten zehn Tagen irgend etwas mit der Polizei passierte, dachte Tom, dann wird Mr. Greenleaf mich aufnehmen. Er konnte Mr. Greenleaf erzählen, er hätte seine Wohnung in aller Eile vermietet oder irgend so etwas, und er konnte sich ganz einfach hier draußen verstecken. Tom fühlte sich gräßlich, beinahe körperlich elend.

»Mr. Greenleaf, ich glaube, ich muß jetzt gehen.«

»Jetzt schon? Aber ich wollte Ihnen doch noch zeigen . . . na, macht nichts. Ein andermal.«

Tom wußte, daß er jetzt eigentlich fragen sollte: Was wollten Sie mir denn zeigen? und daß er geduldig hätte ausharren müssen, solange Mr. Greenleaf zeigte, was immer es auch war, aber er brachte es nicht mehr fertig.

»Ich möchte gern, daß Sie die Werft noch besichtigen, selbstverständlich«, sagte Mr. Greenleaf fröhlich. »Wann können Sie mal hinauskommen? Nur während Ihrer Mittagszeit vermutlich. Ich meine, Sie müssen Richard auch etwas darüber sagen können, wie es jetzt auf der Werft so aussieht.«

»Ja – in der Mittagszeit kann ich.«

»Rufen Sie mich nur an in den nächsten Tagen, Tom. Sie

haben ja meine Karte mit der Privatnummer. Wenn Sie mir eine halbe Stunde vorher Bescheid geben, dann schicke ich Ihnen jemanden, der Sie vom Büro abholt und 'rausfährt. Wir können dann ein Sandwich essen, während wir den Rundgang machen, und anschließend fährt er Sie zurück.«

»Ich rufe Sie an«, sagte Tom. Ihm war, als müßte er in Ohnmacht fallen, wenn er auch nur eine Minute länger im trüben Licht der Diele stehen bliebe, aber Mr. Greenleaf fing wieder an, glucksend zu lachen, und fragte ihn, ob er ein bestimmtes Buch von Henry James gelesen habe.

»Leider nein, Mr. Greenleaf, dieses nicht«, sagte Tom.

»Na, schadet ja nichts.« Mr. Greenleaf lächelte.

Dann schüttelten sie sich die Hände, ein langer, erstickender Händedruck von Mr. Greenleaf, und es war überstanden. Noch als Tom mit dem Fahrstuhl abwärts fuhr, haftete der gequälte, geängstigte Ausdruck auf seinem Gesicht. Erschöpft lehnte er in einer Ecke des Fahrstuhls, aber er wußte genau, sobald er den Hausflur erreicht hätte, würde er laufen, laufen – den ganzen Weg bis nach Hause.

4

Die Atmosphäre der Stadt wurde fremder, je mehr die Tage dahingingen. Es war, als hätte irgend etwas sich aus New York davongemacht – die Wirklichkeit oder ihre Wichtigkeit – und die Stadt inszenierte ein Schauspiel ganz allein für ihn, eine gigantische Schau mit ihren Autobussen, Taxis und hastenden Menschen auf den Bürgersteigen, mit ihren Fernsehdarbietungen in allen Bars der Dritten Avenue, ihren taghell erleuchteten Kinos und ihrer Geräuschkulisse aus Tausenden von Autohupen und menschlichen Stimmen, die ohne Sinn und Zweck daherredeten. Es war, als müßte die ganze Stadt New York, puff! – wie ein Kartenhaus zusammenfallen, sobald sein Schiff am Sonnabend vom Kai ablegte.

Vielleicht hatte er auch nur Angst. Er haßte das Wasser. Noch nie war er auf dem Wasser irgendwo hingefahren, nur von New York nach New Orleans und wieder zurück nach New York, da hatte er aber auf einem Frachter gearbeitet, meistens unter Deck, und hatte kaum bemerkt, daß er sich auf dem Wasser befand. Und wenn er schon einmal, selten genug, auf Deck gewesen war, hatte ihn der Anblick des Wassers zunächst erschreckt, dann war ihm schlecht geworden, und immer war er schnell wieder unter Deck gelaufen, wo ihm jedesmal besser wurde, wenn man auch allgemein das Gegenteil behauptet. Seine Eltern waren im Hafen von Boston ertrunken, und schon immer hatte Tom vermutet, daß es wohl damit etwas zu tun haben müßte, denn soweit seine Erinnerung reichte, hatte er stets Angst vor dem Wassehr gehabt, und er konnte auch nicht schwimmen. Ein Gefühl der Übelkeit und Leere regte sich in seiner Magengrube, wenn er daran dachte, daß er in weniger als einer Woche Wasser unter den Füßen haben würde, kilometertiefes Wasser, und daß er unweigerlich würde daraufgucken müssen, weil man eben auf Ozeandampfern den größten Teil seiner Zeit auf Deck zubrachte. Und es war ganz besonders unfein, seekrank zu werden, das war ihm klar. Er war noch nie seekrank gewesen, aber in diesen letzten Tagen war er mehrmals nahe daran, es zu werden – allein von der Vorstellung dieser Seefahrt nach Cherbourg.

Er hatte Bob Delancey gesagt, daß er in einer Woche auszog, aber nicht, wohin. Bob schien das sowieso nicht zu interessieren. Sie sahen sehr wenig voneinander dort in der Einundfünfzigsten Straße. Tom war auch zu Marc Priminger in die Vierundfünfzigste Straße Ost gegangen – die Schlüssel hatte er noch –, um sich ein paar Sachen zu holen, die er dort vergessen hatte. Er war um eine Zeit hingegangen, zu der Marc voraussichtlich nicht zu Hause war, aber Marc war gekommen mit seinem neuen Hausgenossen Joel, einem dürren Etwas von einem jungen Manne, der bei einem Verlag arbeitete, und Marc hatte eine seiner süßen ›Bitte-fühlen-Sie-sich-ganz-wie-zu-Hause«-Platten abgespielt, wegen Joel natürlich, denn wäre Joel nicht dabeigewesen, dann hätte Marc ihn heruntergeputzt in einer Sprache, die selbst ein portugiesischer Matrose nicht über die Lippen bringen würde. Marc (er hieß zu allem Überfluß auch noch Marcellus mit Vornamen) war ein übler Bursche mit Geld und dem Hobby, jungen Männern in vorübergehenden finanziellen Schwierigkeiten unter die Arme zu greifen, indem er sie in sein zweistöckiges Haus mit drei Schlafzimmern aufnahm und den lieben Gott spielte, der bestimmte, was sie da tun durften und was nicht, und ihnen Ratschläge für ihr Leben und ihre Arbeit gab – im allgemeinen erbärmliche Ratschläge. Tom hatte drei Monate dort gewohnt, allerdings war Marc fast die Hälfte dieser Zeit in Florida gewesen und Tom hatte das Haus für sich allein gehabt, aber als Marc wiederkam, hatte er riesigen Stunk gemacht wegen ein paar zerbrochenen Gläsern – wieder Marc, der liebe Gott, der gestrenge Vater –, und da war in Tom die Wut hoch genug gestiegen, daß er sich auf die Hinterbeine stellen und ihm mit gleicher Münze herausgeben konnte. Worauf Marc ihn hinausgeworfen hatte, nicht ohne von ihm noch dreiundsechzig Dollar für zerbrochenes Glas zu kassieren. Der alte Geizkragen! Er sollte eigentlich eine alte Jungfer sein, dachte Tom, Leiterin einer Töchterschule. Tom bedauerte zutiefst, daß er sich jemals mit Marc Priminger eingelassen hatte, und je eher er Marcs stupide Schweinsäuglein, seinen massigen Unterkiefer, seine abstoßenden Hände mit den prahlerischen Ringen (wedelnd, jedermann dieses und jenes befehlend) vergessen könnte, um so glücklicher wäre er.

Unter all seinen Freunden gab es nur ein Mädchen, dem er ganz gern gesagt hätte, daß er nach Europa fuhr, Cleo; und er ging sie am Donnerstag vor seiner Abreise besuchen. Cleo Dobelle war ein großes, schlankes dunkelhaariges Mädchen, sie mochte dreiundzwanzig oder auch dreißig sein, Tom wußte es nicht; sie lebte mit ihren Eltern am Gracie Square und malte ganz klein – wirklich *sehr* klein, sie bemalte Elfenbeinstückchen, nicht größer als Briefmarken, man mußte sie durch ein Vergrößerungsglas betrachten, und Cleo brauchte auch ein Vergrößerungsglas, wenn sie malte. »Bedenke doch, wie angenehm es ist, daß ich *alle* meine Gemälde in einer Zigarrenkiste mit mir herumtragen kann! Andere Maler brauchen Säle und nochmals Säle, um ihre Ölgemälde unterzubringen!« pflegte sie zu sagen. Sie hatte eine eigene Wohnung mit einem kleinen Bad und einer Küche hinter dem Teil des Appartements, den ihre Eltern bewohnten, und es war immer ziemlich finster bei ihr, denn zu ihr drang das Tageslicht nur über einen winzigen Hinterhof herein, der völlig überwuchert war von großen Ailanthusbäumen, die das Licht aussperrten. Bei Cleo brannten stets die Lampen, trübe Lampen, die zu jeder Tageszeit eine nächtliche Atmosphäre schufen. Abgesehen von jenem Abend, an dem er sie kennenlernte, hatte Tom Cleo bisher nur in enganliegenden Samthosen der verschiedensten Farben und lustig gestreiften Seidenhemden gesehen. Sie hatten sich gleich gemocht, vom ersten Abend an, als Cleo ihn für den nächsten Tag zum Abendessen eingeladen hatte. Cleo lud ihn immer in ihre Wohnung ein, und seltsamerweise tauchte niemals der Gedanke auf, daß er sie zum Essen oder ins Theater einladen, daß er all das Übliche mit ihr tun könnte, was sich für einen jungen Mann geziemt. Sie erwartete nicht von ihm, daß er ihr Blumen mitbrachte oder Bücher oder Süßigkeiten, wenn er zum Essen oder zu ein paar Cocktails kam, allerdings brachte Tom ihr doch hin und wieder eine kleine Aufmerksamkeit, weil ihr das solche Freude machte. Cleo war der einzige Mensch, dem er erzählen konnte, daß er nach Europa fuhr und weshalb. Und er tat es.

Cleo war hell begeistert, genau wie er es von ihr erwartet hatte. Die roten Lippen in ihrem langen, blassen Gesicht teilten sich, ihre Hände fielen auf die samtbespannten Schenkel, und sie rief: »*Tommie!* Das ist ja einfach herrlich! Das könnte geradezu aus Shakespeare sein oder so was!«

Das war genau das, was auch Tom dachte. Genau das hatte er von irgend jemandem hören müssen.

Den ganzen Abend rannte Cleo aufgeregt um ihn herum, fragte, ob er dies habe und jenes, Taschentücher und Grippetabletten und Wollsocken, weil es doch im Herbst in Europa anfing zu regnen, und seine Impfungen. Tom sagte, er fühlte sich aufs beste vorbereitet.

»Nur eins, Cleo – bitte komm nicht ans Schiff. Ich möchte nicht ans Schiff gebracht werden.«

»Natürlich nicht!« sagte Cleo, sie verstand vollkommen.

»Oh, Tommie, wird das ein Spaß werden! Schreibst du mir auch alles ganz genau, was so passiert mit Dickie? Du bist der erste Mensch, der mir begegnet, der einen *Grund* hat, nach Europa zu gehen.«

Er erzählte ihr von der Besichtigung der Werftanlagen Mr. Greenleafs in Long Island draußen, von den endlosen Hallen voller Maschinen, die glänzende Metallteile ausspuckten oder Holz lackierten und polierten, von den Trokkendocks mit Schiffsskeletten aller Größen, und er machte großen Eindruck auf sie mit den Fachausdrücken, die Mr. Greenleaf gebraucht hatte: Süll, Dollbord, Binnenkiel, Außenwinkelprofil.

Er beschrieb das zweite Abendessen bei den Greenleafs, wobei Mr. Greenleaf ihm eine Armbanduhr geschenkt hatte. Er zeigte Cleo die Uhr, keine märchenhaft teure Uhr, aber doch eine ausgezeichnete und genau die Art, die Tom selber sich auch ausgesucht hätte – ein glattes weißes Zifferblatt mit zierlich schwarzen römischen Zahlen in einem einfachen Goldgehäuse, dazu ein Armband aus Krokodilleder.

»Nur weil ich ein paar Tage vorher ganz nebenbei erwähnt habe, daß ich keine Uhr besitze«, sagte Tom. »Er hat mich tatsächlich wie einen Sohn angenommen.« Und auch hier war Cleo von allen Menschen, die er kannte, die einzige, der er dies sagen konnte.

Cleo seufzte. »Mensch, hast du ein Glück! Nie im Leben

könnte so etwas einem Mädchen passieren. Wie *frei* doch Männer sind!«

Tom lächelte. Oft genug schien es ihm, als sei es genau umgekehrt. »Sind das die Schnitzel, die da qualmen?«

Mit einem Schrei fuhr Cleo in die Höhe.

Nach dem Essen zeigte sie ihm fünf oder sechs ihrer neuesten Malereien, ein paar romantische Porträts von einem jungen Manne, den sie beide kannten, im offenen weißen Sporthemd, drei Phantasielandschaften, dschungelähnlich, zu denen die Ailanthusbäume vor dem Fenster die Inspiration geliefert hatten. Die Haare der winzigen Äffchen auf den Bildern waren wirklich verblüffend gut gemacht, dachte Tom. Cleo hatte eine Menge Pinsel, die nur aus einem einzigen Haar bestanden, und selbst diese variierten noch vom vergleichsweise groben bis zum ultrafeinen Haar.

Sie tranken beinahe zwei Flaschen Medoc aus der Hausbar der Eltern, und Tom wurde so müde, daß er am liebsten die ganze Nacht liegengeblieben wäre, wo er gerade lag, auf dem Fußboden – oft hatten sie so Seite an Seite geschlafen, auf den beiden großen Bärenfellen vor dem Kamin, und das war noch so etwas Wundervolles an Cleo, sie verlangte oder erwartete niemals von ihm, daß er sich ihr näherte, und er hatte sich ihr auch nie genähert –, aber Tom raffte sich um dreiviertel zwölf auf und verabschiedete sich.

»Ich sehe dich wohl nicht mehr, nein?« sagte Cleo niedergeschlagen an der Tür.

»Oh, ich bin ja in etwa sechs Wochen wieder da«, sagte Tom, obwohl er durchaus nicht daran dachte. Plötzlich neigte er sich vor, setzte einen festen, brüderlichen Kuß auf ihre Elfenbeinwange. »Ich werde dich sehr vermissen, Cleo.«

Sie drückte seine Schulter, die erste körperliche Berührung, die sie ihm, solange er zurückdenken konnte, jemals zuteil werden ließ. »Ich werde dich vermissen«, sagte sie.

Am nächsten Tag kümmerte er sich um die Bestellungen von Mrs. Greenleaf bei Gebr. Brooks, ein Dutzend Paar schwarzer Wollstrümpfe und ein Schlafrock. Für den Schlafrock hatte Mrs. Greenleaf keine Farbe angegeben, das überließe sie ihm, hatte sie gesagt. Tom wählte einen aus dunkelrotem Flanell mit marineblauem Gürtel und gleichen Aufschlägen. Es war nach Toms Geschmack nicht der schönste aus der Kollektion, aber er hatte das Gefühl, das sei genau der, den Richard genommen hätte, und Richard würde entzückt darüber sein. Er ließ die Socken und den Schlafrock auf Rechnung der Greenleafs schreiben. Er sah ein Sporthemd aus schwerem Leinen mit Holzknöpfen, es gefiel ihm sehr, und es wäre sehr einfach gewesen, es auch noch auf Mr. Greenleafs Rechnung mitzunehmen, aber er tat es nicht. Er kaufte es von seinem eigenen Geld.

5

Der Morgen seiner Abreise, dieser Morgen, dem er mit steigender Erregung entgegengefiebert hatte, wurde zu einem abscheulichen Anfang. Tom folgte dem Steward zu seiner Kabine, im stillen gratulierte er sich, denn anscheinend hatte es doch gewirkt bei Bob, daß er es so entschieden abgelehnt hatte, sich ans Schiff bringen zu lassen. Wohlgemut betrat er die Kabine, und ein haarsträubendes Hallo brach los.

»Wo ist denn all der Champagner, Tom? Wir verdursten!«

»Junge, ist das hier ein Loch! Warum verlangst du denn nicht was Anständiges von denen?«

»Tommie, nimmst du mich mit?« Das war Ed Martins Freundin, ein Mädchen, dessen bloßer Anblick Tom unerträglich war.

Da waren sie alle, größtenteils Bobs lausiger Klüngel, sie fläzten sich auf seinem Bett herum, auf dem Fußboden, überall. Bob hatte herausgefunden, daß Tom wegfuhr, aber daß er ihm so etwas antun würde, das hätte Tom nie geglaubt. Es kostete ihn sehr viel Selbstbeherrschung, nicht mit eisiger Stimme zu sagen: »Hier *gibt* es keinen Champagner.« Er mühte sich, allen guten Tag zu sagen, er versuchte zu lächeln, aber er hätte in Tränen ausbrechen können wie ein kleines Kind. Er schickte einen langen, vernichtenden Blick zu Bob hinüber, aber Bob schien sich sowieso schon über irgendwas zu ärgern. Es gab nur wenige Dinge, die ihm auf die Nerven gingen, rechtfertigte Tom sich im stillen, und das gehörte dazu: solche lärmenden Überraschungen, solches Gesindel, all diese Vulgären, diese Schlampen – da glaubte man gerade, man hätte sie hinter sich gelassen, wenn man den Fuß auf Deck gesetzt hat, und nun sielten sie sich in ebendem Raume herum, in dem man die nächsten fünf Tage zubringen sollte!

Tom ging hinüber zu Paul Hubbard, dem einzigen anständigen Menschen im Raum, er setzte sich neben ihn auf das kleine Einbausofa. »Tag, Paul«, sagte er ruhig. »Tut mir leid, das alles hier.«

»Ach nein«, spöttelte Paul. »Wie lange wirst du weg sein? – Was ist los, Tom? Ist dir schlecht?«

Es war schrecklich. Es ging weiter, der Krach und das Gelächter, und die Mädchen befühlten sein Bett und schauten ins Klo. Gott sei Dank, daß die Greenleafs nicht gekommen waren, um sich von ihm zu verabschieden! Mr. Greenleaf mußte geschäftlich nach New Orleans, und Mrs. Greenleaf hatte sich heute früh, als Tom anrief, um auf Wiedersehen zu sagen, nicht ganz so wohl gefühlt, um ans Schiff zu kommen.

Endlich brachte Bob oder jemand anders eine Flasche Whisky zum Vorschein, und sie fingen alle an zu trinken, sie tranken aus den beiden Zahnputzgläsern, und dann kam ein Steward mit einem Tablett voller Gläser. Tom weigerte sich zu trinken. Er schwitzte so stark, daß er sein Jackett auszog, damit es nicht feucht wurde. Bob kam zu ihm herüber und rammte ihm ein Glas in die Hand. Tom sah, daß er im Grunde nicht Spaß machte, und Tom wußte auch, warum – weil er einen ganzen Monat lang Bobs Gastfreundschaft in Anspruch genommen hatte, und jetzt konnte er wohl wenigstens ein freundliches Gesicht machen, aber Tom konnte so wenig ein freundliches Gesicht machen, als wäre sein Gesicht aus Granit. Na wenn schon, dachte Tom, sollten sie ihn doch alle hassen nachher, was hatte er schon verloren?

»Hier passe ich 'rein, Tommie«, sagte das Mädchen, das entschlossen war, irgendwo hineinzupassen und mitzufahren. Sie hatte sich seitlich in ein enges Schränkchen gezwängt, das etwa die Größe einer Besenkammer hatte.

»Das möchte ich erleben – Tom in seinem Zimmer mit einem Mädchen ertappt!« lachte Ed Martin.

Tom funkelte ihn an. »Komm hier 'raus, frische Luft schöpfen«, murmelte er Paul zu.

Die anderen machten solchen Lärm, niemand bemerkte ihr Verschwinden. Sie standen nahe beim Heck an der Reling. Es war ein Tag ohne Sonne, und die Stadt zu ihrer Rechten war für Tom schon wie ein graues, fernes Land, das er von hoher See aus betrachtete – wenn man von der Bande unten in der Kabine absah.

»Wo bist du denn immer gewesen?« fragte Paul. »Ed rief mich an und sagte mir, daß du wegfährst. Ich habe dich wochenlang nicht gesehen.«

Paul gehörte zu denen, die glaubten, er arbeite bei Associated Press. Tom gab eine nette Geschichte zum besten über einen Sonderauftrag, der ihm übertragen worden sei. Vielleicht der Nahe Osten, sagte Tom. Er machte es sehr geheimnisvoll. »Ich habe in letzter Zeit auch sehr viel Nachtarbeit gehabt«, sagte Tom, »daher kommt es, daß ich nicht viel 'rausgekommen bin. Es ist schrecklich nett von dir, daß du gekommen bist.«

»Ich hatte heute morgen keinen Unterricht.« Paul nahm die Pfeife aus dem Mund und lächelte. »Nicht, daß ich nicht auch sonst gekommen wäre, wahrscheinlich. Aber irgendeine Entschuldigung muß man haben.«

Tom lächelte. Paul war Musiklehrer an einer Mädchenschule in New York, um sein Geld zu verdienen, aber es lag ihm viel mehr, Musik zu komponieren in seiner Freizeit. Tom konnte sich nicht mehr daran erinnern, wie er Paul kennengelernt hatte, aber er wußte noch, daß er einmal mit ein paar anderen Leuten zum sonntäglichen Spätfrühstück in Pauls Wohnung am Riverside Drive gegangen war, und Paul hatte auf dem Klavier ein paar eigene Kompositionen gespielt, es hatte Tom sehr gut gefallen. »Kann ich dir nicht etwas zu trinken anbieten? Wir wollen mal sehen, ob wir nicht eine Bar finden«, sagte Tom.

Im selben Augenblick aber kam ein Steward heraus, schlug auf einen Gong und schrie: »Besucher an Land, bitte! Alle Besucher an Land!«

»Er meint mich«, sagte Paul.

Sie schüttelten sich die Hände, klopften sich auf die Schultern, versprachen, sich Postkarten zu schreiben. Dann war Paul weg.

Bobs Bande wird bis zum letzten Augenblick bleiben, dachte er, wahrscheinlich wird man sie mit Gewalt hinaustreiben müssen. Abrupt drehte Tom sich um und lief eine schmale, leiterähnliche Treppe hoch. Oben sah er sich vor einer Kette, an der das Schild baumelte: NUR ZWEITE KLASSE, aber er schwang ein Bein über die Kette und betrat das Deck. Sicherlich wird man nichts dagegen haben, daß ein Erster-Klasse-Passagier in die Zweite Klasse geht, dachte er. Er brachte es nicht über sich, Bobs Bande noch einmal zu sehen. Er hatte Bob eine halbe Monatsmiete gezahlt und ihm ein Abschiedsgeschenk gegeben, ein gutes Hemd mit Krawatte. Was wollte Bob denn noch?

Das Schiff fuhr bereits, ehe Tom sich getraute, wieder in seine Kabine zu gehen. Vorsichtig ging er hinein. Die hübsche blaue Bettdecke war wieder glatt. Die Aschenbecher waren sauber. Nichts deutete mehr darauf hin, daß sie je hier gewesen waren. Tom atmete auf und lächelte. Das war Kundendienst! Die gute alte Tradition der Cunard-Linie, der britischen Seefahrt und so weiter! Sein Blick fiel auf einen großen Obstkorb auf dem Fußboden neben seinem

Bett. Begierig griff er nach dem kleinen weißen Briefumschlag. Auf der Karte stand:

Gute Reise und Gottes Segen, Tom. All unsere guten Wünsche begleiten Sie.   Emily und Herbert Greenleaf

Der Korb hatte einen hohen Henkel und war ganz mit gelbem Zellophanpapier umhüllt – Äpfel und Birnen und Trauben und ein paar Zuckersachen und kleine Likörfläschchen. Tom hatte noch nie einen Präsentkorb bekommen. Für ihn war das immer etwas gewesen, was man zu Phantasiepreisen in Schaufenstern von Delikateßgeschäften sehen konnte, er hatte über so was nur gelacht. Nun stand er da, Tränen in den Augen, und plötzlich schlug er die Hände vors Gesicht und begann zu schluchzen.

6

Er war ruhig und heiter, aber ohne jedes Bedürfnis nach Gesellschaft. Er brauchte seine Zeit zum Nachdenken, und er legte keinen Wert darauf, irgendwelche Leute auf dem Schiff kennenzulernen, keinen Menschen, wenn er auch lächelnd und zuvorkommend grüßte, sobald er einem von denen, die mit an seinem Tisch saßen, begegnete. Er begann, sich in seine Rolle auf dem Schiff einzuleben, in die Rolle des ernsten jungen Mannes, dem ernste Geschäfte bevorstanden. Er war liebenswürdig, gelassen, gesittet und geistesabwesend.

Ganz plötzlich stand ihm der Sinn nach einer Mütze, und er kaufte sich eine bei den Herrenartikeln, eine konservative graublaue Mütze aus weicher Schottenwolle. Den Mützenschirm konnte er herunterziehen, bis er fast das ganze Gesicht verdeckte, wenn er in seinem Liegestuhl ein Nickerchen machte oder wenn es so aussehen sollte, als machte er eins. So eine Mütze war doch die vielseitigste Kopfbedekkung, die es gab, und er wunderte sich jetzt, daß ihm noch nie die Idee gekommen war, eine Mütze zu tragen. Er konnte wie ein Gutsbesitzer, wie ein Landstreicher, wie ein Engländer, ein Franzose oder einfach wie ein leicht exzentrischer Amerikaner aussehen, je nachdem, wie er sie aufsetzte. Tom amüsierte sich mit der Mütze vor dem Spiegel in seiner Kabine. Immer hatte er geglaubt, er besäße ein völlig unbedeutendes Allerweltsgesicht, ein unauffälliges Gesicht mit einem Zug der Gefügigkeit, den er nicht verstehen konnte, und auch einem Zug der unbestimmten Angst, den er nie ganz hatte ausmerzen können. Das Gesicht eines echten Konformisten, dachte er. Die Mütze änderte das alles. Sie umgab ihn mit einem Air des Rustikalen, Greenwich, Connecticut, Landluft. Jetzt war er ein junger Mann mit Geld, noch nicht sehr lange heraus aus Princeton oder so. Er kaufte sich auch noch eine Pfeife, zur Ergänzung der Mütze.

Er fing ein neues Leben an. Adieu all den zweifelhaften Leuten, mit denen er sich in den letzten drei New Yorker Jahren umgeben und die er in seiner Umgebung geduldet hatte. Ihm war zumute, wie seiner Vorstellung nach Emigranten zumute sein mußte, wenn sie in irgendeinem fremden Lande alles hinter sich ließen, ihre Freunde, ihre Bindungen, die Fehler ihrer Vergangenheit, und sich auf den Weg nach Amerika machten. Reiner Tisch gemacht! Was auch immer mit Dickie geschah, er wollte seine Sache gut machen, und Mr. Greenleaf würde wissen, daß er sie gut gemacht hatte und würde ihn achten dafür. Wenn das Geld von Mr. Greenleaf aufgebraucht war, mußte er ja nicht unbedingt nach Amerika zurückfahren. Vielleicht bekam er einen interessanten Job, in einem Hotel zum Beispiel, wo man jemanden brauchte, der intelligent war, gut aussah und Englisch konnte. Oder irgendein europäisches Unternehmen stellte ihn als Vertreter an, und er kam in der ganzen Welt herum. Oder er lief irgendeinem über den Weg, der gerade so einen jungen Mann brauchte wie ihn, einen jungen Mann, der Auto fahren konnte, der eine alte Oma unterhalten oder auch ein Töchterlein zum Tanz führen konnte. Er war so vielseitig, und die Welt war so weit! Er schwor sich, daß er den Job halten würde, wenn er ihn einmal hätte. Geduld und Ausdauer! Aufwärts und voran!

»Haben Sie den *Ambassador* von Henry James?« fragte Tom den Angestellten in der Bücherei der Ersten Klasse. Das Buch stand nicht im Regal.

»Bedaure, mein Herr, haben wir nicht«, sagte der Angestellte.

Tom war enttäuscht. Dieses Buch hatte Mr. Greenleaf gemeint, als er ihn fragte, ob er es gelesen hätte. Tom hatte das Gefühl, daß er es lesen sollte. Er ging in die Bücherei der Zweiten Klasse. Er fand das Buch im Regal, aber als er es eintragen lassen wollte und seine Kabinennummer nannte, bedauerte der Bedienstete sehr, aber Passagieren der Ersten Klasse sei die Benutzung der Bibliothek Zweiter Klasse nicht gestattet. Das hatte Tom befürchtet. Folgsam stellte er den Band wieder hin, obwohl es leicht gewesen wäre, so leicht, ein bißchen an dem Regal herumzufummeln und das Buch unter dem Jackett verschwinden zu lassen.

Morgens schlenderte er ein paarmal um das Deck herum, sehr langsam, so daß die Leute, die pustend ihren morgendlichen Verdauungsgang ableisteten, ihn stets drei- oder viermal überholten, ehe er einmal herum war, dann ließ er sich in seinen Liegestuhl nieder, um eine Fleischbrühe zu sich zu nehmen und noch ein bißchen über sein Geschick nachzudenken. Nach dem Mittagessen trödelte er in seiner Kabine herum, aalte sich in ihrer Abgeschiedenheit und Bequemlichkeit und tat absolut nichts. Manchmal saß er auch im Schreibzimmer, malte bedachtsam auf dem Schreibpapier des Schiffes Briefe an Marc Priminger, an Cleo, an die Greenleafs. Der Brief an die Greenleafs begann mit einem höflichen Gruß und einem Dank für den Präsentkorb und für all die Annehmlichkeiten, aber er machte sich einen Spaß und fügte noch einen erdichteten, vordadierten Absatz an, in dem er beschrieb, wie er Dickie gefunden habe und wie er bei ihm in seinem Haus in Mongibello wohnte, wie er langsam, aber stetig vorankäme in seinem Bemühen, Dickie zur Heimkehr zu überreden, er schrieb vom Schwimmen, Angeln, vom Treiben in den Cafés, und es riß ihn so mit, daß er acht oder zehn Seiten vollschrieb, er wußte, keine davon würde er je abschicken, also schrieb er weiter, daß Dickie kein tieferes Interesse an Marge Sherwood habe (er gab eine vollständige Charakteranalyse von Marge Sherwood), es sei also nicht Marge, die ihn hier festhalte, entgegen der Vermutung Mrs. Greenleafs, und so weiter, und so weiter, bis der Tisch bedeckt war mit beschriebenem Papier und der erste Gong zum Abendessen ertönte.

An einem anderen Nachmittag schrieb er ein paar höfliche Zeilen an Tante Dottie:

»Liebes Tantchen [so nannte er sie ganz selten in Briefen und niemals, wenn er vor ihr stand],
wie Du am Briefpapier siehst, bin ich auf hoher See. Eine unerwartete geschäftliche Angelegenheit, die ich jetzt nicht näher erklären kann. Ich mußte ziemlich plötzlich abreisen, deshalb war es mir nicht möglich, nach Boston hinüberzukommen, und das tut mir leid, weil es Monate oder sogar Jahre dauern kann, bis ich wieder zurück bin.

Ich wollte Dir nur sagen, daß Du Dir keine Sorgen zu machen brauchst und mir keine Schecks mehr schicken sollst, vielen Dank. Ich bedanke mich sehr für den letzten vor einem Monat oder so. Ich nehme nicht an, daß Du seitdem noch einen geschickt hast. Mir geht es gut und ich bin vollkommen glücklich.

In Liebe Dein Tom«

Sinnlos, ihr irgendwelche guten Wünsche für ihre Gesundheit zu schicken. Sie war stark wie ein Pferd. Er fügte hinzu:

P. S. Ich habe noch keine Ahnung, wie meine Adresse lauten wird. Ich kann Dir also noch keine angeben.

Jetzt war ihm wohler, denn das trennte ihn endgültig von ihr. Was zwang ihn, ihr jemals mitzuteilen, wo er sich aufhielt? Schluß mit den Briefen voll falscher Großmut, mit den hinterlistigen Vergleichen zwischen ihm und seinem Vater, mit den mickrigen Schecks über seltsame Beträge wie sechs Dollar und achtundvierzig Cent oder zwölf Dollar und 95 Cent, so als hätte sie noch einen kleinen Rest stehen gehabt von ihrer letzten Überweisung oder als hätte sie irgendeinen Einkauf rückgängig gemacht, um dann ihm das Geld vor die Füße zu werfen wie einem Hund den Knochen. Wenn man bedachte, was Tante Dottie ihm bei ihrem Vermögen hätte schicken können, dann waren die Schecks geradezu eine Beleidigung. Tante Dottie pochte darauf, daß seine Erziehung sie mehr gekostet habe, als sein Vater an Versicherungsgeldern hinterlassen hätte, vielleicht stimmte das sogar, aber mußte sie ihm das denn ständig unter die Nase reiben? Welcher anständige Mensch rieb denn einem Kinde ständig so etwas unter die Nase? Unzählige Tanten und sogar wildfremde Menschen zogen Kinder groß für gar nichts und waren noch glücklich darüber.

Nach dem Brief an Tante Dottie stand er auf und wanderte über das Deck, er lief es sich ab. So ein Brief brachte jedesmal sein Blut in Wallung. Voller Widerwillen war er höflich zu ihr. Immerhin – bisher war er immer darauf bedacht gewesen, sie wissen zu lassen, wo er war, denn immer hatte er ihre mickrigen Schecks nötig gehabt. Immer hatte er Briefe reihenweise an Tante Dottie schreiben müssen wegen der Adressenänderungen. Aber er brauchte jetzt Tante Dotties Geld nicht mehr. Er machte sich davon unabhängig, für immer.

Plötzlich fiel ihm ein Sommertag wieder ein, lange her, er war wohl zwölf gewesen. Tante Dottie und eine ihrer Freundinnen hatten mit ihm einen Ausflug über Land gemacht, und sie waren irgendwo in ein dickes Verkehrsknäuel geraten, Stoßstange an Stoßstange. Schrecklich heiß war es gewesen, Tante Dottie hatte ihn losgeschickt mit einer Thermosflasche, er sollte bei einer Tankstelle etwas Eiswasser besorgen, und plötzlich hatte sich die Autokolonne in Bewegung gesetzt. Er erinnerte sich, wie er gerannt war, zwischen riesigen, rollenden Wagen, immer nahe daran, die Tür von Tante Dotties Wagen zu packen, aber nie ganz dazu imstande, denn sie war weitergefahren, so schnell es ging, nicht willens, auch nur eine Sekunde auf ihn zu warten, und aus dem Wagenfenster hatte sie ihm ununterbrochen zugebellt: »Na los, na los doch, du Transuse!« Als es ihm endlich geglückt war, den Wagen zu erreichen und hineinzuspringen, als ihm die Tränen der Erschöpfung und Verzweiflung über die Backen kullerten, da hatte sie munter zu ihrer Freundin gesagt: »So ein Schwächling! Er ist von Grund auf ein Schwächling, genau wie sein Vater!« Ein Wunder, daß er bei dieser Behandlung überhaupt so gut davongekommen war. Und wieso, fragte er sich, war eigentlich Tante Dottie der Meinung, sein Vater sei ein Schwächling gewesen? Hat sie jemals einen Beweis dafür geliefert, hat sie ihn liefern können? Nein.

Da lag er in seinem Liegestuhl, moralisch gestärkt durch die luxuriöse Umgebung, körperlich gestärkt durch die Fülle des guten Essens, und versuchte, einen objektiven Blick auf sein bisheriges Leben zu werfen. Die letzten vier Jahre waren größtenteils nur Zeitverschwendung gewesen, das ließ sich nicht leugnen. Eine Reihe von Gelegenheitsarbeiten, lange, gefährliche Pausen ohne jede Beschäftigung und logischerweise mit steigender Demoralisierung, weil er kein Geld hatte, und dann ließ er sich mit stumpfsinnigen, albernen Leuten ein, um nicht so einsam zu sein oder weil sie ihm eine Zeitlang irgend etwas bieten konnten, Marc Priminger zum Beispiel. Es war eine Bilanz, auf die man nicht unbedingt stolz sein konnte, wenn man bedachte, mit welch hohen Erwartungen er nach New York gekommen war. Er wollte damals Schauspieler werden, allerdings hatte er mit zwanzig Jahren noch nicht die leiseste Ahnung von den Schwierigkeiten, der notwendigen Ausbildung und nicht einmal von dem Talent, das man brauchte. Er hatte geglaubt, er besäße das nötige Talent und brauchte nichts weiter zu tun, als zu einem Produzenten zu gehen und ihm ein paar seiner Original-Einmannsketches vorzuführen – Mrs. Roosevelt, die ihr Tagebuch schreibt, nachdem sie eine Klinik für unverheiratete Mütter besichtigt hat, beispielsweise –, aber die ersten beiden Abfuhren hatten all seinen Mut und all seine Hoffnungen vernichtet. Er verfügte nicht über finanzielle Reserven, also hatte er die Arbeit auf dem Frachter angenommen, die ihn wenigstens von New York wegbrachte. Er hatte Angst, daß Tante Dottie die Polizei beauftragen würde, in New York auf ihn aufzupassen, dabei hatte er in Boston gar nichts Böses getan, er war bloß auf und davon gegangen, um seinen eigenen Weg zu machen in der Welt, so wie es vor ihm Millionen anderer junger Männer gemacht hatten.

Sein Hauptfehler war, dachte Tom, daß er nie bei einer Sache geblieben war, beispielsweise dem Buchhalterjob im Warenhaus, aus dem hätte noch was werden können, wäre er nicht so völlig entmutigt gewesen durch das Schneckentempo, in dem man im Warenhaus vorankam. Na ja, in gewissem Umfang traf ja Tante Dottie die Schuld daran, daß es ihm an Ausdauer fehlte, nie hatte sie ihm, als er Kind war, Anerkennung gezeigt, wenn er bei einer Sache Ausdauer bewies – zum Beispiel beim Zeitungsaustragen damals, dreizehn war er gewesen. Er hatte bei der Zeitung eine Silbermedaille für ›Höflichkeit, Service und Zuverlässigkeit‹ gewonnen. Es war, als blickte er zurück auf einen anderen Menschen, wenn er an sein damaliges Ich dachte – ein mageres, tropfnasiges Kerlchen mit einem ewigen Schnupfen, das es dennoch fertigbrachte, eine Medaille für Höflichkeit, Service und Zuverlässigkeit zu gewinnen. Tante Dottie hatte ihn gehaßt, wenn er Schnupfen hatte; sie pflegte ihr Taschentuch zu nehmen und ihm die Nase beim Putzen beinahe abzudrehen. Tom wand sich bei diesem Gedanken in seinem Liegestuhl, aber er wand sich doch elegant und zog dabei seine Bügelfalten glatt.

Er erinnerte sich an die Schwüre, die er sich selber geleistet hatte, schon mit acht Jahren, wegzulaufen von Tante Dottie, an die wilden Szenen, die sich in seiner Phantasie abspielten – Tante Dottie, die versuchte, ihn im Hause festzuhalten, und er, der sie mit den Fäusten bearbeitete, sie zu Boden schmetterte, sie würgte, der schließlich die große Brosche von ihrem Kleid riß und sie millionenmal in ihre Kehle stieß. Mit siebzehn war er davongelaufen und zurückgebracht worden, und mit zwanzig hatte er es wieder versucht und es war geglückt. Wie verblüffend und mitleiderregend naiv war er gewesen, wie wenig hatte er gewußt vom Lauf der Welt, es war, als hätte er so viel Zeit dazu gebraucht, Tante Dottie zu hassen und seine Flucht vor ihr zu planen, daß ihm nicht Zeit genug übrigblieb, zu lernen und zu wachsen. Er erinnerte sich, wie ihm zumute gewesen war, als man ihn während seines ersten Monats in New York aus der Stellung in jenem Lagerhaus hinausgeworfen hatte. Weniger als zwei Wochen hatte er dort gearbeitet, weil er nicht kräftig genug war, acht Stunden am Tag Apfelsinenkisten zu stemmen, aber er hatte sein Bestes getan und hatte sich völlig fertiggemacht in dem Bemühen, diesen Job zu halten, und als sie ihn entließen, hatte er es für entsetzlich ungerecht gehalten, er wußte es noch genau. Er wußte auch noch, daß er damals den Schluß gezogen hatte, man müsse ein Tier sein, zäh wie die Gorillas, die im Lagerhaus mit ihm gearbeitet hatten, oder man müsse verhungern. Er dachte daran, wie er unmittelbar darauf ein Brot aus einem Feinkostgeschäft gestohlen hatte, wie er es nach Hause getragen und verschlungen hatte mit dem Gefühl, daß die Welt ihm ein Brot schuldig sei und mehr.

»Mr. Ripley?« Eine der Engländerinnen, die neulich beim Tee mit ihm auf dem Sofa des Clubzimmers gesessen hatten, beugte sich über ihn. »Wir wollten Sie fragen, ob Sie nicht

Lust hätten, eine Partie Bridge mit uns zu spielen? Wir wollen ungefähr in einer Viertelstunde anfangen, im Spielraum.«

Höflich richtete Tom sich in seinem Liegestuhl auf. »Recht vielen Dank, aber ich glaube, ich bleibe lieber draußen. Außerdem spiele ich nicht allzu gut Bridge.«

»Ach, wir auch nicht! Na, dann ein andermal!« Sie lächelte und ging.

Tom sank in seinen Stuhl zurück, zog die Mütze über die Augen und faltete die Hände über dem Bauch. Er wußte, seine Eigenbrötlerei war Gesprächsstoff für die Passagiere. Er hatte mit keinem der albernen Mädchen getanzt, die jeden Abend beim Tanz nach dem Dinner kichernd und hoffnungsvoll ihre Blicke auf ihn hefteten. Er malte sich aus, was für Spekulationen die Passagiere anstellen mochten: Ist er Amerikaner? Ich *glaube,* aber er benimmt sich nicht wie ein Amerikaner, nicht wahr? Die meisten Amerikaner sind so *lärmend.* Er ist schrecklich ernst, nicht, und er kann nicht älter als dreiundzwanzig sein. Irgend etwas Großes muß ihn beschäftigen. Ja, das tat es. Die Gegenwart und die Zukunft des Tom Ripley.

7

Paris war nicht mehr als ein Blick durchs Bahnhofsfenster auf die gegenüberliegenden erleuchteten Cafés mit allem, was dazugehört, regentriefenden Markisen, Tischen auf den Bürgersteigen und Buchsbaumkästen, wie auf dem Werbeplakat eines Reisebüros, ansonsten aber nur endlos lange Bahnsteige, die er entlangtrottete, im Kielwasser rundlicher kleiner Dienstmänner in blauer Uniform, die sein Gepäck schleppten, und schließlich der Schlafwagen, der ihn direkt nach Rom bringen sollte. Nach Paris werde ich schon noch einmal kommen, dachte er, später. Jetzt drängte es ihn, Mongibello zu erreichen.

Als er am nächsten Morgen erwachte, befand er sich in Italien. An diesem Morgen gab es etwas Interessantes. Tom sah sich durch sein Abteilfenster die Landschaft an, als er draußen im Gang vor seinem Abteil einige Italiener reden hörte, und in ihrem Gespräch kam das Wort ›Pisa‹ vor. An der anderen Seite des Zuges glitt eine Stadt vorbei, Tom trat auf den Gang hinaus, um sie besser sehen zu können, und automatisch suchte er den Schiefen Turm, obwohl er keineswegs genau wußte, ob dies Pisa war und ob der Turm überhaupt von hier aus zu sehen sein würde, aber da war er schon! – eine dicke weiße Säule, die weit über die niedrigen, kalkweißen Häuser emporragte, aus denen die Stadt sonst bestand, und er *neigte* sich, neigte sich in einem Winkel, den er nicht für möglich gehalten hätte! Immer war er davon überzeugt gewesen, daß die Schiefheit des Schiefen Turms von Pisa übertrieben wurde. Er betrachtete es als ein gutes Omen, ein Zeichen, daß Italien all seine Erwartungen erfüllen würde, daß alles gut gehen würde mit ihm und Dickie.

Spät am Nachmittag kam er in Neapel an, und es fuhr kein Bus mehr nach Mongibello, erst morgen wieder, um elf Uhr. Ein Junge von vielleicht sechzehn, schmutzig, in Hemd und Hose und alten Armeeschuhen, heftete sich an seine Fersen, als er am Bahnhof etwas Geld einwechselte, und bot ihm Gott weiß was an, vielleicht Mädchen, vielleicht Rauschgift, und trotz aller Proteste Toms brachte er es tatsächlich fertig, mit ins Taxi zu schlüpfen, er wies dem Chauffeur den Weg, ununterbrochen plappernd und den Zeigefinger in die Luft reckend, als wollte er zu verstehen geben, er werde Tom aufs beste versorgen, abwarten und selber sehen. Tom gab es auf und lehnte verdrießlich mit verschränkten Armen in der Wagenecke, und endlich hielt das Taxi vor einem großen Hotel unmittelbar an der Meeresbucht. Tom wäre erschrocken vor diesem imposanten Hotel, aber es war ja Mr. Greenleaf, der die Rechnung bezahlte.

»Santa Lucia!« sagte der Junge triumphierend und deutete seewärts.

Tom nickte. Schließlich und endlich schien der Junge es doch gut zu meinen. Tom bezahlte das Taxi und reichte dem Jungen einen Hundertlireschein, das waren nach seiner Rechnung sechzehn Komma sowieso Cents, für italienische Verhältnisse ein angemessenes Trinkgeld, das hatte er auf dem Schiff in einem Artikel über Italien gelesen, und als der Junge ihn empört ansah, gab er ihm weitere hundert, und als er dann immer noch empört aussah, wedelte er ihn mit der Hand beiseite und ging in das Hotel, hinter den Pagen her, die sich bereits seines Gepäcks bemächtigt hatten.

Sein Abendessen nahm Tom an diesem Tage in einem Restaurant unten am Wasser ein, es hieß *Zi'Teresa* und war ihm von dem englischsprechenden Hotelportier empfohlen worden. Das Bestellen war eine schwierige Angelegenheit, und es stellte sich heraus, daß er als ersten Gang kleine Tintenfische bestellt hatte, sie waren von einem so giftigen Purpurrot, als hätte man sie in der Tinte gekocht, mit der die Speisekarte geschrieben war. Vorsichtig probierte er das Ende eines Fangarms, und es war ekelhaft hart, wie Knorpel. Auch der zweite Gang war ein Mißverständnis, eine Platte gebratener Fische der verschiedensten Art. Der dritte Gang – er war überzeugt gewesen, es handelte sich um so etwas wie ein Dessert – bestand aus ein paar kleinen rötlichen Fischen. Ach Neapel! Aber was bedeutete schon das Essen. Er fühlte sich leichtbeschwingt vom Wein. Weit weg zu seiner Linken trieb ein Dreiviertelmond über dem zerklüfteten Buckel des Vesuvs. Seelenruhig blickte Tom zum Vesuv hinüber, als hätte er ihn schon tausendmal gesehen. Dort um die Landzunge herum, am Fuße des Vesuvs, lag Richards Dorf.

Am nächsten Vormittag um elf Uhr bestieg er den Bus. Die Straße wand sich an der Küste entlang und lief durch kleine Städtchen, wo kurz angehalten wurde – Torre del Greco, Torre Annunciata, Castellamare, Sorrento. Tom paßte genau auf die Städtenamen auf, die der Fahrer ausrief. Von Sorrent aus wurde die Straße zu einer engen Schlucht, sie schnitt durch die Felsenklippen, die Tom von den Photos der Greenleafs her kannte. Hier und da fing er einen Schimmer auf von den kleinen Dörfchen unten am Wasser, Häuschen wie Weißbrotkrümel, und die schwarzen Pünktchen, das waren die Köpfe von Schwimmern nahe beim Strand. Tom sah, daß ein Stein, groß wie ein Findling, mitten auf der Straße lag, offenbar war er von einem der Felsen abgebrochen. Mit einem nonchalanten Schlenker wich der Fahrer ihm aus.

»Mongibello!«

Tom sprang auf und wuchtete seinen Koffer aus dem Gepäcknetz. Der zweite Koffer lag auf dem Dach des Autobusses, der Schaffner holte ihn herunter. Dann fuhr der Bus weiter, und Tom stand verlassen am Straßenrand, die Koffer neben sich. Da gab es Häuser oben, sie verstreuten sich den Berg hinauf, und Häuser unten, ihre Ziegeldächer hoben sich scharf gegen das blaue Meer ab. Tom ging, seine Koffer im Auge behaltend, über die Straße zu einem Häuschen mit dem Schild ›Posta‹ und bat den Mann hinter der Scheibe um Auskunft, wo das Haus Richard Greenleafs zu finden wäre. Ganz unbewußt sprach er englisch, aber der Mann schien zu verstehen, denn er kam heraus vor die Tür und deutete in die Richtung, aus der Tom gerade mit dem Bus gekommen war, und er sprudelte auf italienisch eine anscheinend detaillierte Beschreibung des Weges hervor.

»Sempre sinistra, sinistra!«

Tom bedankte sich und fragte, ob er seine beiden Koffer für ein Weilchen im Postamt lassen könnte, und auch das schien der Mann zu verstehen, und er half Tom beim Hereintragen.

Er mußte noch zwei weitere Leute nach dem Hause Richard Greenleafs fragen, aber jedermann schien es zu kennen, und der dritte konnte es ihm zeigen – ein großes, zweigeschossiges Haus mit einem schmiedeeisernen Tor zur Straße und einer Terrasse, die über den Felsenabgrund ragte. Tom zog die metallene Glocke neben dem Tor. Eine Italienerin, die sich die Hände an der Schürze abwischte, trat aus dem Hause.

»Mr. Greenleaf?« fragte Tom hoffnungsvoll.

Die Frau gab ihm eine lange, freundliche Antwort auf italienisch und deutete hinunter zum Meer.

Tom nickte. »Grazie«, sagte er.

Sollte er zum Strand hinuntergehen, so wie er war, oder sollte er bedachtsamer zu Werke gehen und sich in eine Badehose werfen? Oder sollte er bis zur Tee- oder Cocktailzeit warten? Oder sollte er vielleicht überhaupt erst einmal versuchen, zu telephonieren? Er hatte keine Badehose mitgenommen, und ohne Frage mußte er hier eine haben. Tom ging in eins der kleinen Geschäfte in der Nähe des Postamtes, es hatte Hemden und kurze Strandhosen in seinem winzigen Schaufenster, und nachdem er verschiedene kurze Hosen anprobiert hatte, die ihm nicht paßten oder die als Badehose nicht zu gebrauchen waren, kaufte er ein schwarzgelbes Ding, kaum breiter als eine G-Saite. Seine Kleidungsstücke verschnürte er in seinem Regenmantel zu einem ordentlichen Bündel und wollte barfuß zur Tür hinaus. Mit einem Satz war er wieder im Laden. Das Kopfsteinpflaster war heiß wie glühende Kohle.

»Schuhe? Sandalen?« wandte er sich an den Mann im Laden.

Der Mann verkaufte keine Schuhe.

Tom zog seine eigenen Schuhe wieder an und ging über die Straße ins Postamt, willens, seine Kleider bei den Koffern zu lassen, aber die Tür der Post war verschlossen. Davon hatte er schon gehört, daß man in Europa manchmal von zwölf bis vier Uhr schloß. Er drehte sich um und ging einen gepflasterten Weg hinunter, von dem er annahm, er müßte zum Strand führen. Er stieg ein Dutzend steiler Steinstufen hinab, folgte einem anderen gepflasterten Weg, vorbei an Läden und Häusern, noch einmal Stufen, und endlich erreichte er eine ebene, breite Straße gleich über dem Strand, wo es ein paar Cafés und ein Restaurant gab mit

Tischen im Freien. Bronzene italienische Halbwüchsige saßen auf den Holzbänken am Straßenrand und unterzogen ihn einer gründlichen Inspektion, als er vorbeiging. Er fühlte sich ganz elend beim Gedanken an die klobigen braunen Schuhe an seinen Füßen und an seine geisterhaft weiße Haut. Er war den ganzen Sommer über noch an keinem Strand gewesen. Er haßte den Strand. Da war ein hölzerner Steg, der bis zur Mitte des Sandstrandes führte, Tom wußte, der Sand mußte höllisch heiß sein, denn alle Leute lagen auf einem Handtuch oder irgend etwas, aber er zog trotzdem seine Schuhe aus und stand einen Moment still auf dem heißen Holz, ruhig glitt sein Blick über die Menschengruppen um ihn herum. Keiner sah aus wie Richard, und die flimmernde Hitze machte es ihm unmöglich, die etwas weiter entfernten Leute richtig auszumachen. Tom streckte einen Fuß aus in den Sand und zog ihn wieder zurück. Dann atmete er tief ein, raste bis zum Ende des Steges, setzte in großen Sprüngen über den Sand und versenkte seine Füße in die gesegnete Kühle der Wasserlachen am Wellensaum. Er ging los.

Tom sah ihn etwa aus der Entfernung eines Häuserblocks – unverkennbar Dickie, wenn er auch braungebrannt war und sein blondes Kraushaar heller wirkte, als Tom es in Erinnerung hatte. Marge war bei ihm.

»Dickie Greenleaf?« fragte Tom lächelnd.

Dickie sah auf. »Ja?«

»Ich bin Tom Ripley. Wir haben uns vor ein paar Jahren in den Staaten kennengelernt. Erinnern Sie sich?«

Dickie blickte verständnislos.

»Ich glaube, Ihr Vater sagte, er wollte Ihnen etwas schreiben über mich.«

»Ach ja!« sagte Dickie und tippte sich an die Stirn, als wollte er sagen, wie dumm von mir, das zu vergessen. Er stand auf.

»Tom – wie war der Name?«

»Ripley.«

»Das ist Marge Sherwood«, sagte er. »Marge – Tom Ripley.«

»Guten Tag«, sagte Tom.

»Guten Tag.«

»Wie lange bleiben Sie hier?« fragte Dickie.

»Ich weiß noch nicht genau«, sagte Tom. »Ich bin gerade angekommen. Ich werde mir erst mal die Gegend hier ansehen.«

Dickie sah sich Tom an, nicht mit ungeteiltem Beifall, fand Tom. Dickie hatte die Arme verschränkt, seine mageren braunen Füße gruben sich in den heißen Sand, was ihm nicht das geringste auszumachen schien. Tom hatte seine Füße wieder in die Schuhe gezwängt.

»Sie wollen ein Haus nehmen?«

»Mal sehen«, sagte Tom unbestimmt, so als hätte er das in Erwägung gezogen.

»Die Zeit ist jetzt günstig, wenn man ein Haus sucht, falls Sie für den Winter eins nehmen wollen«, sagte das Mädchen. »Die Sommertouristen sind praktisch alle weg. Wir könnten hier noch ein paar Amerikaner gebrauchen im Winter.«

Dickie schwieg. Er hatte sich wieder neben das Mädchen auf das große Badetuch gesetzt, und Tom spürte, er wartete darauf, daß Tom sich verabschieden und abziehen möge. Tom stand da und fühlte sich nackt und bloß wie am Tage seiner Geburt. Er haßte Badehosen. Diese war sehr offenherzig. Es gelang ihm, aus seiner Jacke in dem Regenmantel die Zigaretten hervorzuziehen, und er bot sie Dickie und dem Mädchen an. Dickie nahm eine, und Tom hielt ihm sein Feuerzeug hin.

»Sie erinnern sich wohl nicht mehr an mich von New York her«, sagte Tom.

»Eigentlich nicht so richtig«, sagte Dickie. »Wo haben wir uns denn kennengelernt?«

»Ich glaube – war es nicht bei Buddy Lankenau?« Es war nicht bei Buddy Lankenau gewesen, aber Tom wußte,

Dickie kannte Buddy Lankenau, und Buddy war ein recht respektabler Bursche.

»Aha«, sagte Dickie vage. »Bitte entschuldigen Sie, aber ich habe zur Zeit ein furchtbar schlechtes Gedächtnis, was Amerika angeht.«

»Das kann man wohl sagen«, sagte Marge, Toms retten-der Engel. »Es wird immer schlechter. Wann sind Sie ein-getroffen, Tom?«

»Gerade eben, vor einer Stunde. Ich habe bloß meine Koffer im Postamt geparkt.« Er lachte.

»Wollen Sie sich nicht setzen? Hier ist noch ein Handtuch.« Sie breitete ein kleineres weißes Handtuch neben sich auf den Sand. Tom nahm dankbar an.

»Ich springe schnell mal 'rein, um mich etwas abzukühlen«, sagte Dickie und stand auf.

»Ich auch!« sagte Marge. »Kommen Sie mit, Tom?«

Tom folgte ihnen. Dickie und das Mädchen schwammen ziemlich weit hinaus – beide waren anscheinend ausgezeich-nete Schwimmer –, und Tom blieb in der Nähe des Strandes und ging auch viel eher heraus. Als Dickie und das Mädchen zu den Handtüchern zurückkehrten, sagte Dickie, und es schien, als hätte das Mädchen ihn dazu gebracht: »Wir gehen jetzt. Möchten Sie nicht zu uns kommen und mit uns essen?«

»Warum nicht, ja, vielen Dank.« Tom half ihnen, die Handtücher, die Sonnenbrillen, die italienischen Zeitschrif-ten aufzusammeln.

Tom kam es vor, als sollten sie niemals ankommen. Dickie und Marge gingen voraus, nahmen die endlosen Steintreppen langsam und gleichmäßig, immer zwei auf einmal. Die Sonne hatte Tom fertiggemacht. Die Muskeln seiner Beine zitterten auf den ebenen Strecken. Seine Schultern färbten sich bereits rosa, er hatte sein Hemd angezogen als Schutz vor den Sonnenstrahlen, aber er spürte, wie die Sonne durch sein Haar auf den Kopf brannte, ihm wurde schwindlig und übel.

»Ist es schlimm?« fragte Marge, kein bißchen außer Atem.

»Sie werden sich daran gewöhnen, wenn Sie hierbleiben. Sie hätten das hier sehen sollen während der Hitzewelle im Juli!«

Tom hatte nicht den Atem für eine Entgegnung.

Eine Viertelstunde später fühlte er sich wohler. Er hatte geduscht und saß nun in einem bequemen Korbsessel auf Dickies Terrasse, einen Martini in der Hand. Auf Vorschlag von Marge hatte er seine Badehose wieder angezogen, darüber sein Hemd. Der Tisch auf der Terrasse war für drei gedeckt worden, während er unter der Brause stand, und Marge war jetzt in der Küche und sprach italienisch mit dem Dienstmädchen. Tom fragte sich, ob Marge wohl hier wohnte. Das Haus war ohne Zweifel groß genug. Es war sparsam möbliert, soweit Tom sehen konnte, in einer angenehmen Mischung aus italienischer Antike und amerikanischer Boheme. Er hatte in der Diele zwei Originalzeichnungen von Picasso entdeckt.

Marge kam mit ihrem Martini auf die Terrasse heraus. »Da drüben, das ist mein Haus.« Sie zeigte hinüber. »Sehen Sie es? Das quadratische weiße mit dem Dach, das von dunklerem Rot ist als die daneben.«

Es war hoffnungslos, es aus den vielen Häusern herausfinden zu wollen, aber Tom tat, als sähe er es. »Sind Sie schon lange hier?«

»Ein Jahr. Den ganzen letzten Winter über, und das war ein Winter! Jeden Tag bis auf einen Regen, und das drei Monate lang!«

»Nicht möglich!«

»Hm-m.« Marge nippte an ihrem Martini und blickte zufrieden über ihr kleines Dorf. Auch sie war wieder in ihrem Badeanzug, einem tomatenroten Badeanzug, und darüber trug sie ein gestreiftes Hemd. Sie sah nicht schlecht aus, taxierte Tom, und sie hatte sogar eine gute Figur, wenn man den kräftigen Typ mochte. Tom seinerseits mochte ihn nicht.

»Dickie hat ein Schiff, soviel ich weiß«, sagte Tom.

»Ja, die *Pipi.* Abkürzung für *Pipistrello.* Möchten Sie sie sehen?«

Sie zeigte auf ein weiteres unkenntliches Etwas drunten an der kleinen Mole, die sie von der Ecke der Terrasse aus sehen konnten. Die Boote sahen sich alle ziemlich ähnlich, aber Marge sagte, Dickies Boot sei größer als die meisten anderen und hätte zwei Masten.

Dickie kam heraus und goß sich aus dem Mixer auf dem Tisch einen Cocktail ein. Er trug schlecht gebügelte weiße Hosen und ein Leinenhemd von der Farbe seiner Haut. »Leider gibt es kein Eis. Ich besitze keinen Kühlschrank.«

Tom lächelte. »Ich habe einen Bademantel für Sie mitgebracht. Ihre Mutter sagte, Sie hätten darum gebeten. Außerdem Socken.«

»Kennen Sie meine Mutter?«

»Ich traf zufällig Ihren Vater, kurz bevor ich New York verließ, und er hat mich zum Dinner zu sich eingeladen.«

»So? Wie ging es meiner Mutter?«

»Sie war ganz munter an dem Abend. Ich würde sagen, sie wird leicht müde.«

Dickie nickte. »Ich bekam diese Woche einen Brief, in dem stand, es ginge ihr wieder besser. Wenigstens hat sie zur Zeit keine Krise, nicht wahr?«

»Das glaube ich nicht. Ich denke, vor ein paar Wochen war Ihr Vater mehr in Sorge.« Tom zögerte. »Er ist auch ein bißchen besorgt darüber, daß Sie gar nicht nach Hause kommen wollen.«

»Herbert ist stets um irgend etwas besorgt«, sagte Dickie.

Marge und das Dienstmädchen kamen aus der Küche mit einer Platte dampfender Spaghetti, einer großen Schüssel Salat und einem Brotteller. Dickie und Marge begannen ein Gespräch über irgendein Restaurant unten am Strand, das sich vergrößerte. Der Besitzer verbreiterte die Terrasse, damit die Leute Platz hatten zum Tanzen. Sie besprachen es in allen Einzelheiten, gemächlich, so wie Kleinstädter, die sich für die geringfügigsten Veränderungen in der Nach-

barschaft interessieren. Nichts, was Tom dazu hätte beisteuern können. Er vertrieb sich die Zeit damit, Dickies
Ringe zu examinieren. Sie gefielen ihm beide: ein großer,
rechteckiger, grüner Stein in Goldfassung am Mittelfinger
der rechten Hand, und am kleinen Finger der Linken ein
Siegelring, größer und reicher verziert als der Siegelring,
den Mr. Greenleaf getragen hatte. Dickie hatte lange, kno-
chige Finger, ähnlich wie seine eigenen, dachte Tom.

»Übrigens – Ihr Vater machte mit mir einen Rundgang
durch die Burke-Greenleaf-Werft, bevor ich abfuhr«, sagte
Tom. »Er hat mir erzählt, daß er eine ganze Menge verändert hätte, seit Sie zum letzten Male da waren. Ich war
ziemlich beeindruckt.«

»Vermutlich hat er Ihnen auch eine Stellung angeboten.
Immer auf Suche nach hoffnungsvollen jungen Leuten.« Dikkie drehte seine Gabel um und um und schob sich einen
ganz beachtlichen Klumpen Spaghetti in den Mund.

»Nein, das hat er nicht.« Schlechter hätte es mit diesem
Essen gar nicht gehen können, dachte Tom. Hatte Mr. Greenleaf etwa Dickie mitgeteilt, Tom käme ihm eine Vorlesung
darüber halten, warum er nach Hause zu gehen hätte? Oder
war Dickie einfach bloß schlechter Laune? Jedenfalls hatte
Dickie sich verändert, seit Tom zum letzten Male mit ihm
zusammen war.

Dickie schleppte eine spiegelblanke Espressomaschine heran, mehr als einen halben Meter hoch, und stieß den Stöpsel
in eine Steckdose auf der Terrasse. In wenigen Augenblicken
hatten sie vier kleine Täßchen Kaffee, eins davon brachte
Marge dem Mädchen in die Küche.

»In welchem Hotel sind Sie abgestiegen?« fragte Marge
Tom.

Tom lächelte. »Bis jetzt habe ich noch keines gefunden.
Welches können Sie empfehlen?«

»Das beste ist das *Miramare*. Es liegt gleich neben dem
Giorgio. Das *Giorgio* ist das einzige Hotel, das es außerdem noch gibt, aber . . .«

»Man sagt, im *Giorgio* gäbe es Untermieter in den Betten«, warf Dickie dazwischen.

«Ach was, nur Fliegen gibt es. Das *Giorgio* ist billig«, sagte Marge ernsthaft, »aber die Bedienung . . .«

»Gibt es da nicht«, vervollständigte Dickie den Satz.

»Du hast prächtige Laune heute, wie?« sagte Marge zu Dickie und schnippte ein Krümchen Gorgonzola zu ihm hinüber.

»Wenn es so ist, werde ich es mit dem *Miramare* probieren«, sagte Tom und erhob sich. »Ich muß wohl jetzt gehen.«

Keiner von beiden drängte ihn, zu bleiben. Dickie brachte ihn ans Tor. Marge blieb noch. Tom fragte sich, ob Dickie und Marge ein Verhältnis miteinander hatten, so eine der berühmten *faute-de-mieux*-Affären, die ja nicht unbedingt äußerlich sichtbar sein mußte, weil keiner der beiden besonders leidenschaftlich veranlagt war. Marge war in Dickie verliebt, dachte Tom, aber Dickie – hätte sie als alte italienische Jungfer von fünfzig dagesessen, Dickie hätte sich ihr gegenüber nicht indifferenter zeigen können.

»Sehr gern möchte ich mal ein paar von Ihren Gemälden sehen«, sagte Tom zu Dickie.

»Gern. Na, ich denke, wir werden uns noch treffen, wenn Sie in der Gegend sind«, und Tom dachte, das hat er nur gesagt, weil ihm eingefallen ist, daß ich den Bademantel und die Strümpfe für ihn habe.

»Vielen Dank für das gute Mittagessen. Auf Wiedersehen, Dickie.«

»Auf Wiedersehen.«

Das eiserne Tor fiel ins Schloß.

8

Tom nahm im *Miramare* ein Zimmer. Es war vier Uhr geworden, bis er seine Koffer vom Postamt herangeschafft hatte, und er besaß kaum noch die Kraft, seinen besten Anzug auf den Bügel zu hängen, ehe er auf das Bett fiel. Unter seinem Fenster schnatterten einige Italienerjungen, ihre Stimmen drangen so deutlich zu ihm herauf, als wären sie bei ihm im Zimmer, und das freche, gackernde Lachen des einen, das immer und immer wieder aus dem Wortschwall hervorbrach, zerrte an Toms Nerven. Er malte sich aus, daß sie seine Expedition zum Signor Greenleaf diskutierten und wenig schmeichelhafte Spekulationen darüber anstellten, was nun wohl weiter geschehen würde.

Was wollte er hier? Er hatte hier keine Freunde und er verstand die Sprache nicht. Wenn er nun krank würde? Wer sollte sich um ihn kümmern?

Tom stand auf, er wußte, gleich mußte er sich übergeben, aber er bewegte sich trotzdem nur langsam, denn er kannte das, diese Übelkeit, und er wußte, daß er noch Zeit genug hatte, ins Badezimmer zu gehen. Im Badezimmer wurde er sein Mittagessen los und auch den Fisch von Neapel, dachte er. Er ging wieder in sein Bett und schlief sofort ein.

Als er aufwachte, zerschlagen und schwach, schien immer noch die Sonne, und auf seiner neuen Uhr war es halb sechs. Er ging ans Fenster und sah hinaus, unbewußt hielt er unter den rosa und weißen Häusern, die den steilen Abhang vor ihm tüpfelten, Ausschau nach Dickies großem Hause mit der vorspringenden Terrasse. Er entdeckte die robuste rötliche Balustrade der Terrasse. Ob Marge noch dort war? Ob sie über ihn sprachen? Er hörte ein Lachen, das sich über die sanft dahinplätschernden Straßengeräusche erhob, hell und klingend und so amerikanisch, als habe jemand einen amerikanischen Satz gesprochen. Für den Bruchteil einer Sekunde sah er Dickie und Marge in einer Häuserlücke auf der Haupt-

straße. Sie bogen um die Ecke, und Tom ging an das Seiten-
fenster, um besser sehen zu können. Eine Allee führte seitlich am Hotel vorbei, genau unter seinem Fenster, und Dickie
und Marge kamen gegangen, Dickie in den weißen Hosen
und dem Hemd, Marge in Rock und Bluse. Sie muß noch zu
Hause gewesen sein, dachte Tom. Oder sie hatte Kleider
bei Dickie. Dickie sprach an der kleinen Holzmole mit einem
Italiener, gab ihm Geld, und der Italiener tippte an seine
Mütze, dann machte er das Boot los. Tom beobachtete, wie
Dickie Marge in das Boot half. Das weiße Segel entfaltete
sich. Links hinter ihnen versank die glutrote Sonne im Meer.
Tom konnte Marge lachen hören, und Dickie schrie etwas
Italienisches zur Mole hinüber. Tom erkannte, daß er ihren
ganz normalen Tagesablauf sah – eine Siesta nach dem spä-
ten Mittagessen, höchstwahrscheinlich, dann bei Sonnenuntergang in Dickies Boot segeln. Danach Aperitifs in einem
der Strandcafés. Sie verlebten einen völlig normalen Tag,
so als ob er gar nicht existierte. Weshalb sollte Dickie sich
eigentlich zurücksehnen nach Untergrundbahnen und Taxis
und gestärkten Kragen und einem Achtstundentag? Oder
selbst nach Wagen mit Fahrer und Urlaub in Florida und
Maine? Das war längst nicht so schön, wie in alten Klamotten ein Boot zu segeln und keiner Seele Rechenschaft schuldig zu sein, wie man seinen Tag hinbrachte, sein eigenes
Haus zu haben mit einer treuen Wirtschafterin, die wahrscheinlich für ihn alles tat. Und außerdem Geld für Reisen,
wenn er reisen wollte. Tom beneidete ihn, beneidete ihn in
einer herzzerbrechenden Aufwallung von Neid und Selbst-
bemitleidung.

Dickies Vater hatte sicherlich in seinem Brief genau das
gesagt, was Dickie gegen ihn aufbringen mußte, dachte Tom.
Wieviel besser wäre es gewesen, wenn er sich einfach in eins
der Strandcafés gesetzt und aufs Geratewohl Bekanntschaft
mit Dickie geschlossen hätte! Wahrscheinlich hätte er Dickie
bei günstiger Gelegenheit überreden können, nach Hause zu
fahren, wenn er es so angefangen hätte, aber auf diese **Art**

war es zwecklos. Tom machte sich selbst Vorwürfe, daß er heute so täppisch und so humorlos gewesen war. Nichts, was er wirklich ernst nahm, wurde etwas. Vor Jahren hatte er das schon herausgefunden.

Er ließ jetzt erst mal ein paar Tage vergehen, dachte er. Der erste Schritt mußte jedenfalls sein, Dickie für ihn einzunehmen. Dickie sollte ihn gernhaben – das wünschte er sich mehr als alles in der Welt.

9

Tom ließ drei Tage verstreichen. Dann, am vierten Tag, ging er gegen Mittag zum Strand hinunter und fand Dickie allein, an der gleichen Stelle wie beim ersten Mal, vor den grauen Felsen, die sich vom Land her quer über den Strand zogen.

»'n Morgen!« rief Tom. »Wo ist denn Marge?«

»Guten Morgen. Wahrscheinlich arbeitet sie heute ein bißchen länger. Sie wird bald kommen.«

»Arbeitet?«

»Sie ist Schriftstellerin.«

»Oh.«

Dickie zog an der italienischen Zigarette in seinem Mundwinkel. »Wo waren Sie denn die ganze Zeit? Ich dachte schon, Sie wären abgefahren.«

»Krank«, sagte Tom obenhin, während er sein zusammengerolltes Handtuch auf den Sand warf, aber nicht zu nahe an Dickies Handtuch.

»Ach, die übliche Magenverstimmung?«

»Immer zwischen Leben und Badezimmer schwebend«, sagte Tom lächelnd. »Aber jetzt geht es mir wieder sehr gut.« Er war tatsächlich zu schwach gewesen, auch nur das Hotel zu verlassen, aber er war auf dem Fußboden seines Zimmers umhergekrochen, immer den Fleckchen Sonnenlicht nach, die durch seine Fenster fielen, damit er nicht so weiß aussähe das nächste Mal, wenn er zum Strand ginge. Und den Rest seiner schwachen Kräfte hatte er darauf verschwendet, ein Handbuch für italienische Konversation zu studieren, das er in der Hotelhalle gekauft hatte.

Tom ging ins Wasser, ging selbstsicher so weit hinein, daß es ihm bis zur Taille reichte, dort blieb er stehen, um sich Wasser über die Schultern zu spritzen. Er ging in die Knie, bis sein Kinn das Wasser berührte, planschte ein bißchen herum und kam dann langsam wieder zurück.

»Darf ich Sie zu einem Gläschen in mein Hotel einladen, ehe Sie nach Hause gehen?« fragte er Dickie. »Und auch Marge, wenn sie noch kommt. Ich würde Ihnen gern Ihren Bademantel und die Strümpfe geben, Sie wissen ja.«

»O ja, vielen Dank. Ich nehme gern einen Drink.« Er wandte sich wieder seiner italienischen Zeitung zu.

Tom streckte sich auf seinem Handtuch aus. Er hörte, wie die Turmuhr des Dorfes eins schlug.

»Sieht nicht so aus, als würde Marge noch kommen«, sagte Dickie. »Ich denke, ich mache mich auf den Weg.«

Tom stand auf. Sie gingen hinauf zum *Miramare*, sprachen praktisch überhaupt nicht miteinander, nur daß Tom Dickie einlud, mit ihm zu essen, was Dickie ablehnte, weil das Mädchen zu Hause sein Essen bereithalte, sagte er. Sie gingen hinauf in Toms Zimmer, und Dickie probierte den Bademantel an und hielt sich die Socken an die nackten Füße. Bademantel und Socken paßten genau, und Dickie war, wie Tom vorausgesehen hatte, äußerst zufrieden mit dem Bademantel.

»Und hier«, sagte Tom und nahm ein quadratisches Päckchen im Einwickelpapier einer Drogerie aus einer Schublade. »Ihre Mutter schickt Ihnen auch noch Nasentropfen.«

Dickie lächelte. »Die brauche ich nicht mehr. Das war der Stirnhöhlenkatarrh. Aber geben Sie nur her.«

Jetzt hatte Dickie alles, dachte Tom, alles, was er zu bieten hatte. Er wird gleich auch die Einladung zum Drink ablehnen, wußte Tom. Er folgte Dickie zur Tür. »Wissen

Sie, Ihr Vater macht sich wirklich sehr viel Gedanken über Ihr Heimkommen. Er hat mich gebeten, Ihnen recht gut zuzureden, was ich natürlich nicht tun werde, aber irgend etwas werde ich ihm ja sagen müssen. Ich habe versprochen, ihm zu schreiben.«

Dickie drehte sich um, die Hand auf der Klinke. »Ich weiß nicht, was mein Vater sich für Vorstellungen macht über mein Leben hier drüben – daß ich mich zu Tode trinke oder so was. Ich werde wahrscheinlich diesen Winter für ein paar Tage nach Hause fliegen, aber ich habe nicht die Absicht, drüben zu bleiben. Ich bin glücklicher hier. Wenn ich für dauernd zurückginge, würde mein Vater mich pausenlos drängen, bei Burke-Greenleaf zu arbeiten. Unmöglich könnte ich noch malen. Aber ich male nun einmal gern, und ich denke, es ist meine Sache, wie ich mein Leben verbringe.«

»Das verstehe ich. Aber er hat gesagt, daß er nicht versuchen würde, Sie zur Mitarbeit in seiner Firma zu bringen, wenn Sie zurückkämen, es sei denn, Sie hätten Lust zur Arbeit als Konstruktionszeichner, und er sagte, das machte Ihnen Spaß.«

»Nun, das haben mein Vater und ich zur Genüge besprochen. Vielen Dank jedenfalls, Tom, daß Sie die Botschaft und die Sachen überbracht haben. Es war sehr freundlich von Ihnen.« Dickie streckte ihm die Hand hin.

Beim besten Willen hätte Tom sich nicht dazu bringen können, die Hand zu ergreifen. Jetzt stand er hart am Rande des Versagens. Er versagte, was Mr. Greenleaf betraf, und er versagte bei Dickie. »Ich glaube, ich sollte Ihnen noch etwas erzählen«, sagte Tom mit einem Lächeln. »Ihr Vater hat mich herübergeschickt, nur um Sie zu bitten, nach Haus zu kommen.«

»Was meinen Sie damit?« Dickie runzelte die Stirn. »Er hat Ihnen die Reise bezahlt?«

»Ja.« Das war seine letzte, einzige Chance – Dickie zu erheitern, oder Dickie vor den Kopf zu stoßen – Dickie zum Lachen zu bringen oder ihn türeknallend hinausrennen zu lassen. Aber da kam es ja, das Lächeln, die langen Ecken seines Mundes zogen sich in die Höhe, genau wie Tom Dikkies Lächeln in Erinnerung hatte.

»Bezahlt Ihre Fahrt! Ist denn das die Möglichkeit! Es packt ihn langsam die Verzweiflung, was?« Dickie machte die Tür wieder zu.

»Er hat mich in einer New Yorker Bar angesprochen«, sagte Tom. »Ich habe ihm gesagt, daß ich gar nicht so eng mit Ihnen befreundet bin, aber er blieb dabei, ich könnte helfen, wenn ich 'rüberführe. Ich habe ihm dann versprochen, es zu probieren.«

»Wie ist er denn bloß auf Sie gekommen?«

»Durch die Schrievers. Ich kenne die Schrievers kaum, aber Sie sehen ja! Ich war eben Ihr Freund und konnte viel für Sie tun, basta.«

Sie lachten.

»Bitte halten Sie mich nicht für einen Mann, der Ihren Vater ausnützen will«, sagte Tom. »Ich hoffe, bald irgendwo in Europa einen Job zu finden, und dann kann ich ihm gelegentlich die Kosten für die Überfahrt zurückzahlen. Er hat mir ein Rundreiseticket gekauft.«

»Ach, darüber machen Sie sich nur keine Sorgen! Das läuft sowieso über Geschäftsunkosten bei Burke-Greenleaf. Ich sehe es direkt vor mir, wie Paps Sie in einer Bar anspricht! Welche Bar war's denn?«

»Raouls. Genauer gesagt ist er mir vom *Grünen Käfig* aus nachgestiegen.« Tom suchte heimlich in Dickies Gesicht nach einem Zeichen, daß er sich an den *Grünen Käfig* erinnerte, es war eine sehr bekannte Bar, aber da war kein Zeichen.

Sie tranken einen unten in der Hotelbar. Sie tranken auf Herbert Richard Greenleaf.

»Da fällt mir ein, heute ist ja Sonntag«, sagte Dickie. »Marge ist in der Kirche. Sie kommen am besten mit 'rauf und essen bei uns heute Mittag. Sonntags gibt es immer Huhn, Sie wissen ja, eine alte amerikanische Sitte, Huhn am Sonntag.«

Dickie wollte noch bei Marge vorbeigehen, um nachzusehen, ob sie vielleicht doch da war. Sie kletterten von der Hauptstraße aus ein paar Stufen in einer Steinmauer hinauf, durchquerten einen fremden Garten und erklommen weitere Stufen. Marges Haus war ein ziemlich vernachlässigt wirkendes einstöckiges Ding mit einem verwahrlosten Garten dahinter, ein paar Kübel und ein Gartenschlauch versperrten den Pfad zur Türe, und ihr tomatenroter Badeanzug und ein Büstenhalter, an einem Fensterbrett baumelnd, gaben dem ganzen die weibliche Note. Durch ein offenes Fenster erspähte Tom einen unordentlichen Tisch mit einer Schreibmaschine.

»He!« sagte sie, als sie die Tür öffnete. »Hallo, Tom! Wo waren Sie die ganze Zeit?«

Sie bot ihnen etwas zu trinken an, stellte aber fest, daß nur noch ein kleiner Schluck Gin in der Flasche war.

»Das macht nichts, wir gehen zu mir«, sagte Dickie. Er bewegte sich in Marges Wohn- und Schlafzimmer mit einer Selbstverständlichkeit, als ob er selbst zur Hälfte hier wohnte. Er beugte sich über einen Blumentopf, in dem ein winziges Pflänzchen sproß, und berührte das Blatt zart mit dem Zeigefinger. »Tom kann dir etwas Hübsches erzählen«, sagte er. »Erzählen Sie es ihr, Tom.«

Tom nahm einen tiefen Atemzug und fing an. Er machte es sehr spaßig, und Marge lachte, als hätte sie seit Jahren nicht über so etwas Komisches lachen können. »Als ich ihn bei Raoul hereinkommen sah, mir nach, da war ich drauf und dran, aus einem Hinterfenster zu klettern!« Sein Mund haspelte es herunter, fast unabhängig von seinem Kopf. Sein Kopf war damit beschäftigt, zu registrieren, wie er Boden gewann bei Dickie und Marge. Er konnte es an ihren Gesichtern ablesen.

Die Kletterpartie zu Dickies Haus hinauf schien nicht halb so lang wie zuvor. Der köstliche Duft des gebratenen Huhns drang heraus auf die Terrasse. Dickie machte ein paar Martinis. Tom duschte, und dann duschte Dickie, anschlie-

ßend kam Dickie heraus und füllte sich ein Glas, genau wie
voriges Mal, aber die Atmosphäre hatte sich von Grund
auf geändert.

Dickie ließ sich in einen Korbsessel sinken und schwang
die Beine über die Lehne. »Erzählen Sie mir noch mehr«,
sagte er lächelnd. »Was arbeiten Sie denn? Sie sagten, daß
Sie vielleicht eine Stellung annehmen wollen.«

»Warum? Haben Sie eine für mich?«

»Das nun nicht gerade.«

»Oh, ich kann eine ganze Menge – ich bin Kammerdiener,
Babysitter, Buchhalter –, ich habe eine unglückselige Be-
gabung für den Umgang mit Zahlen. Ganz gleich, wie betrunken ich bin, ich kann jederzeit sagen, ob mich ein Ober
mit der Rechnung übers Ohr hauen will. Ich kann eine Unterschrift fälschen, einen Hubschrauber fliegen, mit Würfeln
hantieren, praktisch jeden Menschen darstellen, kochen – und
ich kann in einem Nachtclub eine Einmannvorstellung geben, wenn der Berufsunterhalter plötzlich krank wird. Soll
ich weitermachen?« Tom hatte sich vorgeneigt und zählte
es an den Fingern her. Er hätte noch weitermachen können.

»Was für eine Einmannvorstellung?« fragte Dickie.

»Nun –« Tom sprang auf. »Diese zum Beispiel.« Er warf
sich in Pose, eine Hand auf der Hüfte, ein Fuß vorgereckt.
»Lady Assburden erprobt die amerikanische Untergrundbahn. Nicht einmal in London hat sie je die U-Bahn gesehen,
aber sie möchte gern ein paar Eindrücke aus Amerika mitbringen.« Tom stellte alles pantomimisch dar, suchte nach
einer Münze, fand sie, sie paßte nicht in den Schlitz, kaufte
eine Münze, suchte ratlos nach der richtigen Treppe hinunter, zeigte Schrecken bei dem Lärm und der langen, schnellen Fahrt, irrte wieder ratlos umher in dem Bemühen, hier
herauszufinden – an dieser Stelle meldete sich Marge, und
Dickie erklärte ihr, dies sei eine Engländerin in der Untergrundbahn, aber Marge verstand wohl nicht recht, denn
sie fragte: »Was?« –, trat durch eine Tür, die nur die Tür
für ›Männer‹ sein konnte, so entsetzt fuhr sie zurück vor die-

sem und jenem, und ihr Entsetzen steigerte sich immer mehr, bis sie endlich in Ohnmacht fiel. Tom sank graziös auf den Terrassenboden.

»Wunderbar!« schrie Dickie und klatschte.

Marge lachte nicht. Sie stand da und schaute ein bißchen irritiert. Sie machten sich beide nicht die Mühe, es ihr auseinanderzusetzen. Sie sah sowieso nicht danach aus, als hätte sie Sinn für diesen besonderen Humor, dachte Tom.

Tom nahm einen Schluck von seinem Martini, höchst zufrieden mit sich selbst. »Für Sie werde ich demnächst mal ein anderes vorführen«, sagte er zu Marge, womit er allerdings hauptsächlich Dickie zu verstehen geben wollte, daß er noch mehr davon hatte.

»Ist das Essen fertig?« fragte Dickie. »Ich verhungere.«

»Ich warte darauf, daß die verflixten Artischocken endlich gar werden. Du kennst ja dieses vordere Loch. Es schafft's kaum bis zum Siedepunkt.« Sie lächelte Tom zu. »Dickie ist in einigen Dingen sehr altmodisch, Tom, in den Dingen, mit denen *er* sich nicht herumzuärgern braucht. Hier gibt es noch immer nichts als einen Holzofen, und er weigert sich auch, einen Kühlschrank oder auch nur eine Eisbox zu kaufen.«

»Einer der Gründe, warum ich aus Amerika geflüchtet bin«, sagte Dickie. »Solche Sachen sind Geldverschwendung in einem Lande, wo es so viele Dienstboten gibt. Was würde Ermelinda wohl mit sich selber anfangen, wenn sie eine Mahlzeit in einer halben Stunde zubereiten könnte?« Er stand auf. »Kommen Sie herein, Tom, ich zeige Ihnen ein paar von meinen Bildern.«

Dickie führte ihn in das große Zimmer, in das Tom schon einige Male einen Blick geworfen hatte auf dem Wege zur Brause und zurück, das Zimmer mit einer langen Couch unter den beiden Fenstern und der großen Staffelei in der Mitte. »Dies ist eins von Marge, daran arbeite ich gerade.« Seine Handbewegung verwies auf die Staffelei.

»Oh«, sagte Tom interessiert. Seiner Meinung nach war

es kein gutes Bild, wahrscheinlich war jedermann dieser Meinung. Die wilde Begeisterung ihres Lächelns wirkte leicht übergeschnappt. Ihre Haut war rot wie die einer Indianerin. Wäre Marge nicht weit und breit das einzige Mädchen mit blondem Haar gewesen, er hätte überhaupt keine Ähnlichkeit feststellen können.

»Und das da – ein Haufen Landschaften«, sagte Dickie mit einem geringschätzigen Lachen, und doch wartete er ganz offensichtlich darauf, daß Tom etwas Schmeichelhaftes darüber sagte, denn er schien stolz darauf zu sein. Sie waren alle wild und hitzig und von eintöniger Gleichförmigkeit. Die Zusammenstellung von Terrakotta und Marineblau kehrte auf beinahe jedem Bild wieder, Terrakottadächer und Terrakottaberge mit strahlend marineblauen Meeren. Das gleiche Blau hatte er auch in Marges Augen gepinselt.

»Mein surrealistischer Versuch«, sagte Dickie und spannte eine Leinwand gegen sein Knie.

Tom fuhr zurück, mit einem beinahe persönlichen Schamgefühl. Wieder Marge, ganz ohne Zweifel, allerdings mit langen, schlangenähnlichen Haaren, und das schlimmste waren die Horizonte in ihren Augen, eine Miniaturlandschaft mit den Häusern und Bergen Mongibellos in dem einen Auge und der Strand voller kleiner roter Menschen im anderen. »Ja, das finde ich gut«, sagte Tom. Mr. Greenleaf hatte doch recht gehabt. Aber immerhin – es gab Dickie etwas zu tun, hielt ihn aus allem Ärger heraus, dachte Tom, so wie es Tausenden von lausigen Amateurmalern überall in Amerika etwas zu tun gab. Es tat ihm nur leid, daß Dickie als Maler in diese Kategorie fiel, weil er sich einen Dickie wünschte, der mehr war.

»Als Maler werde ich wohl nie die Welt auf den Kopf stellen«, sagte Dickie, »aber ich habe sehr viel Freude daran.«

»Ja.« Am liebsten hätte Tom alles vergessen, was mit den Bildern zu tun hatte, vergessen, daß Dickie überhaupt malte. »Darf ich das übrige Haus auch sehen?«

»Aber gewiß! Sie waren noch nicht im Salon, nein?«

Im Flur öffnete Dickie eine Tür, die in einen sehr großen Raum führte mit Kamin, Sofas, Bücherregalen und drei großen Fenstern – eins blickte auf die Terrasse, eins zur anderen Seite des Hauses landeinwärts und das dritte auf den Vorgarten. Dickie sagte, im Sommer benützte er das Zimmer nicht, er spare es sich lieber für den Winter auf, als Abwechslung. Es war mehr eine Gelehrtenstube als ein Wohnzimmer, dachte Tom. Das überraschte ihn. Er hatte in Dickie immer einen jungen Mann gesehen, der nicht gerade ein großes Licht war und der die Zeit hauptsächlich mit Spielereien hinbrachte. Vielleicht war dieser Eindruck falsch. Kein falscher Eindruck war es jedenfalls, daß Dickie zur Zeit an Langeweile litt und jemanden brauchte, der ihm zeigte, wie man sich angenehm die Zeit vertrieb.

»Was ist oben noch?« fragte Tom.

Das Obergeschoß war enttäuschend: Dickies Schlafzimmer in der Hausecke über der Terrasse war kahl und leer – ein Bett, eine Kommode und ein Schaukelstuhl standen verloren in all der Leere, das Bett war noch dazu schmal, kaum breiter als eine Pritsche. Die übrigen drei Zimmer der oberen Etage waren gar nicht oder unvollständig eingerichtet. In dem einen befanden sich nur Holzscheite und ein Berg Leinwandreste. Nirgends war eine Spur von Marge zu entdecken, am allerwenigsten in Dickies Schlafzimmer.

»Wie ist es, wollen Sie nicht einmal mit mir nach Neapel fahren?« fragte Tom. »Viel habe ich davon nicht gesehen auf der Herfahrt.«

»Gern«, sagte Dickie. »Marge und ich fahren am Sonnabend nachmittag hin. Wir essen fast jeden Sonnabend dort Abendbrot und genehmigen uns ein Taxi oder eine Carrozza für die Rückfahrt. Kommen Sie mit.«

»Ich meinte eigentlich tagsüber oder an einem Wochentag, damit ich ein bißchen was zu sehen bekomme«, sagte Tom in der Hoffnung, Marge bei diesem Ausflug zu entgehen. »Oder malen Sie den ganzen Tag?«

»Nein. Montags, mittwochs und freitags gibt es einen

Zwölfuhrbus. Wir könnten morgen fahren, wenn Sie Lust haben.«

»Schön«, sagte Tom, obwohl er noch nicht sicher war, ob Marge nicht doch noch zum Mitkommen aufgefordert wurde. »Ist Marge katholisch?« fragte er, als sie die Treppe hinabstiegen.

»Na, und wie! Sie ist vor etwa sechs Wochen von einem Italiener bekehrt worden, sie war schrecklich verknallt in ihn. Konnte der Mann reden! Er war monatelang hier und erholte sich von seinem Skiunfall. Marge tröstet sich über den Verlust ihres Edoardo hinweg, indem sie seinen Glauben umarmt.«

»Ich habe angenommen, Marge wäre in Sie verliebt.«

»In mich? Machen Sie keine Witze.«

Das Essen wartete schon, als sie auf die Terrasse hinaustraten. Es gab sogar ofenfrische Biskuits mit Butter, von Marge bereitet.

»Kennen Sie Vic Simmons in New York?« fragte Tom Dickie.

Vic betrieb in New York eine tolle Kneipe für Künstler, Schriftsteller und Tänzerinnen, aber Dickie wußte nichts von ihm. Tom erkundigte sich noch nach zwei oder drei anderen Leuten, ebenfalls ohne Erfolg.

Tom hoffte, Marge würde nach dem Kaffee gehen, aber sie ging nicht. Als sie die Terrasse für einen Augenblick verließ, sagte Tom: »Darf ich Sie für heute abend zum Essen in mein Hotel einladen?«

»Ja, danke. Um welche Zeit?«

»Halb acht vielleicht? Wir hätten dann noch Zeit für einen Cocktail, ja? – Schließlich ist es ja das Geld Ihres Vaters«, fügte Tom mit einem Lächeln hinzu.

Dickie lachte. »In Ordnung, Cocktails und eine gute Flasche Wein. Marge!« Eben kam Marge zurück. »Wir essen heute abend im *Miramare*, beste Empfehlung von Mr. Greenleaf senior!«

Marge kam also auch, und Tom konnte gar nichts dagegen machen. Schließlich war es ja das Geld von Dickies Vater.

Das Essen war gut an diesem Abend, aber Marges Gegenwart hinderte Tom daran, über all das zu sprechen, worüber er gerne gesprochen hätte, ja er war nicht einmal dazu aufgelegt, sehr witzig zu sein, wenn Marge dabeisaß. Marge kannte ein paar Leute, die im Speisesaal saßen, und nach dem Essen entschuldigte sie sich, nahm ihre Kaffeetasse mit hinüber zu einem anderen Tisch und setzte sich dort.

»Wie lange wollen Sie hierbleiben?« fragte Dickie.

»Na, mindestens eine Woche, möchte ich sagen«, erwiderte Tom.

»Ich meine nämlich . . .« Eine leichte Röte stieg in Dickies Gesicht; der Chianti hatte ihn in gute Laune versetzt. »Wenn Sie noch ein Weilchen hierbleiben wollen, warum sollten Sie nicht zu mir kommen? Es ist doch nicht nötig, daß Sie im Hotel wohnen, vorausgesetzt, daß Sie nicht das Hotel vorziehen.«

»Recht vielen Dank«, sagte Tom.

»Da steht noch ein Bett im Mädchenzimmer, Sie haben das Mädchenzimmer nicht gesehen. Ermelinda schläft nicht im Hause. Ich bin überzeugt, wir kommen zurecht mit den Möbeln, die noch herumstehen, wenn Sie meinen, daß Sie...«

»Aber gern. Nebenbei gesagt, Ihr Vater hat mir sechshundert Dollar gegeben für meine Auslagen, davon sind noch ungefähr fünfhundert übrig. Ich denke, damit sollten wir zwei uns mal ein bißchen die Zeit vertreiben, was meinen Sie?«

»Fünfhundert!« sagte Dickie, es klang, als hätte er sein Leben lang noch nicht so viel Geld auf einem Haufen gesehen. »Dafür könnten wir einen kleinen Wagen kriegen!«

Tom gab keinen Kommentar zu der Wagenidee. So stellte er sich den Zeitvertreib nicht vor. Er wollte nach Paris fliegen.

Marge kam wieder, sah er.

Am nächsten Morgen zog er ein.

Dickie und Ermelinda hatten einen Schrank und Stühle in eins der oberen Zimmer gerückt, und Dickie hatte ein paar Reproduktionen von Mosaikporträts aus der St. Markus-Kathedrale an die Wände gepinnt. Tom half Dickie, das schmale Eisenbett aus dem Mädchenzimmer nach oben zu tragen. Es war noch nicht zwölf, als sie es geschafft hatten, leichtbeschwingt vom Frascati, den sie während der Arbeit getrunken hatten.

»Wollen wir noch nach Neapel fahren?« fragte Tom.

»Aber sicher.« Dickie sah auf die Uhr. »Es ist erst dreiviertel zwölf. Wir können den Zwölfuhrbus noch schaffen.«

Sie nahmen nichts weiter mit als ihre Jacken und Toms Scheckheft. Der Bus kam gerade, als sie am Postamt eintrafen. Tom und Dickie standen an der Tür und ließen die Leute aussteigen; dann zog Dickie sich hoch, genau vor die Nase eines jungen Mannes mit rotem Haar und einem schreienden Sporthemd – ein Amerikaner.

»Dickie!«

»Freddie!« Dickies Stimme überschlug sich. »Was machst *du* denn hier?«

»Komme dich besuchen! Und die Cecchis. Ich wohne ein paar Tage bei ihnen.«

»Ch'elegante! Ich fahre nach Neapel mit einem Freund. Tom?« Dickie winkte Tom heran und machte sie miteinander bekannt.

Der Amerikaner hieß Freddie Miles. Tom fand ihn gräßlich. Tom verabscheute rotes Haar, ganz besonders so karottenrotes Haar über weißer Sommersprossenhaut. Freddie hatte große rotbraune Augen, die in seinem Schädel herumkollerten, als schielte er, vielleicht war er aber auch nur einer von den Menschen, die einen nie ansehen, wenn man mit ihnen spricht. Außerdem war er zu dick. Tom wandte sich ab und wartete, daß Dickie die Unterhaltung beendete. Sie hielten bereits den Bus auf, stellte er fest. Dickie und Freddie sprachen über Skilaufen, sie verabredeten sich für irgendwann im Dezember in einer Stadt, von der Tom noch nie gehört hatte.

»Bis zum zweiten werden etwa fünfzehn von uns in Cortina sein«, sagte Freddie. »Eine richtige Pfundstruppe wie voriges Jahr! Drei Wochen, wenn dein Geldbeutel das aushält!«

»Na, ob wir's aushalten!« sagte Dickie. »Bis heute abend, Fred!«

Tom stieg hinter Dickie in den Bus ein. Es war kein Sitzplatz mehr frei, und sie standen eingekeilt zwischen einem dürren, schwitzenden Mann, der stank, und ein paar alten Bauersfrauen, die noch mehr stanken. Als sie eben aus dem Dorfe hinausfuhren, fiel Dickie ein, daß Marge wie gewöhnlich zum Mittagessen kommen würde, weil sie gestern angenommen hatten, durch Toms Umzug würde der Neapelausflug ins Wasser fallen. Dickie schrie dem Fahrer zu, er solle halten. Mit kreischenden Bremsen und einem Ruck, der alle Stehenden durcheinanderpurzeln ließ, stoppte der Bus, und Dickie streckte den Kopf zum Fenster heraus und schrie: »Gino! Gino!«

Ein kleiner Junge von der Straße kam gelaufen, um den Hundertlireschein zu packen, den Dickie ihm entgegenhielt. Dickie sagte ihm etwas Italienisches, und der Junge sagte: »Subito, signore!« und sauste davon.

Dickie dankte dem Fahrer, und der Bus setzte sich wieder in Bewegung. »Ich habe ihm gesagt, er soll Marge benachrichtigen, daß wir heute abend wieder da sind, allerdings wohl ziemlich spät«, sagte Dickie.

»Gut.«

Der Bus entließ sie auf einem weiten, lärmenden Platz in Neapel, und plötzlich waren sie umringt von Karren mit Trauben, Feigen, Süßigkeiten und Wassermelonen, und Halbwüchsige mit Füllfederhaltern und Spielzeug zum Aufziehen schrien auf sie ein. Für Dickie machten sie Platz.

»Ich weiß, wo man gut zu Mittag essen kann«, sagte Dickie. »Eine echte neapolitanische Pizzeria. Mögen Sie Pizza?«

»Ja.«

Die Pizzeria lag in einem Gäßchen, das zu eng und zu steil war für Autos. Perlenschnüre hingen vor dem Eingang, eine Karaffe Wein stand auf jedem Tisch, und es waren überhaupt nur sechs Tische da, es war genau das Lokal, in dem man stundenlang sitzen und Wein trinken konnte, ohne gestört zu werden. Sie saßen dort bis fünf Uhr, dann sagte Dickie, es sei Zeit, sich zur Galleria aufzumachen. Dickie entschuldigte sich, daß er Tom nicht ins Museum der Künste führte, wo es echte da Vincis und El Grecos gäbe, sagte er, aber sie könnten das ja beim nächstenmal ansehen. Den größten Teil des Nachmittags hatte Dickie damit ausgefüllt, über Freddie Miles zu reden, und Tom hatte es ebenso uninteressant gefunden wie Freddies Gesicht. Freddie war der Sohn eines amerikanischen Kettenhoteliers, außerdem war er Bühnendichter – selbsternannter, schloß Tom, denn er hatte nur zwei Stücke geschrieben, und den Broadway hatte er nie gesehen. Freddie besaß ein Haus in Cagnes-sur-mer, und Dickie war wochenlang bei ihm gewesen, ehe er nach Italien kam.

»Das ist es, was ich liebe«, sagte Dickie überschwenglich in der Galleria ,»an einem Tisch draußen zu sitzen und die Vorübergehenden zu beobachten. Es wirkt sich irgendwie auf die Einstellung zum Leben aus. Die Angelsachsen machen einen großen Fehler, indem sie nicht von einem Straßentischchen aus Leute anstarren.«

Tom nickte. Das hatte er schon einmal gehört. Er wartete auf etwas Tiefgründiges und Originales von Dickie. Dickie war hübsch. Er fiel auf mit seinem langen, feingeschnittenen Gesicht, seinen lebendigen, intelligenten Augen, der stolzen Haltung, die er zur Schau trug, ganz gleich, wie er gekleidet war. Jetzt trug er uralte Sandalen und ziemlich schmutzige weiße Hosen, aber er saß da, als gehörte ihm die Galleria, und er plauderte italienisch mit dem Ober, der die Espressos brachte.

»Ciao!« rief er einem Italienerjungen zu, der vorbeilief.

»Ciao, Dickie!«

»Er wechselt sonnabends für Marge die Reiseschecks ein«, klärte Dickie Tom auf.

Ein gutgekleideter Italiener begrüßte Dickie mit einem herzlichen Händedruck und setzte sich zu ihnen an den Tisch. Tom lauschte ihrer italienischen Unterhaltung, hier und da fing er ein bekanntes Wort auf. Müdigkeit begann in ihm hochzusteigen.

»Möchten Sie nach Rom fahren?« fragte Dickie ihn plötzlich.

Natürlich«, sagte Tom. »Jetzt gleich?« Er stand auf und griff nach seinem Geld, um die kleinen Rechnungszettelchen zu bezahlen, die der Ober unter ihre Kaffeetassen geklemmt hatte.

Der Italiener hatte einen langgestreckten grauen Cadillac mit Jalousien, einer Viertonhupe und einem plärrenden Radio; es schien ihn und Dickie zu befriedigen, daß es ihnen gelang, dieses Radio noch zu übertönen. Sie erreichten die Stadtgrenze Roms in etwa zwei Stunden. Tom richtete sich auf, als sie über die Via Appia rollten, ihm zuliebe, wie der Italiener sagte, weil Tom sie noch nie gesehen hatte. Stellenweise war die Straße holprig. Das waren Strecken, auf denen man das Pflaster der alten Römer freigelegt hatte, um den Menschen zu zeigen, was für Straßen die Römer hatten, sagte der Italiener. Die flachen Felder links und rechts lagen verlassen im Zwielicht, wie ein altertümlicher Friedhof, dachte Tom, auf dem nur noch ein paar Grabsteine oder die Überreste von Grabsteinen standen. Der Italiener setzte sie irgendwo in einer Straße ab und verabschiedete sich urplötzlich.

»Er hat es eilig«, sagte Dickie. »Er muß zu seiner Freundin und muß wieder verschwinden, ehe der Mann nach Hause kommt um elf. Dort ist ja das Varieté, das ich gesucht habe. Kommen Sie.«

Sie kauften sich Karten für die Abendvorstellung. Es war noch eine Stunde Zeit bis zum Beginn, und sie gingen zur Via Veneto, setzten sich vor einem der Cafés an einen Tisch und bestellten Americanos. Dickie kannte niemanden in Rom, stellte Tom fest, jedenfalls keinen der Vorübergehenden, und sie sahen Hunderte von Italienern und Amerikanern vorbeigehen. Von der Varietévorstellung bekam Tom herzlich wenig mit, aber er gab sich größte Mühe. Dickie schlug vor, zu gehen, noch ehe die Vorstellung beendet war. Dann nahmen sie eine Carrozza und machten eine Stadtrundfahrt, von einem Brunnen zum anderen, durch das Forum und rund um das Kolosseum. Der Mond war aufgegangen, Tom fühlte sich immer noch schläfrig, aber diese Schläfrigkeit dämpfte kaum die Erregung, daß er nun zum erstenmal in Rom war, und versetzte ihn in empfängliche, milde Stimmung. Zusammengesunken hockten sie in der Carrozza, jeder hatte einen Sandalenfuß über ein Knie gelegt, und es kam Tom vor, als blickte er in den Spiegel, wenn er Dickies Bein und seinen eigenen aufgestützten Fuß daneben sah. Sie waren beide gleich groß und hatten auch so ziemlich das gleiche Gewicht, Dickie hatte vielleicht ein bißchen mehr, und sie trugen Bademäntel, Strümpfe und wahrscheinlich auch Hemden von gleicher Größe.

Obendrein sagte Dickie auch noch »Schönen Dank, Mr. Greenleaf«, als Tom den Kutscher bezahlte. Tom war fast ein wenig unheimlich zumute.

Nachts um eins waren sie noch viel besserer Stimmung, nachdem sie zum Abendessen zu zweit anderthalb Flaschen Wein ausgetrunken hatten. Einander fest umschlungen haltend, kamen sie singend daher, und plötzlich an einer finsteren Ecke prallten sie auf ein Mädchen und rissen es zu Boden. Unter tausend Entschuldigungen halfen sie ihm wieder auf und erboten sich, es nach Hause zu eskortieren. Sie protestierte, die beiden ließen nicht locker und nahmen sie in die Mitte. Sie müsse einen bestimmten Bus erreichen, sagte sie. Davon wollte Dickie nichts hören. Er winkte ein Taxi heran. Sehr brav saßen Dickie und Tom auf den Klappsitzen, die Arme verschränkt, wie ein Paar Lakaien, und Dickie unterhielt sich mit ihr und brachte sie zum Lachen. Tom konnte beinahe alles verstehen, was Dickie sagte. In einem kleinen

Gäßchen, das wieder ganz nach Neapel aussah, halfen sie ihr heraus, sie sagte: »Grazie tante!« und schüttelte beiden die Hand, dann verschwand sie in der absoluten Schwärze eines Torweges.

»Hast du das gehört?« sagte Dickie. »Sie hat gesagt, wir wären die nettesten Amerikaner, die ihr je begegnet seien!«

»Kunststück – die meisten buckligen Amerikaner würden in so einem Falle etwas anderes machen – sie vergewaltigen«, sagte Tom.

»Wo sind wir eigentlich?« fragte Dickie und drehte sich einmal um sich selbst.

Sie hatten beide nicht die leiseste Ahnung, wo sie sich befanden. Sie gingen eine ganze Weile, ohne einen Wegweiser oder einen bekannten Straßennamen zu finden. Sie pinkelten an einer dunklen Wand, dann zogen sie weiter.

»Wenn die Dämmerung kommt, können wir sehen, wo wir sind«, sagte Dickie fröhlich. Er sah auf die Uhr. »Nur noch ein paar Stunden.«

»Prima.«

»Es lohnt sich, ein nettes Mädchen nach Haus zu bringen, was?« fragte Dickie, der leicht taumelte.

»Aber natürlich lohnt sich's. Ich hab' Mädchen gern«, beteuerte Tom. »Aber es ist doch ganz gut, daß Marge heute nicht da ist. Nie hätten wir dieses Mädchen nach Haus bringen können, wenn wir Marge bei uns hätten.«

»Ach, ich weiß nicht«, sagte Dickie nachdenklich und blickte hinunter auf seine schlenkernden Füße. »Marge ist nicht . . .«

»Ich meine nur, wenn Marge hier wäre, müßten wir uns jetzt um ein Hotel kümmern für die Nacht. Ach, wahrscheinlich säßen wir jetzt schon *drin* in dem verdammten Hotel. Wahrscheinlich würden wir halb Rom überhaupt nicht sehen!«

»Das stimmt!« Dickie schlang einen Arm um Toms Schulter.

Heftig rüttelte Dickie an seiner Schulter. Tom versuchte, sich der Umklammerung zu entziehen und Dickies Hand zu packen. »Dickieee!« Tom öffnete die Augen und blickte direkt in das Gesicht eines Polizisten.

Tom setzte sich auf. Er war in einem Park. Es dämmerte. Dickie saß neben ihm im Gras und sprach gelassen italienisch auf den Polizisten ein. Tom tastete nach der rechteckigen Beule, seinen Reiseschecks. Sie waren noch da.

»Passaporti!« blaffte der Polizist sie wieder an, und noch einmal setzte Dickie zu einer sanften Erklärung an.

Tom wußte genau, was Dickie sagte. Er sagte, daß sie Amerikaner seien und ihre Pässe nicht bei sich hätten, weil sie nur zu einem kleinen Spaziergang hinausgegangen wären, um die Sterne zu betrachten. Lachen stieg in Tom auf. Er erhob sich unsicher und klopfte den Schmutz von seinen Kleidern. Auch Dickie war aufgestanden, und sie setzten sich in Bewegung, obwohl der Polizist sie immer noch anbellte. Dickie wandte sich zurück und sagte noch etwas, höflich und erklärend. Wenigstens kam der Polizist ihnen nicht nach.

»Wir sehen hübsch verbeult aus«, sagte Dickie.

Tom nickte. Seine Hose hatte über dem Knie einen langen Riß, wahrscheinlich war er hingefallen. Ihre Anzüge waren zerknittert, voller Grasflecke und verdreckt von Staub und Schweiß. Jetzt allerdings bibberten sie vor Kälte. Sie betraten das erstbeste Café am Wege und nahmen Milchkaffee und süße Brötchen zu sich, anschließend italienische Schnäpse, die fürchterlich schmeckten, aber wärmten. Dann fingen sie an zu lachen. Sie waren immer noch betrunken.

Um elf Uhr befanden sie sich bereits wieder in Neapel, gerade rechtzeitig für den Autobus nach Mongibello. Ein wundervoller Gedanke, wieder nach Rom zu fahren, in respektabler Kleidung, und all die Museen zu besichtigen, die sie verpaßt hatten – ein wundervoller Gedanke, heute nachmittag am Strand von Mongibello zu liegen und in der Sonne zu braten ... Aber sie gingen nicht an den Strand. Sie stellten sich bei Dickie unter die Brause, dann fiel jeder auf sein Bett und schlief, bis Marge beide gegen vier Uhr weckte. Marge war pikiert, weil Dickie sie nicht per Telegramm benachrichtigt hatte, daß sie über Nacht in Rom blieben.

»Nicht, daß ich etwas dagegen hätte, daß ihr über Nacht wegbleibt, aber ich dachte, ihr wäret in Neapel, und in Neapel kann so allerhand passieren.«

»Ooch«, brummte Dickie gedehnt, und sein Blick streifte Tom. Er wünschte sie zum Teufel.

Tom hüllte sich geheimnisvoll in Schweigen. Er dachte nicht daran, Marge irgend etwas darüber zu erzählen, was sie in Rom gemacht hatten. Sollte sie doch denken, was sie wollte. Dickie hatte keinen Zweifel daran gelassen, daß es sehr schön gewesen war. Tom bemerkte, wie sie Dickie mißbilligend musterte, wohl wegen seines Katers, seines unrasierten Gesichts und wegen des Drinks, den er sich jetzt schon wieder genehmigte. Wenn Marge sehr ernst war, dann hatte sie so etwas im Blick, das sie alt und weise aussehen ließ trotz ihrer jugendlichen Aufmachung, trotz ihres windzerzausten Haars und ihres allgemein etwas pfadfinderhaften Auftretens. Jetzt hatte sie den Gesichtsausdruck einer Mutter oder einer älteren Schwester – die ewige weibliche Mißbilligung für das destruktive Spiel der kleinen Jungen und Männner. Sieh einer an! Oder ob es Eifersucht war? Sie schien zu spüren, daß Dickie sich innerhalb von vierundzwanzig Stunden fester an Tom angeschlossen hatte, als er sich je an sie anschließen würde, einfach weil Tom auch ein Mann war, ganz gleich, ob er sie liebte oder nicht, und er liebte sie ja nicht einmal. Nach wenigen Sekunden aber entspannten sich ihre Züge, und der Ausdruck verschwand aus ihren Augen. Dickie ließ Tom mit Marge auf der Terrasse allein. Tom erkundigte sich bei ihr nach den Büchern, die sie schrieb. Es sei ein Buch über Mongibello, sagte sie, mit eigenen Photos. Sie erzählte ihm, daß sie aus Ohio stamme, und zeigte ihm ein Bild ihres Vaterhauses, das sie im Portemonnaie bei sich trug. Es sei bloß ein einfaches Fertighaus, aber es sei eben ihr Daheim, sagte Marge mit einem Lächeln. Das Wort Fertighaus klang bei ihr wie ›fäahtichiaus‹, was Tom Vergnügen machte, denn genau das gleiche Wort pflegte sie anzuwenden, wenn sie von Betrunkenen sprach, und noch wenige Minuten zuvor hatte sie zu Dickie gesagt: »Du siehst ja völlig *fäahtichaus*!« Ihre Sprache war abscheulich, dachte Tom, sowohl in der Wahl der Worte als auch in der Aussprache. Er mühte sich, ganz besonders freundlich zu ihr zu sein. Er hatte das Gefühl, er könnte es sich leisten. Er ging mit ihr bis ans Tor, und sie sagten sich freundlich auf Wiedersehen, aber keiner von beiden erwähnte auch nur mit einem Wort, daß sie heute oder morgen alle wieder zusammentreffen sollten. Ganz ohne Zweifel – Marge war ein bißchen böse auf Dickie.

10

Drei oder vier Tage lang sahen sie sehr wenig von Marge, nur unten am Strand, und sie war merklich kühler zu allen beiden, dort am Strand. Sie redete und lächelte genauso viel oder sogar noch mehr als sonst, aber es war jetzt eine Spur Höflichkeit darin, die alles abkühlte. Tom sah, daß Dickie betroffen war, allerdings nicht betroffen genug, wie es schien, um unter vier Augen mit ihr zu sprechen, denn seit Tom ins Haus gezogen war, hatte Dickie sie noch nicht allein gesprochen. Tom war noch keine Minute von Dickies Seite gewichen, seit er bei ihm wohnte.

Schließlich ließ Tom dann die Bemerkung fallen, daß Marge sich doch wohl eigenartig benähme, um Dickie zu zeigen, daß er nicht mit Blindheit geschlagen war in Sachen Marge.

»Ach, sie hat ihre Launen«, sagte Dickie. »Vielleicht arbeitet sie viel. Sie will niemanden sehen, wenn die Arbeitswut sie packt.«

Offenbar stand es um Marge und Dickie ganz genau so, wie er gleich zu Anfang vermutet hatte, dachte Tom. Marge war viel mehr angetan von Dickie als er von ihr.

Tom jedenfalls hielt Dickie bei bester Laune. Er konnte Dickie massenhaft lustige Geschichten erzählen über Leute in New York, einige wahre, viele erfundene. Täglich segelten sie in Dickies Boot. Niemals fiel eine Bemerkung über das Datum der Abreise Toms. Alles deutete darauf hin, daß seine Gesellschaft Dickie angenehm war. Tom ging Dickie aus dem Wege, wenn Dickie malen wollte, und stets war er bereit hinzuwerfen, was er gerade in der Hand hielt, um mit Dickie spazierenzugehen oder zu segeln oder einfach zusammenzusitzen und zu plaudern. Es schien Dickie auch zu freuen, daß Tom sein italienisches Sprachstudium ernst nahm. Mehrere Stunden täglich saß Tom über seinen Grammatik- und Vokabelheften.

Tom schrieb an Mr. Greenleaf, er wohne jetzt für ein paar Tage bei Dickie, und Dickie habe etwas davon gesagt, daß er im Winter ein Weilchen heimfliegen wollte, und bis dahin könnte er ihn möglicherweise dazu überreden, doch länger drüben zu bleiben. Nun, da er bei Dickie wohnte, klang dieser Brief viel besser als sein erster, in dem gestanden hatte, daß er in einem Hotel in Mongibello abgestiegen sei. Tom schrieb auch, daß er die Absicht habe, sich Arbeit zu suchen, wenn das Geld zu Ende ginge, vielleicht in einem der Dorfhotels – eine beiläufige Bemerkung, die einem doppelten Zweck diente: sie rief Mr. Greenleaf ins Gedächtnis, daß sechshundert Dollar auch zu Ende gehen können, und sie machte ihm klar, daß Tom ein junger Mann war, willens und in der Lage, seinen Lebensunterhalt zu erarbeiten. Den gleichen guten Eindruck wünschte Tom auch bei Dickie zu hinterlassen, deshalb gab er ihm den Brief zu lesen, bevor er ihn zuklebte.

Eine weitere Woche verging mit herrlichem Sonnenschein und herrlich faulen Tagen. Toms größte körperliche Anstrengung bestand darin, daß er jeden Nachmittag vom Strand aus die steinernen Treppen emporklomm, seine größte geistige Leistung war das Bemühen, italienisch zu plaudern mit Fausto, dem dreiundzwanzigjährigen Italiener, den Dickie im Dorf aufgetrieben und dazu bestellt hatte, Tom dreimal wöchentlich italienischen Sprachunterricht zu erteilen.

Einmal fuhren sie in Dickies Segelboot nach Capri. Capri war gerade weit genug entfernt, daß es von Mongibello aus nicht mehr zu sehen war. Tom war voll gespannter Erwartung, aber Dickie war schlechter Laune und lehnte es ab, sich für irgend etwas zu begeistern. Er stritt sich mit dem Hafenmeister herum, als sie die *Pipistrello* vertäuten. Dickie wollte nicht einmal durch die wunderhübschen kleinen Straßen bummeln, die sternförmig von der Plaza ausgingen. Sie saßen in einem Café an der Plaza und tranken ein paar Fernet Brancas, und dann wollte Dickie sich auf den Heimweg machen, bevor es dunkel wurde, dabei hätte Tom sehr gerne die Hotelrechnung bezahlt, wenn Dickie einverstanden gewesen wäre, daß sie übernachteten. Irgendwann könnten sie ja noch einmal nach Capri fahren, dachte Tom. Er schrieb also diesen Tag ab und bemühte sich, nicht mehr daran zu denken.

Es kam ein Schreiben von Mr. Greenleaf, es hatte sich mit Toms Brief gekreuzt; Mr. Greenleaf wiederholte noch einmal seine Argumente für Dickies Rückkehr, wünschte Tom viel Erfolg und bat ihn um postwendende Nachricht über die erzielten Ergebnisse. Noch einmal griff Tom pflichteifrig zur Feder und antwortete. Der Brief Mr. Greenleafs war in einem so niederschmetternd geschäftlichen Ton gehalten – in einem Ton, als hätte es sich um die Verschickung von Bootsteilen gehandelt, dachte Tom –, daß es Tom nicht schwerfiel, im gleichen Stil zu antworten. Tom war leicht aufgekratzt, als er den Brief schrieb, denn es war kurz nach dem Mittagessen, und kurz nach dem Mittagessen waren sie stets leicht aufgekratzt vom Wein, es war ein köstlicher Zustand, er war mit ein paar Espressos und einem kleinen Gang rasch zu beseitigen, sie konnten ihn aber auch mit einem weiteren Gläschen Wein, während des üblichen Nachmittagsfaulenzens genippt, noch ein bißchen verlängern. Tom machte sich einen Spaß daraus, in dem Brief einen Hoffnungsschimmer aufleuchten zu lassen. Er schrieb im Stile Mr. Greenleafs:

»Wenn ich mich nicht irre, ist Richard in seinem Entschluß, noch einen Winter hier zu verleben, wankend geworden. Wie ich Ihnen zugesagt habe, werde ich alles tun, was in meiner Kraft steht, um ihn davon abzubringen, noch einen Winter hier zu verbringen, und mit der Zeit – auch wenn es vielleicht bis Weihnachten dauert – wird es mir möglicherweise gelingen, ihn dazu zu veranlassen, daß er in den Vereinigten Staaten bleibt, wenn er hinüberfährt.«

Tom mußte grinsen, als er das schrieb, denn er und Dickie sprachen davon, im Winter rund um die griechischen Inseln zu kreuzen, und Dickie hatte den Gedanken völlig aufgegeben, auch nur für einige Tage nach Hause zu fliegen, es sei denn, seine Mutter würde bis dahin ernstlich krank. Sie hatten auch schon darüber gesprochen, den Januar und Februar, die schlechtesten Monate für Mongibello, auf Mallorca zu verbringen. Und Marge käme nicht mit, da war Tom ganz sicher. Er und auch Dickie schlossen sie aus bei ihren Reiseplänen, obwohl Dickie den Fehler gemacht hatte, einmal anzudeuten, daß sie vielleicht eine Winterkreuzfahrt irgendwohin unternehmen würden. Dickie war so verdammt offen in allem! Und jetzt war Dickie, das spürte Tom, zwar nach wie vor fest entschlossen, ohne Marge zu fahren, aber er bemühte sich viel stärker um sie als sonst, nur weil ihm klar war, daß sie hier einsam und allein sein würde und daß es sehr unschön von ihnen war, sie nicht zum Mitkommen aufzufordern. Alle beide, Dickie und Tom, gaben sich Mühe, es zu bagatellisieren, indem sie bei Marge den Eindruck zu wecken versuchten, sie wollten auf die denkbar billigste und schlechteste Art rund um Griechenland fahren, auf Viehfrachtern, mit Bauern zusammen unter Deck übernachtend und so, jedenfalls nichts für ein Mädchen. Aber Marge war immer noch sehr niedergeschlagen, und Dickie strengte sich noch mehr an, es gutzumachen, indem er sie jetzt sehr häufig mittags und abends zum Essen einlud. Manchmal griff Dickie nach Marges Hand, wenn sie vom Strand heimwärts gingen, oft allerdings zog Marge die Hand zurück. Manchmal schien es Tom, als glaubte Marge an dem Griff ersticken zu müssen, so heftig entwand sie Dickie ihre Hand nach wenigen Sekunden.

Und als sie Marge baten, mit ihnen nach Herkulaneum zu gehen, lehnte sie ab.

»Ich bleibe lieber zu Hause, amüsiert euch nur, ihr zwei«, sagte sie mit dem Versuch eines fröhlichen Lächelns.

»Nun, wenn sie nicht will, dann will sie eben nicht«, sagte Tom zu Dickie und verzog sich taktvoll ins Haus, damit sie und Dickie allein miteinander reden konnten, wenn sie das wollten.

Tom saß auf dem breiten Fensterbrett in Dickies Studio und blickte auf das Meer hinaus, seine braunen Arme über der Brust verschränkt. Er liebte es, auf das Mittelmeer hinauszublicken und davon zu träumen, daß er und Dickie dahinsegelten, wie es ihnen gefiel. Tanger, Sofia, Kairo, Sebastopol ... Wenn sein Geld dann alle war, überlegte Tom, hätte Dickie sich inzwischen so an ihn gewöhnt, hätte ihn so gern, daß ihm gar nicht der Gedanke kommen würde, sie könnten sich trennen. Mit Leichtigkeit konnten Dickie und er leben von den fünfhundert im Monat, die Dickie hatte. Unten auf der Terrasse konnte er den flehenden Tonfall von Dickies Stimme hören und Marges einsilbige Antworten. Dann hörte er das Tor klappen. Marge war gegangen. Eigentlich wollte sie zum Mittagessen bleiben. Tom rutschte vom Fensterbrett herab und ging hinaus zu Dickie auf die Terrasse.

»War sie böse über irgendwas?«

»Nein. Sie fühlt sich wohl etwas vernachlässigt, nehme ich an.«

»Aber wir haben uns doch wirklich um sie bemüht!«

»Das ist es wohl nicht.« Dickie ging langsam auf der Terrasse auf und ab. »Jetzt sagt sie sogar, sie will nicht mit mir nach Cortina fahren.«

»Ach, das mit Cortina wird sie sich bis Dezember sicherlich noch überlegen.«

»Ich bezweifle es.«

Tom sah den Grund darin, daß auch er mit nach Cortina fuhr. Vor einer Woche hatte Dickie ihn eingeladen. Freddie Miles war schon weg gewesen, als sie von ihrem Romausflug zurückkamen; er war überraschend nach London gerufen worden, hatte Marge ihnen ausgerichtet. Aber Dickie hatte gesagt, er wolle Freddie schreiben, daß er noch einen Freund mitbrächte. »Möchtest du, daß ich verschwinde, Dickie?« fragte Tom in der Gewißheit, daß Dickie nichts dergleichen wollte. »Ich habe das Gefühl, als dränge ich mich zwischen Marge und dich.«

»Aber nein! Drängen – wieso denn?«

»Nun, von ihrem Standpunkt aus.«

»Nein. Es ist nur – ich bin ihr irgendwie verpflichtet. Und ich war in letzter Zeit nicht gerade nett zu ihr. *Wir* waren es nicht.«

Tom wußte, was er meinte: er und Marge hatten sich gegenseitig Gesellschaft geleistet, den langen, öden Winter über, als sie die beiden einzigen Amerikaner im Dorfe waren, und nun konnte er sie nicht einfach links liegenlassen, nur weil ein anderer dahergekommen war. »Vielleicht spreche ich einmal mit ihr wegen Cortina«, schlug Tom vor.

»Dann fährt sie ganz bestimmt nicht mit«, sagte Dickie kurz und ging ins Haus.

Tom hörte, wie er Ermelinda anwies, das Mittagessen abzuräumen, er könne jetzt noch nicht essen. Obwohl es italienisch war, hörte Tom genau, daß Dickie sagte, *er* könne noch nicht essen, ganz der Ton des Hausherrn. Dickie kam auf die Terrasse heraus, eine Hand schützend um das Feuerzeug gelegt, er mühte sich, seine Zigarette anzuzünden. Dickie hatte ein wunderschönes silbernes Feuerzeug, aber bei der leisesten Brise verweigerte es den Dienst. Schließlich zog Tom sein häßliches, flackerndes Ding hervor, häßlich und zuverlässig wie ein Stück Militärausrüstung, und gab ihm Feuer. Tom unterdrückte den Wunsch, einen Drink vorzuschlagen; es war nicht sein Haus, auch wenn die drei Flaschen Gin, die in der Küche standen, zufällig aus seiner Tasche bezahlt waren.

»Es ist schon nach zwei«, sagte Tom. »Wollen wir ein Stück laufen und bei der Post vorbeigehen?« Manchmal öffnete Luigi das Postamt um halb drei, manchmal erst um vier, man konnte es nie vorhersagen.

Schweigend gingen sie bergab. *Was* mochte Marge nur über ihn gesagt haben, grübelte Tom. Urplötzlich fühlte er Schuld auf sich lasten, es trieb ihm die Schweißperlen auf die Stirn, dieses unbestimmte und doch so heftige Schuldgefühl, gerade als hätte Marge Dickie mitgeteilt, daß Tom gestohlen oder sonst etwas Schändliches verbrochen hätte. So benimmt sich Dickie nicht nur, weil Marge sich kühl gezeigt hat, dachte Tom. Dickie bewegte sich mit seinem latschenden Bergabgang vorwärts, seine knochigen Knie vorgereckt, ein Gang, den auch Tom sich ganz unbewußt angeeignet hatte. Jetzt aber hielt Dickie das Kinn auf die Brust gesenkt, seine Hände waren tief in den Taschen seiner kurzen Hose vergraben. Er durchbrach sein Schweigen nur, um Luigi zu begrüßen und ihm für den Brief zu danken. Für Tom war keine Post da. Dickies Brief kam von einer Bank in Neapel, es war ein Kontoauszug, Tom erspähte das mit Maschinenschrift in eine leere Spalte getippte ›$ 500,–‹. Achtlos schob Dickie den Zettel in die Tasche und ließ den Umschlag in einen Papierkorb flattern. Die monatliche Benachrichtigung, daß Dickies Geld in Neapel eingegangen war, kombinierte Tom. Dickie hatte einmal erwähnt, daß seine Treuhandgesellschaft das Geld auf eine Bank in Neapel zu überweisen pflege. Sie gingen weiter bergab, und Tom nahm an, sie würden die Hauptstraße entlanggehen bis ans andere Ende des Ortes, dort, wo sie einen Bogen um die Felsen beschrieb, diesen Spaziergang hatten sie schon öfter gemacht, aber Dickie blieb plötzlich stehen bei den Stufen, die hinaufführten zu Marges Haus.

»Ich denke, ich geh mal 'rauf zu Marge«, sagte Dickie. »Es wird nicht lange dauern, aber es lohnt sich nicht, daß du auf mich wartest.«

»In Ordnung«, sagte Tom und fühlte sich auf einmal ganz elend. Er schaute Dickie zu, wie er die ersten steilen Stufen hinaufstieg, dann machte er auf dem Absatz kehrt und begann den Heimweg.

Als er den Berg etwa zur Hälfte erklommen hatte, blieb er stehen. Es trieb ihn, hinunterzugehen ins *Giorgio* und einen zu trinken (aber die Martinis im *Giorgio* waren schrecklich), und dann trieb es ihn, hinaufzugehen zu Marges Haus und mit dem Vorwand, sich bei ihr entschuldigen zu wollen, seiner Wut Luft zu machen, sie zu überraschen und zu ärgern. Plötzlich stand es vor seinem innern Auge, Dickie, der sie in den Armen hielt oder wenigstens berührte, jetzt, in diesem Augenblick, und halb wünschte er sich, es mit anzusehen, halb schauderte er zurück vor dem Gedanken, es mit ansehen zu müssen. Er drehte sich um und ging den Weg zurück bis zu Marges Tor, vorsichtig schloß er das Tor hinter sich, obwohl das Haus so weit oben lag, daß sie es unmöglich hätte hören können, und dann rannte er die Stufen hoch, zwei auf einmal. Er verlangsamte seinen Schritt, als er den letzten Treppenabsatz erreichte. »Hören Sie, Marge«, würde er sagen, »es tut mir leid, daß *ich* die dicke Luft hier verursacht habe. Wir haben Sie heute gebeten, mitzukommen, und wir meinen, was wir sagen. *Ich* meine es.«

Tom blieb stehen, als Marges Fenster in sein Blickfeld rückte: Dickies Arm war um ihre Taille geschlungen. Dickie küßte sie, kleine pickende Küsse auf ihre Backe, er lächelte sie an. Sie standen keine fünfzig Meter von Tom entfernt, aber das Zimmer war schattig und dunkel im Vergleich zu dem gleißenden Sonnenlicht, in dem er stand, und er mußte sich anstrengen, um etwas erkennen zu können. Jetzt hob sich Marges Gesicht voll dem von Dickie entgegen, als wäre sie geradezu in Ekstase geraten, und was Tom so anwiderte war, daß er wußte, Dickie meinte es ja gar nicht so, Dickie bediente sich nur dieses billigen, einleuchtenden, mühelosen Mittels, um sich ihre Freundschaft zu erhalten. Was Tom anwiderte, das war die dicke Wölbung ihres Hinterns in dem Bauernrock unter Dickies Arm, der die Taille umschloß. Und Dickie –! Das hatte Tom bei Dickie wirklich nicht für möglich gehalten.

Tom wandte sich ab und sprang die Treppen hinunter, er hätte am liebsten laut geschrien. Er knallte das Tor zu. Er rannte den ganzen Weg hinauf bis nach Hause und kam japsend dort an, er stützte sich keuchend auf das Geländer, als er Dickies Tor hinter sich hatte. Er setzte sich für ein paar Augenblicke auf die Couch in Dickies Studio, in dumpfer Betäubung. Dieser Kuß ... es hatte nicht danach ausgesehen, als wäre es der erste Kuß gewesen. Er trat an Dickies Staffelei, unbewußt vermied sein Blick das schlechte Bild, das daraufstand, er griff sich den abgenutzten Radiergummi, der auf der Palette lag, und schleuderte ihn aus dem Fenster, in weitem Bogen sah er ihn fallen und zum Meer hin verschwinden. Er riß noch mehr Radiergummis von Dickies Tisch, Haarpinsel, Spachteln, Kohlestifte und Farbreste, eins nach dem anderen schmiß er in die Zimmerecken oder aus dem Fenster. Er hatte das eigenartige Gefühl, daß sein Kopf ruhig und vernünftig dachte, während sein Körper tat, was er wollte. Er rannte auf die Terrasse hinaus in dem dumpfen Verlangen, auf die Brüstung zu springen und einen Tanz aufzuführen oder einen Kopfstand zu machen, aber der leere Raum auf der anderen Seite der Brüstung rief ihn zur Besinnung.

Er ging in Dickies Zimmer hinauf und raste einige Minuten im Kreise herum, die Hände in den Taschen. Er fragte sich, wann Dickie wohl wiederkommen würde. Oder ob er dort blieb und einen Nachmittag daraus machte, wirklich mit ihr schlafen ging? Er riß Dickies Schranktür auf und guckte hinein. Da hing ein frischgebügelter, neu aussehender grauer Flanellanzug, den er noch nie an Dickie gesehen hatte. Tom nahm ihn heraus. Er zog seine knielangen Hosen aus und zog die graue Flanellhose an. Er zog ein Paar von Dickies Schuhen an. Dann öffnete er die unterste Schublade und nahm sich ein sauberes, blau-weiß gestreiftes Hemd.

Er wählte eine dunkelblaue Seidenkrawatte und band sie mit Sorgfalt. Der Anzug paßte. Er kämmte sich das Haar und zog den Scheitel etwas mehr seitlich, so wie Dickie seinen Scheitel trug. »Marge, du mußt wissen, daß ich dich nicht *liebe«*, sagte Tom zum Spiegel mit Dickies Stimme, mit Dickies höherem Ton bei den betonten Worten, mit dem kleinen Grollen hinten in der Kehle am Ende eines Satzes, das freundlich oder unfreundlich, vertraulich oder kühl sein konnte, je nach Dickies Stimmung. »Marge, laß das!« Tom drehte sich plötzlich um und griff in die Luft, als packte er Marges Kehle. Er schüttelte sie, drehte sie, während sie tiefer und tiefer sank, bis er sie schließlich schlaff zu Boden gleiten ließ. Er keuchte. Er wischte sich die Stirn, so wie Dickie es machte, langte nach dem Taschentuch und holte sich, als er es nicht fand, ein Taschentuch aus Dickies oberstem Schubfach. Dann nahm er seinen Platz vor dem Spiegel wieder ein. Sogar sein offener Mund sah aus wie Dickies Mund, wenn Dickie außer Atem war vom Schwimmen, er ließ ein bißchen von den unteren Zähnen sehen. »Du weißt, warum ich das tun mußte«, sagte er, immer noch atemlos, und er sprach zu Marge, obwohl er sich selber im Spiegel ansah, »– du hast dich zwischen Tom und mich gedrängt. – Nein, nicht das! Aber es *gibt* ein Band zwischen uns!«

Er wandte sich um, stieg über die imaginäre Leiche hinweg und schlich zum Fenster. Dort unten, wo die Straße einen Bogen machte, konnte er die gefleckte Schräge der

Treppe erkennen, die bis zur Höhe von Marges Haus hinauf-
lief. Dickie war nicht auf der Treppe und nicht auf der
Straße, soweit Tom sie überblicken konnte. Vielleicht schliefen sie jetzt zusammen, dachte Tom, noch stärker krampfte
ihm der Ekel die Kehle zusammen. Er stellte es sich vor –
scheußlich, plump, unbefriedigend für Dickie, und für Marge
ein Genuß. Sie würde es sogar genießen, wenn er sie quälte!
Tom sauste hinüber zum Schrank und nahm einen Hut vom
Hutboden. Es war ein kleiner grauer Tirolerhut mit einer
grünweißen Feder an der Krempe. Er setzte ihn verwegen
auf ein Ohr. Erstaunlich, wie er Dickie glich, wenn sein
Kopf oben bedeckt war. Eigentlich war es nur sein dunkleres
Haar, das ihn sehr von Dickie unterschied. Aber sonst –
seine Nase, jedenfalls ihre Form so ganz allgemein, seine
schmalen Backenknochen, seine Augenbrauen, wenn er sie
richtig hinschob . . .

»Was machst *du* denn da?«

Tom fuhr herum. Dickie stand in der Tür. Er muß gerade unten am Tor gewesen sein, als ich hinausgeguckt
habe, ging es Tom durch den Kopf. »Oh – ich vertreibe
mir nur ein bißchen die Zeit«, sagte Tom mit tiefer Stimme,
er hatte immer eine tiefe Stimme, wenn er in Verlegenheit
war. »Entschuldige, Dickie.«

Dickie öffnete den Mund einen kleinen Spalt, dann schloß
er ihn wieder, so als wäre sein Ärger zu groß, um sich in
Worte fassen zu lassen. Tom schien das nicht weniger schlimm,
als wenn Dickie losgelegt hätte. Dickie kam ganz ins
Zimmer.

»Dickie, es tut mir leid, wenn ich . . .«

Der Knall der zuschlagenden Tür schnitt ihm das Wort
ab. Dickie begann finsteren Blickes sein Hemd aufzuknöpfen, er tat es, als wäre Tom gar nicht vorhanden, denn
dies war sein Zimmer, was hatte Tom hier verloren? Tom
stand da, wie versteinert vor Angst.

»Ich hoffe, du bist bald 'raus aus meinen Sachen«, sagte
Dickie.

Tom begann sich auszuziehen, seine Finger waren ganz steif, so gedemütigt fühlte er sich, so einen Schock hatte es ihm versetzt, denn bis jetzt hatte Dickie immer zu ihm gesagt, zieh dies an, zieh das an, Sachen, die ihm gehörten. Nie wieder würde Dickie es sagen.

Dickie sah Toms Füße. »Schuhe auch? Bist du verrückt?«

»Nein.« Tom versuchte, sich zusammenzureißen, während er den Anzug aufhängte, dann fragte er: »Hast du es hingekriegt mit Marge?«

»Mit Marge und mir ist alles in Ordnung.« Dickie raunzte es auf eine Art, die Tom aus ihrem Kreise ausschloß. »Noch eines möchte ich dir sagen, und zwar in aller Deutlichkeit«, sagte er und sah Tom an, »ich bin nicht andersrum. Ich habe keine Ahnung, welche Vorstellungen du dir da machst.«

»Andersrum?« Tom lächelte schwach. »Nie im Leben habe ich das angenommen.«

Dickie wollte noch etwas sagen, aber er ließ es. Er reckte sich, an seiner dunkelbraunen Brust traten die Rippen hervor. – »Nun, Marge meint, du wärest es.«

»Wieso denn?« Tom fühlte, wie alles Blut aus seinem Gesicht wich. Kraftlos schüttelte er Dickies zweiten Schuh vom Fuß und stellte das Paar in den Schrank. »Wie kommt sie darauf? Was habe ich denn getan?« Er war einer Ohnmacht nahe. Kein Mensch hatte es ihm je ins Gesicht gesagt. So nicht.

»Es ist einfach die Art, wie du dich benimmst«, sagte Dickie knurrend und ging hinaus.

Hastig fuhr Tom wieder in seine Shorts. Er hatte sich vor Dickie halb hinter der Schranktür versteckt, obwohl er noch die Unterwäsche anhatte. Einfach weil Dickie ihn gern hatte, ließ Marge ihre schmutzigen Beschuldigungen vom Stapel, dachte Tom. Und Dickie hatte nicht den Mumm, aufzustehen und ihr zu widersprechen! Tom ging nach unten und fand Dickie bei den Getränken auf der Terrasse, einen Drink bereitend. »Dickie, diese Geschichte möchte ich in Ordnung bringen«, fing er an. »Ich bin ebenfalls nicht andersrum, und ich wünsche nicht, daß irgend jemand annimmt, ich wäre es.«

»Schon gut«, knurrte Dickie.

Sein Tonfall erinnerte Tom an die Antworten, die Dickie gegeben hatte, wenn er ihn nach diesem und jenem Mann in New York fragte. Einige der Leute, nach denen er Dickie gefragt hatte, waren andersrum, das stimmte, und Tom hatte schon ein paarmal den Verdacht gehabt, Dickie bestreite absichtlich, diese Leute zu kennen. Na schön! Wer machte denn überhaupt solches Aufheben davon? Dickie doch! Tom stand unschlüssig da, in seinem Schädel wirbelten tausend Dinge herum, die er jetzt vorbringen könnte, Erbittertes, Verbindliches, Dankbares, Feindseliges. Seine Gedanken wanderten zurück zu gewissen Leuten, die er in New York gekannt hatte, die er gekannt und schließlich fallenlassen hatte, alle hatte er fallenlassen, aber jetzt bedauerte er, sie überhaupt je gekannt zu haben. Sie hatten ihn akzeptiert, weil er sie amüsierte, aber *er* hat nie etwas mit ihnen zu tun gehabt, mit keinem von ihnen! Als einige ihm einen Antrag machten, hatte er ihnen einen Korb gegeben – wenn er sich auch bemüht hatte, er erinnerte sich genau, es wiedergutzumachen, indem er ihnen Eis für ihre Drinks holte, sie im Taxi nach Hause brachte, auch wenn es einen Umweg für ihn bedeutete, und so weiter, weil er Angst davor gehabt hatte, daß sie ihn nicht mehr gern hätten. Was für ein Esel war er doch gewesen! Und er erinnerte sich auch an den demütigenden Augenblick, da Vic Simmons sagte: *Du lieber Himmel, Tommie, halt doch den Mund!,* nachdem er zum dritten- oder viertenmal in Gegenwart Vics zu ein paar Leuten gesagt hatte: »Ich kann mich nicht recht entscheiden, ob ich nun Männer oder Frauen mag, deshalb werde ich wohl allen beiden entsagen.« Damals hatte er sich angewöhnt, überall zu erzählen, er ginge zu einem Psychiater, denn jeder ging zu einem Psychiater, und er pflegte wildkomische Geschichten zu erfinden über diese Besuche beim Psychiater, ganze Gesellschaften unterhielt er **damit,** und auch die Geschichte von seiner Männer-und-Frauen-Entsagung war immer unfehlbar ein Lacherfolg gewesen, so wie er sie servierte, bis Vic ihm sagte, er solle um Himmels willen den Mund halten, von da an hatte er sie nie wieder gebracht und auch nie mehr seinen Psychiater erwähnt. Wenn man's genau nahm, war ja wirklich sehr viel Wahres daran, dachte Tom. Wenn man sich all die Leute so ansah, dann war er doch einer der unschuldigsten und saubersten Menschen, die er je kennengelernt hatte. Das war die Ironie an dieser ganzen Sache mit Dickie.

»Ich habe das Gefühl, daß ich . . .«, fing Tom an, aber Dickie hörte gar nicht hin. Dickie wandte sich ab, einen grimmigen Zug um den Mund, und ging mit seinem Glas ans Ende der Terrasse. Tom näherte sich ihm, etwas ängstlich, er wußte nicht, ob Dickie ihn von der Terrasse jagen oder sich einfach umwenden und ihm sagen würde, er solle sich zum Teufel endlich aus dem Hause scheren. Sanft fragte Tom: »Liebst du Marge, Dickie?«

»Nein, aber sie tut mir leid. Ich bin besorgt um sie. Sie ist sehr nett zu mir gewesen. Wir haben schöne Stunden zusammen verlebt. Anscheinend bist du nicht imstande, das zu begreifen.«

»Ich kann es durchaus begreifen. Diesen Eindruck hatte ich von Anfang an bei euch beiden – daß es sich um eine rein platonische Angelegenheit handelt, was dich betrifft, und daß sie wahrscheinlich in dich verliebt ist.«

»So ist es. Man nimmt sich schließlich in acht, daß man nicht Menschen vor den Kopf stößt, die einen lieben, nicht wahr.«

»Natürlich.« Wieder zögerte er und mühte sich, seine Worte richtig zu wählen. Noch immer war er voll zitternder Angst, obwohl Dickie gar nicht mehr wütend auf ihn war. Dickie würde ihn nicht hinauswerfen. Tom sagte, und seine Stimme war wieder sicherer: »Ich kann mir vorstellen, daß ihr beide, wenn ihr in New York wärt, euch bei weitem nicht so oft gesehen hättet – oder überhaupt nicht . . . aber dieses Dorf hier, diese Einsamkeit . . .«

»Genau das. Ich habe nicht mit ihr geschlafen und beabsichtige das auch nicht, aber ich beabsichtige, mir ihre Freundschaft zu erhalten.

»Ja, habe ich denn irgend etwas getan, das dich daran hinderte? Ich habe dir doch gesagt, Dickie, lieber würde ich gehen als irgend etwas tun, woran deine Freundschaft zu Marge zerbrechen könnte.«

Dickie streifte ihn mit einem Blick. »Nein, du hast nichts Besonders getan, aber es ist offensichtlich, daß es dir nicht paßt, wenn sie da ist. Immer wenn du eine Anstrengung machst, ihr etwas Nettes zu sagen, dann ist es so deutlich eine Anstrengung.«

»Es tut mir leid«, sagte Tom zerknirscht. Es tat ihm leid, daß er sich nicht größere Mühe gegeben hatte, daß er schlechte Arbeit geleistet hatte, wo er leicht hätte gute leisten können.

»Ach, lassen wir das. Es ist alles geregelt zwischen Marge und mir«, sagte Dickie bockig. Er wandte sich ab und starrte auf das Meer hinaus.

Tom ging in die Küche, um sich einen kleinen Kaffee aufzugießen. Er wollte dafür nicht die Espressomaschine benutzen, weil Dickie da sehr eigen war und es gar nicht gern hatte, wenn jemand anders damit hantierte. Tom wollte sich den Kaffee mit hinaufnehmen in sein Zimmer und noch ein bißchen Italienisch üben, bis Fausto kam, überlegte er. Jetzt war nicht der richtige Zeitpunkt, sich mit Dickie auszusöhnen. Dickie hatte seinen Stolz. Jetzt würde er sich den ganzen Nachmittag über in Schweigen hüllen, und dann würde er ankommen, um fünf vielleicht, wenn er ein Weilchen gemalt hatte, und es wäre alles wieder so, als hätte es den Zwischenfall mit den Kleidern nie gegeben. Von einem war Tom überzeugt: Dickie war froh, daß er da war. Dickie hatte es satt, allein zu leben, und er hatte es auch satt mit Marge. Tom besaß immer noch dreihundert Dollar von dem Geld, das Mr. Greenleaf ihm geben hatte, die würden er und Dickie bei einem Bummel durch Paris verjubeln.

Ohne Marge. Dickie war höchst überrascht gewesen, als Tom erzählte, daß er von Paris nicht mehr mitbekommen hatte als einen Blick durchs Bahnhofsfenster.

Während er auf sein Kaffeewasser wartete, räumte Tom das Essen beiseite, das ihr Mittagsmahl hätte sein sollen. Ein paar Töpfe setzte er in größere, wassergefüllte Töpfe, um die Ameisen fernzuhalten. Auch das kleine Päckchen frische Butter, zwei Eier und die Tüte mit vier Brötchen lagen da, Ermelinda hatte es für ihr Frühstück morgen gekauft. Sie mußten von allem jeden Tag kleine Mengen kaufen, weil kein Kühlschrank vorhanden war. Dickie wollte von dem Gelde seines Vaters etwas abzweigen für die Anschaffung eines Kühlschrankes. Mehrmals schon hatte er so eine Andeutung gemacht. Tom hoffte, er würde sich noch anders besinnen, denn ein Kühlschrank beschnitte ihr Reisegeld doch sehr erheblich, und für seine eigenen fünfhundert Dollar hatte Dickie jeden Monat einen ziemlich festen Haushaltsplan. Mit Geld ging Dickie vorsichtig um – allerdings unten am Kai und in den Bars des Dorfes warf er links und rechts großzügig mit Trinkgeldern um sich, und jedem Bettler, der ihn ansprach, gab er einen Fünfhundertlireschein.

Um fünf Uhr war Dickie wieder normal. Es war ein guter Malnachmittag gewesen, vermutete Tom, denn während der letzten Stunde hatte er Dickie in seinem Studio pfeifen gehört. Dickie kam auf die Terrasse heraus, wo Tom sich in seine italienische Grammatik vertieft hatte, und gab ihm einige Tips für seine Aussprache.

»Sie sagen nicht immer so deutlich *voglio*«, sagte Dickie. »Sie sagen ›*io vo'* presentare mia amica Marge‹, beispielsweise.« Dickie schwang seine lange Hand im Halbkreis durch die Luft. Wenn er italienisch sprach, unterstrich er es immer mit Gesten, graziösen Gesten, als dirigierte er ein Orchester im Legato. »Du solltest lieber mehr Fausto auf den Mund gucken und weniger in diese Grammatik. Ich habe mein Italienisch auf der Straße aufgelesen.« Dickie lächelte und ging den Gartenweg hinunter. Fausto kam gerade zum Tor herein.

Aufmerksam lauschte Tom ihrem lachenden italienischen Wortgeplänkel, er mühte sich, jedes Wort zu verstehen.

Fausto kam lächelnd auf die Terrasse, sank in einen Sessel und schwang seine nackten Füße auf die Brüstung. Sein Gesicht konnte strahlendes Lachen zeigen und gleich darauf finster blicken, von einer Sekunde zur anderen. Dickie meinte, Fausto sei einer der wenigen im Dorfe, die nicht im südlichen Dialekt sprachen. Er war aus Mailand und für ein paar Monate zu Besuch bei seiner Tante in Mongibello. Er kam, zuverlässig und pünktlich, dreimal in der Woche zwischen fünf und halb sechs, und sie saßen auf der Terrasse, schlürften Wein oder Kaffee und plauderten etwa eine Stunde lang. Tom tat sein Bestes, um sich all das ins Gedächtnis zu prägen, was Fausto über die Berge, das Wasser, die Politik sagte (Fausto war Kommunist, eingeschriebener Kommunist, und Amerikanern zeigte er seinen Mitgliedsausweis mit besonderer Begeisterung, sagte Dickie, weil es ihn immer so freute, wie perplex sie waren) und was er über das hektische, katzenhafte Liebesleben einiger Dorfbewohner erzählte. Manchmal fiel es Fausto schwer, sich ein Gesprächsthema auszudenken, und dann starrte er Tom immer groß an und brach in Lachen aus. Aber Tom machte große Fortschritte. Von all den Sachen, die er bisher hatte lernen müssen, war Italienisch die erste, die ihm wirklich Spaß machte und für die er genügend Ausdauer zu haben glaubte. Tom wollte ebenso gut Italienisch können wie Dickie, und er war der Meinung, daß er in weiteren vier Wochen soweit kommen könnte, wenn er noch ordentlich büffelte.

11

Mit raschen Schritten lief Tom über die Terrasse in Dickies Studio. »Möchtest du in einem Sarg nach Paris fahren?«

»*Was?*« Dickie hob den Blick von seinen Wasserfarben.

»Ich habe im *Giorgio* mit einem Italiener gesprochen. Wir würden von Triest aus starten, im Gepäckwagen in Särgen liegen, begleitet von irgendeinem Franzosen. Mir schwant, daß es sich um Rauschgift handelt.«

»Rauschgift in Särgen? Ist das nicht ein ziemlich alter Trick?«

»Wir haben italienisch gesprochen, deshalb habe ich nicht alles genau verstanden, aber er hat gesagt, es wären drei Särge, und möglicherweise ist im dritten eine echte Leiche und sie haben das Rauschgift in der Leiche versteckt. Jedenfalls hätten wir die Reise umsonst und noch dazu das Abenteuer.« Er entleerte seine Taschen von den Lucky-Strike-Päckchen aus Schiffsbeständen, die er gerade von einem Straßenhändler für Dickie erstanden hatte. »Na, was meinst du dazu?«

»Welch grandiose Idee. Im Sarg nach Paris!«

Dickie sagte es mit fröhlichem Spott, so als wollte er Tom auf den Arm nehmen, indem er so tat, als ließe er sich darauf ein, während er in Wirklichkeit nicht die leiseste Absicht hatte, sich darauf einzulassen. »Ich meine es ernst«, sagte Tom. »Er ist wirklich auf der Suche nach zwei hilfsbereiten jungen Männern. Die Särge sollen die sterblichen Überreste gefallener Franzosen aus Indochina enthalten. Der französische Begleiter soll angeblich der Verwandte des einen Gefallenen oder vielleicht sämtlicher Leichen sein.« Ganz so hatte der Mann es zwar nicht ausgedrückt, aber doch so ungefähr. Und zweihunderttausend Lire, das waren schließlich mehr als dreihundert Dollar, reichlich für einen Bummel durch Paris. Dickie hatte immer noch Bedenken gehabt gegen Paris.

Dickie sah ihn scharf an, drückte den krummen Stummel der Nazionale, die er gerade rauchte, aus und riß ein Päckchen Luckies auf. »Bist du sicher, daß der Bursche, mit dem du da gesprochen hast, nicht selber unter Rauschgift stand?«

»Du bist jetzt immer so verdammt vorsichtig!« sagte Tom mit einem Lachen. »Wo ist dein Unternehmungsgeist geblieben? Du siehst aus, als glaubtest du mir nicht einmal! Komm mit, ich werde dir den Mann zeigen. Er sitzt noch unten und wartet auf mich. Carlo heißt er.«

Dickie machte keinerlei Anstalten, sich zu erheben. »Wer dir ein solches Angebot macht, der klärt dich auch gewiß nicht über alle Einzelheiten auf. Sie suchen ein paar Draufgänger, die sich von Triest nach Paris verladen lassen, mag sein, aber selbst daraus werde ich nicht klug.«

»Kommst du mit und redest mit ihm? Wenn du mir nicht glaubst, dann sieh ihn dir wenigstens an.«

»Gewiß.« Unvermittelt stand Dickie auf. »Ich könnte es vielleicht sogar machen für hunderttausend Lire.« Dickie klappte den Gedichtband zu, der auf der Couch gelegen hatte, und folgte Tom hinaus. Marge besaß eine Menge Bücher mit Gedichten. In letzter Zeit hatte Dickie angefangen, sich öfter mal eins auszuleihen.

Der Man saß noch an dem Ecktisch im *Giorgio,* als sie eintraten. Tom lächelte ihm zu und nickte.

»Hallo, Carlo«, sagte Tom. »Posso sedermi?«

»Si, si«, sagte der Mann und wies einladend auf die Stühle an seinem Tisch.

»Dies ist mein Freund«, sagte Tom in sorgfältigem Italienisch. »Er möchte wissen, ob die Sache mit der Bahnfahrt in Ordnung ist.« Tom beobachtete, wie Carlo sich Dickie ansah, von oben bis unten, und Tom fand es großartig, wie die dunklen, hart und kalt blickenden Augen des Mannes nichts anderes verrieten als höfliches Interesse, wie er im Bruchteil einer Sekunde Dickies schwach lächelndes, aber mißtrauisches Gesicht in sich aufzunehmen und abzuschätzen schien, Dickies Bräune, die nur vom monatelangen In-der-Sonne-Liegen stammen konnte, Dickies abgetragene Sachen italienischer Herkunft und seine amerikanischen Ringe.

Über die fahlen, dünnen Lippen des Mannes kroch langsam ein Lächeln, und er sah Tom an.

»Allora?« drängte Tom ungeduldig.

Der Mann hob seinen süßen Martini an die Lippen und trank. »Der Job ist reell, aber ich glaube nicht, daß Ihr Freund der richtige Mann für mich ist.«

Tom sah zu Dickie hinüber. Dickie betrachtete sich den Mann mit wachen Augen, mit dem gleichen nichtssagenden Lächeln, in dem Tom jetzt auf einmal ein verächtliches Lächelns erkannte. »Also, du siehst jetzt wenigstens, daß es wahr ist!« sagte Tom zu Dickie.

»Hm–m«, machte Dickie und sah immer noch den Mann an, als wäre er ein fremdes Tier, das ihn interessierte und das er zertreten könnte, wenn er wollte.

Dickie hätte mit dem Mann italienisch sprechen können. Dickie sagte nicht ein Wort. Vor drei Wochen, dachte Tom, wäre Dickie mit Begeisterung auf das Angebot des Mannes eingegangen. Mußte er jetzt so dasitzen wie ein Spitzel oder ein Polizeidetektiv, der nur auf die letzte Bestätigung wartete, damit er den Mann verhaften konnte? »Nun«, sagte Tom endlich, »du glaubst mir jetzt wohl, oder?«

Dickie warf ihm einen Blick zu. »Das mit dem Job? Wie soll ich das wissen?«

Tom blickte erwartungsvoll auf den Italiener.

Der Italiener zuckte die Achseln. »Nicht nötig, darüber zu reden, nicht?« fragte er auf italienisch.

»Nein«, sagte Tom. Eine irrsinnige, grenzenlose Wut kochte in seinen Adern und ließ ihn am ganzen Leibe zittern. Er raste vor Wut auf Dickie. Dickie betrachtete sich den Mann, seine schmutzigen Fingernägel, seinen schmutzigen Hemdkragen, sein abstoßendes dunkles Gesicht, das frisch rasiert, aber nicht frisch gewaschen war, so daß die Haut da, wo der Bart gesessen hatte, viel heller aussah als drumherum. Aber die dunklen Augen des Italieners blieben kühl und liebenswürdig, sie waren stärker als Dickies Augen. Tom war, als müßte er ersticken. Er konnte sich nicht ausdrücken auf italienisch. Er hätte gern mit Dickie und dem Mann gesprochen.

»Niente, grazie, Berto«, sagte Dickie ruhig zu dem Ober, der herangetreten war, um sie nach ihren Wünschen zu fragen. Dickie sah Tom an. »Gehen wir?«

Tom sprang so heftig auf, daß sein Stuhl zu Boden polterte. Er stellte ihn wieder hin und verabschiedete sich mit einem Kopfnicken von dem Italiener. Er hatte das Gefühl, der Italiener könnte von ihm ein Wort der Entschuldigung erwarten, aber er bekam seine Zähne nicht einmal für ein konventionelles »auf Wiedersehen« auseinander. Der Italiener nickte verabschiedend und lächelte. Tom folgte Dickies langen, weißbehosten Beinen zur Tür hinaus.

Draußen sagte Tom: »Ich wollte bloß, daß du wenigstens siehst, es ist die Wahrheit. Ich hoffe, du hast es gesehen.«

»Schon gut, es ist wahr«, sagte Dickie lächelnd. »Was ist eigentlich in dich gefahren?«

»Was ist in *dich* gefahren?« fragte Tom.

»Der Mann ist ein Ganove. War es das, was du von mir hören wolltest? Bitte sehr.«

»Ist es denn nötig, daß du so verdammt erhaben tust? Hat er dir irgendwas getan?«

»Soll ich vielleicht vor ihm in die Knie sinken? Mir sind schon mehr Ganoven über den Weg gelaufen. Dies Dorf hier hat eine Menge davon zu bieten.« Dickies blonde Brauen zogen sich zusammen. »Was zum Teufel ist eigentlich mit dir los? Wolltest du etwa auf seinen irrsinnigen Plan eingehen? Sag!«

»Jetzt könnte ich es nicht mehr, selbst wenn ich wollte. Nachdem du dich so aufgeführt hast.«

Dickie blieb mitten auf der Straße stehen, die Augen auf Tom geheftet. Sie hatten laute Stimmen, ein paar Leute guckten herüber, beobachteten sie.

»Es hätte Spaß machen können«, sagte Tom, »allerdings nicht so, wie du die Sache anzupacken beliebst. Vor einem Monat, als wir nach Rom gefahren sind, da hättest du so etwas noch für Spaß gehalten.«

»O nein«, sagte Dickie und schüttelte den Kopf. »Kaum.«

Das Gefühl, ausgespielt zu haben, nicht verstanden zu werden, war qualvoll für Tom. Und das Gefühl, angegafft zu werden. Er zwang sich dazu, weiterzugehen, er machte kleine, verkrampfte Schrittchen, bis er sicher war, daß Dickie mitkam. Die Verblüffung, der Argwohn standen immer noch in Dickies Gesicht, und Tom wußte, Dickie war verblüfft über seine Reaktion. Gern hätte Tom es erklärt, so gern hätte er diese Mauer um Dickie durchstoßen, damit Dickie verstünde, damit sie beide wieder gleich empfanden, wieder eins waren. Vor einem Monat waren sie beide eins gewesen.

»Es ist nur dein Benehmen«, sagte Tom. »Du hättest es nicht so zu machen brauchen. Der Bursche wollte dir gar nichts zuleide tun.«

»Er hat ausgesehen wie ein dreckiger Gauner!« erwiderte Dickie scharf. »In Gottes Namen, geh doch hin, wenn du ihn so gern hast. Du bist in keiner Weise verpflichtet, dasselbe zu tun wie ich!«

Jetzt blieb Tom stehen. Er spürte das Verlangen, sich umzudrehen und zu rennen, nicht unbedingt zurück zu dem Italiener, aber weg von Dickie. Dann zersprang irgend etwas in ihm. Seine Schultern fielen herab, sie schmerzten, er atmete in schnellen Stößen durch den Mund. Wenigstens eins wollte er sagen. »In Ordnung, Dickie«, damit Dickie versöhnt war, damit er es vergaß. Seine Zunge war wie festgenagelt. Er starrte in Dickies blaue Augen, die immer noch finster blickten, auf die sonnengebleichten, weißen Augenbrauen und auf die Augen selbst, glänzend und leer, nichts als kleine Kugeln aus hellblauem Gelee mit einem schwarzen Punkt darin, ausdruckslos, ohne jede Beziehung zu ihm. Man soll ja durch die Augen in die Seele schauen können, durch die Augen Liebe erblicken können, die Augen sollen das einzige Fleckchen am Körper des Mitmenschen sein, in das man hineinschauen, in denen man sehen kann, was innen wirklich vor sich geht, aber in Dickies Augen sah Tom jetzt nicht mehr als in der harten, blutlosen Oberfläche eines Spiegels. Tom fühlte einen schmerzhaften Riß in der Brust, und er verbarg sein Gesicht in den Händen. Es war, als wäre Dickie ihm plötzlich entrissen worden. Sie waren keine Freunde. Sie kannten sich nicht. Darin sah Tom die entsetzliche Wahrheit, sie galt für alle Zeiten, für alle Menschen, die er früher gekannt hatte, für alle Menschen, die er künftig noch träfe: jeder hat vor ihm gestanden, wird vor ihm stehen, und er wird immer und immer wieder wissen, daß er sie niemals kennt, und das schlimmste ist, daß er immer eine Zeitlang die Illusion haben wird, er kennte sie, er und sie seien völlig im Einklang miteinander und eins. Einen Augenblick lang schien der wortlose Schock seiner Erkenntnis mehr, als er ertragen konnte. Es war, als schnürte ihm ein würgender Griff die Luft ab, als müsse er gleich zu Boden sinken. Es war zuviel: all das Fremdländische um ihn herum, die andere Sprache, sein Versagen und dazu noch Dickies Haß. Er fühlte sich eingekreist von Fremdheit und Feindseligkeit. Dickie riß ihm die Hände von den Augen.

»Was hast du?« fragte Dickie. »Hat dir dieser Bursche irgendwelches Zeug verpaßt?«

»Nein.«

»Bist du sicher? In deinem Drink?«

»Nein.« Die ersten Tropfen des Abendregens klatschten ihm auf den Kopf. Ein Donnergrollen folgte. Auch von oben noch Feindseligkeit. »Ich will sterben«, flüsterte Tom.

Dickie packte seinen Arm. Tom stolperte über eine Schwelle. Sie standen in der kleinen Bar gegenüber der Post. Tom hörte, wie Dickie einen Schnaps bestellte, einen italienischen ausdrücklich, französischer Cognac war wohl für ihn zu schade, dachte Tom. Tom trank ihn aus, er schmeckte süßlich, medizinisch, er trank drei davon, er trank sie wie eine

Zaubermedizin, die ihn in das zurückversetzen konnte, was ihm normalerweise als die Wirklichkeit erschienen war: der Geruch der Nazionale in Dickies Hand, die verflochtenen Windungen der Holzmaserung unter seinen Fingern, sein Magen, auf dem ein harter Druck lag, als preßte eine Faust gegen seinen Nabel, die lebendige Vorstellung von dem langen, steilen Weg zum Hause hinauf, von dem leisen Schmerz, der sich dann in seinen Waden bemerkbar machte.

»Es ist vorbei«, sagte Tom mit ruhiger, tiefer Stimme. »Ich weiß wirklich nicht, was mit mir los war. War wohl die Hitze, die mich für einen Moment fertiggemacht hat.« Er lachte ein bißchen. Das war die Wirklichkeit, man mußte es weglachen, es lächerlich machen – eine Sache, die wichtiger war als alles, was er in den fünf Wochen mit Dickie erlebt hatte, vielleicht wichtiger als alles, was er überhaupt je erlebt hatte.

Dickie sagte nichts, steckte nur die Zigarette zwischen die Lippen, zog ein paar Hundertlirescheine aus seiner schwarzen, krokodilledernen Brieftasche, legte sie auf die Theke. Es verletzte Tom, daß er nichts sagte, es verletzte ihn wie ein Kind, ein krankes Kind, das sicherlich für seine Umgebung eine Plage ist, das aber wenigstens ein freundliches Wort erwartet, wenn die Krankheit vorüber ist. Aber Dickie zeigte sich völlig teilnahmslos. Dickie bezahlte ihm genauso kaltlächelnd seine Schnäpse, wie er sie einem völlig Fremden hätte bezahlen können, den er traf, dem schlecht war und der kein Geld hatte. Plötzlich schoß es Tom durch den Kopf, *Dickie möchte nicht, daß ich nach Cortina mitfahre*. Nicht zum erstenmal kam Tom dieser Gedanke. Marge fuhr jetzt nach Cortina mit. Sie und Dickie hatten in Neapel eine neue, riesige Thermosflasche für Cortina gekauft. Sie hatten ihn nicht gefragt, ob ihm die Thermosflasche gefiele, überhaupt nichts hatten sie ihn gefragt. Sie schlossen ihn einfach stillschweigend aus bei ihren Vorbereitungen. Dickie erwartete von ihm, Tom spürte es, daß er kurz vor der Cortinafahrt verschwand. Vor ein paar Wochen hatte

Dickie gesagt, er wollte ihm bei Gelegenheit mal einige der Skiabfahrten rund um Cortina zeigen, er hätte eine Karte, auf der sie eingezeichnet wären. Eines Abends hatte Dickie sich die Karte angesehen, aber gesagt hatte er nichts.

»Bist du soweit?« fragte Dickie.

Tom folgte ihm zur Tür hinaus wie ein Hund.

»Wenn du meinst, du könntest es allein schaffen bis nach Haus, dann würde ich schnell mal 'rauflaufen zu Marge für ein Weilchen«, sagte Dickie auf der Straße.

»Ich fühle mich ganz wohl«, sagte Tom.

»Gut.« Im Weggehen warf er noch über die Schulter zurück: »Willst du nicht vorbeigehen und die Post abholen? Könnte sein, daß ich es vergesse.«

Tom nickte. Er ging ins Postamt. Es waren zwei Briefe da, einer an ihn von Dickies Vater, einer an Dickie von irgendwem in New York, Tom kannte den Namen nicht. Er blieb in der Tür stehen, öffnete den Umschlag von Mr. Greenleaf und faltete respektvoll den Bogen mit der Maschinenschrift auseinander: der eindrucksvolle, blaßgrüne Briefkopf der Burke-Greenleaf-Schiffs-AG, in der Mitte ein Schaufelrad, das Firmenzeichen.

10. November

»Mein lieber Tom,

in Anbetracht der Tatsache, daß Sie nun mehr als einen Monat bei Dickie sind und daß er genauso wenig Bereitschaft zur Heimkehr erkennen läßt wie vor Ihrem Besuch, kann ich nur zu dem Schluß kommen, daß Sie keinen Erfolg gehabt haben. Ich erkenne an, daß Sie in bester Absicht berichtet haben, er erwäge die Heimkehr, aber ehrlich gesagt finde ich davon nichts in seinem Brief vom 26. Oktober. Im Gegenteil scheint er fester entschlossen denn je, zu bleiben, wo er ist.

Seien Sie versichert, daß ich und meine Frau es zu schätzen wissen, welche Mühen Sie sich für uns und für ihn gemacht haben. Sie brauchen sich mir jetzt in keiner Weise mehr verpflichtet zu fühlen. Ich hoffe, Sie haben nicht allzu große Unannehmlichkeiten gehabt durch Ihre Bemühungen in den vergangenen Monaten, und es würde mich sehr freuen, wenn Ihnen die Reise auch ein wenig Freude gemacht hätte, wenn auch ihr eigentlicher Zweck verfehlt wurde.

Meine Frau und ich senden Ihnen beste Grüße und unseren Dank.   Ihr H. R. Greenleaf«

Das war der Todesstreich. Dieser kühle Ton . . . er war noch kühler als der gewohnte kühl-geschäftsmäßige Ton Mr. Greenleafs, denn das war die Entlassung, ein höfliches Dankeswort noch und . . . Mr. Greenleaf ließ ihn einfach fallen. Er hatte versagt. »Ich hoffe, Sie haben nicht allzu große Unannehmlichkeiten gehabt . . .« Wenn das nicht Sarkasmus war . . . Und nicht ein Wort Mr. Greenleafs darüber, daß er Tom später in Amerika gern noch einmal sehen würde.

Mechanisch ging Tom bergan. Er konnte sich vorstellen, wie Dickie jetzt bei Marge saß und ihr die Geschichte erzählte von Carlo in der Bar und von dem seltsamen Benehmen Toms hinterher auf der Straße. Und Tom wußte auch, was Marge sagen würde: »Warum schaffst du ihn dir denn nicht vom Halse, Dickie?« Sollte er hingehen, ihnen erklären, sie zwingen, ihn anzuhören? Tom wandte sich zurück und schaute hinauf zu dem schweigenden Viereck der Fassade, dem leeren, dunklen Fenster von Marges Haus. Seine Baumwolljacke war regennaß. Er stellte den Kragen hoch. Dann ging er mit raschen Schritten weiter bergan, hinauf zu Dickies Haus. Das eine wenigstens, dachte er voller Stolz, hatte er nicht versucht: aus Mr. Greenleaf noch mehr Geld herauszuholen, und er hätte es gekonnt. Er hätte es sogar zusammen mit Dickie machen können, wenn er Dickie in einer gutgelaunten Stunde darauf angesprochen hätte. Jeder andere hätte es gemacht, dachte Tom, *jeder*, er aber hatte es nicht gemacht, und das hat doch wohl ein *bißchen* was zu bedeuten.

Er stand am Rande der Terrasse, starrte hinaus auf den

weiten, leeren Horizont, er dachte an gar nichts, empfand gar nichts, nur eine matte, traumähnliche Verlorenheit und Vereinsamung. Auch Dickie und Marge schienen ihm weit weg, und was sie besprechen mochten, schien unwesentlich. Er war allein. Das war das einzig Wesentliche. Er spürte auf einmal prickelnde Angst am Ende seines Rückgrats, prickelnd kroch die Angst an ihm hinunter.

Er drehte sich um, als er das Tor klappen hörte. Dickie kam den Weg herauf, er lächelte, aber Tom schien das Lächeln gezwungen, höflich.

»Was soll das, warum stehst du da im Regen herum?« fragte Dickie und duckte sich in die Tür.

»Es ist sehr erfrischend«, sagte Tom freundlich. »Hier ist ein Brief für dich.« Er reichte Dickie den Brief und stopfte den von Mr. Greenleaf in seine Tasche.

Tom hängte seine Jacke in den Schrank auf der Diele. Als Dickie seinen Brief zu Ende gelesen hatte – einen Brief, der ihn beim Lesen laut auflachen ließ –, sagte Tom: »Meinst du, daß Marge gern mitkommen würde nach Paris, wenn wir fahren?«

Dickie sah ihn überrascht an. »Das ist anzunehmen.«

»Gut, dann lade sie ein«, sagte Tom munter.

»Ich weiß nicht recht, ob ich jetzt nach Paris fahren sollte«, sagte Dickie. »Ich hätte nichts dagegen, für ein paar Tage irgendwohin zu fahren, aber Paris . . .« Er zündete sich eine Zigarette an. »Eher würde ich mal 'rauffahren nach San Remo oder etwa Genua. Das ist eine Stadt.«

»Aber Paris . . . Genua ist nicht mit Paris zu vergleichen, oder?«

»Nein, das natürlich nicht, aber dafür ist es näher.«

»Aber wann *kommen* wir denn mal nach Paris?«

»Ach, ich weiß nicht. Irgendwann einmal. Paris läuft nicht davon.«

Tom lauschte dem Widerhall der Worte in seinen Ohren, suchte ihren Klang zu ergründen. Vorgestern hatte Dickie einen Brief von seinem Vater bekommen. Dickie hatte ein paar Sätze daraus vorgelesen, und sie hatten beide über irgend etwas gelacht, aber er hatte nicht den ganzen Brief vorgelesen, wie er es früher ein paarmal getan hatte. Tom zweifelte nicht daran, daß Mr. Greenleaf Dickie mitgeteilt hatte, er habe die Nase voll von Tom Ripley, wahrscheinlich hatte er sogar geschrieben, er hege den Verdacht, daß Tom das Greenleafsche Geld nur zu seinem Privatvergnügen verjubele. Vor einem Monat noch hätte Dickie auch darüber nur gelacht, aber jetzt nicht mehr, dachte Tom. »Ich meinte, nur weil ich noch etwas Geld übrig habe, sollten wir unseren Paris-Trip machen«, beharrte Tom.

»Fahr du nur. Ich bin jetzt nicht dazu aufgelegt. Muß meine Kräfte für Cortina aufsparen.«

»Gut – dann machen wir eben San Remo daraus«, sagte Tom, er mühte sich, den Worten einen freudigen Klang zu geben, aber er hätte weinen können.

»In Ordnung.«

Tom flitzte von der Diele in die Küche. Der riesige, weiße Koloß des Kühlschrankes sprang ihn aus seiner Ecke her an. Tom wollte sich eigentlich einen Drink machen, mit Eis. Jetzt mochte er das Ding nicht anrühren. Einen ganzen Tag lang war er mit Dickie und Marge in Neapel herumgelaufen, sie hatten Kühlschränke besehen, Eisbehälter inspiziert, Zubehörteile gezählt, bis Tom nicht mehr imstande war, einen Kühlschrank vom anderen zu unterscheiden, aber Dickie und Marge waren unermüdlich gewesen, voll vom Enthusiasmus Jungvermählter. Dann hatten sie noch ein paar Stunden damit zugebracht, in einem Café zu sitzen, die jeweiligen Vorzüge all der Kühlschränke, die sie besichtigt hatten, zu diskutieren, um sich endlich für einen zu entscheiden. Und jetzt lief Marge mehr denn je im Haus ein und aus, denn sie bewahrte einen Teil ihrer Nahrungsmittel hier auf, und oft kam sie auch, um sich Eis zu holen. Plötzlich erkannte Tom, warum er den Kühlschrank so haßte. Er bedeutete, daß Dickie sich nicht mehr von der Stelle rühren würde. Er machte nicht nur ihrer Griechenlandreise in diesem Winter den Garaus, sondern er bedeutete auch, daß Dickie kaum noch nach Paris oder Rom umziehen würde, um dort zu bleiben, so wie sie es in Toms ersten Wochen hier miteinander besprochen hatten. Damit war's nun vorbei, bei diesem Kühlschrank, dem es bestimmt war, einer von ungefähr vier Kühlschränken im ganzen Dorf zu sein, einem Kühlschrank mit sechs Eisbehältern und mit unzähligen Fächern innen in der Tür; es sah aus, als schwänge einem ein ganzer Selbstbedienungsladen entgegen, wenn man ihn öffnete.

Tom machte sich ein Getränk ohne Eis zurecht. Seine Hände zitterten. Erst gestern hatte Dickie gefragt: »Fährst du zu Weihnachten nach Hause?«, ganz beiläufig, mitten in einer Unterhaltung, wo Dickie doch verdammt genau wußte, daß Tom nicht zu Weihnachten nach Hause fuhr. Er hatte kein Zuhause, und Dickie wußte es. Er hatte Dickie alles erzählt über Tante Dottie in Boston. Es war einfach ein Wink mit dem Zaunpfahl, das war alles. Marge steckte voller Pläne für Weihnachten. Sie hatte eine Büchse englischen Plumpuddings seit langem aufgespart, und von irgendeinem Contadino bekam sie einen Truthahn. Tom stellte es sich vor, wie sie diesen Truthahn mit sacharinsüßer Sentimentalität übergießen würde. Ein Weihnachtsbaum auch, natürlich, wahrscheinlich aus Pappe ausgeschnitten. ›Stille Nacht‹. Eierlikör. Süße kleine Geschenke für Dickie. Eine strickende Marge. Marge, die Dickies Strümpfe hervorholte und pausenlos stopfte. Und alle beide würden ihn stillschweigend, höflich links liegenlassen. Jedes freundliche Wort, das sie an ihn richten würden, wäre eine Quälerei. Die Vorstellung davon war Tom unerträglich. Nun gut, er reiste ab. Er würde alles mögliche tun, ehe er ein Weihnachtsfest mit ihnen auf sich nähme.

12

Marge sagte, sie hätte keine Lust, mit ihnen nach San Remo zu fahren. Sie befand sich mitten in einer Arbeitssträhne. Marge arbeitete stoßweise, immer fröhlich, wenn es Tom auch schien, als sei sie drei Viertel der Zeit ›morsch‹, wie sie es nannte, ein Zustand, den sie stets mit einem munteren kleinen Lachen bekanntgab. Das Buch muß jämmerlich sein, dachte Tom. Er hatte schon Schriftsteller kennengelernt. Man schrieb kein Buch mit dem kleinen Finger, während man sich den halben Tag lang an einem Strand herumsielte und überlegte, was man zum Abendbrot essen könnte. Aber er war froh, daß sie gerade dann, wenn er mit Dickie nach San Remo fahren wollte, in einer Strähne war.

»Ich wäre dir sehr dankbar, wenn du versuchen würdest, dieses Kölnisch Wasser aufzutreiben, Dickie«, sagte sie. »Du weißt doch, das Stradivari, das ich in Neapel nicht finden konnte. In San Remo muß es das geben, sie haben da so viele Läden mit französischem Zeug.«

Tom sah sich und Dickie schon einen halben Tag lang in San Remo herumlaufen und Stradivari-Wasser suchen, genauso wie sie es eines Sonnabends stundenlang in Neapel gesucht hatten.

Sie nahmen zu zweit nur einen Koffer von Dickie, denn sie wollten nur drei Nächte und vier Tage wegbleiben. Dickie war ein bißchen aufgekratzter, aber noch immer war da diese scheußliche Endgültigkeit, das Gefühl, daß dies die letzte Reise war, die sie zusammen unternahmen. Tom empfand Dickies höfliche Munterkeit im Zuge ungefähr wie die Munterkeit eines Gastgebers, der seinen Gast satt hat und fürchtet, der Gast könnte es bemerken, und der sich in letzter Minute abmüht, es zu vertuschen. Noch nie in seinem ganzen Leben hatte Tom sich als unwillkommener, auf die Nerven gehender Gast gefühlt. Im Zug erzählte Dickie ihm von San Remo und von der Woche, die er zusammen mit

Freddie Miles dort verbracht hatte, damals bei seiner Ankunft in Italien. San Remo sei ein winziges Städtchen, aber es habe einen großen Ruf als internationales Einkaufszentrum, sagte Dickie, viele kämen auch aus Frankreich herüber, um dort ihre Einkäufe zu erledigen. Tom kam der Gedanke, Dickie wollte ihm vielleicht die Stadt recht schmackhaft machen, um ihn dann zu überreden, dort zu bleiben, allein, und nicht mehr mit Dickie zurückzufahren nach Mongibello. Tom spürte wachsenden Widerwillen gegen die Stadt, noch ehe sie angelangt waren.

Und dann, der Zug rollte schon beinahe in den Bahnhof von San Remo ein, sagte Dickie: »Übrigens, Tom ... es ist mir äußerst unangenehm, dir das zu sagen, wenn es dir sehr viel ausmachen sollte – aber es wäre mir wirklich lieber, allein mit Marge nach Cortina d'Ampezzo zu fahren. Ich glaube, ihr wäre es lieber. Und schließlich bin ich ihr etwas schuldig, einen schönen Urlaub zumindest. Du bist anscheinend kein übermäßig begeisterter Skiläufer.«

Tom erstarrte zu Eis, aber er bemühte sich, keine Miene zu verziehen. Das einfach Marge in die Schuhe zu schieben! »In Ordnung«, sagte er, »selbstverständlich.« Nervös starrte er auf die Landkarte in seiner Hand, verzweifelt suchte er rings um San Remo nach irgendeinem anderen Ort, den sie besuchen könnten, während Dickie bereits ihren Koffer aus dem Gepäcknetz schwang. »Wir sind nicht weit von Nizza entfernt, nicht?« fragte Tom.

»Nein.«

»Und von Cannes. Cannes hätte ich gern gesehen, wenn ich schon einmal so weit bin. Cannes ist wenigstens schon mal Frankreich«, fügte er mit leicht vorwurfsvollem Unterton hinzu.

»Gut, können wir machen. Du hast doch deinen Paß bei dir?«

Tom hatte seinen Paß bei sich. Sie bestiegen einen Zug nach Cannes, und am Abend gegen elf Uhr waren sie dort.

Tom fand es herrlich – den langgestreckten Bogen des

Hafenbeckens, den kleine Lichter bis in die langen, dünnen Spitzen eines Halbmondes auszogen, die elegante, tropisch anmutende Promenade am Meer mit ihren Palmen und ihren exklusiven Hotels. Frankreich! Es war erwachsener als Italien und schicker, er spürte es sogar im Dunkeln. Sie gingen in ein Hotel auf der ersten Nebenstraße, das *Gray d'Albion*, es war elegant genug, kostete sie aber nicht das letzte Hemd, wie Dickie sagte, Tom allerdings hätte mit Freuden im besten Hotel an der Promenade jeden Preis bezahlt. Sie ließen ihren Koffer im Hotel und gingen in die Bar des Hotels *Carlton,* die eleganteste Bar in ganz Cannes, sagte Dickie. Wie er prophezeit hatte, waren nur wenig Gäste in der Bar, weil zu dieser Jahreszeit nur sehr wenige Leute in Cannes waren. Tom schlug eine zweite Runde vor, aber Dickie lehnte ab.

Am nächsten Morgen frühstückten sie in einem Café, dann schlenderten sie an den Strand. Ihre Badehosen hatten sie untergezogen. Es war ein kühler Tag, aber nicht unbedingt zu kühl zum Baden. In Mongibello hatten sie schon an kälteren Tagen gebadet. Der Strand war praktisch leer – einige vereinzelte Paare, eine Gruppe von Männern, die oben am Kai irgendein Spiel spielten. Mit winterlicher Wucht bäumten sich die Wellen auf und brachen sich auf dem Sand. Jetzt sah Tom, daß die Männer turnten.

»Das müssen Berufsakrobaten sein«, sagte Tom. »Sie tragen alle die gleichen gelben Badehosen.«

Interessiert schaute Tom zu, wie sich eine Menschenpyramide zu erheben begann, Füße gruben sich in schwellende Beinmuskeln, Hände umklammerten Unterarme. Er konnte ihr »Allez!« und ihr »Eins – Zwei!« hören.

»Sieh doch!« rief Tom. »Jetzt kommt die Spitze!« Er blieb stehen, um dem Kleinsten, einem Jungen von etwa siebzehn Jahren dabei zuzuschauen, wie er dem mittleren der drei Spitzenmänner auf die Schultern kletterte. Dort stand er dann ganz lässig, die Arme ausgebreitet, als nähme er den brausenden Applaus entgegen. »Bravo!« schrie Tom.

Der Junge lächelte Tom zu, ehe er hinuntersprang, geschmeidig wie eine Katze.

Tom schaute sich nach Dickie um. Dickies Blick ruhte auf ein paar Männern, die in ihrer Nähe am Strand saßen.

»Zehntausend sah ich mit einem Blick, beim munteren Tanze mit Kopfgenick«, höhnte Dickie.

Tom fuhr zusammen, dann fühlte er den scharfen Stich der Scham, der gleichen Scham, die er in Mongibello empfunden hatte, als Dickie sagte: *Marge meint, du wärest es.* Gut, dachte Tom, laß die Akrobaten warm sein. Vielleicht war Cannes voll von Warmen. Na und? Toms Hände ballten sich in den Taschen zu harten Fäusten. Tante Dotties Hohn klang ihm in den Ohren: *Schwächling! Er ist ein Schwächling von Grund auf. Genau wie sein Vater!* Dickie stand da, mit verschränkten Armen, und blickte aufs Meer hinaus. Tom hütete sich, den Akrobaten auch nur noch einen Blick zu schenken, obwohl es ganz gewiß viel amüsanter war, ihnen zuzuschauen als dem Meer. »Gehst du 'rein?« fragte Tom und knöpfte kühn sein Hemd auf, wenn auch das Wasser plötzlich verflucht kalt aussah.

»Wohl kaum«, sagte Dickie. »Warum bleibst du nicht noch ein bißchen hier und guckst den Akrobaten zu? Ich gehe.« Er drehte sich um und schritt davon, noch ehe Tom antworten konnte.

Hastig knöpfte Tom sein Hemd wieder zu und sah Dickie nach, der in weitem Bogen davonging, weg von den Akrobaten, obwohl die nächste Treppe zur Straße hinauf doppelt so weit entfernt war wie die Treppe bei den Akrobaten. Zum Teufel mit ihm, dachte Tom. Mußte er sich die ganze Zeit so verdammt unnahbar und erhaben aufführen? Man konnte fast glauben, er hätte noch nie einen Homosexuellen gesehen! Ganz klar, was mit Dickie los war, jawohl! Warum verriet er sich nicht, nur dieses eine Mal? Was hatte er denn so Bedeutend'es zu verlieren? Ein halbes Dutzend Schmähungen entsprangen seinem Hirn, während er Dickie nachrannte. Dann blickte Dickie ihn über die Schulter kalt, voller

Ekel an, und die erste Schmähung erstarb ihm auf den Lippen.

Am Nachmittag fuhren sie ab nach San Remo, kurz vor drei, damit sie das Hotel nicht noch für einen weiteren Tag bezahlen mußten. Dickie hatte den Vorschlag gemacht, vor drei abzureisen, obwohl Tom es war, der die Hotelrechnung über 3430 Francs bezahlte, zehn Dollar und acht Cent in amerikanischem Geld, für eine Nacht. Tom kaufte auch die Fahrkarten nach San Remo, obwohl Dickie gespickt war mit Francs. Dickie hatte seinen Monatswechsel aus Italien mitgebracht und hatte sich das Geld in Francs auszahlen lassen. Er dachte wohl, er käme besser dabei weg, wenn er später die Francs wieder in Lire zurücktauschte, weil der Franc ganz plötzlich angezogen hatte.

Im Zug sagte Dickie absolut nichts. Unter dem Vorwand, er sei müde, verschränkte er die Arme und schloß die Augen. Tom saß ihm gegenüber, starrte auf sein knochiges, arrogantes, hübsches Gesicht, auf seine Hände mit dem grünen Ring und dem goldenen Siegelring. Es schoß Tom durch den Kopf, daß er den grünen Ring stehlen könnte, bevor er ginge. Das wäre einfach: Dickie zog ihn ab, wenn er schwamm. Manchmal zog er ihn sogar ab, wenn er zu Hause duschte. Er würde es am allerletzten Tage tun, dachte Tom. Er starrte auf Dickies geschlossene Augenlider. Ein wirres Gefühl aus Haß und Zuneigung, Ungeduld und Verzweiflung schwoll in ihm, machte ihm das Atmen schwer. Er wollte Dickie töten. Nicht zum erstenmal dachte er daran. Schon früher, einmal, zweimal, dreimal hatte dieser Gedanke ihn durchzuckt, wenn er verärgert war oder enttäuscht, ein Gedanke, der sich gleich darauf wieder verflüchtigte und ihn beschämt zurückließ. Jetzt dachte er eine volle Minute, zwei Minuten darüber nach, denn er verließ Dickie ja sowieso, was gab es da noch, dessen er sich zu schämen hätte? Er hatte versagt bei Dickie, in jeder Hinsicht. Er haßte Dickie, denn sein Versagen, er konnte es drehen und wenden, wie er wollte, es war nicht seine eigene Schuld, es lag nicht daran, daß er irgend etwas falsch gemacht hatte. Es lag an Dickies unmenschlicher Sturheit. Und seine lärmende Grobheit! Tom hatte Dickie Freundschaft, Kameradschaft und Respekt angeboten, alles, was er zu bieten hatte, und Dickie hatte mit Undankbarkeit und nun auch Feindseligkeit darauf geantwortet. Dickie schob ihn einfach ab. Wenn er ihn auf dieser Reise tötete, dachte Tom, dann könnte er einfach sagen, es sei ein Unfall passiert. Er könnte – jetzt war ihm ein geradezu glänzender Einfall gekommen: er selber könnte Dickie Greenleaf werden. Er könnte alles das tun, was Dickie tat. Er könnte zunächst nach Mongibello zurückfahren und Dickies Sachen zusammenholen, könnte Marge irgendeine verdammte Geschichte erzählen, könnte sich eine Wohnung in Rom oder Paris einrichten, jeden Monat Dickies Scheck in Empfang nehmen und darauf Dickies Unterschrift fälschen. Er könnte direkt in Dickies Fußstapfen treten. Er könnte Mr. Greenleaf senior so zahm machen, daß er ihm aus der Hand fräße. Daß die Sache gefährlich war, ja, daß ihr unvermeidlich zeitliche Grenzen gesetzt waren, wie ihm verschwommen zum Bewußtsein kam, das steigerte nur noch seine Begeisterung. Er begann, über das *Wie* nachzudenken.

Das Wasser. Aber Dickie war ein so hervorragender Schwimmer. Die Felsen. Es war eigentlich sehr einfach, Dickie von einer Klippe zu stoßen, wenn sie einmal spazierengingen. Aber angenommen, Dickie griffe nach ihm und risse ihn mit sich – sein ganzer Körper spannte sich in den Polstern, bis seine Schenkel schmerzten und die Fingernägel rote Kerben in seine Handflächen geschnitten hatten. Er mußte auch den anderen Ring abziehen, dachte Tom. Er mußte sein Haar etwas heller färben. Und natürlich durfte er sich nicht dort niederlassen, wo irgendeiner wohnte, der mit Dickie bekannt war. Er brauchte nur genügend Ähnlichkeit mit Dickie zu haben, um Dickies Paß benutzen zu können. Nun, die hatte er. Wenn er . . .

Dickie öffnete die Augen, sein Blick war geradenwegs

auf Tom gerichtet, und Tom sackte zusammen, glitt in seine Ecke, den Kopf hintenübergebeugt und die Augen geschlossen, so als hätte er die Besinnung verloren.

»Tom, ist dir nicht gut?« fragte Dickie und rüttelte an Toms Knie.

»Doch, doch«, sagte Tom und lächelte schwach. Er sah, wie Dickie sich wieder zurücklehnte, Dickie war gereizt, und Tom wußte auch weshalb: weil es Dickie peinlich war, Anteilnahme für Tom bewiesen zu haben. Tom lächelte vor sich hin, seine rasche Reaktion freute ihn, großartig, wie er die Ohnmacht hingelegt hatte, es war die einzige Möglichkeit gewesen, den bestimmt recht eigenartigen Ausdruck seines Gesichts vor Dickie zu verbergen.

San Remo. Blumen. Auch hier die Promenade am Meer, Geschäfte und Warenhäuser und englische und französische und italienische Touristen. Wieder ein Hotel, es hatte Blumen auf den Balkons. Wo? In einem dieser kleinen Gäßchen, heute nacht? Um ein Uhr morgens dürfte die Stadt dunkel und still sein, vielleicht konnte er Dickie solange herumschleppen. Im Wasser? Es war etwas wolkig, aber nicht kalt. Tom zermarterte sich das Hirn. Es wäre auch im Hotelzimmer nicht schwierig, aber wohin mit der Leiche? Die Leiche mußte *verschwinden,* unauffindbar. Damit blieb also nur das Wasser. Und das Wasser war Dickies Element. Es gab Boote. Ruderboote und kleine Motorboote, man konnte sie mieten unten am Strand. In jedem Motorboot lag ein rundes Zementgewicht mit einer Leine daran, stellte Tom fest, sicherlich verankerte man damit das Boot.

»Was meinst du, sollen wir ein Boot mieten, Dickie?« fragte Tom und bemühte sich, es nicht gierig klingen zu lassen, aber es klang gierig, und Dickie schaute ihn an, denn solange sie hier waren, hatte Tom noch nicht einmal Begierde für irgend etwas gezeigt.

Es gab kleine blau-weiße und grün-weiße Motorboote, etwa zehn davon waren nebeneinander an der hölzernen Anlegestelle festgemacht, und der Italiener hielt eifrig nach

Kunden Ausschau, denn es war ein kühler und recht trüber Morgen. Dickie blickte hinaus auf das Mittelmeer, leicht dunstig lag es da, aber nach Regen sah es nicht aus. Es war jener trübe Dunst, der den ganzen Tag nicht weichen würde und keinen Sonnenstrahl durchließ. Es war etwa halb elf, die Faulenzerstunde nach dem Frühstück, und der ganze italienische Vormittag lag vor ihnen.

»Gut, machen wir. Eine Stunde lang rund um den Hafen«, sagte Dickie und war auch schon in eins der Boote gesprungen. Tom sah an seinem Lächeln, daß er es nicht zum erstenmal tat, daß er sich schon darauf freute, den Erinnerungen an vergangene Vormittage, an einen vergangenen Vormittag nachzuhängen, an einen Vormittag mit Freddie vielleicht oder mit Marge. Die Flasche Kölnisch Wasser für Marge wölbte die Tasche an Dickies Cordjacke. Sie hatten sie vor wenigen Minuten gekauft, in einem Laden auf der Promenade, der einem amerikanischen Drugstore sehr ähnlich war.

Der italienische Bootsverleiher startete den Motor mit einer Reißleine und fragte Dickie, ob er damit umgehen könnte, und Dickie bejahte. Und da war ein Ruder, ein einzelnes Ruder, es lag unten im Boot, stellte Tom fest. Dickie ergriff die Ruderpinne. In schnurgerader Linie sausten sie davon, in ihrem Rücken entfernte sich die Stadt.

»Kühl!« schrie Dickie lachend. Sein Haar flatterte.

Tom sah sich links und rechts um. Ein steil aufragender Felsen auf der einen Seite, er erinnerte sehr an Mongibello, und auf der anderen eine flache Landzunge, deren Konturen in dem Dunst verschwammen, der über dem Wasser lag. Vorerst vermochte Tom nicht zu sagen, in welche Richtung man sich am besten wandte.

»Kennst du die Gegend hier herum?« übertönte Tom das Brüllen des Motors.

»Kein bißchen!« sagte Dickie fröhlich. Die Fahrt machte ihm Spaß.

»Ist das Ding schwer zu steuern?«

»Überhaupt nicht! Willst du's probieren?«

Tom zögerte. Dickie steuerte noch immer geradewegs hinaus auf das offene Meer. »Danke, nein.« Er blickte nach rechts und links. Da links, weit draußen, war ein Segelboot unterwegs. »Wohin fährst du?« rief Tom.

»Ist das wichtig?« lachte Dickie.

Nein, es war nicht wichtig.

Dickie schwenkte plötzlich nach rechts, so plötzlich, daß sie sich beide ducken und hinüberlehnen mußten, um das Boot aufrecht zu halten. Eine Wand aus weißem Gischt stieg links neben Tom in die Höhe und fiel dann langsam in sich zusammen, um den leeren Horizont freizugeben. Jetzt schossen sie wieder über die leere Wasserfläche, auf das Nichts. zu. Dickie genoß den Rausch der Geschwindigkeit, er lachte, seine blauen Augen strahlten in die Leere.

»In so einem kleinen Boot scheint es einem immer viel schneller, als es in Wirklichkeit ist!« schrie Dickie.

Tom nickte, er ließ ein Lächeln des Verstehens für sich sprechen. Tatsache war, daß er vor Angst und Schrecken zitterte. Gott mochte wissen, wie tief das Wasser hier war. Wenn plötzlich irgend etwas mit dem Boot passierte – es bestand nicht die leiseste Aussicht, daß sie zur Küste zurückkämen, oder jedenfalls, daß *er* zur Küste zurückkäme. Andererseits bestand aber auch nicht die Aussicht, daß eine Menschenseele sehen konnte, was sie hier taten. Dickie lenkte jetzt allmählich hinüber nach rechts zu der langen Spitze grauverschwommenen Landes, aber er hätte Dickie schlagen können, ihm an den Hals springen können, ihn küssen können oder ihn über Bord werfen können, und niemand könnte es sehen auf diese Entfernung. Tom schwitzte, ihm war heiß unter seinen Kleidern, aber auf der Stirn war es kalter Schweiß. Er hatte Angst, aber nicht von dem Wasser, es war Dickie, vor dem er Angst hatte. Er wußte, er würde es tun, er würde sich jetzt nicht mehr zurückhalten, vielleicht *konnte* er sich nicht mehr zurückhalten, und er wußte, es könnte vielleicht schiefgehen.

»Wetten, daß ich 'reinspringe?« schrie Tom und begann seine Jacke aufzuknöpfen.

Dickie lachte nur auf diesen Vorschlag von Tom, er lachte mit weit offenem Mund, die Augen auf die vor ihnen liegende Ferne gerichtet.

Tom zog sich weiter aus. Schuhe und Strümpfe hatte er schon ausgezogen. Unter der Hose trug er die Badehose, wie Dickie. »Ich gehe 'rein, wenn du auch 'reingehst!« schrie Tom. »Willst du?« Er wollte, daß Dickie die Geschwindigkeit verringerte.

»Ob ich will? Sicher!« Abrupt drosselte Dickie den Motor. Er ließ die Ruderpinne los und zog sein Jackett aus. Das Boot tänzelte, als es nicht mehr vorwärtsgetrieben wurde. »Na los«, sagte Dickie und wies mit dem Kinn auf die Hose, die Tom noch anhatte.

Tom starrte hinüber zum Land. San Remo war ein Farbklecks aus Kalkweiß und Rosa. Er griff nach dem Ruder, ganz absichtslos, so als spielte er damit zwischen seinen Knien, und als Dickie seine Hose herunterstreifte, hob er es und ließ es auf Dickies Schädeldecke fallen.

»He!« brüllte Dickie wütend, er rutschte halb von der Holzbank herunter. Seine hellen Brauen hoben sich in benommener Überraschung.

Tom stand auf und ließ das Ruder noch einmal herabsausen, scharf, mit voller Wucht, so wie ein Gummiball zurückschnellt.

»Um Gottes willen!« murmelte Dickie mit stierem Blick, grimmig, aber die blauen Augen verschwammen, er verlor das Bewußtsein.

Tom führte linkshändig einen Schlag mit dem Ruder gegen Dickies Schläfe. Die Kante des Ruders hinterließ eine flache Wunde, die sich mit einem dünnen Blutrinnsal füllte, wie Tom beobachtete. Dickie lag am Boden des Bootes, er wand sich, er wand sich unaufhörlich. Dickie gab ein stöhnendes Brüllen des Protestes von sich, das Tom erschreckte, weil es so laut war und so stark. Tom schlug ihm seitlich auf den Hals, dreimal, hackende Schläge mit der Kante des Ruders, als wäre das Ruder eine Axt und Dickies Hals ein Baum. Das Boot schwankte, und Wasser platschte über Toms Fuß, den er auf den Bootsrand stützte. Er hieb über Dickies Stirn, das Ruder schrammte einen großen blutigen Fleck auf. Einen Augenblick lang spürte Tom Ermattung, während er so hochhob und niederfallen ließ, aber immer noch glitten Dickies Hände über den Boden zu ihm hin, streckten sich Dickies lange Beine in dem Bemühen, ihn anzuspringen. Tom packte das Ruder im Bajonettgriff und trieb die Stange in Dickies Weiche. Jetzt endlich entspannte sich der mißhandelte Körper, lag schlaff und still. Tom richtete sich auf, mühsam nach Luft ringend. Er blickte um sich. Keine Boote, nichts, nur weit, weit weg ein kleines weißes Pünktchen, das von recht nach links kroch, ein schnelles Motorboot, das der Küste zuschoß.

Er beugte sich hinunter und riß an Dickies grünem Ring. Er steckte ihn ein. Der andere Ring saß fester, aber er ging ab, das blutig gerissene Fingergelenk gab ihn frei. Tom durchsuchte Dickies Hosentaschen. Französische und italienische Münzen. Die ließ er ihm. Er nahm nur einen Schlüsselbund mit drei Schlüsseln. Dann hob er Dickies Jacke auf und nahm das Päckchen mit dem Kölnisch Wasser für Marge aus der Tasche. Zigaretten, Dickies silbernes Feuerzeug, ein Bleistiftstummel, die Brieftasche aus Krokodilleder und mehrere kleine Karten in der inneren Brusttasche. Tom stopfte alles in die Taschen seiner Cordjacke. Dann angelte er nach dem Seil, das um den weißen Zementblock geschlungen war. Das eine Ende des Seils war an dem Eisenring vorne am Bug festgezurrt. Tom versuchte, es loszumachen. Es war ein höllischer, wassergetränkter, unangreifbarer Knoten, jahrelang mußte er da schon gesessen haben. Tom hieb mit der Faust auf ihn ein. Ein Messer hätte er gebraucht.

Er sah hinunter auf Dickie. War er tot? Tom kroch immer tiefer in den spitzen Bug des Bootes hinein und starrte auf Dickie, wartete auf ein Lebenszeichen. Er hatte Angst, ihn anzurühren, Angst, seine Brust oder sein Handgelenk zu fassen, um den Puls zu fühlen. Tom drehte sich um und riß wie rasend an dem Seil, bis ihm zum Bewußtsein kam, daß er es nur immer fester zog.

Sein Feuerzeug. Er fummelte unten im Boot in seinen Hosentaschen nach dem Feuerzeug. Er ließ die Flamme aufspringen und hielt sie unter ein trockenes Stück des Seils. Das Seil war ungefähr vier Zentimeter dick. Es ging langsam, sehr langsam, und Tom nutzte die endlosen Minuten, um sich wieder nach allen Seiten umzusehen. Ob der Italiener mit den Booten ihn auf diese Entfernung sehen konnte? Das steife graue Seil weigerte sich, Feuer zu fangen, es glomm nur und qualmte ein bißchen, und langsam, Faser auf Faser, ging es auseinander. Tom zerrte daran, und sein Feuerzeug erlosch. Er zündete neu und zog immer wieder an dem Seil. Als es endlich zerriß, schlang er es viermal um Dickies nackte Fußknöchel, schnell, ehe er Zeit hatte, richtig Angst zu haben, und er machte einen riesigen, schwerfälligen Knoten, er machte ihn viel zu dick, denn er wollte sicher sein, daß der Knoten nicht wieder aufging, und er war nicht besonders geschickt mit Knoten. Er schätzte das Seil auf etwa zehn bis zwölf Meter. Allmählich gewann er seinen kühlen Kopf zurück, er begann, ruhig und methodisch zu überlegen. Das Zementgewicht müßte gerade ausreichen, um eine Leiche unten zu halten, dachte er. Ein bißchen mochte sie wohl noch abtreiben, aber an die Wasseroberfläche konnte sie nicht heraufsteigen.

Tom warf den Zementblock über Bord. Es macht *kschplong*, als er in das durchsichtige Wasser fiel, einen blasigen Strudel hinter sich herziehend, dann verschwand er, sank und sank, bis sich das Seil um Dickies Knöchel straffte, und da hatte Tom bereits die Knöchel über Bord gehoben und zog nun an einem Arm, um den schwersten Teil des Körpers, die Schultern, über Bord zu heben. Dickies schlappe Hand war warm und schwer. Die Schultern schienen am Boden des Bootes zu kleben, und wenn er zog, dann war es, als dehnte sich der Arm wie Gummi, der Körper rührte sich nicht von der Stelle. Tom ließ sich auf ein Knie nieder und versuchte, ihn über Bord zu heben. Damit brachte er nur das Boot zum Schlingern. Er hatte das Wasser ganz vergessen. Das Wasser war das einzige, was er fürchtete. Er mußte ihn hinten am Heck hinauswerfen, dachte er, das Heck lag tiefer im Wasser. Er zerrte den schlaffen Körper zum Heck, das Seil schleifte auf der Bordwand mit. Am Gewicht des Zementblockes im Wasser merkte er, daß es noch nicht auf Grund stieß. Jetzt packte er Dickies Kopf und die Schultern, drehte Dickie auf den Bauch und schob ihn Stück für Stück hinaus. Dickies Kopf lag schon im Wasser, seine Taille krümmte sich über die Bordwand, und jetzt waren die Beine schwer wie Blei, sie widerstanden Toms Kraftanstrengungen mit ihrem unglaublichen Gewicht, genau wie vorher die Schultern, so als hielte eine magnetische Kraft sie unten im Boot fest. Tom atmete einmal tief und schob mit aller Kraft. Dickie ging über Bord, aber Tom verlor das Gleichgewicht und fiel gegen die Ruderpinne. Der leerlaufende Motor brüllte plötzlich auf.

Tom wollte sich auf den Schalthebel werfen, aber in diesem Moment schwenkte das Boot in eine rasende Kurve. Für den Bruchteil einer Sekunde sah Tom Wasser unter sich und seine eigene ausgestreckte Hand, mit der er den Bootsrand hatte packen wollen, aber da war kein Bootsrand mehr.

Er lag im Wasser.

Er japste, krümmte sich zusammen, schnellte sich hoch, griff nach dem Boot. Er griff daneben. Das Boot hatte zu trudeln begonnen. Tom stieß sich wieder hoch, dann sank er tiefer, so tief, daß das Wasser über seinem Kopf zusammenschlug, es schlug mit verhängnisvoller, tödlicher Langsamkeit über ihm zusammen, wenn auch schneller, als er Luft holen konnte, und er atmete seine Nase voll Wasser, während das Wasser ihm über die Augen stieg. Das Boot war jetzt etwas weiter entfernt. Er kannte das mit dem Trudeln: das hörte nicht auf, solange nicht jemand ins Boot

kletterte und den Motor abstellte, und jetzt, hier in der tod-
bringenden Leere des Wassers, durchlitt er schon im voraus
sein Sterben, strampelnd ging er wieder unter, und der wild-
gewordene Motor erstarb, wenn das Wasser in seine Ohren
einbrach und alle Geräusche tötete außer den krampfhaften
Geräuschen innen in ihm, sein Stöhnen, sein Kämpfen, das
verzweifelte Pochen seines Blutes. Wieder war er oben und
kämpfte sich automatisch an das Boot heran, das Boot allein
konnte schwimmen, wenn es auch trudelte und unmöglich zu
fassen war, und sein spitzer Bug pfiff zweimal, dreimal,
viermal an ihm vorbei, während er einmal Atem holte.

Er schrie um Hilfe. Er bekam nichts als den Mund voll
Wasser.

Seine Hand berührte unter Wasser das Boot, und wie ein
böses Tier schob das Boot die Hand mit einem Hieb der
Bugspitze beiseite. Wie wild grapschte er nach dem Boot,
was kümmerte ihn die rotierende Schraube. Er spürte das
Steuer zwischen seinen Fingern. Schnell tauchte er, aber
nicht schnell genug. Der Kiel schlug ihm auf die Schädeldecke, als er über ihm vorbeidrehte. Jetzt näherte sich wieder das Heck, und er griff danach, seine Finger glitten vom
Steuer ab. Mit der anderen Hand bekam er die hintere
Bordkante zu fassen. Mit ausgestrecktem Arm hielt er Abstand von der Schraube. Mit ungeheurer Kraftanstrengung –
woher nahm er bloß die Kraft? – warf er sich über den Rand
des Hecks und bekam den einen Arm über die Bordwand.
Dann langte er hinauf und berührte den Hebel.

Der Motor erstarb.

Tom klammerte sich mit beiden Händen an den Bootsrand, in ihm war nichts als Erleichterung, ungläubige Erleichterung, bis er den brennenden Schmerz in seiner Kehle
spürte, den stechenden Schmerz in der Brust bei jedem
Atemzug. Er blieb hängen, wo er hing, und ruhte sich aus,
vielleicht zwei, vielleicht auch zehn Minuten, er dachte an
gar nichts, nur daran, daß er Kraft sammeln mußte, genügend Kraft, um sich in das Boot zu ziehen, und endlich

begann er, langsam im Wasser auf und nieder zu wippen, und dann warf er sich mit aller Kraft nach vorn und lag mit dem Gesicht nach unten im Boot, seine Füße baumelten über Bord. So blieb er liegen, schwach kam ihm zum Bewußtsein, daß das Schlüpfrige unter seinen Händen Dickies Blut war, eine Nässe, gemischt aus Dickies Blut und dem Wasser, das ihm selber aus Mund und Nase rann. Seine Gedanken begannen zu arbeiten, noch ehe er ein Glied zu rühren vermochte, er dachte nach über das Boot, das ganz blutig war und nicht zurückgebracht werden konnte, über den Motor, den er gleich, wenn er aufstünde, in Gang bringen mußte, über die einzuschlagende Richtung.

Über Dickies Ringe. Er tastete nach ihnen in seiner Jakkentasche. Sie waren noch da, was sollte schließlich auch mit ihnen passiert sein? Ein Hustenanfall schüttelte ihn, und Tränen trübten seinen Blick, als er in die Runde schauen wollte, um zu sehen, ob irgendwo ein Boot in der Nähe war oder sich näherte. Er rieb sich die Augen. Kein einziges Boot, nur das lustige kleine Motorboot in der Ferne, das immer noch in weitgeschwungenen Bögen herumsauste und ihn völlig ignorierte. Tom besah sich den Boden des Bootes. *Konnte* er es ganz auswaschen? Aber Blut war so verteufelt schwer zu beseitigen, hatte er immer gehört. Eigentlich hatte er das Boot wieder abliefern wollen, er hatte dem Bootsverleiher, falls der nach seinem Freund fragen sollte, erzählen wollen, daß er Dickie irgendwo an Land gesetzt hätte. Das ging nun nicht.

Vorsichtig zog Tom an dem Hebel. Der Motor heulte auf, und sogar davor hatte Tom Angst, aber immerhin schien der Motor doch menschlicher und fügsamer zu sein als das Meer und also auch weniger furchtbar. Er raste in weitem Bogen der Küste zu, der Küste nördlich von San Remo. Konnte ja sein, daß er einen Platz fand, irgendeine kleine, verlassene Bucht an der Küste, wo er das Boot an Land ziehen und aussteigen konnte. Aber wenn sie nun das Boot fanden? Riesengroß stand das Problem vor ihm. Er gab sich

Mühe, kühl und nüchtern zu überlegen. Aber es kam ihm kein Einfall, wie er das Boot loswerden sollte.

Jetzt konnte er Pinien erkennen, ein Stück trockenen, verlassen aussehenden braunen Strandes und den grünen Flaum eines Olivenhains. Tom kreuzte langsam vor der Stelle hin und her und hielt nach Menschen Ausschau. Es waren keine da. Schnell fuhr er hinein in die Bucht, an den flachen, kurzen Strand, er bediente den Gashebel mit Respekt, denn so ganz sicher war er nie, daß der Motor nicht plötzlich wieder losbrüllen würde. Dann spürte er das Scharren und Holpern der Erde unter dem Bug. Er drehte den Hebel auf ›Ferma‹ und legte noch einen Hebel um, der den Motor abstellte. Vorsichtig stieg er aus, das Wasser reichte ihm bis zur halben Wade, er zog das Boot so weit hinauf auf den Strand, wie er konnte, dann trug er die beiden Jacken, seine Sandalen und Marges Kölnisch Wasser aus dem Boot zum Strand hinauf. Die kleine Bucht, in der er sich befand – sie war keine fünfhundert Meter breit –, gab ihm das Gefühl der Sicherheit und Geborgenheit. Nichts deutete darauf hin, daß je ein Menschenfuß diesen Sand betreten hatte. Tom beschloß, das Boot nach Möglichkeit zu versenken.

Er machte sich daran, Steine herbeizuschleppen, lauter Steine von der Größe seines Kopfes, denn größere konnte er nicht tragen, so viel Kraft hatte er nicht mehr, und er ließ einen nach dem anderen in das Boot plumpsen, aber er mußte bald kleinere Steine nehmen, weil es im näheren Umkreis keine großen mehr gab. Er arbeitete pausenlos, er fürchtete, vor Erschöpfung umzusinken, wenn er sich auch nur einen Augenblick Ruhe gönnte, und vielleicht würde er dann daliegen, bis ihn irgend jemand fände. Als das Boot beinahe bis zum Rand mit Steinen gefüllt war, schob er es hinaus und schaukelte es hin und her, bis das Wasser an den Seiten hineinschwappte. Als das Boot zu sinken anfing, gab er ihm einen Schubs ins tiefere Wasser, er schubste und lief hinterher, bis ihm das Wasser an der Taille stand, bis das Boot endgültig versunken und aus seiner Reichweite geraten war. Dann pflügte er sich durch das Wasser zurück zum Strand und legte sich ein Weilchen hin, das Gesicht auf dem Sand. Er schmiedete Pläne für seine Rückkehr ins Hotel, seine Geschichte, seine nächsten Schritte: Abreise aus San Remo noch vor Einbruch der Dunkelheit, Rückkehr nach Mongibello. Und die Geschichte für Mongibello.

13

Bei Sonnenuntergang, genau zu der Stunde, da die Italiener und überhaupt jedermann im Ort sich um die Tischchen vor den Cafés versammeln, frisch geduscht und feingemacht, alles und jeden anstarrend, neugierig darauf, was die Stadt wohl an Unterhaltung zu bieten hätte, gerade bei Sonnenuntergang betrat Tom die Straßen der Stadt, er trug nur seine Badehose und die Sandalen und darüber Dickies Cordjacke, seine eigenen blutverschmierten Sachen hatte er unter den Arm geklemmt. Träge schlich er dahin, denn er war erschöpft, aber er hielt den Kopf erhoben wegen der Hunderte von Leuten, die ihn anstarrten, als er an den Cafés vorüberging, es war der einzig mögliche Weg zu seinem Strandhotel. Er hatte sich gestärkt mit fünf Espressos voller Zucker und drei Schnäpsen in einer Bar an der Straße kurz vor San Remo. Nun spielte er die Rolle des sportlichen jungen Mannes, der den Nachmittag am und im Wasser zugebracht hatte, weil er, ein guter Schwimmer und unempfindlich gegen Kälte, eine besondere Vorliebe dafür hatte, an einem kühlen Tage bis in den frühen Abend hinein zu baden. Er erreichte das Hotel, ließ sich am Empfang den Schlüssel geben, ging in sein Zimmer hinauf und fiel über das Bett. Eine Stunde Ruhe wollte er sich gönnen, dachte er, aber einschlafen durfte er nicht, sonst würde er bestimmt länger schlafen. Er legte sich hin, und als er merkte, daß der Schlaf ihn übermannen wollte, stand er auf, ging ans Waschbecken, goß sich Wasser ins Gesicht, dann nahm er ein nasses Handtuch mit ins Bett, er wollte bloß damit wedeln, um nicht einzuschlafen.

Schließlich stand er auf und machte sich daran, die Blutflecke an dem einen Bein seiner Cordhose zu bearbeiten. Wieder und wieder schrubbte er sie mit Seife und einer Nagelbürste, die Hand wurde ihm lahm, und er unterbrach seine Arbeit, um den Koffer zu packen. Er packte Dickies Sachen genauso, wie Dickie sie immer gepackt hatte, Zahnpasta und Zahnbürste in die linke hintere Tasche. Dann wandte er sich wieder dem Hosenbein zu, um es fertigzumachen. Seine Jacke hatte zuviel Blut abbekommen, als daß er sie je wieder tragen konnte, er mußte zusehen, daß er sie los wurde, aber er konnte ja Dickies Jacke anziehen, sie war von dem gleichen Beige wie seine und hatte auch fast die gleiche Größe. Tom hatte sich seinen Anzug nach dem Muster von Dickies machen lassen, und der gleiche Schneider in Mongibello hatte ihn angefertigt. Er legte seine eigene Jacke mit in den Koffer. Dann stieg er mit dem Koffer die Treppe hinunter und bat um die Rechnung.

Der Mann am Empfang fragte, wo sein Freund geblieben wäre, und Tom erwiderte, daß er ihn am Bahnhof erwartete. Der Mann lächelte freundlich und wünschte Tom ›Buon' viaggio‹.

Zwei Straßen weiter betrat Tom ein Restaurant und zwang sich, eine Terrine Minestrone zu leeren, weil es ihn kräftigen würde. Er war auf der Hut vor dem Italiener mit den Booten. Das wichtigste, dachte er, war es, San Remo noch heute abend zu verlassen, er würde ein Taxi nehmen bis zur nächsten Stadt, wenn kein Zug und kein Bus mehr ginge.

Es gab noch einen Zug nach Süden um zehn Uhr vierundzwanzig, erfuhr Tom am Bahnhof. Ein Schlafwagen. Morgen früh in Rom erwachen, umsteigen nach Neapel. Es schien plötzlich alles so unfaßbar simpel und leicht, und in einem Anfall von Selbstsicherheit überlegte er, ob er nicht für ein paar Tage nach Paris fahren sollte.

»'Spetta un momento«, sagte er zu dem Beamten, der ihm gerade seine Fahrkarte aushändigen wollte. Tom ging im Kreise um seinen Koffer herum und dachte an Paris. Eine Nacht. Nur einmal dort umschauen, für zwei Tage zum Beispiel. Es wäre ja ganz egal, ob er es Marge sagte oder nicht. Abrupt entschied er sich gegen Paris. Er hätte ja doch keine Ruhe dort. Es drängte ihn zu sehr, nach Mongibello zu kommen und Dickies Sachen zu sichten.

Die weißen, straffen Laken seiner Koje im Schlafwagen schienen ihm der wunderbarste Luxus, den er je kennengelernt hatte. Er liebkoste sie mit den Händen, ehe er das Licht ausknipste. Und die sauberen blaugrauen Decken, das kleine schwarze Netz über seinem Kopf – einen Moment war Tom ganz hingerissen bei dem Gedanken an all das Schöne, was nun vor ihm lag, mit Dickies Geld, andere Betten, Tische, Meere, Schiffe, Koffer, Hemden, Jahre der Freiheit, Jahre der Freude. Dann löschte er das Licht, ließ seinen Kopf auf das Kissen sinken und fiel beinahe sofort in tiefen Schlaf, glücklich, zufrieden und ganz, ganz zuversichtlich, so zuversichtlich, wie er in seinem ganzen Leben noch nie gewesen war.

Im Bahnhof von Neapel ging er auf die Herrentoilette und nahm Dickies Zahnbürste und Dickies Haarbürste aus dem Koffer, rollte sie zusammen mit seiner eigenen Cordjacke und Dickies blutverschmierter Hose in Dickies Regenmantel ein. Er trug das Bündel aus dem Bahnhof zur gegenüberliegenden Straßenseite und quetschte es in einen riesigen Sack voller Abfälle, der dort gegen die Wand gelehnt war. Dann frühstückte er Milchkaffee und süße Brötchen in einem Café am Autobusbahnhof und bestieg den guten alten Elfuhrbus nach Mongibello.

Als er ausstieg, trat er beinahe auf Marge, sie war in ihrem Badeanzug und der losen weißen Jacke, die sie immer am Strand trug.

»Wo ist Dickie?« fragte sie.

»In Rom.« Tom lächelte ohne Schwierigkeit, er war gut

präpariert. »Er bleibt noch ein paar Tage da. Ich bin hergefahren, um noch ein paar Sachen für ihn zu holen.«

»Wohnt er bei irgend jemandem?«

»Nein, einfach im Hotel.« Mit einem anderen Lächeln, es war ein halber Abschiedsgruß, wandte Tom sich ab und begann, mit seinem Koffer den Berg zu erklimmen. Einen Augenblick später hörte er die Korksohlen von Marges Sandalen hinter sich tappen. Tom wartete. »Wie ging's denn so, hier in unserer lieben, teuren Heimat?« fragte er.

»Ach, langweilig. Wie immer.« Marge lächelte. Sie stand sich nicht sehr gut mit ihm. Aber sie folgte ihm bis zum Hause – das Tor war offen, und Tom nahm den Schlüssel zur Terrassentür aus seinem gewohnten Versteck hinter einem modernen Holzbottich voll Erde, darin ein halbtoter Strauch –, und sie betraten gemeinsam die Terrasse. Der Tisch stand ein bißchen anders als vorher. Ein Buch lag darauf. Marge war ständig hier gewesen, seit sie weggefahren waren, dachte Tom. Er war nur drei Tage und drei Nächte unterwegs gewesen. Es schien ihm, als wäre ein ganzer Monat vergangen.

»Wie geht's Skippy?« fragte Tom strahlend, er öffnete den Kühlschrank und holte ein Tablett mit Eiswürfeln heraus. Skippy war ein heimatloser Hund, den Marge vor ein paar Tagen aufgelesen hatte, ein häßlicher schwarz-weißer Bastard, wie eine kindische alte Jungfer hatte Marge ihn verhätschelt und gefüttert.

»Er ist davongelaufen. Ich hatte auch nicht von ihm erwartet, daß er bei mir bliebe.«

»So, so.«

»Sie sehen aus, als hätten Sie schöne Tage verlebt«, sagte Marge ein bißchen neidisch.

»Das haben wir«, lächelte Tom. »Darf ich Ihnen auch etwas zu trinken machen?«

»Nein, vielen Dank. Was glauben Sie, wie lange Dickie wegbleiben wird?«

»Tja . . .« Tom runzelte nachdenklich die Stirn. »Ich weiß

nicht recht. Er hat gesagt, daß er einen Haufen Kunstaus-
stellungen da oben ansehen will. Ich glaube, er genießt es
ganz einfach, mal andere Luft zu atmen.« Tom goß sich eine
großzügige Portion Gin ein und tat Soda und eine Zitronen-
scheibe dazu. »Ich denke, in einer Woche kommt er wieder.
Ach, übrigens . . .« Tom langte nach dem Koffer und holte
das Päckchen mit dem Kölnisch Wasser heraus. Das Einwickelpapier des Ladens hatte er abgemacht, weil es blut-
verschmiert gewesen war. »Ihr Stradivari. Wir haben es in
San Remo bekommen.«

»Oh, danke – vielen Dank.« Marge nahm es entgegen,
sie lächelte, traumverloren begann sie, es zu öffnen.

Voll innerer Spannung umrundete Tom die Terrasse, sein
Glas in der Hand, er richtete kein Wort mehr an Marge
und wartete darauf, daß sie ginge.

»Sagen Sie . . .«, Marge kam endlich auf die Terrasse heraus, ». . . wie lange bleiben Sie?«

»Wo?«

»Hier.«

»Nur über Nacht. Morgen fahre ich wieder 'rauf nach
Rom. Wahrscheinlich morgen nachmittag«, fügte er noch
hinzu, denn die Post konnte er morgen nicht früher als nach
zwei vielleicht bekommen.

»Dann werde ich Sie wohl nicht mehr sehen, es sei denn,
Sie kommen an den Strand«, sagte Marge und gab sich
Mühe, es freundlich zu sagen. »Viel Spaß wünsche ich Ihnen,
falls wir uns nicht mehr sehen sollten. Und bitte sagen Sie
Dickie, er soll eine Postkarte schreiben. In welchem Hotel
wohnt er denn?«

»Tja . . . äh . . . wie hieß es doch gleich . . . in der Nähe
der Piazza di Spagna . . .?«

»Das *Inghilterra*?«

»Ganz recht. Aber ich glaube, er hat gesagt, daß er seine
Post an den American Expreß schicken lassen wolle.« Sie
würde wohl nicht versuchen, Dickie anzurufen, dachte Tom.
Und morgen könnte er in dem Hotel sein und einen Brief

in Empfang nehmen, wenn sie schreiben sollte. »Morgen früh werde ich wohl noch einmal an den Strand gehen«, sagte Tom.

»Schön. Vielen Dank für das Stradivari.«

»Keine Ursache.«

Sie ging den Weg hinunter zum Eisentor, und 'raus war sie.

Tom ergriff den Koffer und rannte hinauf in Dickies Schlafzimmer. Er zog Dickies oberste Schublade auf: Briefe, zwei Adressenverzeichnisse, ein paar kleine Notizbücher, eine Uhrkette, einzelne Schlüssel und irgendeine Versicherungspolice. Er zog auch die übrigen Schubfächer heraus, eins nach dem anderen, und ließ sie offenstehen. Hemden, Hosen, zusammengefaltete Pullover und durcheinandergewühlte Strümpfe. In einer Zimmerecke ein wüster Haufen von Mappen und alten Zeichenblöcken. Es gab eine Menge zu tun. Tom zog sich völlig aus, rannte nackt nach unten und nahm eine schnelle, kalte Dusche. Dann zog er Dickies alte weiße Segeltuchhose an, die im Schrank an einem Nagel hing.

Er begann mit der obersten Lade, aus zwei Gründen: die jüngsten Briefe waren wichtig, falls da irgend etwas Laufendes sein sollte, um das man sich unverzüglich kümmern mußte, und zweitens würde es nicht so aussehen, als ob er schon jetzt das ganze Haus ausräumte, falls Marge am Nachmittag noch einmal hereinschauen sollte. Aber anfangen könnte er doch wenigstens, schon heute nachmittag, dachte er, Dickies beste Sachen in Dickies größte Koffer zu verstauen.

Noch um Mitternacht rumorte Tom im Hause herum. Dickies Koffer waren gepackt, jetzt stellte er eine Schätzung an, wieviel wohl die Einrichtung des Hauses wert sein mochte, was er Marge vermachen wollte und was mit dem übrigen geschehen sollte. Marge mochte den verdammten Kühlschrank behalten. Das müßte sie eigentlich freuen. Die schwere, geschnitzte Truhe im Flur, in der Dickie seine Bettwäsche aufbewahrte, dürfte mehrere hundert Dollar wert sein, dachte Tom. Dickie hatte einmal gesagt, sie wäre vierhundert Jahre alt, als Tom sich nach der Truhe erkundigt hatte. Cinquecento. Er wollte mit Signor Pucci reden, dem stellvertretenden Direktor des *Miramare*, und ihn bitten, als Agent für den Verkauf des Hauses und der Einrichtung zu fungieren. Und auch des Bootes. Dickie hatte gesagt, Signor Pucci übernähme solche Dinge für die Dorfbewohner.

Tom hatte sich vorgenommen, alles, was Dickie besaß, ohne Umschweife mitzunehmen nach Rom, aber jetzt überlegte er sich, was Marge wohl davon halten würde, wenn er derartig viel mitnähme für eine angeblich so kurze Zeit, und er kam zu dem Schluß, daß es sicherlich besser wäre, wenn er ihr erzählte, Dickie hätte sich in der Zwischenzeit entschlossen, nach Rom zu ziehen.

Tom ging also am folgenden Nachmittag um drei herum zur Post hinunter und holte einen uninteressanten Brief für Dickie von einem Freund in Amerika ab, für ihn selber war nichts da. Aber während er langsam wieder dem Hause zuging, las er in Gedanken einen Brief von Dickie. Er sah ihn im Wortlaut vor sich, er konnte ihn auswendig hersagen für Marge, wenn er mußte, und er brachte sich sogar dazu, die leise Überraschung zu empfinden, die er angesichts einer solchen Sinnesänderung bei Dickie empfunden hätte.

Sobald er nach Hause kam, machte er sich daran, Dickies beste Bilder und die beste Bettwäsche in einen großen Pappkarton zu packen, den er eben auf dem Rückweg bei Aldo im Lebensmittelgeschäft bekommen hatte. Er arbeitete ruhig und systematisch, jeden Moment erwartete er Marge, aber es war bereits vier durch, als sie kam.

»Noch da?« fragte sie, als sie in Dickies Zimmer trat.

»Ja. Heute kam ein Brief von Dickie. Er hat sich dazu entschlossen, nach Rom zu ziehen.« Tom reckte sich und lächelte ein bißchen, so als wäre das auch für ihn eine Überraschung. »Er will, daß ich seine sämtlichen Sachen mitbringe, alles, was ich schleppen kann.«

»Nach Rom *ziehen*? Für wie lange?«

»Ich weiß nicht. Auf jeden Fall den Winter über, wie es aussieht.« Tom fuhr fort, Gemälde zusammenzubinden.

»Er kommt den ganzen Winter nicht wieder?« Marges Stimme klang ganz klein.

»Nein. Er sagt, er will vielleicht sogar das Haus verkaufen. Darüber hätte er aber noch nicht entschieden, sagt er.«

»Du lieber Himmel! – Was ist denn passiert?«

Tom zuckte die Achseln. »Allem Anschein nach möchte er den Winter in Rom verbringen. Er sagt, daß er Ihnen schreiben wird. Ich dachte schon, Sie hätten seinen Brief vielleicht auch heute nachmittag bekommen.«

»Nein.«

Schweigen. Tom arbeitete weiter, ohne aufzusehen. Es fiel ihm ein, daß er von seinen eigenen Sachen überhaupt noch nichts gepackt hatte. Er hatte sein Zimmer noch gar nicht betreten.

»Nach Cortina wird er doch wohl fahren, oder nicht?« fragte Marge.

»Nein, will er nicht. Er sagt, daß er Freddie schreiben und es rückgängig machen will. Aber das sollte Sie nicht hindern, hinzufahren.« Tom beobachtete sie. »Übrigens – Dikkie sagt, er würde sich freuen, wenn Sie den Kühlschrank nehmen würden. Sie finden bestimmt jemanden, der Ihnen beim Hinüberschaffen hilft.«

Bei dem Kühlschrankgeschenk zeigte sich nicht die leiseste Regung in Marges bedrücktem Gesicht. Tom wußte genau, jetzt fragte sie sich, ob er mit Dickie zusammenleben würde oder nicht, und höchstwahrscheinlich schloß sie aus seinem fröhlichen Gehaben, daß er mit Dickie zusammenleben würde. Tom konnte sehen, wie ihr die Frage auf die Lippen kroch – Marge war für ihn so durchschaubar wie ein kleines Kind –, und dann fragte sie es: »Werden Sie in Rom bei ihm wohnen?«

»Vielleicht eine Zeitlang. Ich will ihm helfen, sich einzurichten. Noch in diesem Monat will ich nach Paris, und ich denke, so Mitte Dezember fahre ich wieder zurück in die Staaten.«

Marge sah niedergeschmettert aus. Tom wußte, daß sie sich die kommenden einsamen Wochen vorstellte – selbst wenn Dickie regelmäßig kleine Stippvisiten in Mongibello machte, um sich mit ihr zu treffen –, die öden Sonntagvormittage, die einsamen Mahlzeiten. »Was will er denn zu Weihnachten machen? Meinen Sie, er will die Feiertage hier verbringen oder in Rom?«

Tom sagte, eine Spur gereizt: »Nun, ich glaube, nicht hier. Ich habe das Gefühl, daß er allein sein möchte.«

Das verschlug ihr die Sprache. Sie war schockiert und verletzt. Wart nur, dachte Tom, wenn sie erst den Brief hatte, den er von Rom aus zu schreiben gedachte. Er würde sanft mit ihr umgehen, natürlich, so sanft wie Dickie, aber es durfte kein Zweifel mehr bestehen, daß Dickie sie nicht mehr zu sehen wünschte.

Wenige Minuten später erhob sich Marge und sagte geistesabwesend auf Wiedersehen. Plötzlich hatte Tom das Gefühl, sie würde Dickie heute noch anrufen. Vielleicht würde sie sogar nach Rom fahren. Nun, was dann? Dickie konnte ja das Hotel gewechselt haben. Und in Rom gab es genug Hotels, selbst wenn sie persönlich nach Rom käme, hätte sie tagelang zu tun, ihn zu suchen. Und wenn sie ihn dann nicht fände, nicht telephonisch und nicht persönlich, dann würde sie gewiß annehmen, er sei mit Tom Ripley nach Paris oder in sonst eine Großstadt gefahren.

Tom blätterte eine neapolitanische Zeitung durch, er suchte die Notiz über ein Boot, das man in der Nähe von San Remo versenkt aufgefunden hatte. *Barca affondata vicino San Remo,* so etwa dürfte die Schlagzeile lauten. Und sie würden großes Tamtam um die Blutspuren im Boot machen, falls die Blutspuren noch da waren. Solche Sachen waren genau das richtige, mit Begeisterung machten die italienischen Zeitungen so etwas in ihrem melodramatischen Stil groß auf: »Giorgio di Stefani, ein junger Fischer aus San

Remo, machte gestern nachmittag um drei Uhr in zwei Meter Tiefe einen entsetzlichen Fund. Ein kleines Motorboot, innen mit furchtbaren Blutflecken übersät . .« Aber Tom konnte nichts entdecken in der Zeitung. Auch gestern hatte nichts dringestanden. Es mochte Monate dauern, bis das Boot gefunden wurde, dachte er. Vielleicht fand man es nie. Und wenn sie es fanden – woher wollten sie wissen, daß Dickie Greenleaf und Tom Ripley damit hinausgefahren waren? Dem italienischen Bootsverleiher in San Remo hatten sie ja ihre Namen nicht genannt. Der Bootsfritze hatte ihnen nur einen kleinen orangefarbenen Zettel in die Hand gedrückt, den Tom in der Tasche gehabt hatte, später hatte er ihn dort gefunden und vernichtet.

Tom verließ Mongibello gegen sechs Uhr per Taxi. Vorher war er noch im *Giorgio* gewesen, hatte einen Espresso getrunken und sich von Giorgio, Fausto und sonstigen Dorfbekanntschaften, seinen eigenen und Dickies, verabschiedet. Allen erzählte er dasselbe, daß Signor Greenleaf in Rom bliebe den Winter über und daß er sie grüßen ließe, bis sie sich wiedersehen würden. Tom sagte, daß Dickie sicherlich in Kürze auf einen Sprung herunterkäme.

Dickies Bettwäsche und Bilder hatte er am Nachmittag in Kisten verpacken lassen, die zusammen mit Dickies Schrankkoffer und zwei weiteren schweren Koffern nach Rom verfrachtet wurden, wo sie von Dickie Greenleaf abgeholt würden. Tom nahm seine beiden Koffer und noch einen von Dickie im Taxi mit. Mit Signor Pucci im *Miramare* hatte er gesprochen, er hatte ihm gesagt, daß Signor Greenleaf möglicherweise sein Haus nebst Einrichtung zu verkaufen wünsche, ob Signor Pucci das wohl in die Hand nehmen könnte? Das wollte er sehr gern tun, hatte Signor Pucci gesagt. Tom hatte auch mit Pietro, dem Hafenmeister, gesprochen und ihn gebeten, nach einem Käufer für die *Pipistrello* Ausschau zu halten, weil die begründete Aussicht bestünde, daß Signor Greenleaf sie noch in diesem Winter abstoßen wollte. Tom sagte, Signor Greenleaf gäbe sie für fünfhunderttausend Lire her, knapp achthundert Dollar, es war fast geschenkt, so ein Boot, zwei Personen konnten darauf wohnen, Pietro meinte, es wäre nur eine Frage von Wochen, es an den Mann zu bringen.

Im Zug nach Rom entwarf Tom den Brief an Marge, er machte es so sorgfältig, daß er ihn von Anfang bis Ende auswendig wußte, und als er im Hotel *Haßler* ankam, setzte er sich sofort an Dickies Reiseschreibmaschine, die er in einem von Dickies Koffern mitgebracht hatte, und tippte den Brief geradenwegs herunter.

Rom, den 28.11.

»Liebe Marge,

ich habe mich dazu entschlossen, für den Winter in Rom eine Wohnung zu mieten, nur um einmal die Tapete zu wechseln und dem alten Mongi für ein Weilchen zu entfliehen. Ich habe das dringende Bedürfnis, einmal allein zu sein. Es tut mir leid, daß das alles so plötzlich kam und daß ich nicht die Möglichkeit hatte, mich von Dir zu verabschieden, aber ich bin ja schließlich nicht aus der Welt und hoffe, Dich ab und zu besuchen zu können. Ich hatte einfach keine Lust, hinzufahren und meinen Kram zusammenzupacken, deshalb habe ich Tom diese Last aufgebürdet.

Was uns beide betrifft, kann es nichts schaden, ja vielleicht sogar alles bessern, wenn wir uns für eine gewisse Zeit nicht sehen. Ich hatte sehr stark das Gefühl, daß ich Dich langweilte, obwohl Du *mich* nicht gelangweilt hast, und bitte denke nicht, daß ich vor irgend etwas davonlaufe. Im Gegenteil – Rom dürfte mich den Realitäten näherbringen. Mongi jedenfalls konnte das nicht. Zum Teil hing meine Unrast auch mit Dir zusammen. Damit, daß ich gehe, ist nichts gelöst, gewiß nicht, aber es wird mir helfen, Klarheit über meine wahren Gefühle für Dich zu gewinnen. Deshalb möchte ich Dich lieber eine Zeitlang nicht sehen, Liebling, und ich hoffe, Du wirst das verstehen. Wenn nicht – nun, dann eben nicht, das ist das Risiko, das ich eingehe. Vielleicht fahre ich für ein paar Wochen nach Paris mit Tom, der ganz wild darauf ist. Das heißt, wenn ich nicht sofort zu malen anfange. Habe einen Maler namens di Massimo kennengelernt, seine Arbeiten gefallen mir sehr, ein netter alter Junge mit wenig Geld, er scheint sehr froh darüber, mich als Schüler zu bekommen, wenn ich ihm ein bißchen was bezahle. Ich werde mit ihm in seinem Atelier malen.

Die Stadt ist herrlich mit ihren Brunnen, die die ganze Nacht über rauschen, alles ist nachts auf den Beinen, anders als im alten Mongi. Du warst auf der falschen Fährte mit Tom. Er wird bald in die Staaten zurückfahren, mir ist ganz egal, wann, wenn er auch wirklich kein schlechter Kerl ist, ich habe nichts gegen ihn. Er hat jedenfalls nichts mit uns beiden zu tun, und ich hoffe, Du weißt es.

Bitte schreib mir per Adresse American Expreß, Rom, bis ich weiß, wo ich bleibe. Wenn ich eine Wohnung gefunden habe, lasse ich es Dich wissen. Halte inzwischen den heimischen Herd warm, den Kühlschrank kalt und Deine Schreibmaschine in Gang. Es tut mir schrecklich leid wegen Weihnachten, Liebling, aber ich glaube, so bald sollten wir uns noch nicht wiedersehen. Und Du kannst mich deswegen hassen oder auch nicht.

In Liebe Dein Dickie«

Seitdem er das Hotel betreten hatte, trug Tom die Mütze, und er hatte am Empfang Dickies Paß abgegeben, nicht seinen, allerdings guckte man in Hotels, wie er festgestellt hatte, nie nach dem Paßbild, sondern schrieb nur die Paßnummer auf, die vorn auf dem Umschlag stand. In der Liste hatte er mit Dickies flüchtigem und ziemlich flammendem Namenszug unterzeichnet, in dem sich die Großbuchstaben R und G riesenhaft bauschten. Als er hinausging, um den Brief aufzugeben, kaufte er in einem Warenhaus ein paar Straßen weiter verschiedene Schminkutensilien, die er vielleicht brauchen würde. Er hatte seinen Spaß mit der italienischen Verkäuferin, er ließ sie in dem Glauben, daß er die

Sachen für seine Frau kaufte, die ihr Make-up-Etui verloren hätte und die mit der üblichen Magenverstimmung indisponiert im Hotel läge.

Den Abend brachte er damit zu, Dickies Unterschrift zu üben für die Schecks. Dickies Monatswechsel dürfte in weniger als zehn Tagen aus Amerika eingehen.

14

Am nächsten Tag zog er um ins Hotel *Europa*, ein Hotel mittlerer Preislage nahe der Via Veneto, denn das *Haßler* war ein Nepplokal, dachte er, das Genre von Hotel, das von durchreisenden Filmleuten bevorzugt wurde und wo Freddie Miles und ähnliche Leute, die Dickie kannten, möglicherweise abstiegen, wenn sie nach Rom kamen.

Tom führte in seinem Hotelzimmer Phantasiegespräche mit Marge und Fausto und Freddie. Marge war noch am ehesten in Rom zu erwarten, dachte Tom. Er sprach mit ihr als Dickie, wenn er sich ein Telephongespräch vorstellte, und als Tom, wenn er sie in Gedanken vor sich sah. Sie konnte ja zum Beispiel nach Rom kommen, sein Hotel ausfindig machen und darauf bestehen, auf sein Zimmer zu kommen, in einem solchen Fall müßte er Dickies Ringe absetzen und sich umziehen.

»Ich weiß nicht«, würde er mit Toms Stimme zu ihr sagen. »Sie wissen ja, wie er ist – er fühlt sich gern völlig frei von allem. Er hat gesagt, ich könnte für ein paar Tage sein Hotelzimmer haben, weil meins so schlecht geheizt ist . . . Oh, er wird in ein paar Tagen wieder da sein, oder es kommt eine Postkarte von ihm mit der Nachricht, daß es ihm gut geht. Er ist mit di Massimo in irgendeine Kleinstadt gefahren, sie wollen sich in einer Kirche ein paar Gemälde anschauen.«

(»Aber Sie wissen nicht, ob sie nach Norden oder Süden gefahren sind?«)

»Nein, wirklich nicht. Ich denke, nach Süden. Aber was nützt uns das schon?«

(Es ist einfach Pech, daß ich ihn nicht antreffe, nicht? Warum konnte er denn nicht wenigstens hinterlassen, wo er hinfährt?«)

»Ja, ich weiß, dasselbe habe ich ihn auch gefragt. Ich habe das ganze Zimmer nach einer Landkarte oder so was abgesucht, aus der man hätte schließen können, wohin er fährt. Er hat mich einfach vor drei Tagen angerufen und mir gesagt, ich könnte sein Zimmer benutzen, wenn ich wollte.«

Es war eine gute Idee, dieses Hineinspringen in sein eigenes Ich zu üben, denn es konnte die Zeit kommen, wo er es innerhalb von Sekunden tun mußte, und merkwürdig, wie schnell man vergessen konnte, wie die Stimme Tom Ripleys eigentlich klang. Er unterhielt sich mit Marge, bis ihm seine Stimme wieder genauso in den Ohren klang, wie er sie in Erinnerung hatte.

Meistens aber war er Dickie, redete leise mit Freddie und Marge, führte Ferngespräche mit Dickies Mutter, sprach mit Fausto, mit einem Fremden auf einem Gesellschaftsabend, unterhielt sich auf englisch und auf italienisch, dabei ließ er Dickies Kofferradio spielen, denn wenn ein Hotelangestellter zufällig auf dem Gang vorbeilief und wußte, daß Signor Greenleaf allein in seinem Zimmer war, sollte er ihn nicht für einen Irren halten. Manchmal, wenn im Radio eine Melodie erklang, die er mochte, dann tanzte er auch ganz allein für sich, aber er tanzte so, wie Dickie mit einem Mädchen tanzen würde – er hatte Dickie einmal auf der Terrasse des *Giorgio* mit Marge tanzen sehen, und ein zweites Mal noch im *Giardino degli Orangi* in Neapel –, mit langen Schritten, jedoch ziemlich steif, man konnte ihn nicht eigentlich einen guten Tänzer nennen. Tom kostete jede Minute voll aus, ob er allein in seinem Zimmer war oder durch die Straßen Roms spazierte, die Besichtigungen kombinierend mit der Suche nach einer Wohnung. Es war unmöglich, sich jemals einsam zu fühlen oder zu langweilen, solange man Dickie Greenleaf war.

Im American Expreß begrüßten sie ihn als Signor Greenleaf, als er nach seiner Post fragte. Marges erster Brief lautete:

»Dickie,

nun ja, es war eine kleine Überraschung. Ich möchte wissen was in Dich gefahren ist in Rom oder San Remo oder wo immer? Tom tat sehr geheimnisvoll, nur das eine hat er gesagt, daß er in Rom bei Dir wohnen würde. Daß er nach Amerika abdampft, glaube ich erst, wenn ich es sehe. Auf die Gefahr hin, mir den Mund zu verbrennen, alter Junge, darf ich vielleicht doch sagen, daß *ich* den Kerl nicht leiden kann. Wie ich die Sache sehe, und jeder sieht sie so, nutzt er Dich doch nur nach Strich und Faden aus. Wenn Du zu Deinem eigenen Besten etwas ändern möchtest, dann gib um Himmels willen *ihm* den Laufpaß. Gut, meinetwegen ist er nicht andersrum. Er ist einfach gar nichts, und das ist noch schlimmer. Er ist nicht normal genug, um *überhaupt* ein Liebesleben zu haben, wenn Du verstehst, was ich damit meine. Aber ich bin nicht an Tom interessiert, sondern an Dir. Ja, ich kann die paar Wochen ohne Dich überstehen, Liebling, sogar Weihnachten, wenn ich auch lieber nicht an Weihnachten denke. Ich möchte ganz gern nicht über Dich nachdenken und – wie Du sagst – die Gefühle sprechen lassen oder auch nicht. Aber es ist unmöglich, hier nicht an Dich zu denken, denn an jedem Stein dieses Dorfes spukst Du herum, für mich jedenfalls, und in diesem Hause, wohin ich auch schaue, stoße ich auf Deine Spuren, die Hecke, die wir gepflanzt haben, der Zaun, den wir zu reparieren begannen und nie fertigmachten, die Bücher, die ich mir von Dir geliehen und nie zurückgegeben habe. Und Dein Stuhl am Tisch, das ist das Schlimmste.

Um mit dem Mundverbrennen fortzufahren, ich behaupte nicht, daß Tom Dir richtig physisch etwas antun könnte, aber ich weiß, daß er im stillen einen schlechten Einfluß auf Dich ausübt. Man merkt, daß Du Dich unbewußt schämst, ihn um Dich zu haben, wenn Du ihn um Dich *hast*. Weißt Du das? Hast Du Dich jemals bemüht, das zu analysieren? Ich habe in den letzten Wochen geglaubt, Du fingest an, das alles zu merken, aber nun bist Du wieder mit ihm zusammen, und ich sage Dir ganz offen, mein Junge, ich weiß nicht, was ich davon halten soll. Wenn es Dir wirklich ›egal ist, wann‹ er abdampft, dann laß ihn in Gottes Namen sein Bündel schnüren! Keinem Menschen der Welt, auch Dir nicht, kann er je helfen, über irgend etwas Klarheit zu gewinnen. Es liegt im Gegenteil ganz in seinem Interesse, Dich im Durcheinander zu halten und Dich an der Nase herumzuführen, und Deinen Vater auch.

Tausend Dank für das Kölnisch Wasser, Liebling. Ich werde es aufbewahren – wenigstens zum größten Teil –, bis wir uns wiedersehen. Den Kühlschrank habe ich noch nicht zu mir geschafft. Selbstverständlich kannst Du ihn jederzeit wiederhaben, wenn Du willst.

Vielleicht hat Tom Dir erzählt, daß Skippy ausgerissen ist. Sollte ich einen Wandervogel gefangenhalten mit einem Strick um den Hals? Ich muß unbedingt sofort etwas mit der Hauswand machen, bevor sie völlig verrottet und über mir zusammenbricht. Ich wünschte, Du wärest hier, Darling – natürlich.

Alles Liebe – und *schreib*. Marge«

p. A. American Expreß
Rom, 12. Dezember

»Liebe Mutter, lieber Paps,

ich bin in Rom auf der Suche nach einer Wohnung, aber bisher habe ich noch nicht das Richtige gefunden. Die Wohnungen hier sind entweder zu groß oder zu klein, und wenn man eine hat, die zu groß ist, dann muß man im Winter bis auf ein Zimmer die ganze Wohnung stillegen, um es

einigermaßen warm zu haben. Ich bemühe mich, eine mittel-
große Wohnung zu einem mittelgroßen Preis zu finden, die
ich richtig heizen kann, ohne dafür ein Vermögen ausgeben
zu müssen.

Entschuldigt, daß ich in letzter Zeit so schreibfaul war.
Ich hoffe, mich zu bessern bei dem ruhigeren Leben, das ich
hier führe. Ich hatte das Gefühl, ich brauchte eine Abwech-
lung von Mongibello – Ihr habt es ja beide schon seit
langem gesagt –, ich bin also mit Sack und Pack umgezogen,
und vielleicht verkaufe ich sogar das Haus und das Boot.
Ich habe einen sehr sympathischen Maler namens di Massimo
kennengelernt, der bereit ist, mir in seinem Atelier Malunter-
richt zu geben. Ich werde ein paar Monate lang wie ein Be-
sessener arbeiten, mal sehen, was dabei herauskommt. Eine
Art Prüfung. Ich weiß, Paps, das interessiert Dich wenig,
aber Du fragst ja immer, wie ich meine Zeit hinbringe, nun,
damit bringe ich sie hin. Bis zum nächsten Sommer werde
ich ein sehr stilles, arbeitsames Leben führen.

Dabei fällt mir ein – könntest Du mir nicht mal die neuesten Prospekte der Burke-Greenleaf schicken? Auch ich
möchte gern auf dem laufenden bleiben über das, was Du
machst, und es ist schon lange her, daß ich etwas zu Gesicht
bekommen habe.

Mutter, ich hoffe, Du machst Dir nicht so große Umstände
mit dem Weihnachtsgeschenk für mich. Ich wüßte wirklich
nicht, was ich gebrauchen könnte. Wie fühlst Du Dich?
Kannst Du denn ein bißchen ausgehen? Ins Theater und
so was? Wie geht es Onkel Edward jetzt? Schick ihm meine
Grüße und laß bald wieder etwas hören.

Liebe Grüße Euer Dickie

Tom überlas den Brief noch einmal, fand, daß wohl ein
paar Kommas zuviel waren, tippte ihn geduldig neu und
unterschrieb. Er hatte neulich einmal einen halbfertigen
Brief Dickies an seine Eltern in der Schreibmaschine stek-
ken sehen, er kannte also im großen und ganzen Dickies

Stil. Er wußte, daß Dickie nie mehr als zehn Minuten auf einen Brief verschwendete. Wenn dieser hier anders war, dachte Tom, dann konnte er nur insofern anders sein, als er etwas persönlicher und herzlicher gehalten war als gewöhnlich. Er war sehr zufrieden mit dem Brief, als er ihn zum zweitenmal durchlas. Onkel Edward war ein Bruder von Mrs. Greenleaf, er lag in Illinois in einem Krankenhaus mit so was wie Krebs, wie Tom dem letzten Brief Dickies von seiner Mutter entnommen hatte.

Ein paar Tage später saß er im Flugzeug nach Paris. Vor seiner Abreise hatte er noch im *Inghilterra* angerufen: keine Briefe, keine Telephonanrufe für Richard Greenleaf. Um fünf Uhr nachmittags landete er in Orly. Nach einem kurzen Blick auf Tom stempelte der Paßkontrolleur den Paß ab, aber Tom hatte ja sein Haar mit einer Superoxydwäsche leicht aufgehellt und es mit Hilfe von Pomade in ein paar Wellen gezwängt, außerdem setzte er dem Beamten zuliebe das ziemlich strenge, beinahe grimmige Gesicht auf, das Dickie auf dem Paßbild machte. Tom meldete sich im *Hotel du Quai-Voltaire* an, ein paar Amerikaner, mit denen er in einem römischen Café ins Gespräch gekommen war, hatten es ihm empfohlen als günstig gelegenes Quartier, das nicht von Amerikanern wimmelte. Dann lief er in den rauhen, nebligen Dezemberabend hinaus, mit hocherhobenem Kopf, ein Lächeln auf den Lippen. Was er an Paris so liebte, das war die Atmosphäre der Stadt, die Atmosphäre, von der er schon so viel gehört hatte, gewundene Gäßchen, graue Häuserfronten, Atelierfenster auf den Dächern, lärmende Autohupen und auf Schritt und Tritt öffentliche Pissoirs und grellbunte Säulen voller Theaterplakate. Langsam wollte er sich von dieser Atmosphäre durchdringen lassen, mehrere Tage lang vielleicht, erst dann wollte er in den Louvre gehen oder auf den Eiffelturm steigen oder so etwas. Er kaufte einen *Figaro*, setzte sich an einen Tisch im *Dôme* und bestellte *fine à l'eau*, weil Dickie einmal gesagt hatte, er tränke in Frankreich immer *fine à l'eau*. Toms Französischkenntnisse waren begrenzt, aber Dickies auch, das wußte Tom. Ein paar interessante Leute starrten ihn durch die Glasveranda von draußen an, aber keiner kam herein und sprach ihn an. Tom war darauf gefaßt, daß jeden Augenblick jemand von einem der Tische aufstehen, zu ihm herüberkommen und sagen würde: »Dickie Greenleaf! Sind Sie es wirklich?«

Er hatte nur sehr wenig getan, um sein Äußeres mit künstlichen Mitteln zu verändern, aber sein ganzes Mienenspiel, dachte Tom, hatte sich jetzt dem von Dickie angeglichen. Er trug ein Lächeln zur Schau, das einem Fremden gefährlich einladend vorkommen mochte, ein Lächeln, das mehr zur Begrüßung eines alten Freundes oder einer alten Liebe taugte. Es war Dickies schönstes Lächeln, sein typisches Lächeln in Stunden guter Laune. Tom war guter Laune. Das war Paris. *Wunderbar*, in einem berühmten Café zu sitzen und an morgen zu denken – an morgen und an übermorgen und an über-übermorgen als Dickie Greenleaf! Die Manschettenknöpfe, die weißseidenen Hemden, sogar die alten Klamotten – der schäbige braune Gürtel mit der Messingschnalle, die alten braunen Schuhe aus genarbtem Leder, die im *Punch* so nett als unverwüstlich angepriesen wurden, der alte senffarbene Pulli mit den ausgebeulten Taschen, das alles gehörte ihm, und das alles liebte er. Und der schwarze Füllfederhalter mit den kleinen Goldinitialen. Und die Brieftasche, eine recht betagte krokodillederne Brieftasche von *Gucci*. Ein Haufen Geld ging hinein in diese Brieftasche.

Am Nachmittag des folgenden Tages hatte er bereits eine Einladung zu einer Party in der Avenue Kléber bei irgendwelchen Leuten – einer Französin und einem jungen Amerikaner –, er hatte in einem großen Café-Restaurant auf dem Boulevard St. Germain ein Gespräch mit ihnen angeknüpft. Die Gesellschaft bestand aus dreißig bis vierzig Personen, die meisten mittleren Alters, fröstelnd standen sie in einer riesigen, kalten und ziemlich unpersönlichen Wohnung herum. In Europa schien es ein Gütezeichen der Vornehmheit zu sein, im Winter ungenügend zu heizen und im Sommer die Martinis ohne Eis zu trinken. Tom war in ein teureres Hotel in Paris umgezogen, weil er es gern wärmer gehabt hätte, aber er hatte feststellen müssen, daß in dem teuren Hotel noch weniger geheizt wurde. Das Haus seiner Gastgeber hatte eine düstere, altmodische Eleganz, fand Tom. Es gab einen Butler und ein Mädchen, eine endlose Tafel voller *pâtés en croûte,* Puterbraten, *petits fours* und Massen von Champagner, aber die Polsterung des Sofas und die schweren Vorhänge an den Fenstern waren fadenscheinig und zerfielen bald vor Alter, und im Hausflur neben dem Aufzug hatte Tom Mauselöcher entdeckt. Wenigstens ein halbes Dutzend der Gäste, denen man ihn vorgestellt hatte, waren Grafen und Baronessen. Ein Amerikaner informierte Tom, daß der junge Mann und das Mädchen, die ihn eingeladen hatten, heiraten wollten, worüber ihre Eltern gar nicht begeistert wären. Es herrschte eine etwas gedrückte Atmosphäre in dem großen Raum, und Tom strengte sich mächtig an, zu jedermann so liebenswürdig wie nur möglich zu sein, sogar zu den strenger dreinblickenden Franzosen, mit denen er wenig mehr als ›C'est très agréable, n'est-ce-pas?‹ reden konnte. Er tat sein Bestes, und zum Lohn lächelte ihn wenigstens die Französin an, die ihn eingeladen hatte. Er war glücklich, daß er hier sein durfte. Wie vielen alleinstehenden Amerikanern in Paris gelang es, schon nach einer Woche oder so zu Franzosen eingeladen zu werden? Die Franzosen brauchten besonders lange, ehe sie einen Franzosen in ihre Wohnung einluden, hatte Tom immer gehört. Nicht einer der anwesenden Amerikaner schien seinen Namen zu kennen. Tom fühlte sich vollkommen unbeschwert, so lange er zurückdenken konnte, hatte er sich noch auf keiner Gesellschaft so unbeschwert gefühlt. Er gab sich so, wie er sich seit je auf einer Gesellschaft hatte geben wollen. Das war das ganz neue Leben, das er sich während der Überfahrt von Amerika auf dem Schiff erträumt hatte. Das war es – seine Vergangenheit war ausgelöscht, er selbst, Tom Ripley, der von dieser Vergangenheit geprägt war, war ausgelöscht, und er war wiedergeboren als ein völlig neuer Mensch. Eine Französin und zwei der anwesenden Amerikaner luden ihn zu Parties ein, aber Tom lehnte alle Einladungen mit den gleichen Worten ab: »Recht vielen Dank, aber leider verlasse ich morgen Paris.«

Es war nicht ratsam, sich mit einem dieser Leute allzusehr einzulassen, dachte Tom. Konnte ja sein, daß einer von ihnen einen Bekannten hatte, der mit Dickie gut befreundet war, einen Bekannten, der vielleicht bei der nächsten Party auftauchte.

Um Viertel nach elf verabschiedete er sich von seiner Gastgeberin und ihren Eltern, die ihn nur sehr ungern gehen sahen. Aber er wollte um Mitternacht in Notre Dame sein. Es war der Heilige Abend.

Die Mutter des Mädchens erkundigte sich noch einmal nach seinem Namen. »Monsieur Granelafe«, wiederholte das Mädchen ihr den Namen. »Diekie Granelafe. Richtig?«

»Richtig«, nickte Tom lächelnd.

Er war gerade unten im Treppenhaus angekommen, als ihm die Freddie-Miles-Gesellschaft von Cortina einfiel. Zweiten Dezember. Vor fast einem Monat! Er hatte Freddie schreiben wollen, daß er nicht käme. Ob Marge hingefahren war? Freddie würde es recht eigenartig finden, daß er nicht geschrieben und sich abgemeldet hatte, und Tom hoffte, daß Marge wenigstens Freddie Bescheid gesagt hätte. Er mußte sofort an Freddie schreiben. In Dickies Adressenverzeichnis stand eine Florenzer Adresse für Freddie. Ein Schnitzer, aber nicht schwerwiegend, dachte Tom. So etwas sollte ihm jedenfalls nicht noch einmal passieren.

Er ging in die Dunkelheit hinaus und lenkte seine Schritte in die Richtung des angestrahlten, kalkweiß leuchtenden Triumphbogens. Ein eigenartiges Gefühl, so allein zu sein und doch so sehr Teil der Dinge, wie er es auf der Party empfunden hatte. Und er empfand es wieder, als er am

Rande der Menschenmasse stand, die den Platz vor Notre Dame füllte. Es drängten sich hier so viele Menschen, daß er unmöglich in die Kathedrale hineinkommen konnte, aber Lautsprecher trugen die Musik deutlich über den ganzen Platz. Französische Weihnachtslieder, die ihm unbekannt waren. ›Stille Nacht‹. Ein feierlicher Choral, dann ein lebhaftes, munteres Lied. Männergesang. Neben ihm nahmen die Franzosen ihre Hüte ab. Tom zog auch seinen. Er stand hochaufgerichtet, mit ruhigem Gesicht, aber bereit zu lächeln, falls jemand ihn ansprechen sollte. Die gleichen Gefühle durchströmten ihn wie damals auf dem Schiff, nur noch intensiver, er war voll guten Willens, ein Gentleman, aus dessen Vergangenheit kein Schatten auf seinen Charakter fiel. Er war Dickie, der gutmütige, naive Dickie mit einem Lächeln für jedermann und einem Tausendfrancschein für jeden, der ihn darum bat. Ein alter Mann bettelte Tom an, als er den Platz vor der Kirche verließ, und er gab ihm einen knisternden blauen Tausendfrancschein. Das Gesicht des Alten blühte auf in einem Lächeln, er tippte an seinen Hutrand.

Tom hatte ein bißchen Hunger, aber er war nicht abgeneigt, heute abend hungrig schlafen zu gehen. Er würde sich noch eine Stunde oder so mit seinem Italienischbuch beschäftigen, dachte er, und dann zu Bett gehen. Dann fiel ihm ein, daß er beschlossen hatte, nach Möglichkeit noch etwa fünf Pfund zuzunehmen, weil Dickies Sachen ihm eine Kleinigkeit zu weit waren und weil Dickie im Gesicht auch etwas voller war als er, also betrat er eine *bar-tabac* und bestellte ein Sandwich, Schinken auf einem langen, knusprigen Weißbrot, dazu ein Glas heiße Milch, denn der Mann, der neben ihm an der Theke saß, trank heiße Milch. Die Milch hatte fast gar keinen Geschmack, sie schmeckte rein und keusch, so wie sich Tom den Geschmack der Hostie in der Kirche vorstellte.

Ohne Hast begab er sich von Paris auf den Rückweg, blieb über Nacht in Lyon und in Arles, wo er all die Stätten aufsuchte, die van Gogh gemalt hatte. Trotz des ganz miserablen Wetters bewahrte er sich seinen fröhlichen Gleichmut. In Arles weichte er völlig durch in dem Regen, den der heftige Mistral mitbrachte, während Tom sich mühte, ganz genau heraufzufinden, wo van Gogh gestanden hatte beim Malen. Tom hatte sich in Paris ein wunderbares Buch mit van Gogh-Reproduktionen gekauft, aber er konnte das Buch nicht mitnehmen in den Regen und mußte ein dutzendmal zurücklaufen zu seinem Hotel, um die Szenen nachzuprüfen. Er sah sich Marseille an, fand es mies bis auf die Cannebière und fuhr mit dem Zug weiter gen Osten, blieb einen Tag in St. Tropez, Cannes, Nizza, Monte Carlo, in all den Städten, von denen er so viel gehört hatte und die ihm jetzt, da er sie sah, so vertraut waren, obwohl jetzt Dezember war und sie alle von winterlich grauen Wolken bedeckt waren, auch fehlte die fröhliche Menschenmenge, sogar am Neujahrsabend in Menton. Aber Toms Phantasie setzte all diese Menschen an ihre Plätze, Männer und Frauen in Abendtoilette stiegen die breiten Treppen zum Casino von Monte Carlo herab, Menschen in leuchtenden Strandkostümen, bunt und strahlend wie ein Dufy-Aquarell, flanierten unter den Palmen der Promenade des Anglais in Nizza. Viele Menschen – Amerikaner, Engländer, Franzosen, Deutsche, Schweden, Italiener. Romantik, Enttäuschung, Streitereien, Versöhnungen, Mord. Die Côte d'Azur begeisterte ihn, wie ihn in seinem ganzen Leben noch kein Ort auf der Welt begeistert hatte. Und dabei war er so winzig klein, wirklich, dieser Bogen in der Mittelmeerküste mit den großartigen Namen wie Perlen auf der Schnur – Toulon, Fréjus, St. Raphael, Cannes, Nizza, Menton und dann San Remo.

Als Tom am vierten Januar wieder in Rom ankam, waren zwei Briefe von Marge da. Am ersten März gab sie ihr Haus auf, teilte sie mit. Der Entwurf ihres Buches war zwar noch nicht ganz fertig, aber drei Viertel davon wollte sie mitsamt den Bildern an den amerikanischen Verleger schicken, der sich im vergangenen Sommer interessiert gezeigt hatte, als sie ihm von ihrer Idee schrieb. Ihr Brief lautete weiter: »Wann sehen wir uns? Der Gedanke ist mir schrecklich, daß ich vor dem Sommer in Europa davonlaufen soll, nachdem ich wieder einen scheußlichen Winter überstanden habe, aber ich werde wohl doch Anfang März nach Hause fahren. Ja, ich habe *Heimweh*, wirklich *richtiges* Heimweh. Liebling, es wäre so schön, wenn wir beide zusammen mit dem gleichen Schiff nach Hause fahren könnten. Ob das nicht möglich ist? Wohl kaum. Willst Du denn in diesem Winter nicht wenigstens für eine Stippvisite in die Vereinigten Staaten fahren?

Ich habe daran gedacht, meinen ganzen Kram (acht Gepäckstücke, zwei Schrankkoffer, drei Bücherkisten und Diverses!) von Neapel aus per Frachter 'rüberzuschicken und selber über Rom hinaufzufahren, und wenn Du Lust hättest, könnten wir doch wenigstens noch einmal an der Küste entlangfahren und Forte dei Marmi und Viareggio und all die Fleckchen, die wir gern haben, wiedersehen – einen letzten Blick. Ich denke nicht daran, mich um das Wetter zu scheren – ich weiß, es wird *abscheulich* sein. Ich verlange nicht von Dir, daß Du mich nach Marseille begleitest, wo mein Schiff abgeht, aber bis *Genua???* Was hältst Du davon?« ...

Der zweite Brief klang reservierter. Tom wußte auch, warum: er hatte ihr seit fast einem Monat nicht einmal eine Postkarte geschickt. Sie schrieb:

»Habe mich hinsichtlich der Riviera anders entschlossen. Kann sein, dies feuchte Wetter hat mir den Unternehmungsgeist genommen, oder auch mein Buch. Jedenfalls – ich fahre mit einem früheren Schiff von Neapel aus – mit der *Constitution* am 28. Februar. Stell Dir vor – ich werde in Amerika sein, sobald ich den Fuß aufs Schiff setze. Amerikanisches Essen, Amerikaner, Dollars für Drinks und Pferderennen – Liebling, es tut mir leid, daß ich Dich nicht mehr treffen werde, wie ich aus Deinem Schweigen schließe, wünschst Du mich noch immer nicht zu sehen, also denke nicht weiter dran. Fühl Dich in keiner Weise mehr an mich gebunden.

Natürlich habe ich die Hoffnung, daß wir uns wiedersehen, in den Staaten oder sonstwo. Sollte es Dich vielleicht doch drängen, noch vor dem achtundzwanzigsten einen Abstecher nach Mongi zu machen, so weißt Du verdammt genau, daß Du willkommen bist.

Wie immer Marge

P.S. Ich weiß nicht einmal, ob Du noch in Rom bist.«

Tom sah sie diese Zeilen schreiben, in Tränen aufgelöst. Sein erster Impuls war, ihr einen sehr rücksichtsvollen Brief zu schreiben, daß er gerade eben aus Griechenland zurückgekehrt wäre, und ob sie seine beiden Postkarten bekommen hätte? Nein, es war doch sicherer, sie abreisen zu lassen, ohne daß sie genau wußte, wo er sich befand, dachte Tom. Er schrieb ihr gar nichts.

Das einzige, was ihm Unbehagen bereitete, kein allzu großes Unbehagen, das war die Möglichkeit, daß Marge ihn in Rom aufsuchen könnte, bevor er sich eine Wohnung eingerichtet hatte. Wenn sie die Hotels durchkämmte, konnte sie ihn finden, in einer Wohnung aber würde sie ihn nie aufspüren können. Gutsituierte Amerikaner brauchten sich nicht auf der Questura zu melden, wenn man auch nach den Vorschriften der Permesso di Soggiorno gehalten war, jeden Wohnungswechsel polizeilich eintragen zu lassen. Tom hatte mit einem amerikanischen Bürger Roms gesprochen, der eine Wohnung hatte, und der sagte, er hätte sich nie um die Questura gekümmert und die Questura sich nie um ihn. Für den Fall, daß Marge plötzlich in Rom auftauchte, hatte Tom im Schrank seine eigenen Kleider griffbereit. Das einzige, was er physisch an sich verändert hatte, war sein Haar, aber das war jederzeit als Wirkung der Sonne zu erklären. Er war gar nicht richtig besorgt. Zuerst hatte Tom sich noch mit einem Augenbrauenstift vergnügt – Dikkies Augenbrauen waren länger und schwangen sich am äußeren Ende ein bißchen nach oben – und mit einer Spur Kitt an seiner Nasenspitze, um sie länger und spitzer zu machen, aber das hatte er aufgegeben, es war zu auffällig. Das wichtigste beim Darstellen, dachte Tom, war es, sich Stimmung und Temperament der Person, die man darstellte, zu bewahren und das Mienenspiel, das dazugehörte, zu treffen. Das übrige ergab sich ganz von allein.

Am zehnten Januar schrieb Tom an Marge, daß er jetzt aus Paris zurück sei, wo er drei Wochen allein verlebt habe, daß Tom vor einem Monat aus Rom abgereist wäre, um nach Paris und von dort aus nach Amerika zu fahren, daß er ihn aber in Paris nicht getroffen habe und daß er bis jetzt noch keine Wohnung in Rom habe finden können, daß er aber danach suche und ihr die Adresse mitteilen würde, sobald er etwas gefunden habe. Er bedankte sich überschwenglich für das Weihnachtspäckchen: sie hatte den weißen Pullover mit den roten V-Streifen geschickt, an dem sie seit Oktober gestrickt hatte und den sie Dickie immer wieder anprobieren ließ, außerdem einen Kunstband mit Quattrocento-Malerei und ein ledernes Rasiernecessaire mit seinen Initialen, H.R.G. Das Päckchen war erst am sechsten Januar angekommen, und hauptsächlich deswegen schrieb Tom den Brief: er wollte verhindern, daß Marge annahm, er hätte das Päckchen nicht abgeholt, daß sie auf die Idee kam, er könnte sich in Luft aufgelöst haben, und daß sie ihn dann suchen ließ. Er fragte, ob sie sein Päckchen bekommen hätte? Er habe es von Paris aus abgeschickt und fürchte, daß es zu spät ankäme. Er entschuldigte sich dafür. Er schrieb:

»Ich male wieder mit di Massimo und ich bin recht zufrieden. Auch ich vermisse Dich, aber wenn Du mein Experiment noch für ein Weilchen ertragen kannst, wäre es mir lieber, wenn wir uns noch ein paar Wochen lang nicht träfen (es sei denn, Du fährst wirklich im Februar plötzlich heim, was ich aber noch bezweifle!). Inzwischen legst Du vielleicht auch gar keinen Wert mehr darauf, mich wiederzusehen. Grüße bitte Giorgio und Frau, Fausto, wenn er noch da ist, und Pietro unten am Hafen . . .«

Der Brief klang zerstreut und leicht bekümmert, wie alle Briefe von Dickie, es war ein Brief, den man weder herzlich noch kühl nennen konnte, der im Grunde völlig nichtssagend war.

In Wirklichkeit hatte Tom bereits eine Wohnung gefunden, in einem großen Mietshaus in der Via Imperiale, und er hatte einen Mietvertrag für ein Jahr abgeschlossen, obwohl er nicht die Absicht hatte, sehr viel in Rom zu sein, erst recht nicht im Winter. Er wünschte sich ganz einfach ein Zuhause, eigene vier Wände irgendwo, all die Jahre hatte er so etwas nicht gekannt. Und Rom war schick. Rom war Bestandteil seines neuen Lebens. Er wollte in Mallorca oder Athen oder Kairo, oder wo immer er auch war, sagen können: »Ja, ich lebe in Rom. Ich halte mir dort ein Appartement.« Im Sprachgebrauch der Kosmopoliten ›hielt‹ man sich ein Appartement. In Europa hielt man sich ein Appartement, so wie man sich in Amerika eine Garage hielt. Tom wünschte auch, daß sein Appartement elegant war, obwohl er sich vorgenommen hatte, so wenige Leute wie nur möglich zu sich einzuladen, und die Vorstellung, dort Telephon zu haben, schreckte ihn, selbst wenn es nicht ins Telephonbuch eingetragen wurde, aber am Ende entschied er doch, daß ein Telephon mehr Sicherheitsvorkehrung als Gefahr bedeutete, also ließ er sich eins legen. Die Wohnung bestand aus einem großen Wohnzimmer, einem Schlafzimmer, einer Art Klubzimmer, Küche und Bad. Sie war etwas prunkvoll eingerichtet, aber das paßte zu der respektablen Nachbarschaft und zu dem respektablen Leben, das er zu führen gedachte. Die Miete betrug den Gegenwert von monatlich hundertfünfundsiebzig Dollar im Winter, Heizung inbegriffen, und im Sommer hundertfünfundzwanzig Dollar.

Marge schickte eine überschwengliche Antwort, gerade habe sie die herrliche seidene Bluse aus Paris bekommen, die sie *überhaupt* nicht erwartet hätte, und sie passe wie angegossen. Sie schrieb, daß Fausto und die Cecchis zum Weihnachtdiner bei ihr gewesen seien und daß der Puter himmlisch war, mit Maronen und Soße und Plumpudding und blabla-bla und allem bis auf *ihn*. Und was er denn so machte und dachte? Und ob er nun glücklicher sei? Und daß Fausto ihn besuchen würde auf seinem Wege nach Mailand hinauf, falls er in den nächsten Tagen seine Adresse mitteilte, wenn nicht, sollte er doch für Fausto eine Nachricht beim American Expreß hinterlassen, wo Fausto ihn finden könnte.

Tom vermutete, ihre Fröhlichkeit hinge wohl damit zusammen, daß sie Tom jetzt auf der Reise von Paris nach Amerika wähnte. Zusammen mit dem Brief von Marge kam einer von Signor Pucci an, er schrieb, er hätte bereits drei Möbelstücke für zusammen hundertfünfzigtausend Lire nach Neapel verkauft, und auch für das Boot habe er einen Interessenten, einen gewissen Anastasio Martino aus Mongibello, der zugesagt hätte, die erste Rate innerhalb einer Woche zu zahlen, das Haus allerdings sei nicht so schnell an den Mann zu bringen, sondern wohl erst im Sommer, wenn sich nach und nach die Amerikaner wieder einstellten. Abzüglich der fünfzehn Prozent für Signor Pucci betrug der Erlös aus dem Möbelverkauf zweihundertzehn Dollar, und Tom feierte diesen Tag, indem er in einen römischen Nachtclub ging und ein lukullisches Mahl bestellte, das er bei Kerzenlicht an einem Zweiertischchen in einsamer Eleganz verspeiste. Es machte ihm nicht das geringste aus, allein zu essen, allein ins Theater zu gehen. Es bot ihm Gelegenheit, sich darauf zu konzentrieren, daß er Dickie Greenleaf war. Er brach sein Brot wie Dickie, schob mit der Linken seine Gabel in den Mund wie Dickie, blickte in so tiefer, gütiger Entrückung über die Tische und die tanzenden Paare hinweg, daß der Ober ihn mehrmals ansprechen mußte, ehe es ihm gelang, Toms Aufmerksamkeit auf sich zu lenken. Von einem

Tisch her winkten Leute ihm zu, und Tom erkannte eins der amerikanischen Ehepaare, die er auf der Weihnachtsgesellschaft in Paris kennengelernt hatte. Er winkte einen Gruß hinüber. Er wußte sogar noch, wie sie hießen, Souders. Während des ganzen Abends schenkte er ihnen keinen Blick mehr, aber sie gingen früher als er und blieben an seinem Tisch stehen, um guten Abend zu sagen.

»Ganz allein?« fragte der Mann. Er sah aus, als wäre er ein bißchen beschwipst.

»Ja. Ich habe hier eine jährliche Verabredung mit mir selber«, erwiderte Tom. »Ich feiere einen bestimmten Jahrestag.«

Der Amerikaner nickte etwas verständnislos, und Tom konnte sehen, wie er sich quälte, um irgendeine intelligente Antwort zu finden, es war ihm unbehaglich zumute wie jedem amerikanischen Kleinstädter angesichts kosmopolitischer Gelassenheit und Überlegenheit, angesichts von Geld und guter Kleidung, gleich ob in dieser Kleidung ein amerikanischer Mitbürger steckte.

»Sagten Sie nicht, daß Sie in Rom wohnen?« fragte die Frau. »An Ihren Namen können wir uns, glaube ich, nicht mehr genau erinnern, wissen Sie, aber an Sie erinnern wir uns von Weihnachten her noch sehr gut.«

»Greenleaf«, sagte Tom. »Dickie Greenleaf.«

»Ach, *stimmt* ja!« sagte sie erleichtert. »Haben Sie eine Wohnung hier?«

Sie war ganz Ohr, um sich auch ja seine Adresse ins Gedächtnis zu graben. »Im Augenblick wohne ich im Hotel, aber ich gedenke in den nächsten Tagen in ein Appartement umzuziehen, sobald die Tapezierer fertig sind. Ich bin im *Elisio*. Rufen Sie mich doch einmal an.«

»Aber gern. In drei Tagen fahren wir weiter nach Mallorca, aber bis dahin ist ja noch viel Zeit!«

»Freue mich, Sie zu sehen«, sagte Tom. »Buona sera!«

Wieder allein, kehrte Tom zu seinen stillen Träumereien zurück. Er sollte ein Bankkonto für Tom Ripley einrichten, dachte er, und ab und zu hundert Dollar oder so einzahlen. Dickie Greenleaf hatte zwei Bankkonten, eins in Neapel und eins in New York, auf jedem lagen ungefähr fünftausend Dollar. Das Ripleykonto konnte er mit zweitausend eröffnen und dann die hundertfünfzigtausend Lire aus den Mongibellomöbeln dazutun. Schließlich hatte er ja für zwei Menschen zu sorgen.

15

Er besichtigte das Capitol und die Villa Borghese, erkundete gründlich das Forum und nahm sechs Italienischstunden bei einem alten Mann in der Nachbarschaft, den ein Schild im Fenster als Sprachlehrer auswies und dem er einen falschen Namen angab. Nach der sechsten Stunde hatte Tom den Eindruck, sein Italienisch wäre nun den Italienischkenntnissen Dickies ebenbürtig. Wörtlich hatte er hier und da einen Satz von Dickie behalten, der, wie er jetzt wußte, fehlerhaft gewesen war. Zum Beispiel der Satz ›Ho paura che non c'è arrivata, Giorgio‹, als sie eines Abends auf Marge gewartet hatten und Marge zu spät kam. Es hätte ›sia arrivata‹ heißen müssen, im Konjunktiv nach einem Ausdruck der Befürchtung. Dickie hatte den Konjunktiv viel seltener angewandt, als er im Italienischen anzuwenden war. Bewußt verzichtete Tom darauf, den richtigen Gebrauch des Konjunktivs zu lernen.

Tom kaufte dunkelroten Samt für die Vorhänge in seinem Wohnzimmer, denn die Vorhänge, die er mit der Wohnung gemietet hatte, fand er greulich. Er fragte Signora Buffi, die Frau des Hausverwalters, ob sie nicht eine Näherin wüßte, die ihm die Vorhänge machen könnte, und Signora Buffi bot sich selber dafür an. Sie machte es zum Preise von zweitausend Lire, kaum mehr als drei Dollar. Tom zwang ihr fünftausend auf. Er kaufte einige Kleinigkeiten zur Verschönerung seines Heims, obwohl er nie einen Menschen zu sich bat – mit Ausnahme eines hübschen, aber nicht besonders aufgeweckten jungen Mannes, eines Amerikaners, den er im Café *Greco* kennengelernt hatte. Der junge Mann hatte sich mit der Frage an ihn gewandt, wie er vom *Greco* aus zum Hotel *Excelsior* komme; Toms Wohnung lag am Wege, also lud Tom den jungen Mann zu einem Drink ein. Tom hatte nichts weiter dabei im Sinn gehabt, als eine Stunde lang Eindruck zu schinden und dann adieu zu sagen, adieu für immer, und das hatte er dann auch getan, nachden er dem jungen Manne seinen besten Cognac serviert und, in der Wohnung umherspazierend, ihm einen Vortrag über die Vorzüge des Lebens in Rom gehalten hatte. Der junge Mann wollte Rom am folgenden Tage in Richtung München verlassen.

Behutsam wich Tom den in Rom lebenden Amerikanern aus, möglicherweise erwarteten sie von ihm, daß er auf ihren Parties erschien und sie dafür zu den seinen einlud, aber er unterhielt sich sehr gern mit Amerikanern und Italienern im Café *Greco* und in den Studentenlokalen auf der Via Margutta. Seinen Namen verriet er nur einem italienischen Maler namens Carlino, den er in einer Taverne der Via Margutta kennenlernte; er erzählte ihm auch, daß er male und daß er bei einem Maler namens di Massimo in die Lehre gehe. Sollte jemals die Polizei Nachforschungen anstellen über das Treiben Dickies in Rom, vielleicht lange, nachdem Dickie verschwunden und wieder zu Tom Ripley geworden war – dieser eine italienische Maler, darauf war Verlaß, würde aussagen, er wisse, daß Dickie Greenleaf im Januar in Rom gemalt habe. Carlino hatte noch nie von di Massimo gehört, aber Tom lieferte ihm eine so lebensvolle Beschreibung des Mannes, daß Carlino ihn wahrscheinlich sein Leben lang nicht vergessen würde.

Tom fühlte sich allein, aber nicht ein bißchen einsam. Es war ungefähr dasselbe Gefühl wie am Weihnachtsabend in Paris, das Gefühl, alle blickten auf ihn, das Gefühl, er stünde oben auf der Bühne und unten im Zuschauerraum säße die ganze Welt, ein Gefühl, das ihn anspornte, sein Bestes zu leisten, denn wenn er einen Fehler machte, dann wäre die Katastrophe da. Aber er war völlig sicher, daß er keinen Fehler machen würde. Dieses Gefühl verlieh seinem Dasein eine sonderbare, köstliche Atmosphäre der Reinheit, ungefähr die Atmosphäre, dachte Tom, die ein guter Schauspieler erweckt, wenn er in einer tragenden Rolle auf der Bühne steht und weiß, daß die Rolle, die er spielt, von keinem Menschen auf der Welt besser gespielt werden kann. Er war er und doch nicht er selber. Obwohl er ganz bewußt jede seiner Bewegungen kontrollierte, fühlte er sich schuldlos und frei. Aber er ermüdete jetzt nicht mehr, wenn er das ein paar Stunden lang gemacht hatte, so wie zu Anfang. Er brauchte sich nicht mehr zu entspannen, wenn er wieder allein war. Jetzt war er Dickie von dem Augenblick an, da er morgens aufstand und sich die Zähne putzen ging, er putzte sich die Zähne mit hochgerecktem Ellenbogen, er war Dickie, der die Eierschale um den Löffel drehte, um den letzten Bissen herauszuholen, Dickie, der unweigerlich die erste Krawatte, die er von der Stange zog, wieder hinhängte, um eine zweite zu wählen. Er hatte sogar ein Gemälde in Dickies Manier zuwege gebracht.

Als der Januar zu Ende ging, dachte Tom, daß Fausto wohl schon durch Rom gekommen sein mußte, allerdings erwähnte der letzte Brief von Marge ihn nicht. Marge schrieb per Adresse des American Expreß ungefähr einmal wöchentlich. Sie fragte, ob er nicht vielleicht Strümpfe oder einen Wollschal brauchen könnte, weil sie doch viel Zeit zum Stricken habe, wenn sie nicht gerade an ihrem Buch arbeite. Jedesmal flocht sie ein lustiges Anekdötchen über irgendeinen Bekannten im Dorfe ein, Dickie sollte nur nicht glauben, sie säße da und weinte sich die Augen nach ihm aus, aber es sah doch ganz danach aus, und es sah auch ganz so aus, als würde sie nicht in die Staaten abreisen im Februar, ohne noch einen verzweifelten Versuch unternommen zu haben, persönlich zu ihm vorzudringen, weshalb

investierte sie sonst die langen Briefe und die selbstge-
strickten Strümpfe und Wollschals, dachte Tom, denn die
würden kommen, ganz unausweichlich, er wußte es, obwohl
er die Briefe überhaupt nicht beantwortet hatte. Ihre Briefe
widerten ihn an. Es war ihm unangenehm, sie auch nur anzurühren, und wenn er sie überflogen hatte, riß er sie immer
in Fetzen und warf sie in den Abfalleimer.

Endlich schrieb er:

»Für den Augenblick habe ich den Gedanken an eine Wohnung in Rom aufgegeben. di Massimo geht für einige
Monate nach Sizilien, und vielleicht begleite ich ihn und
fahre von dort aus weiter, irgendwohin. Ich habe zur Zeit
nur sehr vage Vorstellungen, aber sie haben den Vorzug
der Freiheit, und sie entsprechen meiner derzeitigen Stimmung.

Bitte schick mir keine Strümpfe, Marge. Wirklich, ich
brauche gar nichts. Ich wünsche Dir das Beste für Mongibello.«

Er hatte die Fahrkarte nach Mallorca in der Tasche – mit
dem Zug nach Neapel, dann das Schiff von Neapel nach
Palma in der Nacht vom 31. Januar zum 1. Februar. Bei
Gucci hatte er zwei neue Koffer erstanden, *Gucci* war
das beste Geschäft für Lederwaren in ganz Rom; der eine
war ein großer, samtweicher Koffer aus Antilopenhaut und
der andere ein hübscher beiger Segeltuchkoffer mit braunen
Lederriemen. Beide trugen Dickies Monogramm. Den schä-
bigsten von seinen beiden alten Koffern hatte er weggewor-
fen, den anderen verwahrte er bei sich im Schrank, vollge-
stopft mit seinen alten Sachen – für den Notfall. Allerdings
rechnete Tom nicht mehr mit Notfällen. Das versenkte Boot
von San Remo war nie gefunden worden. Tom sah jeden
Tag die Zeitungen nach einer Meldung durch.

Es war morgens, Tom war gerade beim Kofferpacken, da
klingelte es. Er nahm an, daß es irgendein Bittsteller war

oder auch bloß ein Irrtum. An seiner Klingel stand kein Name, er hatte dem Hausverwalter klargemacht, daß er seinen Namen nicht an der Klingel haben wollte, weil er es nicht gern hätte, wenn ihn die Leute zu Hause überfielen. Es klingelte zum zweitenmal, und Tom ignorierte es immer noch, er fuhr fort, hingebungsvoll zu packen. Er packte für sein Leben gern, und er ließ sich sehr viel Zeit dabei, einen ganzen Tag oder auch zwei Tage, liebevoll legte er Dickies Kleidungsstücke in die Koffer, ab und zu probierte er ein schönes Hemd oder eine Jacke vor dem Spiegel an. Er stand eben vor dem Spiegel und knöpfte ein blau-weißes Sporthemd von Dickie zu, das er noch nie angehabt hatte, ein Hemd mit Seepferdchenmuster, als er ein Klopfen an seiner Tür hörte.

Das könnte Fausto sein, schoß es Tom durch den Kopf, das sähe Fausto ähnlich, ihn hier in Rom aufzustöbern und überraschen zu wollen.

Das ist ja Quatsch, redete er sich selber zu. Aber seine Handflächen waren kalt und feucht, als er an die Tür ging. Er fühlte sich einer Ohnmacht nahe, aber so ein Unsinn, dachte er, außerdem war es gefährlich, wenn er hier umkippte und längelang auf dem Fußboden gefunden wurde, und er riß die Tür auf mit beiden Händen, allerdings öffnete er sie nur einen Fußbreit.

»Hallo!« sagte die amerikanische Stimme aus dem Halbdunkel des Treppenhauses. »Dickie? Ich bin's, Freddie!«

Tom machte einen Schritt zurück, hielt die Tür auf. »Er ist... Wollen Sie nicht hereinkommen? Er ist im Augenblick nicht da. Aber er muß bald zurück sein.«

Freddie Miles kam herein, sah sich um. Sein häßliches Sommersprossengesicht staunte in alle Himmelsrichtungen. Wie mochte er in drei Taufels Namen bloß hergefunden haben?! Blitzschnell zog Tom seine Ringe ab und ließ sie in die Tasche gleiten.

Und was noch? Er sah sich im Zimmer um.

»Wohnen Sie hier bei ihm?« fragte Freddie mit diesem

blindstarrenden Blick, der sein Gesicht idiotisch und irgendwie erschrocken aussehen ließ.

»O nein. Ich bin bloß für ein paar Stunden hier«, sagte Tom und zog ganz beiläufig das Seepferdchenhemd aus. Er hatte darunter noch ein anderes Hemd an. »Dickie ist zum Mittagessen gegangen. Ins *Otello*, hat er glaube ich gesagt. Um drei spätestens wird er wohl wieder da sein.« Einer von den Buffis muß Freddie hereingelassen haben, dachte Tom, muß ihm gesagt haben, welche Klingel er drücken sollte, muß ihm auch gesagt haben, Signor Greenleaf sei zu Hause. Gewiß hatte Freddie erklärt, er sei ein alter Freund von Dickie. Jetzt mußte er also zusehen, wie er Freddie aus dem Hause lotste, ohne unten auf Signora Buffi zu stoßen, denn sie ließ immer ihr ›Buon' giorno, Signor Greenleaf!‹ fröhlich erschallen.

»Haben wir zwei uns nicht in Mongibello kennengelernt?« fragte Freddie. »Sie sind doch Tom, nicht wahr? Ich hatte gedacht, Sie kämen auch nach Cortina.«

»Ich hab's leider nicht geschafft, danke. Wie war's in Cortina?«

»Oh, sehr schön. Was war denn mit Dickie los?«

»Hat er Ihnen nicht geschrieben? Er hat sich entschlossen, den Winter in Rom zu verbringen. Mir hat er gesagt, er hätte Ihnen geschrieben.«

»Kein Wort – wenn er nicht nach Florenz geschrieben hat. Aber ich war in Salzburg, und er hatte meine Adresse.« Freddie saß halb auf Toms Tisch, vor seinen Füßen wellte sich der grünseidene Läufer. Er lächelte. »Marge hat mir gesagt, daß er nach Rom gezogen ist, aber sie hatte keine Adresse, nur den American Expreß. Es war reiner Zufall, daß ich die Wohnung gefunden habe. Gestern abend bin ich im *Greco* über einen Burschen gestolpert, der die Adresse wußte. Wie steht Dickie zu . . .«

»Wer?« fragte Tom. »Ein Amerikaner?«

»Nein, ein Italiener. Ein junges Bürschchen noch.« Freddie blickte hinunter auf Toms Schuhe. »Sie haben die gleichen

Schuhe, wie Dickie und ich sie auch tragen. Sie sind unverwüstlich, nicht? Meine habe ich vor acht Jahren in London gekauft.«

Es waren Dickies Schuhe aus Narbenleder. »Diese sind aus Amerika«, sagte Tom. »Darf ich Ihnen etwas zu trinken anbieten, oder wollen Sie lieber versuchen, Dickie im *Otello* zu erwischen? Wissen Sie, wo es ist? Es hat nicht viel Sinn, daß Sie warten, weil er im allgemeinen bis drei weg ist zum Essen. Ich selber gehe auch gleich.«

Freddie war ins Schlafzimmer hinübergeschlendert, jetzt blieb er stehen, starrte die Koffer auf dem Bett an. »Will Dickie verreisen oder ist er gerade angekommen?« fragte Freddie und drehte sich um.

»Er verreist. Hat Marge es Ihnen nicht gesagt? Er fährt für ein Weilchen nach Sizilien.«

»Wann?«

»Morgen. Oder heute abend spät, ich weiß nicht genau.«

»Sagen Sie mal, was ist denn eigentlich in letzter Zeit mit Dickie los?« fragte Freddie stirnrunzelnd. »Was soll denn bloß diese Eigenbrötlerei?«

»Er sagt, er hätte diesen Winter ziemlich hart gearbeitet«, sagte Tom leichthin. »Anscheinend sehnt er sich nach Ruhe, aber soviel ich weiß, steht er sich noch gut mit allen, auch mit Marge.«

Wieder lächelte Freddie, er knöpfte seinen dicken Mantel auf. »Mit mir wird er sich bald nicht mehr sehr gut stehen, wenn er mich noch einmal versetzt. Sind Sie sicher, daß er sich auch mit Marge noch gut steht? Ich hatte bei ihr den Eindruck, daß die zwei sich gestritten hatten. Ich nahm schon an, daß sie deshalb nicht nach Cortina gekommen sind.« Erwartungsvoll sah Freddie ihn an.

»Nicht, daß ich wüßte.« Tom ging an den Schrank, um eine Jacke herauszuholen, damit Freddie sah, daß er gehen wollte, und gerade rechtzeitig fiel ihm noch ein, daß man der grauen Flanelljacke, die zu seiner Hose paßte, vielleicht ansehen konnte, daß sie Dickie gehörte, konnte sein, daß

Freddie diesen Anzug an Dickie gesehen hatte. Tom griff nach einer seiner eigenen Jacken und nach seinem Mantel, beides hing links am äußersten Ende der Stange. Die Schultern des Mantels sahen aus, als hätten sie wochenlang über dem Bügel gehangen, und das hatten sie ja auch. Tom drehte sich um und sah Freddie, dessen Blick starr auf das kleine silberne Kettchen an Toms linkem Handgelenk gerichtet war. Es war Dickies Kettchen, Tom hatte es nie an Dickie gesehen, aber er hatte es in der Schachtel gefunden, in der Dickie seine Kragenknöpfe und so was aufbewahrte. Freddie sah das Kettchen an, als hätte er es schon einmal gesehen. Lässig zog Tom den Mantel über.

Freddie sah ihn jetzt mit einem anderen Blick an, leise Überraschung lag darin. Tom wußte, was in Freddies Kopf jetzt vor sich ging. Sein Körper spannte sich, er spürte die Gefahr. Noch bist du nicht über den Berg, sagte er sich. Noch bist du nicht 'raus aus dem Hause hier.

»Gehen wir?« fragte Tom.

»Sie wohnen doch hier, nicht wahr?«

»Aber nein!« protestierte Tom lächelnd. Das abstoßende, braungesprenkelte Gesicht unter dem grellroten Stroh des Haares starrte ihn an. Wenn sie nur 'rauskämen, ohne unten der Signora Buffi vor die Nase zu rennen, dachte Tom. »Kommen Sie.«

»Dickie hat Sie mit all seinen Juwelen behängt, wie ich sehe.«

Tom fiel nicht das geringste ein, was er jetzt hätte sagen können, nicht der kleinste Witz, der hier gepaßt hätte. »Ach, das hat er mir nur geliehen«, sagte er in seiner tiefsten Stimme. »Dickie mochte es nicht mehr tragen, deshalb sagte er mir, ich sollte es eine Zeitlang benutzen.« Er meinte das Kettchen, aber da war ja auch noch die silberne Nadel auf seinem Schlips mit dem G darauf, fiel ihm ein. Tom hatte die Krawattennadel selber gekauft. Er spürte, wie Freddie Miles immer mehr in Harnisch geriet, er spürte es so genau, als strömte Freddies großer Körper eine Hitze aus, die man quer durchs Zimmer fühlen konnte. Freddie war so ein Ochse, der einen ohne weiteres niederschlagen könnte, wenn er dachte, man sei ein Strichjunge, vor allem wenn die Umstände so günstig waren wie hier. Tom fürchtete sich vor seinen Augen.

»Ja, ich gehe«, sagte Freddie grimmig und stand auf. Er ging zur Türe und wandte sich mit einer Drehung seiner breiten Schultern zurück. »Das ist das *Otello* in der Nähe des *Inghilterra?*«

»Ja«, sagte Tom. »Um eins soll er dort sein.«

Freddie nickte. »Nett, Sie wieder einmal gesehen zu haben«, sagte er giftig und schloß die Tür hinter sich.

Tom fluchte leise vor sich hin. Er machte die Tür einen Spaltbreit auf und lauschte dem Tapp-tapp-tapp-tapp von Freddies Schuhen, die treppab gingen. Er wollte sich vergewissern, daß Freddie das Haus verließ, ohne noch mit einem von den Buffis zu sprechen. Und da hörte er schon Freddies »Buon' giorno, signora!« Tom beugte sich über das Treppengeländer. Drei Stockwerke tiefer konnte er ein Stückchen von Freddies Mantelärmel sehen. Freddie sprach italienisch mit Signora Buffi. Die Stimme der Frau war deutlicher zu verstehen.

» . . . nur Signor Greenleaf«, sagte sie. »Nein, nur einer . . . Signor wie? Nein, Signor . . . Ich glaube, er ist heute den ganzen Tag noch nicht ausgegangen, aber ich kann mich irren!« Sie lachte.

Toms Hände schlossen sich um das Geländer, als wäre es Freddies Hals. Dann hörte Tom Freddies Schritte, Freddie stürmte die Treppe hoch. Tom ging in die Wohnung zurück und schloß die Tür. Er konnte weiterhin dabei bleiben, er wohne nicht hier, Dickie sei im *Otello* oder er wisse nicht, wo Dickie sei, aber Freddie würde jetzt nicht eher rasten, bis er Dickie gefunden hatte. Oder er würde ihn mit sich zerren, hinunter zu Signora Buffi, und sie fragen, wer er sei.

Freddie klopfte an die Tür. Der Knopf drehte sich; es war zugeschlossen.

Tom nahm einen schweren gläsernen Aschenbecher in die Hand. Er konnte ihn nicht mit der Hand umspannen, deshalb packte er ihn an einer Ecke. Er versuchte, nur noch zwei Sekunden lang zu überlegen: gab es keinen anderen Ausweg? Was sollte er mit der Leiche anfangen? Er konnte nicht überlegen. Dies war der einzige Ausweg. Er öffnete mit der linken Hand die Tür. Seine rechte Hand mit dem Aschenbecher war hocherhoben.

Freddie kam herein. »Hören Sie mal, vielleicht sind Sie so freundlich, mir zu erklären . . .«

Die geschliffene Kante des Aschenbechers traf ihn mitten auf die Stirn. Freddie blickte benommen. Dann knickten seine Knie ein und er fiel nieder wie ein Bulle, dem man mit dem Holzhammer zwischen die Augen geschlagen hat. Mit dem Fuß stieß Tom die Tür zu. Er schmetterte die Kante des Aschenbechers in Freddies Genick. Wieder und wieder schlug er auf das Genick ein, er zitterte bei dem Gedanken, Freddie verstellte sich bloß und einer von Freddies Riesenarmen könnte sich plötzlich um seine Beine schlingen und ihn zu Boden reißen. Ein scharfer Schlag traf Freddies Kopf, und Blut kam. Tom fluchte über sich selber. Er rannte ins Badezimmer und holte ein Handtuch, legte es unter Freddies Kopf. Dann tastete er nach Freddies Handgelenk, um den Puls zu fühlen. Er schlug noch, ganz schwach, und kaum hatte Tom das Handgelenk berührt, schwand er dahin, gerade als hätte der Druck der Finger ihn zum Stillstand gebracht. Einen Augenblick später war er weg. Tom lauschte, ob sich etwas regte hinter der Tür. Er meinte Signora Buffi hinter der Tür stehen zu sehen mit dem zögernden Lächeln, das sie immer hatte, wenn sie zu stören glaubte. Aber es war nichts zu hören. Es hatte keinerlei lautes Geräusch gegeben, dachte Tom, weder vom Aschenbecher noch von Freddies Sturz. Er blickte hinunter auf Freddies klobige Masse am Boden, und plötzlich fühlte er Ekel in sich aufsteigen und ein Gefühl der Hilflosigkeit.

Es war erst zwanzig vor eins, noch Stunden, bis es dunkel

wurde. Ob irgendwo jemand auf Freddie wartete? Vielleicht unten in einem Auto? Er durchsuchte Freddies Taschen. Eine Brieftasche. In der Brusttasche des Mantels der amerikanische Paß. Ein Sammelsurium von italienischen und allen möglichen anderen Geldstücken. Ein Schlüsselbund. Da waren zwei Autoschlüssel an einem Ring, auf dem ›Fiat‹ stand. Er suchte in der Brieftasche nach Wagenpapieren. Und da waren sie schon, mit allem, was dazugehört: Fiat 1400 nero – convertibile – 1955. Den konnte er finden, wenn er hier in der Nachbarschaft stand. Tom durchforschte alle Taschen, auch die in der lederfarbenen Weste, nach einem Parkschein, aber er fand keinen. Er trat ans Fenster, und dann lächelte er fast, weil es so einfach war: Da unten stand das schwarze Kabriolett, am Bordstein gegenüber, fast genau vor dem Hause. Ganz sicher war er nicht, aber er glaubte, daß niemand darinsaß.

Plötzlich wußte er, was er tun würde. Er machte sich daran, das Zimmer herzurichten, er holte die Gin- und Wermutflaschen aus der Hausbar, und nach kurzem Nachdenken auch noch den Pernod, denn der roch viel stärker. Er stellte die Flaschen auf den Tisch und mixte einen Martini in einem hohen Glas, er tat ein paar Eiswürfel hinein, trank ein bißchen davon, damit das Glas benutzt war, dann goß er etwas davon in ein anderes Glas, trug es hinüber zu Freddie, drückte Freddies schlappe Finger um das Glas und stellte es wieder auf den Tisch. Er untersuchte die Wunde, sie hatte aufgehört zu bluten oder hörte auf, und das Blut war nicht durch das Handtuch auf den Fußboden gesickert. Er lehnte Freddie aufrecht gegen die Wand und goß ihm aus der Flasche den puren Gin in den Schlund. Das war gar nicht so einfach, der größte Teil ging daneben und tropfte vorn auf Freddies Hemd, aber Tom glaubte nicht, daß die italienische Polizei tatsächlich eine Blutprobe machen würde, um festzustellen, wie betrunken Freddie gewesen sei. Unabsichtlich ruhte Toms Blick einen Augenblick auf dem schlaffen, verschmutzten Gesicht Freddies, und sofort krampfte sich sein Magen zusammen, es wurde ihm übel, schnell wandte er sich ab. Das durfte er nicht wieder machen. In seinem Kopf erhob sich ein Brausen, als müsse er gleich besinnungslos umfallen.

Das wäre ja eine schöne Bescherung, dachte Tom, als er durch das Zimmer zum Fenster wankte, jetzt in Ohnmacht zu fallen! Mit gerunzelter Stirn blickte er hinunter auf den schwarzen Wagen dort, tief atmete er die frische Luft ein. Ich werde nicht ohnmächtig, redete er sich selber ein. Er wußte ganz genau, was er tun würde: ganz zuletzt den Pernod, für alle beide. Noch zwei Gläser mit ihren Fingerabdrücken und mit Pernod. Und die Aschenbecher müssen voll sein. Freddie rauchte Chesterfields. Dann die Via Appia. Eins von diesen dunklen Plätzchen hinter den Gräbern. Auf langen Strecken hatte die Via Appia keine Straßenbeleuchtung. Freddies Brieftasche würde fehlen. Motiv: Raub.

Er hatte noch stundenlang Zeit, aber er ruhte nicht, bis das Zimmer fertig war, bis das Dutzend Chesterfields und das Dutzend oder so von seinen Lucky Strikes heruntergequalmt und im Aschenbecher ausgedrückt waren, bis ein Glas Pernod auf den Fliesen des Badezimmers zerschellt und nur halbwegs weggeräumt war, und das Komische an der ganzen Sache war, daß er, während er diese Szenerie so sorgfältig aufbaute, im stillen ausrechnete, wie viele Stunden Zeit er haben würde, alles wieder aufzuräumen – etwa von neun Uhr heute abend, wenn man die Leiche fand, bis Mitternacht, wenn die Polizei zu dem Schluß käme, daß man ihn einmal verhören könnte, denn irgend jemand dürfte ja gewußt haben, daß Freddie Miles die Absicht hatte, heute Dickie Greenleaf zu besuchen – und Tom wußte, *daß* er um acht Uhr etwa alles wieder aufräumen würde, denn nach der Geschichte, die er zu erzählen gedachte, hatte Freddie das Haus gegen sieben verlassen (wie er ja auch tatsächlich das Haus gegen sieben verlassen würde!), und Dickie Greenleaf war ein ordentlicher junger Mann, sogar wenn er einiges getrunken hatte. Aber das Entscheidende an der unordentlichen Wohnung war, daß die Unordnung einzig und allein ihm selber die Geschichte bestätigte, die er erzählen wollte und die er deshalb auch selber glauben mußte.

Und morgen früh um halb elf würde er dann trotz allem abfahren nach Neapel und Palma, das heißt, wenn ihn nicht die Polizei aus irgendeinem Grunde daran hinderte. Wenn er morgen früh in der Zeitung las, daß die Leiche gefunden sei, und wenn die Polizei sich nicht bei ihm melden würde, dann wäre es nur recht und billig, daß er der Polizei von sich aus mitteilte, Freddie Miles sei bis zum frühen Abend bei ihm gewesen, überlegte Tom. Aber plötzlich schoß es ihm durch den Kopf, daß ein Arzt vielleicht feststellen könnte, Freddie sei schon seit Mittag tot gewesen. Und jetzt konnte er Freddie nicht hinausschaffen, nicht am helllichten Tag. Nein – seine einzige Hoffnung war, man würde die Leiche so lange nicht finden, bis kein Arzt mehr mit Bestimmtheit sagen könnte, wie lange Freddie schon tot war. Und er mußte zusehen, daß er aus dem Hause kam, ohne von einer Seele gesehen zu werden – ob es ihm nun gelänge, Freddie hinunterzutragen wie einen bewußtlosen Betrunkenen oder nicht –, und sollte er dann irgendeine Erklärung abgeben müssen, konnte er einfach sagen, Freddie wäre gegen vier oder fünf Uhr nachmittags gegangen.

Ihm grauste so sehr vor den fünf oder sechs Stunden Warten, bis es dunkel war, daß er minutenlang glaubte, nicht warten zu *können*. Dieser Klumpen auf dem Fußboden! Und er hatte ihn überhaupt nicht umbringen wollen. Es wäre gar nicht nötig gewesen. Freddie und seine miesen, schmierigen Verdächtigungen. Tom zitterte, er saß ganz vorn auf der Stuhlkante und zupfte an seinen Fingern, daß die Gelenke knackten. Gern wäre er spazierengegangen, aber er hatte Angst, die Leiche hier allein liegenzulassen. Es mußte ja auch Krach sein, natürlich, Freddie und er sollten ja den ganzen Nachmittag getrunken und erzählt haben! Tom drehte das Radio an und suchte einen

Sender mit Tanzmusik. Er konnte ja wenigstens was trinken. Das gehörte zum Stück. Er machte noch ein paar Martinis mit Eis im Glas. Er mochte es gar nicht, aber er trank.

Der Gin riß ihn nur noch tiefer in die Grübeleien von vorhin. Er stand da und sah hinunter auf Freddies langen, schweren Körper in dem Mantel, der Mantel knüllte sich unter ihm zusammen, Tom hatte nicht die Kraft oder den Mut, ihn glattzuziehen, obwohl es ihn störte, und er dachte darüber nach, wie traurig, blöd, ungeschickt, gefährlich und unnötig Freddies Tod war, wie brutal und unfair Freddie gegenüber. Natürlich – auch Freddie war ein Ekel gewesen. Ein selbstsüchtiger, blöder Hund, der einem seiner besten Freunde nachspionierte – ganz sicher war Dickie einer seiner besten Freunde –, bloß, weil er ihn der sexuellen Verirrung verdächtigte. Tom lachte nur über diese Phrase von der ›sexuellen Verirrung‹. Wo war denn der Sex? Wo war die Verirrung? Er blickte auf Freddie hinunter und sagte leise und voll Schmerz: »Freddie Miles, du bist das Opfer deiner eigenen schmutzigen Gedanken.«

16

Er wartete schließlich doch bis fast acht Uhr, denn um sieben herum war das Kommen und Gehen im Hause gewöhnlich besonders lebhaft. Um zehn vor acht spazierte er hinunter, um sich zu vergewissern, daß Signora Buffi nicht im Hausflur herumwirtschaftete und daß ihre Tür nicht offenstand, und um sich davon zu überzeugen, daß wirklich niemand in Freddies Wagen saß, obwohl er schon am Nachmittag einmal unten gewesen war, um sich den Wagen anzuschauen und festzustellen, ob es auch Freddies Wagen war. Er warf Freddies Mantel auf den Rücksitz. Dann ging er wieder nach oben, kniete nieder und legte sich Freddies Arm um den Hals, er biß die Zähne zusammen und stand auf. Er schwankte, als er sich die schlotternde Last höher

auf die Schultern schob. Schon am Nachmittag hatte er
Freddie einmal hochgehoben, bloß um zu sehen, ob er es
schaffte, und es war ihm kaum gelungen, auch nur zwei
Schritte durchs Zimmer zu gehen mit Freddies Zentnern, die
seine Füße gegen den Boden preßten, und jetzt war Freddie noch genauso schwer, aber zum Unterschied von vorhin
wußte Tom, jetzt *mußte* er ihn wegschaffen. Er ließ Freddies
Füße nachschleifen, um die Last ein klein wenig leichter
zu machen, brachte es fertig, seine Tür mit dem Ellenbogen
zuzuziehen, und begann die Treppen hinabzusteigen. Als er
den ersten Treppenabsatz halb hinter sich hatte, blieb er
stehen, er hörte, daß aus einer Wohnung im zweiten Stock
jemand herauskam. Er wartete, bis dieser Jemand die Treppe
hinunter und zur Haustür hinaus war, dann setzte er seinen
langsamen, bumsenden Abstieg fort. Er hatte einen Hut
von Dickie schön tief über Freddies Schädel gezogen, damit
das blutverschmierte Haar nicht zu sehen war. Mit Hilfe
einer Mischung aus Gin und Pernod, die er während der
letzten Stunde in sich hineingegossen hatte, war Tom an
einem genau berechneten Punkt der Trunkenheit angelangt,
an dem Punkt, wo er sich mit einer gewissen Nonchalance
und Geschmeidigkeit zu bewegen glaubte und zugleich doch
mutig und sogar draufgängerisch genug war, um etwas zu
wagen, ohne zu kneifen. Das erste Wagnis war, daß das
Schlimmste passierte, was überhaupt passieren konnte, nämlich daß er ganz einfach unter Freddies Last zusammen-
bräche, ehe er ihn im Wagen hätte. Er hatte sich geschwo-
ren, im Treppenhaus nicht stehenzubleiben und sich auszu-
ruhen. Und er tat es auch nicht. Und niemand kam aus
irgendeiner Wohnungstür, und niemand trat durch die Haustür in den Flur. Während der vielen verwarteten Stunden
oben in seiner Wohnung hatte Tom so quälende Bilder vor
sich gesehen, so viel Schreckliches, was passieren könnte –
Signòra Buffi oder ihr Mann kämen aus ihrer Wohnung,
gerade wenn er den letzten Treppenabsatz überwunden
hätte, oder er bräche ohnmächtig zusammen, so daß man sie

alle beide, Tom und Freddie, nebeneinander auf die Stufen hingestreckt fände, oder er wäre nicht imstande, Freddie wieder aufzuheben, wenn er ihn absetzen und eine kleine Pause machen müßte –, das alles hatte er sich mit solcher Deutlichkeit vorgestellt, schaudernd dort oben in seiner Wohnung, daß ihm jetzt, da er all die Treppen hinter sich gebracht hatte, ohne daß auch nur ein einziger seiner Alpträume sich verwirklicht hatte, zumute war, als schwebte er unter einer Art schützenden Zaubers hinunter, ganz leicht trotz der Masse auf seiner Schulter.

Er blickte durch die Scheiben der Doppeltür. Die Straße sah aus wie immer. Auf der anderen Straßenseite ging ein Mann, aber immer ging jemand auf dem einen Gehsteig oder dem anderen. Mit einer Hand öffnete Tom die erste Tür, hielt sie mit dem Fuß auf und zerrte Freddies Füße hindurch. Zwischen den Türen schob er Freddie hinüber auf seine andere Schulter, er rollte seinen Kopf unter Freddie hinweg, und sekundenschnell durchfuhr ihn Stolz über seine eigene Stärke, bis der Schmerz in seinem nun freigewordenen Arm ihn zusammenzucken ließ. Der Arm war so abgestorben, daß Tom nicht einmal Freddies Körper damit umschlingen konnte. Er biß die Zähne noch fester zusammen und wankte die vier Eingangsstufen hinab, dabei stieß er mit der Hüfte gegen den steinernen Pfosten.

Ein Mann, der auf dem Bürgersteig gegangen kam, verlangsamte seinen Schritt, als wollte er stehenbleiben, ging dann aber weiter.

Wenn jemand herüberkommen sollte, dachte Tom, dann würde er ihm eine solche Pernodwolke ins Gesicht blasen, daß jede Frage, was denn los sei, überflüssig wäre. Hol' sie der Teufel, hol' sie der Teufel, hol' sie alle der Teufel, murmelte Tom vor sich hin, als er das Gitter aufstieß. Passanten, unschuldige Passanten. Vier waren es jetzt. Aber nur zwei von ihnen schenkten ihm auch nur einen Blick, dachte Tom. Einen Augenblick blieb er stehen, um einen Wagen vorbeizulassen. Dann ein paar schnelle

Schritte, und mit einem Schwung warf er Freddies Kopf und eine Schulter durch das offene Fenster in den Wagen, weit genug hinein, daß er Freddies Körper mit seinem eigenen Körper halten konnte, bis er wieder zu Atem gekommen war. Er blickte um sich, in den Lichtkreis der Laternen auf der anderen Straßenseite, in die Schatten vor seinem Hause. In diesem Moment kam der kleinste der Buffi-Jungen aus der Tür gerannt und lief die Straße entlang, ohne in Toms Richtung zu blicken. Dann überquerte ein Mann die Straße und ging ganz dicht am Wagen vorbei, nur einen kurzen, leicht überraschten Blick schenkte er Freddies gebeugter Gestalt, die jetzt fast natürlich wirkte, dachte Tom, praktisch als lehnte sich Freddie nur in den Wagen, um mit jemandem zu sprechen, allerdings so *ganz* natürlich sah es nicht aus, das wußte Tom. Aber das war ja das schöne an Europa, dachte er, man half hier niemandem, man mischte sich nicht ein. Wenn das hier Amerika gewesen wäre . . .

»Kann ich Ihnen helfen?« fragte eine Stimme auf italienisch.

»Oh – nein, nein, grazie«, sagte Tom in betrunkener Fröhlichkeit. »Ich weiß schon, wo er wohnt«, murmelte er noch auf englisch.

Der Mann nickte, lächelte ein bißchen und ging weiter. Ein großer, dürrer Mann in einem dünnen Mantel, hutlos, mit Schnurrbart. Tom hoffte, der Mann würde sich nicht erinnern können. Und den Wagen nicht wiedererkennen.

Tom schwang Freddie an der Wagentür hoch, drehte ihn hinein auf den Sitz, ging um den Wagen herum und zog Freddie auf den Beifahrerplatz. Dann zog er ein Paar braune Lederhandschuhe an, die er sich in die Manteltasche gesteckt hatte. Er steckte Freddies Zündschlüssel hinein. Gehorsam sprang der Motor an. Sie fuhren. Bergab zur Via Veneto, an der amerikanischen Bibliothek vorbei, hinüber zur Piazza Venezia, vorbei an dem Balkon, auf dem Mussolini immer gestanden und seine Ansprachen gehalten hatte, vorbei an dem riesigen Viktor-Emanuel-Monument, durch das Forum, vorbei am Kolosseum – eine große Rundfahrt durch Rom, die Freddie überhaupt nicht würdigen konnte. Es war gerade, als schliefe Freddie neben ihm, so wie die Menschen manchmal schliefen, wenn man ihnen die Gegend zeigen wollte.

Vor ihm erstreckte sich die Via Appia Antica, grau und uralt im trüben Licht der spärlichen Laternen. Schwarze Grabfragmente erhoben sich zu beiden Seiten der Straße, ihre Umrisse zeichneten sich gegen den immer noch nicht ganz dunklen Himmel ab. Er gab mehr Finsternis als Licht. Und nur ein einziges Auto ganz vorn, das auf ihn zukam. Nicht viele Leute ließen es sich einfallen, im Januar nach Dunkelwerden eine solch holprige, düstere Straße entlangzufahren. Außer Liebespaaren vielleicht. Der Wagen kam näher und fuhr vorbei. Tom fing an, nach der geeigneten Stelle Ausschau zu halten. Freddie soll hinter einem hübschen Grabstein liegen, dachte er. Dort vorn war so ein Plätzchen, drei oder vier Bäume standen nahe am Straßenrand, ohne Zweifel war da auch ein Grabstein hinter den Bäumen, jedenfalls die Reste eines Grabsteins. Tom bog von der Straße ab an die Bäume heran und schaltete das Licht aus. Er wartete einen Augenblick und ließ seine Blicke auf und ab schweifen auf der schnurgeraden, verlassenen Straße.

Freddie war noch immer weich und schlaff wie eine Gummipuppe. Was redeten sie da bloß immer von Leichenstarre? Rauh zerrte er jetzt den kraftlosen Körper hinter sich her, das Gesicht schleifte im Staub, er zog ihn hinter den letzten Baum und hinter das kleine Überbleibsel eines Grabmals, es war nur ein meterhoher, zerbröckelter Mauerbogen, aber sicherlich war es der Rest vom Grabmal eines Patriziers, dachte Tom, viel zu schön für dieses Schwein. Tom verfluchte Freddies unerträgliches Gewicht und gab ihm plötzlich einen Fußtritt unters Kinn. Er war müde, so müde, daß er hätte in Tränen ausbrechen können, er hatte Freddies

Anblick so satt, und der Moment, da er Freddie Miles endgültig den Rücken kehren konnte, schien überhaupt nicht näher zu rücken. Und da war ja auch noch der gottverfluchte Mantel! Tom ging zum Wagen zurück, um den Mantel zu holen. Die Erde war hart und trocken, stellte er beim Zurücklaufen fest, er würde also keine Fußspuren hinterlassen. Er schleuderte den Mantel neben der Leiche zu Boden, rasch wandte er sich ab, stakste auf tauben, stolpernden Beinen wieder zum Wagen, er wendete den Wagen auf der Straße und fuhr zurück nach Rom.

Während der Fahrt wischte er mit seiner behandschuhten Linken den Lack der Wagentür ab, um die Fingerabdrücke zu beseitigen, nur die Wagentür außen hatte er berührt, bevor er seine Handschuhe angezogen hatte, dachte er. Auf der Straße, die im Bogen zum American Expreß führte, gegenüber dem *Florida*-Nachtclub, parkte er den Wagen, stieg aus und ließ ihn stehen, die Schlüssel am Armaturenbrett. Freddies Brieftasche trug er noch bei sich, aber das italienische Geld hatte er bereits in seine eigene Brieftasche übernommen, und einen Schweizer Zwanzigfrankenschein und ein paar österreichische Schillingnoten hatte er bei sich zu Hause verbrannt. Jetzt zog er Freddies Brieftasche hervor, und als er an einem Gully vorbeikam, beugte er sich hinab und ließ sie durch das Gitter plumpsen.

Nur zwei Dinge waren an der Sache nicht ganz in Ordnung, dachte er, während er seinem Hause zustrebte: Räuber hätten logischerweise den Mantel mitgenommen, denn es war ein guter Mantel, und auch den Paß hätten sie mitgenommen, der noch in der Manteltasche steckte. Aber nicht jeder Räuber handelte schließlich immer logisch, dachte er, vielleicht ein italienischer Räuber am allerwenigsten. Auch nicht jeder Mörder handelte logisch. Seine Gedanken wandten sich zurück zu der Unterhaltung mit Freddie. » . . . *ein Italiener. Ein junges Bürschchen noch . . .«* Irgend jemand war ihm irgendwann bis nach Hause nachgestiegen, dachte Tom, denn gesagt hatte er *niemandem*, wo er wohnte. Das schüchterte ihn ein. Zwei oder drei Laufburschen mochten wissen, wo er wohnte, aber ein Laufbursche säße ja wohl nicht gerade im Café *Greco.* Es schüchterte ihn ein und ließ ihn zusammenschrumpfen unter seinem Mantel. Er stellte sich ein dunkles, keuchendes junges Gesicht vor, das ihm heimwärts folgte, das hinaufstarrte, um zu sehen, welches Fenster hell wurde, nachdem er hineingegangen war. Tom krümmte sich zusammen in seinem Mantel und ging schneller, als liefe er vor einem irren, wilden Verfolger davon.

17

Es war noch nicht acht, als Tom am Morgen hinunterging, um die Zeitungen zu kaufen. Nichts. Es konnte Tage dauern, bis sie ihn fanden, dachte Tom. Wer sollte schon um so einen unbedeutenden Grabstein herumlaufen wie den, hinter welchen er Freddie gelegt hatte. Tom fühlte sich völlig sicher. Körperlich aber fühlte er sich elend. Er hatte einen Kater, diese schreckliche, nervöse Art von Kater, die ihn bei allem, was er anfing, auf halbem Wege innehalten ließ, sogar seine Zähne putzte er nur halb und hörte dann auf, um nachzusehen, ob sein Zug wirklich um halb elf fuhr oder nicht vielleicht um dreiviertel elf. Er fuhr um halb elf.

Um neun war er vollkommen fertig, er war angekleidet, Mantel und Regenmantel lagen auf dem Bett griffbereit. Er hatte sogar schon mit Signora Buffi gesprochen und ihr gesagt, daß er mindestens drei Wochen lang weg sein würde, vielleicht noch länger. Signora Buffi war gewesen wie immer, dachte Tom, seinen amerikanischen Besuch von gestern hatte sie mit keinem Wort erwähnt. Tom zerbrach sich den Kopf, was konnte er sie nur fragen, irgend etwas ganz Unverfängliches über ihr Gespräch mit Freddie gestern, woraus er schließen konnte, was Signora Buffi eigentlich dachte über Freddies Fragen, aber es fiel ihm nichts ein, und so beschloß er, es hübsch bleibenzulassen. Es war doch alles in Ordnung. Tom versuchte, sich den Kater wegzudiskutieren, er hatte ja nur ungefähr drei Martinis und drei Pernods getrunken, allerhöchstens. Er wußte, das war alles nur Einbildungssache, und er hatte einen Kater, weil er sich gestern absichtlich eingebildet hatte, er tränke sehr viel mit Freddie. Und jetzt, wo das doch gar nicht mehr nötig war, bildete er sich das immer noch ein, unbewußt.

Das Telephon klingelte, und Tom nahm den Hörer ab und sagte mürrisch: »Pronto.«

»Signor Greenleaf?« fragte die italienische Stimme.

»Si.«

»Qui parla la stazione polizia numero ottantatre. Lei è un amico di un americano chi se chiama Fre-derick Mie-lais?«

»Frederick Miles? Si«, sagte Tom.

Die Stimme teilte ihm in raschen, knappen Worten mit, daß die Leiche des Frederick Mie-lais heute morgen auf der Via Appia Antica gefunden worden sei, und Signor Mie-lais habe ihm doch gestern irgendwann besucht, nicht wahr?

»Ja, das stimmt.«

»Um welche Zeit genau?«

»Etwa von zwölf bis . . . na, vielleicht fünf oder sechs Uhr nachmittags, ich kann es nicht mit Bestimmtheit sagen.«

»Würden Sie so freundlich sein, uns ein paar Fragen zu beantworten? . . . Nein, das ist nicht nötig, Sie brauchen sich nicht herzubemühen. Der Untersuchungsbeamte wird Sie aufsuchen. Würde es Ihnen heute um elf Uhr passen?«

»Ich werde Ihnen sehr gern behilflich sein, soweit ich kann«, sagte Tom mit genau dem richtigen Maß von Erregung in der Stimme, »aber könnte der Beamte nicht gleich kommen? Ich muß unbedingt um zehn aus dem Haus gehen.«

Am anderen Ende war ein Seufzen zu hören, und die Stimme sagte, es sei zweifelhaft, aber sie wollten sich bemühen. Falls sie aber nicht vor zehn kommen könnten, sei es äußerst wichtig, daß er nicht wegginge.

»Va bene«, sagte Tom ergeben und hing auf.

Zur Hölle mit ihnen! Jetzt würde er den Zug *und* das Schiff verpassen. Nichts wünschte er sich mehr, als wegzukommen, Rom zu verlassen, seine Wohnung zu verlassen. Er machte sich daran, noch einmal zu rekapitulieren, was er der Polizei zu erzählen gedachte. Es war ja alles so simpel, es langweilte ihn. Es war die reine Wahrheit. Sie hatten gezecht, Freddie hatte ihm von Cortina erzählt, sie hatten alle beide sehr viel erzählt, und dann war Freddie gegangen, vielleicht ein bißchen beschwipst, aber sehr guter Stimmung. Nein, er wußte nicht, wohin Freddie dann gehen wollte. Er hatte angenommen, daß Freddie für den Abend verabredet war.

Tom ging ins Schlafzimmer und stellte eine Leinwand, die er vor ein paar Tagen in Angriff genommen hatte, auf die Staffelei. Die Farbe auf der Palette war noch feucht, denn er hatte sie in der Küche in einem Topf mit Wasser aufbewahrt. Er mischte sich noch etwas Blau und Weiß und fing an, den graublauen Himmel einzupinseln. Auch dieses Bild war in Dickies strahlend rotbraunen und klarweißen Tönen gehalten – die Dächer und Mauern Roms vor Toms Fenster. Die einzige Abweichung war der Himmel, denn der Winterhimmel über Rom war so düster, sogar Dickie hätte ihn graublau und nicht blau gemalt, dachte Tom. Er runzelte die Stirn, genau wie Dickie beim Malen die Stirn runzelte.

Wieder schrillte das Telephon.

»Verdammt und zugenäht!« murmelte Tom, als er an den Apparat ging. »Pronto!«

»Pronto! Fausto!« sagte die Stimme. »Come sta?« Und das vertraute glucksende Jungenlachen.

»Oh–h, Fausto! Bene, grazie! Entschuldige«, fuhr Tom auf italiensch fort, in Dickies lachendem, zerstreutem Ton, »ich hab' gerade versucht, zu malen – versucht.« Es sollte so klingen, wie Dickies Stimme möglicherweise klingen würde, wenn er einen Freund wie Freddie verloren hätte, gleichzeitig aber auch wie Dickies Stimme an einem ganz gewöhnlichen Vormittag der intensiven Arbeit.

»Kannst du mit mir essen?« fragte Fausto. »Mein Zug nach Mailand geht um vier Uhr fünfzehn.«

Tom grunzte wie Dickie. »Ich bin gerade auf dem Sprung, will nach Neapel. Ja, sofort, in zwanzig Minuten!« Wenn er Fausto jetzt entgehen könnte, dachte er, dann brauchte er ihm überhaupt nichts davon zu sagen, daß die Polizei bei ihm angerufen hatte. Die Meldungen über Freddie würden vor Mittag nicht in den Zeitungen stehen, vielleicht noch später.

»Aber ich bin hier! In Rom! Wo wohnst du? Ich bin am Bahnhof!« sagte Fausto lebhaft und lachte.

»Woher hast du meine Telephonnummer?«

»Ah! Allora, ich habe die Auskunft angerufen. Man sagte mir, du gäbest die Telephonnummer nicht bekannt, aber ich habe dem Mädchen eine Geschichte erzählt von einem Lotteriegewinn, den du in Mongibello gemacht hast. Ich habe keine Ahnung, ob sie mir geglaubt hat, aber es muß sich doch sehr großartig angehört haben. Ein Haus und eine Kuh und ein Brunnen und sogar ein Kühlschrank! Dreimal mußte ich sie anrufen, aber schließlich hat sie mir dann doch die Nummer gesagt. Allora, Dickie, wo finde ich dich?«

»Darum geht's ja nicht. Ich würde gern mit dir essen, wenn ich nicht diesen Zug da kriegen müßte, aber . . .«

»Va bene, ich werde dir beim Koffertragen helfen! Sag mir, wo du bist, und ich werde dich mit einem Taxi abholen kommen!«

»Die Zeit ist kurz. Warum wollen wir uns nicht in etwa einer halben Stunde am Bahnhof treffen? Es ist der Zug nach Neapel um halb elf.«

»In Ordnung.«

»Wie geht's Marge?«

»Ah – inamorata di te«, lachte Fausto. »Wirst du sie in Neapel treffen?«

»Ich glaube nicht. Bis gleich, Fausto. Muß mich beeilen. Arrivederci!«

»'Rivederci, Dickie, addio!« Er hängte auf.

Wenn Fausto heute nachmittag die Zeitungen sah, würde er begreifen, warum Tom nicht zum Bahnhof kommen konnte, sonst aber würde er wohl einfach annehmen, sie hätten sich irgendwie verpaßt. Wahrscheinlich aber sah Fausto mittags die Zeitungen, dachte Tom, die italienischen Zeitungen würden die Sache ganz groß aufmachen – Mord an einem Amerikaner auf der Via Appia. Wenn die Polizei dagewesen war, nahm er einen anderen Zug nach Neapel – nach vier, damit Fausto sich nicht mehr am Bahnhof herumdrückte –, und in Neapel würde er auf das nächste Schiff nach Mallorca warten.

Er hoffte nur, daß Fausto der Auskunft nicht auch noch seine Adresse aus der Nase zog und vor vier Uhr noch hier auftauchte. Er hoffte, Fausto landete nicht gerade dann hier, wenn die Polizei da war.

Tom schubste ein paar Koffer unter das Bett, die anderen schleppte er in seinen Schrank und schloß die Schranktür. Er wollte nicht, daß die Polizei den Eindruck gewann, er sei gerade dabei, aus der Stadt zu verschwinden. Aber warum war er denn so nervös? Wahrscheinlich hatten sie keinerlei Anhaltspunkte. Vielleicht hatte ein Freund Freddies gewußt, daß Freddie gestern versuchen wollte, ihn zu treffen, das war alles. Tom nahm seinen Pinsel zur Hand und befeuchtete ihn im Terpentinbecher. Der Polizei zuliebe sollte es so aussehen, als wenn ihn die Neuigkeit vom Tode Freddies nicht so sehr aufgeregt hätte, daß er nicht noch ein bißchen hätte malen können, während er auf sie wartete, auch wenn er ausgehfertig angezogen war, weil er ja gesagt hatte, er wollte gehen. Er wollte ein Freund Freddies sein, aber kein allzu enger Freund.

Um halb elf ließ Signora Buffi die Polizisten ein. Tom schaute den Treppenschacht hinunter und sah sie. Sie blieben nicht stehen, um ihr Fragen zu stellen. Tom ging in die

Wohnung zurück. Im Zimmer schwebte der würzige Geruch von Terpentin.

Es waren zwei: ein älterer Mann in Offiziersuniform und ein jüngerer in gewöhnlicher Polizistenuniform. Der ältere begrüßte Tom höflich und wünschte seinen Paß zu sehen. Tom wies ihn vor, und der Offizier blickte scharf von Tom auf das Bild von Dickie, schärfer als jemals ein Mensch bisher daraufgeblickt hatte, und Tom machte sich schon auf alles gefaßt, aber nichts geschah. Der Offizier gab ihm den Paß zurück mit einer kleinen Verbeugung und einem Lächeln. Er war ein kleiner Mann mittleren Alters, er sah aus wie tausend andere Italiener mittleren Alters auch, er hatte buschige Augenbrauen, schwarz mit grau, und einen kleinen, buschigen schwarzgrauen Schnurrbart. Er sah weder besonders schlau noch dumm aus.

»Wie ist er getötet worden?« fragte Tom.

»Man hat ihn mit einem schweren Gegenstand auf den Kopf und ins Genick geschlagen«, erwiderte der Offizier, »und ihn ausgeraubt. Wir nehmen an, daß er betrunken war. War er betrunken, als er gestern nachmittag Ihre Wohnung verließ?«

»Na – ein bißchen. Wir haben beide getrunken. Wir haben Martinis und Pernod getrunken.«

Der Offizier schrieb sich das auf seinen Block, auch die Zeit, in der Freddie nach Toms Angaben hiergewesen war, von ungefähr zwölf bis ungefähr sechs Uhr.

Der jüngere Polizist, ein hübscher Bengel mit nichtssagendem Gesicht, schlenderte durch die Wohnung, die Hände auf dem Rücken verschränkt, er beugte sich ganz nahe zur Staffelei, dabei wirkte er ganz ungezwungen, als befände er sich allein in einem Museum.

»Wissen Sie, wohin er wollte, als er hier wegging?« fragte der Offizier.

»Nein, das weiß ich nicht.«

»Aber Sie hielten ihn noch für fähig, den Wagen zu fahren?«

»O ja. Er war nicht so betrunken, daß er nicht mehr fahren konnte, sonst hätte ich ihn nicht allein fahren lassen.« Der Offizier stellte eine weitere Frage, und Tom tat, als verstünde er nicht ganz. Der Offizier fragte noch einmal, er wählte die Worte anders, und er tauschte ein Lächeln mit dem Jüngeren. Tom blickte leicht verstimmt vom einen zum anderen. Der Offizier wollte wissen, welcher Art seine Beziehungen zu Freddie gewesen wären.

»Ein Freund«, sagte Tom. »Kein sehr enger Freund. Etwa zwei Monate lang hatte ich ihn nicht gesehen und auch nichts von ihm gehört. Es hat mich schwer getroffen, als ich heute morgen von dem Unglück erfuhr.« Als Ausgleich für die Mängel seiner ziemlich primitiven Ausdrucksweise machte Tom ein bekümmertes Gesicht. Er glaubte, es funktionierte. Er dachte, das wäre doch ein sehr oberflächliches Verhör, und im nächsten Moment würden sie sicherlich aufstehen und gehen. »Wann genau wurde er denn ermordet?« fragte Tom.

Der Offizier schrieb noch. Er zog seine buschigen Augenbrauen in die Höhe. »Anscheinend gleich nachdem der Signor Sie verlassen hatte, denn der Arzt meint, er wäre schon mindestens seit zwölf Stunden tot, vielleicht auch länger.«

»Wann hat man ihn gefunden?«

»Heute früh bei Sonnenaufgang. Ein paar Arbeiter, die auf der Straße gingen.«

»Dio mio!« murmelte Tom.

»Er hat nichts davon erwähnt, daß er zur Via Appia fahren wollte, gestern, als er Ihre Wohnung verließ?«

»Nein«, sagte Tom.

»Was haben Sie gemacht, als Signor Mie-lais gegangen war?«

»Ich bin hiergeblieben«, sagte Tom, er gestikulierte mit beiden Händen, so wie Dickie es auch gemacht hätte, »dann habe ich ein Nickerchen gemacht, und später bin ich ein bißchen an die Luft gegangen, so gegen acht oder halb neun.«

Ein Mann aus dem Hause, Tom wußte nicht, wie er hieß, hatte ihn gestern abend gesehen, als er etwa um dreiviertel neun nach Hause gekommen war, sie hatten sich gegenseitig guten Abend gewünscht.

»Sie sind allein spazierengegangen?«

»Ja.«

»Und Signor Mie-lais ist allein hier abgefahren? Er hatte nicht irgendeine Verabredung, von der Sie wußten?«

»Nein. Er hat nichts davon erwähnt.« Tom überlegte, ob Freddie wohl Freunde bei sich gehabt hatte im Hotel oder wo immer er wohnte. Tom hoffte, die Polizei würde ihn nicht irgendwelchen Freunden Freddies gegenüberstellen, die Dickie kannten. Jetzt würde sein Name – Richard Greenleaf – in den italienischen Zeitungen stehen, dachte Tom, und seine Adresse auch. Er müßte umziehen. Verfluchter Mist. Er fluchte vor sich hin. Der Polizeioffizier blickte ihn an, aber es sah aus wie ein gemurmelter Fluch gegen das traurige Geschick, das Freddie ereilt hatte, dachte Tom.

»So . . .«, sagte der Offizier lächelnd und klappte den Block zu.

»Sie meinen, es waren . . .«, Tom suchte nach dem Ausdruck für Halbstarke, ». . . gewalttätige Burschen, ja? Gibt es irgendwelche Anhaltspunkte?«

»Wir suchen jetzt den Wagen nach Fingerabdrücken ab. Vielleicht ist er von jemandem ermordet worden, den er ein Stück mitgenommen hat. Der Wagen ist heute früh an der Piazza di Spagna aufgefunden worden. Bis heute abend werden wir sicherlich ein paar Spuren gefunden haben. Haben Sie vielen Dank, Signor Greenleaf.«

»Di niente! Wenn ich Ihnen sonst noch behilflich sein kann . . .«

Der Offizier wandte sich an der Tür um. »Können wir Sie während der nächsten Tage hier erreichen, falls wir noch weitere Fragen haben?«

Tom zögerte. »Ich hatte vor, morgen nach Mallorca zu fahren.«

»Aber vielleicht müssen wir Sie fragen, wer der und der ist, den wir verdächtigen«, erklärte der Offizier. »Sie können uns möglicherweise sagen, in welcher Beziehung die Person zu dem Ermordeten stand.« Er gestikulierte.

»Ja, gut. Aber ich glaube nicht, daß ich Signor Miles so gut gekannt habe. Wahrscheinlich hat er in der Stadt noch engere Freunde als mich.«

»Wen?« Der Offizier machte die Tür wieder zu und holte seinen Block hervor.

»Ich weiß es nicht«, sagte Tom. »Ich weiß nur, daß er mehrere Freunde hier gehabt haben muß, Leute, die ihn besser kennen als ich.«

»Ich bedaure sehr, aber wir müssen Sie dennoch bitten, in den nächsten Tagen in Reichweite zu bleiben«, wiederholte er ruhig, so als gäbe es da gar keine Diskussion, wenn Tom auch Amerikaner sei. »Wir werden Ihnen Bescheid geben, sobald Sie reisen können. Es tut mir leid, wenn Sie Reisepläne hatten. Vielleicht ist noch Zeit genug, sie rückgängig zu machen. Auf Wiedersehen, Signor Greenleaf!«

»Auf Wiedersehen.« Da stand er nun, als die Tür sich hinter ihnen geschlossen hatte. Er konnte in ein Hotel gehen, dachte er, wenn er der Polizei mitteilte, in welches. Er wollte nicht, daß Freddies Freunde oder irgendwelche Freunde von Dickie zu ihm hereinplatzten, nachdem sie den Zeitungen seine Adresse entnommen hatten. Er versuchte sein Benehmen vom Standpunkt der Polizei aus zu beurteilen. Sie hatten ihn nicht verdächtigt. Er hatte sich nicht entsetzt gezeigt bei der Nachricht von Freddies Tod, aber das paßte zu der Tatsache, daß er ja gar kein so enger Freund Freddies war. Nein, es stand nicht schlecht, allerdings mußte er jetzt auf Draht sein.

Das Telephon läutete. Tom nahm nicht ab. Er hatte das Gefühl, es müßte Fausto sein, der vom Bahnhof aus anriefe. Es war fünf nach elf, und der Zug nach Neapel war weg. Als das Telephon aufhörte zu klingeln, nahm Tom den Hörer ab und wählte die Nummer des *Inghilterra*. Er bestellte sich ein Zimmer und sagte, er würde in etwa einer Stunde dort sein. Dann rief er das Polizeirevier an – er wußte noch, es war Nummer dreiundachtzig –, und nach beinahe zehnminütigen, schwierigen Verhandlungen – es war niemand aufzutreiben, der wußte oder sich dafür interessierte, wer Richard Greenleaf war – gelang es ihm, die Nachricht zu hinterlegen, daß Signor Greenleaf in der *Albergo Inghilterra* zu finden wäre, falls die Polizei ihn zu sprechen wünschte.

Noch ehe die Stunde um war, befand er sich bereits im *Inghilterra*. Seine drei Koffer, zwei davon Dickies, einer sein Eigentum, machten ihn traurig: er hatte sie für einen völlig anderen Zweck gepackt. Und nun das!

Mittags ging er hinaus, um die Zeitungen zu besorgen. Keine Zeitung, die es nicht gebracht hätte: AMERICANO AUF DER VIA APPIA ANTICA ERMORDET ... ENTSETZLICHER MORD AN RICCHISSIMO AMERICANO FREDERICK MILES VERGANGENE NACHT AUF DER VIA APPIA ... VIA-APPIA-MORD AN AMERIKANER OHNE SPUREN ... Tom ließ sich kein Wort entgehen. Es gab wirklich keinen Anhaltspunkt, jedenfalls noch nicht, keine Spuren, keine Fingerabdrücke, keinen Verdächtigen. Aber jede Zeitung schrie den Namen Herbert Richard Greenleaf hinaus und nannte seine Adresse, dort sei Freddie zum letzten Male gesehen worden. Immerhin, nicht eine der Zeitungen gab zu verstehen, daß man Herbert Richard Greenleaf verdächtige. Es hieß in den Berichten, daß Miles anscheinend ein bißchen getrunken hatte, die Getränke, das war typisch italienischer Journalismus, waren genauestens aufgezählt, das ging von Americanos über Schottischen Whisky, Cognac, Champagner bis hin zum Grappa. Nur Gin und Pernod hatten sie ausgelassen.

Tom blieb auch zur Essenszeit in seinem Zimmer, wanderte ruhelos umher und fühlte sich niedergeschlagen und gefangen. Er rief das Reisebüro in Rom an, bei dem er die Fahrkarten nach Palma gekauft hatte, und versuchte, das rückgängig zu machen. Zwanzig Prozent seines Geldes könnte er wiederhaben, sagten sie. Das nächste Schiff nach Palma ging erst in etwa fünf Tagen.

Gegen zwei Uhr brach sein Telephon in schrilles Läuten aus.

»Hallo«, sagte Tom in Dickies nervösem, gereiztem Tonfall.

»Hallo, Dick. Hier ist Van Houston.«

»Oh-h«, sagte Tom, als kannte er ihn, und doch ließ dieses eine Wort kein Übermaß von Überraschung oder Wärme erkennen.

»Wie geht's? Lange her, nicht?« Die Stimme klang heiser und gepreßt.

»Das kann man wohl sagen. Von wo sprichst du?«

»Ich bin im *Hassler*. Habe mit der Polizei Freddies Koffer durchgesehen, Hör mal, ich möchte dich gern treffen. Was war gestern los mit Freddie? Den ganzen Abend habe ich versucht, dich zu erreichen, mußt du wissen, weil nämlich Freddie um sechs wieder im Hotel sein wollte. Ich wußte deine Adresse nicht. Was ist passiert gestern?«

»Ich wünschte, ich wüßte es! Freddie ging gegen sechs. Wir hatten beide einen ganzen Haufen Martinis intus, aber er schien mir durchaus noch fahren zu können, sonst hätte ich ihn selbstverständlich nicht so gehen lassen. Er sagte, sein Wagen stünde vor der Tür. Ich habe keine Ahnung, was passiert ist, vielleicht hat er irgendwen ein Stück mitgenommen und der hat ihm einen Revolver vor die Nase gehalten oder so was.«

»Aber er ist ja nicht erschossen worden. Ich gebe dir recht, irgend jemand muß ihn gezwungen haben, da 'rauszufahren, oder er ist umgekippt, aber schließlich mußte er ja fein säuberlich durch die ganze Stadt fahren, um zur Via Appia zu kommen. Das *Hassler* ist nur ein paar Straßen weiter von deinem Hotel aus.«

»Ist er schon jemals umgekippt? Am Steuer eines Wagens?«

»Hör zu, Dickie, können wir uns treffen? Ich habe jetzt

nichts vor, nur daß ich heute das Hotel nicht verlassen darf.«

»Ich auch nicht.«

»Ach, was denn! Hinterleg eine Nachricht, wo du zu erreichen bist, und komm 'rüber!«

»Ich kann nicht, Van. Die Polizei wird in etwa einer Stunde hier sein, und man erwartet, daß ich da bin. Ruf mich doch später noch einmal an. Vielleicht sehen wir uns dann heute abend.«

»Na gut. Wann?«

»Ruf mich gegen sechs an.«

»In Ordnung. Halt den Nacken steif, Dickie.«

»Gleichfalls.«

»Bis später«, sagte die Stimme zitternd.

Tom legte auf. Es hatte sich zuletzt angehört, als ob Van gleich zu heulen anfinge. »Pronto?« sagte Tom und tippte auf die Gabel, um die Zentrale des Hotels zu bekommen. Er gab den Auftrag, daß er für niemanden zu sprechen sei außer für die Polizei, und daß niemand zu ihm vorgelassen werden sollte. Ausnahmslos niemand.

Danach läutete das Telephon den ganzen Nachmittag nicht mehr. Um acht etwa, als es dunkel war, ging Tom hinunter, um die Abendzeitungen zu kaufen. Er sah sich in der kleinen Halle um und schaute auch in die Hotelbar, die man von der Halle aus betreten konnte, er suchte einen Mann, der nach Van aussah. Er war auf alles gefaßt, er war sogar darauf gefaßt, Marge dasitzen und auf ihn warten zu sehen, aber er sah nicht einmal jemanden, der ein Polizeispitzel hätte sein können. Er kaufte die Abendblätter und setzte sich ein paar Straßen weiter in ein kleines Restaurant, um sie zu lesen. Noch immer keine Anhaltspunkte. Er erfuhr, daß Van Houston ein guter Freund Freddies war, achtundzwanzig Jahre alt. Van und Freddie hatten sich auf einer Vergnügungsfahrt von Österreich nach Rom befunden, die in Florenz hätte enden sollen; Miles und auch Houston hätten in Florenz einen Wohnsitz, schrieb das Blatt. Man hatte drei italienische Jugendliche, zwei Achtzehnjährige und einen Sechzehnjährigen, unter dem Verdacht festgenommen, die ›entsetzliche Tat‹ begangen zu haben, hatte sie aber wieder freilassen müssen. Mit Erleichterung las Tom, daß man auf Miles' ›bellissimo Fiat 1400 convertibile‹ keinerlei Fingerabdrücke gefunden hätte, die als frisch oder brauchbar anzusehen wären.

Langsam verspeiste Tom seine *costoletta di vitello,* schlürfte genießerisch seinen Wein und suchte die Spalten aller Zeitungen nach ›Letzten Meldungen‹ ab, in Italien setzten sie manchmal noch was in die Zeitungen, wenn die Rotationsmaschinen schon liefen. Er fand nichts weiter über den Fall Miles. Aber auf der letzten Seite der letzten Zeitung las er:

BARCA AFFONDATA CON MACCHIE DI SANGUE
TROVATA NELL' AQUA POCO FONDO VICINO
SAN REMO

Er verschlang es, die Angst würgte ihn stärker als gestern, während er Freddies Leiche treppab getragen hatte, auch stärker als heute, während die Polizei da war, um ihn zu verhören. Dies hier war wie ein Strafgericht, wie ein Wirklichkeit gewordener Alptraum, bis hin zum Wortlaut der Überschrift. Das Boot war in allen Details beschrieben, und er sah alles wieder vor sich, Dickie saß im Heck am Gashebel, Dickie lächelte ihn an, Dickies Leiche versank blasenwirbelnd im Wasser. In der Meldung hieß es, man halte die Flecke für Blutflecke, nicht, es wären welche. Nichts davon, was die Polizei oder sonstwer zu tun gedächte. Aber die Polizei würde etwas tun, dachte Tom. Wahrscheinlich konnte der Bootsvermieter der Polizei das genaue Datum angeben, wann das Boot abhanden gekommen war. Dann konnte die Polizei in allen Hotels nachforschen, wer an diesem Tage eingetragen war. Vielleicht konnte sich der Bootsverleiher sogar noch an die beiden Amerikaner erinnern, die mit dem Boot nicht zurückgekehrt waren. Wenn die Polizei sich die Mühe machte, die Hotellisten aus jenen Tagen zu überprüfen, dann würde ihr der Name Richard Greenleaf wie ein Leuchtsignal in die Augen stechen. In diesem Falle wäre es natürlich Tom Ripley, der fehlte, der an diesem Tage vielleicht ermordet wurde. Toms Phantasie lief in alle vier Winde: angenommen, sie suchten nach Dikkies Leiche und fanden sie? Sie würden jetzt annehmen, es sei die Leiche Tom Ripleys. Dickie würde des Mordes verdächtigt. Ergo würde Dickie auch des Mordes an Freddie verdächtigt. Über Nacht würde Dickie zu einer ›mörderischen Bestie‹. Aber vielleicht wußte der italienische Bootsvermieter nicht mehr genau, an welchem Tage eines seiner Boote nicht zurückgebracht worden war. Und selbst wenn er es noch wußte, würden vielleicht die Hotels nicht überprüft. Vielleicht war die italienische Polizei einfach nicht so sehr daran interessiert. Vielleicht, *vielleicht*, vielleicht auch nicht.

Tom faltete seine Zeitungen zusammen, bezahlte und ging.

Am Empfang des Hotels fragte er, ob irgendwelche Nachrichten für ihn da wären.

»Si, signor. Questo e questo e questo . . .« Der Angestellte legte sie vor ihn auf den Tisch wie ein Kartenspieler, der eine Gewinnhand ausbreitet.

Zwei von Van. Eine von Robert Gilbertson. (Stand da nicht ein Robert Gilbertson in Dickies Adressenverzeichnis? Gleich nachprüfen.) Eine von Marge. Tom griff nach dem Zettel und las sorgsam den italienischen Text: Signorina Sherwood hat um fünfzehn Uhr fünfunddreißig angerufen und wird noch einmal anrufen. Es war ein Ferngespräch aus Mongibello.

Tom nickte, er sammelte alles auf. »Vielen Dank.« Ihm gefielen die Blicke des Angestellten hinter dem Schalter nicht. Italiener waren so verdammt neugierig!

Oben kauerte er sich in einen Sessel, rauchte und dachte

nach. Er versuchte sich auszumalen, was nach den Gesetzen der Logik passieren würde, wenn er gar nichts unternahm, und was er durch eigene Handlungen passieren lassen könnte. Marge würde sehr wahrscheinlich nach Rom kommen. Sie hatte offenbar die römische Polizei angerufen, um seinen Aufenthaltsort zu erfahren. Wenn sie käme, müßte er ihr als Tom entgegentreten und versuchen, ihr überzeugend klarzumachen, daß Dickie für ein Weilchen ausgegangen sei, wie er es mit Freddie auch gemacht hatte. Und wenn es mißlang – unruhig rieb Tom seine Handflächen gegeneinander. Er durfte nicht mit Marge zusammentreffen, das war alles. Jetzt nicht mehr, wo sich da die Bootsgeschichte zusammenbraute. Alles würde kaputtgehen, wenn er mit ihr zusammenträfe. Alles wäre zu Ende! Aber wenn er einfach bloß stillsäße, würde überhaupt nichts geschehen. Es war einfach nur dieser Moment jetzt, bloß diese kleine Krise mit der Bootsgeschichte und dem ungeklärten Mord an Freddie Miles, was alles so schwierig machte. Aber es würde ihm absolut nichts passieren, wenn es ihm auch weiterhin gelänge, bei jedem das Richtige zu tun und zu sagen. Später dann würde alles wieder glatt gehen. Griechenland, oder Indien. Ceylon. Irgendwo weit, weit weg, wo ganz bestimmt kein alter Freund auftauchen und an seine Tür klopfen konnte. Was für ein Idiot war er doch gewesen, zu glauben, er könnte in Rom bleiben! Ebensogut hätte er sich die Grand Central Station aussuchen oder sich im Louvre ausstellen können!

Er rief die Stazioni Termini an und erkundigte sich, was für Züge morgen nach Neapel fuhren. Vier oder fünf gab es. Er schrieb sich alle Abfahrtszeiten auf. Noch fünf Tage, bis ein Schiff von Neapel nach Mallorca abging, und diese Zeit würde er in Neapel absitzen, dachte er. Alles, was er brauchte, war die Genehmigung der Polizei, und wenn nichts passierte bis morgen, dann müßte er sie wohl bekommen. Sie konnten einen ja nicht ewig festhalten, noch dazu ohne jedes Verdachtsmoment, bloß um einem gelegentlich mal eine Frage an den Kopf zu werfen! Langsam kam er zu der

Überzeugung, man ließe ihn morgen frei, es sei nur logsich, daß man ihn morgen freilassen müßte.

Er hob den Telephonhörer ab und sagte der Zentrale, daß er das Gespräch entgegennehmen würde, wenn Miss Marjorie Sherwood noch einmal anriefe. Wenn sie noch einmal anriefe, dachte er, dann könnte er sie innerhalb von zwei Minuten davon überzeugen, daß alles in Ordnung sei, daß die Ermordung Freddies ihn nicht das geringste anginge, daß er nur ins Hotel gegangen sei, um lästigen Anrufen völlig fremder Menschen zu entgehen und doch für die Polizei erreichbar zu sein, für den Fall, daß man ihn um die Identifizierung festgenommener Verdächtiger bitten wollte. Er würde ihr erzählen, daß er morgen oder übermorgen nach Griechenland flöge, so daß es also ganz sinnlos sei, daß sie nach Rom käme. Übrigens, er konnte ja auch nach Palma fliegen von Rom aus. Auf diesen Gedanken war er bis jetzt überhaupt noch nicht gekommen.

Er legte sich aufs Bett, er war müde, aber ausziehen wollte er sich noch nicht, er hatte das Gefühl, daß heute abend noch irgendwas geschehen würde. Er versuchte, sich auf Marge zu konzentrieren. Er stellte sich vor, daß Marge jetzt, in diesem Moment, im *Giorgio* saß oder daß sie sich in der Bar des *Miramare* einen langen, langsamen Tom Collins leistete und daß sie sich dabei hin und her überlegte, ob sie ihn noch einmal anrufen sollte. Er sah es vor sich, wie sie dasaß und darüber brütete, was wohl in Rom vor sich gehen mochte. Sie saß allein am Tisch, sprach mit niemanden. Er sah ihre unruhigen Augenbrauen, ihr verwuscheltes Haar. Er sah sie aufstehen und nach Hause gehen, einen Koffer nehmen und morgen den Mittagsbus besteigen. Dort stand er auf der Straße, vor dem Postamt, und er schrie ihr nach, sie solle nicht fahren, versuchte, den Bus aufzuhalten, aber der Bus brauste davon . . .

Das Bild löste sich in wirbelndes Gelbgrau auf, die Farbe des Sandes am Strand von Mongibello. Tom sah, daß Dickie ihn anlachte, Dickie hatte den Cordanzug an, den **er in**

San Remo getragen hatte. Der Anzug war triefend naß, ein tropfender Strick die Krawatte. Dickie beugte sich über ihn, rüttelte ihn. »Ich bin geschwommen!« sagte er. »Tom, wach auf! Ich bin gesund! Ich bin geschwommen! Ich lebe!« Tom wand sich unter dem Griff. Er hörte Dickies Lachen, Dickies glückliches, volles Lachen. »Tom!« Das Timbre der Stimme war tiefer, reicher, *besser*, als Tom es jemals in seinen Imitationen zuwege gebracht hatte. Tom fuhr in die Höhe. Sein ganzer Körper war bleiern und lahm, so, als versuchte er, aus tiefem Wasser emporzutauchen.

»*Ich bin geschwommen!*« schrie Dickies Stimme, hallte tausendfach wider in Toms Ohren, als hörte er sie durch einen langen Tunnel hindurch.

Toms Blick irrte im Zimmer umher, er suchte Dickie in dem gelben Lichtkreis der Lampe, in dem dunklen Winkel neben dem großen Kleiderschrank. Tom spürte, daß seine Augen in wilder Angst weit aufgerissen waren, und obwohl er wußte, die Angst war unsinnig, suchte er doch überall nach Dickie, unter den halb heruntergelassenen Rollos an den Fenstern, auf dem Fußboden an der anderen Seite des Bettes. Mühsam richtete er sich auf, erhob sich vom Bett, wankte quer durchs Zimmer und öffnete ein Fenster. Dann auch das andere Fenster. Er war wie betäubt. *Irgend jemand hat mir was in den Wein getan,* schoß es ihm durch den Kopf. Er kniete am Fenster nieder, atmete die kalte Luft ein, er kämpfte gegen die Betäubung, er kämpfte, als würde es ihn überwältigen, wenn er sich nicht bis zum äußersten anstrengte. Schließlich ging er ins Badezimmer und goß sich am Waschbecken kaltes Wasser ins Gesicht. Die Betäubung ließ nach. Er wußte, niemand hatte ihm etwas in den Wein getan. Seine Phantasie war mit ihm durchgegangen. Er hatte die Kontrolle über sich verloren.

Er riß sich zusammen und löste ruhig seine Krawatte. Er bewegte sich, wie Dickie sich bewegt hätte, zog sich aus, badete, zog den Schlafanzug an und legte sich ins Bett. Er versuchte, was zu denken, was Dickie jetzt gedacht hätte.

Seine Mutter. Ihrem letzten Brief hatten ein paar Schnapp-
schüsse von ihr und Mr. Greenleaf beigelegen, beide saßen
im Wohnzimmer und tranken Kaffee, ein Bild, das Tom von
jenem Abend her kannte, an dem er nach dem Essen mit
ihnen Kaffee getrunken hatte. Mrs. Greenleaf hatte geschrieben, daß Herbert die Photos selber gemacht hätte, mit
Selbstauslöser. Tom begann, seinen nächsten Brief nach
Hause zu entwerfen. Sie freuten sich, daß er jetzt öfter
schrieb. Er mußte sie beruhigen wegen der Affäre Freddie,
denn sie wußten von Freddie. Mrs. Greenleaf hatte in einem
ihrer Briefe nach Freddie Miles gefragt. Aber während er
den Brief entwarf, horchte Tom zum Telephon hinüber, er
konnte sich nicht so recht konzentrieren.

18

Das erste, was ihm einfiel, als er morgens aufwachte,
war Marge. Er griff nach dem Telephon und fragte,
ob sie während der Nacht angerufen hätte. Sie hatte nicht
angerufen. Er ahnte Schreckliches, nämlich daß sie nach
Rom unterwegs war. Das jagte ihn aus dem Bett. Und dann,
als er sich wie immer rasierte und badete, schlug seine
Stimmung um. Warum sollte er sich wegen Marge so auf-
regen? Bis jetzt war er noch immer mit ihr fertig geworden.
Vor fünf oder sechs Uhr konnte sie sowieso nicht hier sein,
denn der erste Bus fuhr mittags von Mongibello ab, und
ganz sicher würde sie kein Taxi nehmen bis Neapel.

Vielleicht gelang es ihm, heute vormittag noch aus Rom
wegzukommen. Um zehn wollte er die Polizei anrufen und
das feststellen.

Er bestellte *caffè latte* und Brötchen aufs Zimmer, außerdem die Morgenblätter. Seltsam – in keiner Zeitung auch
nur ein Wort über den Fall Miles oder über das Boot von
San Remo. Ihm war ganz sonderbar zumute, er hatte Angst,
die gleiche Angst, die er gestern abend empfunden hatte,

als er Dickie im Zimmer glaubte. Er schleuderte die Zeitungen von sich, sie flatterten auf einen Stuhl.

Das Telephon läutete, und eilfertig stürzte Tom hinzu. Es war entweder Marge oder die Polizei. »Pronto?«

»Pronto. Hier unten sind zwei Herren von der Polizei, die zu Ihnen wollen, Signor.«

»Sehr schön. Bitten Sie sie herauf.«

Eine Minute später hörte er ihre Schritte auf dem teppichbelegten Gang. Es war wieder der ältere Offizier von gestern, er hatte einen anderen jungen Polizisten bei sich.

»Buon' giorno«, sagte der Offizier höflich mit seiner kleinen Verbeugung.

»Buon' giorno«, sagte Tom. »Haben Sie etwas Neues?«

»Nein«, sagte der Offizier mit etwas seltsamem Unterton. Er nahm den Stuhl, den Tom ihm anbot, und schlug seinen Block aus braunem Leder auf. »Etwas anderes hat sich ergeben. Sie sind auch befreundet mit einem Amerikaner Thomas Ripley?«

»Ja«, sagte Tom.

»Wissen Sie, wo er sich aufhält?«

»Ich glaube, er ist nach Amerika zurückgefahren, vor einem Monat ungefähr.« Der Offizier zog seine Unterlagen zu Rate. »Aha. Das wird von den Einreisebehörden der Vereinigten Staaten zu bestätigen sein. Sie sehen, wir versuchen Thomas Ripley zu finden. Wir halten es für möglich, daß er tot ist.«

»Tot? Wieso?«

Die Lippen des Offiziers unter dem buschigen eisengrauen Schnurrbart preßten sich nach jedem Satz leicht zusammen, so daß sie zu lächeln schienen. Dieses Lächeln hatte Tom auch gestern ein bißchen irritiert. »Sie waren im November mit ihm in San Remo, nicht wahr?«

Sie hatten in den Hotels nachgeforscht. »Ja.«

»Wo haben Sie ihn zum letzten Male gesehen? In San Remo?«

»Nein. Wir haben uns in Rom noch einmal getroffen.«

Tom fiel ein, Marge wußte ja, daß er von Mongibello aus nach Rom zurückgefahren war, denn er hatte ihr gesagt, er wolle Dickie helfen, sich in Rom einzurichten.

»Wann haben Sie ihn zuletzt gesehen?«

»Ich weiß nicht, ob ich es Ihnen ganz genau sagen kann. Es ist zwei Monate oder so her, denke ich. Ich glaube, ich habe von ihm eine Postkarte bekommen aus ... aus Genua, darauf schrieb er, daß er nach Amerika heimkehren wollte.«

»Sie glauben?«

»Ich weiß, daß ich sie bekommen habe«, sagte Tom. »Warum meinen Sie denn, daß er tot ist?«

Unschlüssig blickte der Offizier auf seine Papiere. Tom sah den jüngeren Polizisten an, der mit verschränkten Armen am Schreibtisch lehnte und ihn ausdruckslos anstarrte.

»Haben Sie in San Remo mit Thomas Ripley eine Bootsfahrt gemacht?«

»Eine Bootsfahrt? Wo?«

»In einem kleinen Boot? Rund um den Hafen?« fragte der Offizier unbeirrt und sah Tom an.

»Ich glaube ja. Ja, ich erinnere mich. Warum?«

»Weil man ein kleines Boot versenkt aufgefunden hat, es weist Flecke auf, die von Blut stammen können. Es ist am fünfundzwanzigsten November verlorengegangen. Das heißt, es ist dem Bootsverleiher, bei dem es gemietet wurde, nicht zurückgebracht worden. Der fünfundzwanzigste November war der Tag, an dem Sie mit Signor Ripley in San Remo waren.« Bewegungslos hafteten die Augen des Offiziers auf Tom.

Gerade die Sanftheit des Blickes kränkte Tom. Es war ein heuchlerischer Blick, fand er. Aber er strengte sich mächtig an, um das richtige Verhalten an den Tag zu legen. Er beobachtete sich, als stünde er neben sich selber und wachte über die ganze Szene. Er korrigierte sogar seine Haltung, machte sie lockerer, indem er eine Hand auf den Bettpfosten stützte. »Aber es ist uns nichts passiert bei dieser Bootsfahrt. Wir hatten keinen Unfall.«

»Haben Sie das Boot wieder abgegeben?«

»Selbstverständlich.«

Der Offizier sah ihn unverwandt an. »Wir können Signor Ripley vom fünfundzwanzigsten November an in keiner Hotelliste mehr finden.«

»Nanu –? Wie lange haben Sie denn schon gesucht?«

»Noch nicht lange genug, um jedes kleine Dorf in Italien zu durchkämmen, aber wir haben in den Hotels der wichtigsten Städte nachgeforscht. Sie haben wir gefunden, Sie sind vom achtundzwanzigsten bis dreißigsten November im *Hassler* eingetragen, und dann . . .«

»Tom war nicht mit mir zusammen in Rom – Signor Ripley. Er ist um diese Zeit herum nach Mongibello gefahren und ein paar Tage dort geblieben.«

»Wo hat er gewohnt, als er nach Rom kam?«

»In irgendeiner kleinen Pension, ich weiß nicht mehr, welche es war. Ich bin nicht bei ihm gewesen.«

»Und wo waren Sie?«

»Wann?«

»Am sechsundzwanzigsten und siebenundzwanzigsten November, das heißt, unmittelbar nach San Remo.«

»In Forte dei Marmi«, erwiderte Tom. »Ich habe dort für eine Nacht meine Reise unterbrochen. In einer kleinen Pension.«

»In welcher?«

Tom schüttelte den Kopf. »Ich kann mich nicht mehr darauf besinnen, wie sie hieß. Eine sehr kleine.« Schließlich konnte er durch Marge beweisen, dachte er, daß Tom nach San Remo noch in Mongibello war, ganz lebendig, also was ging es die Polizei an, in welcher Pension Dickie Greenleaf am sechsundzwanzigsten und siebenundzwanzigsten gewohnt hatte? Tom hockte sich auf den Bettrand. »Ich verstehe immer noch nicht, warum Sie glauben, Tom Ripley wäre tot.«

»Wir glauben, *irgend jemand* ist tot«, antwortete der Offizier, »getötet in San Remo. Irgend jemand wurde in diesem Boot ermordet. Deshalb ist das Boot auch versenkt worden – um die Blutspuren zu verstecken.«

Tom runzelte die Stirn. »Man weiß genau, daß es Blutspuren sind?«

Der Offizier zuckte die Schultern.

Auch Tom zuckte die Schultern. »Das müssen doch ein paar hundert Leute gewesen sein, die an jenem Tage in San Remo Boote gemietet haben.«

»So viele waren es gar nicht. Ungefähr dreißig. Es stimmt schon, jeder von den dreißig könnte es gewesen sein – jedenfalls jeder einzelne der fünfzehn Paare«, setzte er lächelnd hinzu. »Wir wissen nicht einmal, wer das alles war. Aber wir kommen langsam zu der Überzeugung, daß Thomas Ripley weg ist.« Jetzt ruhte sein Blick drüben in der Zimmerecke, er mochte ebensogut an etwas völlig anderes denken, schoß es Tom durch den Kopf, gemessen an seinem Gesichtsausdruck. Oder genoß er einfach bloß die Wärme des Heizkörpers neben seinem Stuhl?

Ungeduldig schlug Tom die Beine andersherum übereinander. Ganz klar, was im Kopf des Italieners vorging: Dikkie Greenleaf war zweimal auf dem Schauplatz des Mordes aufgetaucht, jedenfalls nahe genug. Der abhanden gekommene Thomas Ripley hatte am fünfundzwanzigsten November mit Dickie Greenleaf zusammen eine Bootsfahrt gemacht. Ergo . . . Tom richtete sich auf, mit gerunzelter Stirn. »Wollen Sie sagen, daß Sie mir nicht glauben, wenn ich Ihnen angebe, daß ich Thomas Ripley um den ersten Dezember herum noch in Rom gesehen habe?«

»Aber nein, das habe ich nicht gesagt, nein, bestimmt nicht!« Der Offizier gestikulierte besänftigend. »Ich wollte nur hören, was Sie sagen über Ihr . . . Ihre Reise mit Signor Ripley nach San Remo, weil wir ihn nicht finden können.« Er lächelte wieder, ein breites, verbindliches Lächeln, das gelbliche Zähne sehen ließ.

Mit einem ärgerlichen Achselzucken ließ Tom sich zurücksinken. Natürlich, die italienische Polizei wollte einen amerikanischen Staatsbürger nicht geradewegs des Mordes bezichtigen. »Ich bedaure, Ihnen nicht genau sagen zu können, wo er jetzt gerade ist. Versuchen Sie es doch mal in Paris. Oder in Genua. Er wird immer in kleinen Hotels absteigen, weil er die lieber hat.«

»Haben Sie die Postkarte noch, die er Ihnen aus Genua schickte?«

»Nein, die habe ich nicht mehr«, sagte Tom. Er fuhr sich mit gespreizten Fingern durchs Haar, so wie Dickie das manchmal machte, wenn er verärgert war. Für ein paar Sekunden fühlte er sich besser, als er sich darauf konzentrierte, Dickie Greenleaf zu sein, als er ein- oder zweimal im Zimmer auf und ab stapfte.

»Kennen Sie irgendwelche Freunde Thomas Ripleys?«

Tom schüttelte den Kopf. »Nein. Ich kenne ihn selber nicht einmal sehr gut, jedenfalls noch nicht sehr lange. Ich weiß nicht, ob er in Europa überhaupt viele Freunde hat. Wenn ich mich recht erinnere, dann hat er mal erwähnt, er kenne jemanden in Faenza. Und in Florenz. Aber wie sie heißen, das weiß ich nicht.« Wenn der Italiener glaubte, er wolle Toms Freunde nur vor einem polizeilichen Fragenschwall bewahren, indem er ihre Namen für sich behielt, dann sollte er nur, dachte Tom.

»Va bene, wir werden es nachprüfen«, sagte der Offizier. Er steckte seine Papiere ein. Er hatte sich mindestens ein Dutzend Vermerke gemacht.

»Bevor Sie gehen«, sagte Tom in dem gleichen nervösen, freimütigen Ton, »möchte ich Sie fragen, wann ich die Stadt verlassen darf. Ich hatte vor, nach Sizilien zu fahren. Ich würde sehr gern heute abreisen, wenn das möglich ist. Ich beabsichtige, im Hotel *Palma* in Palermo zu wohnen. Sie können mich dort ohne Schwierigkeiten erreichen, wenn ich gebraucht werde.«

»Palermo«, echote der Offizier. »Ebbene, das ist vielleicht zu machen. Darf ich Ihr Telephon benutzen?«

Tom zündete sich eine italienische Zigarette an und hörte

zu, wie der Offizier nach Capitano Aulicino fragte und dann mit teilnahmsloser Stimme meldete, daß Signor Greenleaf nicht wisse, wo sich Signor Ripley aufhalte, daß Signor Ripley vielleicht nach Amerika zurückgekehrt sei oder daß er nach Auffassung Signor Greenleafs in Florenz oder Faenza sein könnte. »Faenza«, wiederholte er deutlicher, »bei Bologna.« Als der Mann das hatte, sagte der Offizier, daß Signor Greenleaf heute nach Palermo zu fahren wünsche. »Va bene. Benone.« Der Offizier wandte sich Tom zu, er lächelte. »Ja, Sie können heute nach Palermo fahren.«

»Benone. Grazie.« Er geleitete die beiden zur Tür. »Wenn Sie Tom Ripley ausfindig machen, würde es mich freuen, wenn Sie es auch mich wissen ließen«, sagte er treuherzig.

»Natürlich! Wir werden Sie auf dem laufenden halten, Signor. Buon' giorno!«

Wieder allein, fing Tom an zu pfeifen und packte die paar Sachen, die er seinen Koffern entnommen hatte, wieder ein. Er war stolz auf sich, weil er Sizilien gesagt hatte und nicht Mallorca, denn Sizilien war noch Italien und Mallorca nicht, und verständlicherweise war die italienische Polizei eher bereit, ihn wegzulassen, wenn er auf ihrem Territorium blieb. Das hatte er sich überlegt, als ihm eingefallen war, in Tom Ripleys Paß wäre ja nicht vermerkt, daß er nach dem San Remo-Cannes-Ausflug noch einmal in Frankreich war. Marge aber hatte er geschrieben, Tom Ripley wollte nach Paris hinauffahren und von dort aus heimfahren nach Amerika. Falls sie jemals Marge darüber ausfragten, ob Tom Ripley nach dem San Remo-Ausflug in Mongibello gewesen wäre, dann würde sie möglicherweise als Zugabe erzählen, er wäre später nach Paris gegangen. Und wenn er je wieder zu Tom Ripley werden und der Polizei seinen Paß vorweisen müßte, dann würden sie feststellen, daß er nach der Cannes-Reise nicht mehr in Frankreich gewesen war. Aber er brauchte ja bloß zu sagen, daß er das Dickie gegenüber zwar geäußert, daß er sich dann aber eines anderen besonnen hätte und in Italien geblieben wäre. Es war alles nicht so schlimm.

Plötzlich ließ Tom von seinen Koffern ab und richtete sich auf. War das ganze vielleicht bloß ein Trick? Wollten sie ihn vielleicht bloß ein bißchen an die lange Leine nehmen, indem sie ihn, den scheinbar Unverdächtigen, nach Sizilien fahren ließen? Eine durchtriebene kleine Schlange, dieser Offizier. Einmal hat er gesagt, wie er hieß. Wie war es doch gleich? Ravini? Roverini? Gut, und was versprach man sich davon, wenn man ihn an die lange Leine nahm? Er hatte ihnen genau mitgeteilt, wohin er fahren wollte. Er hatte keineswegs vor, sich vor irgend etwas aus dem Staube zu machen. Er wollte nichts weiter als weg von Rom. Er brannte darauf, wegzukommen! Tom pfefferte die letzten Stücke in den Koffer, knallte den Deckel zu und schloß ab.

Wieder das Telephon!

Tom riß den Hörer ans Ohr. »Pronto?«

»Oh, Dickie . . .!« Es war nur ein Hauch.

Das war Marge, und sie stand unten, er hörte es. Verstört sagte er mit Toms Stimme: »Wer ist da?«

»Ist dort Tom?«

»Marge! Ja, hallo! Wo sind Sie?«

»Ich bin hier im Hotel. Ist Dickie da? Darf ich 'raufkommen?«

»Sie können in etwa fünf Minuten heraufkommen«, sagte Tom mit einem Lachen. »Ich bin noch nicht ganz angezogen.« Unten wurde man zum Telephonieren immer in eine Kabine geschickt, überlegte Tom. Das Personal konnte sie also nicht belauschen.

»Ist Dickie da?«

»Im Moment nicht. Er ist vor ungefähr einer halben Stunde weggegangen, aber er muß jeden Augenblick zurück sein. Ich weiß, wo er ist, wenn Sie hingehen wollen.«

»Wo?«

»Beim dreiundachtzigsten Polizeirevier. Nein, entschuldigen Sie, es ist das siebenundachtzigste.«

»Ist er irgendwie in Schwierigkeiten?«

»Nein, er muß bloß Fragen beantworten. Um zehn sollte

er dort sein. Soll ich Ihnen die Adresse geben?« Er wünschte jetzt, er hätte nicht mit Toms Stimme zu reden angefangen! Wie leicht hätte er so tun können, als wäre er ein Hotelbediensteter, ein Freund Dickies, irgendein Mensch, und er hätte ihr erzählen können, Dickie bliebe noch stundenlang weg.

Marge seufzte. »Nei-ein. Ich warte hier auf ihn.«

»Hier habe ich's!« sagte Tom, als hätte er es gerade gefunden. »Via Perugio Nummer einundzwanzig. Wissen Sie, wo das ist?« Tom wußte es nicht, aber er würde sie wegschicken, weit weg vom American Expreß, denn dort wollte er noch hingehen und seine Post holen, ehe er die Stadt verließ.

»Ich möchte nicht gehen«, sagte Marge. »Ich werde hinaufkommen und mit Ihnen auf Dickie warten, wenn Sie nichts dagegen haben.«

»Tja, es ist . . .« Er lachte, sein ganz persönliches, unverkennbares Lachen, das Marge gut bekannt war. »Die Sache ist die, ich erwarte jeden Augenblick Besuch. Es ist eine geschäftliche Unterredung. Über eine Stellung. Ob Sie es glauben oder nicht, immer noch die alten Ripleyschen Bemühungen, sich an eine nützliche Beschäftigung zu machen.«

»Ach«, sagte Marge ohne eine Spur von Interesse. »Und wie geht es Dickie? Warum muß er mit der Polizei reden?«

»Oh, nur weil er neulich mit Freddie ein bißchen getrunken hat. Sie haben ja wohl die Zeitungen gelesen, oder? Die Zeitungen machen zehnmal mehr daraus, als es in Wirklichkeit war, aus dem einfachen Grunde, daß die Deppen nicht die geringsten Anhaltspunkte für irgendwas gefunden haben.«

»Wie lange wohnt Dickie schon hier?«

»Hier? Oh, erst eine Nacht. Ich war oben im Norden. Als ich das mit Freddie erfuhr, bin ich gleich zu ihm nach Rom gefahren. Wenn die Polizei nicht gewesen wäre, hätte ich ihn nie gefunden!«

»Wem erzählen Sie das! Ich bin völlig verzweifelt zur Polizei gerannt! Ich habe mir solche Sorgen gemacht, Tom.

Er hätte mich doch wenigstens einmal anrufen können – im *Giorgio* oder sonstwo . . .«

»Ich bin sehr froh, daß Sie in der Stadt sind, Marge. Dikkie wird an die Decke springen, wenn er Sie sieht. Er hat sich viel Gedanken darüber gemacht, was Sie wohl von all dem halten würden, was in den Zeitungen steht.«

»Ach, wirklich?« sagte Marge ungläubig, aber sie schien sich zu freuen.

»Warten Sie doch im *Angelo* auf mich. Das ist eine Bar auf der Straße, die direkt gegenüber dem Hotel abzweigt und zu den Stufen der Piazza di Spagna führt. Ich sehe zu, daß ich hier entschlüpfen kann, in etwa fünf Minuten, wir trinken dann zusammen schnell einen Mix oder einen Kaffee, einverstanden?«

»Einverstanden. Aber hier im Hotel ist auch eine Bar.«

»Ich möchte nicht, daß mein künftiger Chef mich in einer Bar vorfindet!«

»Ach so, na gut. *Angelo* sagten Sie?«

»Sie können es nicht verfehlen. Auf der Straße direkt gegenüber dem Hotel. 'Tschüs!»

Er drehte sich auf dem Absatz um und packte fertig. Eigentlich war er schon fertig, nur noch die Mäntel im Schrank. Er hob den Hörer ab und bat, man möge ihm die Rechnung fertigmachen und jemanden schicken, der sein Gepäck hinuntertrage. Dann stellte er das Gepäck für die Pagen zu einem ordentlichen Stapel zusammen und ging über die Treppe nach unten. Er wollte sich vergewissern, daß Marge nicht mehr in der Halle saß und auf ihn wartete oder vielleicht noch ein Telephongespräch führte. Als die Polizei hier war, konnte sie noch nicht dagesessen haben, dachte Tom. Es waren etwa fünf Minuten verstrichen zwischen dem Abgang der Polizei und dem Auftreten Marges. Tom hatte einen Hut aufgesetzt, um sein erblondetes Haar zu verhüllen, einen Regenmantel angezogen, der ganz neu war, und er trug Tom Ripleys scheuen, leicht verängstigten Gesichtsausdruck zur Schau.

Sie war nicht mehr in der Halle. Tom bezahlte seine Rechnung. Der Empfangschef übergab ihm noch einen Zettel: Van Houston war hiergewesen. Der Zettel trug seine Schriftzüge, er war vor zehn Minuten geschrieben worden, die Uhrzeit stand darauf.

»Habe eine halbe Stunde auf Dich gewartet. Gehst Du nie an die Luft? Sie wollen mich nicht hinauflassen. Ruf mich im *Hassler* an.   Van«

Vielleicht waren sich Van und Marge hier begegnet, falls sie sich kannten, und saßen jetzt beide im *Angelo*.

»Wenn noch jemand nach mir fragen sollte, sagen Sie bitte, ich sei abgereist«, sagte Tom zum Empfangschef.

»Va bene, signor.«

Tom ging hinaus zu dem wartenden Taxi. »Würden Sie bitte am American Expreß kurz halten?« bat er den Fahrer.

Der Fahrer bog nicht in die Straße ein, auf der das *Angelo* lag. Tom atmete auf und gratulierte sich. Er gratulierte sich vor allen Dingen dazu, daß er gestern zu unruhig gewesen war, um in seiner Wohnung zu bleiben, daß er sich ein Hotelzimmer genommen hatte. In seiner Wohnung hätte er Marge keinesfalls entschlüpfen können. Sie hatte die Adresse aus den Zeitungen. Hätte er es bei ihr mit dem alten Trick versucht, dann hätte sie darauf bestanden, heraufzukommen und in der Wohnung auf Dickie zu warten. Glück muß man haben!

Im American Expreß war Post für ihn – drei Briefe, einer von Mr. Greenleaf. »Wie geht es Ihnen heute?« fragte die junge Italienerin, die ihm seine Post aushändigte.

Auch sie las Zeitung, dachte Tom. Er lächelte zurück in ihr naiv-neugieriges Gesicht. Sie hieß Maria. »Sehr gut, danke, und Ihnen?«

Während er sich abwandte, ging ihm durch den Kopf, daß er nie mehr den American Expreß in Rom als Adresse für Tom Ripley angeben durfte. Zwei oder drei der Angestellten kannten ihn. Er benutzte nur noch den American Expreß in Neapel als Tom Ripleys Adresse, allerdings hatte er seit langem nichts mehr dort abgeholt, er hatte ihnen auch nicht geschrieben, sie möchten es ihm schicken, denn er erwartete nichts von Bedeutung für Tom Ripley, nicht einmal einen neuen Anpfiff von Mr. Greenleaf. Wenn sich alles ein bißchen beruhigt hatte, würde er einfach eines Tages zum American Expreß in Neapel gehen und es mit Tom Ripleys Paß abholen, dachte er.

Den American Expreß in Rom konnte er als Tom Ripley nicht benutzen, aber er mußte Tom Ripley stets bei sich haben, seinen Paß und seine Kleider, für Notfälle wie Marges Anruf heute morgen. Marge war verdammt nahe daran gewesen, plötzlich in seinem Zimmer zu stehen. Solange die Schuldlosigkeit Dickie Greenleafs nach Auffassung der Polizei diskutabel war, kam der Gedanke, als Dickie das Land zu verlassen, dem Selbstmord gleich, denn wenn er sich ganz plötzlich wieder in Tom Ripley zurückverwandeln müßte, dann würde Ripleys Paß nichts darüber sagen, daß er aus Italien ausgereist war. Wenn er aus Italien herauswollte – um Dickie Greenleaf dem Zugriff der Polizei gänzlich zu entziehen –, dann würde er als Tom Ripley ausreisen müssen, könnte später als Tom Ripley wiederkommen und dann, wenn die polizeilichen Ermittlungen beendet waren, wieder Dickie werden. Das war eine Möglichkeit.

Es schien alles so einfach und sicher. Er brauchte nichts weiter zu tun, als die nächsten paar Tage zu überstehen.

19

Langsam und tastend suchte sich das Schiff seinen Weg in den Hafen von Palermo, behutsam pflügte sich sein weißer Bug durch schwimmende Apfelsinenschalen, Strohbündel und Bruchstücke von Obstkisten. So ungefähr war auch Tom zumute, als er Palermo heranrücken sah. Er hatte zwei Tage in Neapel verbracht, und in der Presse hatte nichts gestanden über den Fall Miles, nichts von Interesse, und überhaupt nichts über das Boot von San Remo, und die Polizei hatte nicht einmal den Versuch gemacht, Verbindung mit ihm aufzunehmen, nicht, daß er wüßte. Aber vielleicht hatten sie sich bloß nicht die Mühe gemacht, in Neapel nach ihm zu suchen, vielleicht warteten sie in Palermo im Hotel auf ihn.

Am Kai jedenfalls erwartete ihn kein Polizist. Tom konnte nirgends einen entdecken. Er kaufte ein paar Zeitungen, dann nahm er ein Taxi und fuhr mit seinem Gepäck zum Hotel *Palma*. Auch in der Halle keine Polizisten. Es war eine prächtige alte Halle mit dicken Marmorsäulen, große Kübel mit Palmen standen herum. Ein Angestellter sagte ihm, welches Zimmer für ihn reserviert sei, und händigte einem Pagen den Schlüssel aus. Tom empfand eine derartige Erleichterung, daß er hinüberging zum Briefschalter und sich kühn erkundigte, ob irgendwas für Signor Greenleaf da wäre.

Man sagte ihm, es sei nichts da.

Nun fing er an, freier zu atmen. Das bedeutete, daß nicht einmal von Marge etwas gekommen war. Marge war doch ganz ohne Zweifel inzwischen zur Polizei gegangen, um herauszufinden, wo Dickie wäre. Auf dem Schiff noch hatte Tom sich die schrecklichsten Sachen vorgestellt: Marge wäre per Flugzeug vor ihm in Palermo, Marge ließe ihm durch das Hotel *Palma* ausrichten, sie träfe mit dem nächsten Schiff ein. Er hatte sogar in Neapel, als er an Bord ging, auf dem Schiff nach Marge Ausschau gehalten.

Jetzt fing er schon beinahe an zu glauben, Marge hätte nach dieser Episode von Dickie abgelassen. Vielleicht kam sie zu der Überzeugung, Dickie liefe vor ihr davon und wollte mit Tom zusammensein, allein. Vielleicht war das endlich auch in *ihren* Schädel eingedrungen. Tom überlegte, ob er ihr nicht einen entsprechenden Brief schreiben sollte, als er an diesem Abend in seinem tiefen, warmen Badewasser saß und verschwenderisch Seifenschaum auf seinen Armen zerrieb. Tom Ripley sollte diesen Brief schreiben, dachte er. Der Zeitpunkt war wohl jetzt gekommen. Er würde schreiben, daß er die ganze Zeit über immer hatte taktvoll sein wollen, daß er nicht hatte unverblümt damit herausplatzen wollen am Telephon in Rom, daß er aber jetzt den Eindruck habe, sie verstünde auch so schon. Er und Dickie seien sehr glücklich miteinander, und nun wisse sie es. Tom fing an zu kichern, vergnügt, unbeherrscht, und er erstickte das Kichern, indem er sich die Nase zuhielt und planschend untertauchte.

Liebe Marge, würde er sagen, ich schreibe Ihnen dies, weil ich nicht glaube, daß Dickie es jemals tun wird, obwohl ich ihn schon so oft darum gebeten habe. Sie sind ein viel zu nettes Mädchen, als daß man Sie auf diese Art so lange hinhalten dürfte ...

Wieder kicherte er, und dann ernüchterte er sich wieder, indem er sich bewußt auf das eine kleine Problem konzentrierte, das er noch nicht gelöst hatte: Marge hatte der italienischen Polizei wahrscheinlich auch erzählt, daß sie im *Inghilterra* mit Tom Ripley gesprochen hätte. Die Polizisten würden sich gewiß fragen, wohin zum Teufel er verschwunden war. Möglicherweise suchte die Polizei ihn jetzt in Rom. Sicherlich würde die Polizei in der Nähe von Dickie Greenleaf nach Tom Ripley suchen. Es war eine Gefahr mehr – sie mochten ja jetzt zum Beispiel auf den Gedanken kommen, er sei Tom Ripley, allein der Beschreibung nach, die Marge von ihm gegeben hatte, sie mochten kommen, ihn ausziehen und durchsuchen und beide Pässe, Dickies und seinen, bei ihm finden. Aber was hatte er gesagt über Gefahren? Die Gefahren waren es, die einer Sache erst Reiz verliehen. Laut fing er zu singen an:

Papa non vuole, Mama nemmeno,
Come faremo far' l'amor?

Er grölte es heraus in seinem Badezimmer, während er sich abtrocknete. Er sang in Dickies lautem Bariton, den er nie gehört hatte, aber er war sicher, Dickie wäre zufrieden gewesen mit dem Klang.

Er kleidete sich an, zog einen seiner neuen, knitterfreien Reiseanzüge an und schlenderte hinaus in das Dämmer Palermos. Dort drüben, quer über die Plaza, stand die große, normannisch beeinflußte Kathedrale, von der er schon gelesen hatte, sie war von dem englischen Erzbischof Walter-of-the-Mill erbaut worden, das wußte er aus einem Reiseführer. Dort im Süden dann lag Syrakus, Schauplatz einer riesigen Seeschlacht zwischen den Römern und den Griechen. Und das Ohr des Dionysos. Und Taormina. Und der Ätna! Es war eine große Insel, und für ihn war sie ganz neu. Sizilien! Hochburg des Giuliano! Kolonisiert von den alten Griechen, besetzt von Normannen und Sarazenen! Morgen würde er richtig mit dem Besichtigen anfangen, aber dieser Augenblick war erhebend, dachte er, als er stehenblieb, um an dem hohen Turm der Kathedrale hinaufzustarren. Wunderbar, sich die staubigen Bögen ihrer Fassade anzusehen und daran zu denken, daß man morgen hineingehen würde, wunderbar, sich den modrigen, süßlichen Geruch im Innern vorzustellen, der von den unzähligen, in Hunderten und aber Hunderten von Jahren abgebrannten Kerzen und Weihrauchstäbchen stammte. Erwarten! Es ging ihm durch den Sinn, daß sein Erwarten stets freundlicher mit ihm umgegangen war als sein Erleben. Ob das immer so bleiben sollte? Wenn er seine einsamen Abende damit zubrachte, Dickies Sachen zu befühlen oder einfach nur die Ringe an seinen Fingern zu betrachten oder die Wollschlipse oder die schwarze Brieftasche aus Krokodilleder – war das Erleben oder Erwarten?

Hinter Sizilien lag Griechenland. Griechenland wollte er unbedingt sehen. Er wollte Griechenland sehen als Dickie Greenleaf, mit Dickies Geld, Dickies Sachen, Dickies Art Fremden gegenüber. Ob es möglich war, daß er Griechenland nicht als Dickie Greenleaf erleben konnte? Ob sich eins nach dem anderen gegen ihn erheben würde – Mord, Mißtrauen, *Menschen*? Er hatte nicht zu morden gewünscht. Es war eine Notwendigkeit gewesen. Der Gedanke, als Tom Ripley nach Griechenland zu fahren, sich über die Akropolis zu schleppen als Tom Ripley, amerikanischer Tourist, hatte nicht den geringsten Reiz für ihn. Dann führe er lieber erst gar nicht hin. Tränen traten ihm in die Augen, als er zum Kirchturm hinaufstarrte, dann wandte er sich ab und begann, eine unbekannte Straße entlangzugehen.

Am nächsten Morgen war Post für ihn da, ein dicker Brief von Marge. Tom rieb ihn prüfend zwischen Daumen und Zeigefinger, er lächelte. Es war genau das, was er erwartet hatte, ganz bestimmt, sonst wäre der Brief nicht so dick. Er las ihn zum Frühstück. Zusammen mit den frischen, noch warmen Brötchen und dem Kaffee, der ein bißchen nach Zimt schmeckte, genoß er jede einzelne Zeile. Es war alles darin, was er je hätte hoffen können, und noch mehr.

». . . Wenn Du *wirklich* nicht gewußt hast, daß ich bei Dir im Hotel war, dann heißt das nichts anderes, als daß Tom es Dir nicht gesagt hat, was nur den gleichen Schluß zuläßt. Jetzt ist es ziemlich offenkundig, daß Du ausrückst und mir nicht ins Gesicht schauen kannst. Warum gibst Du nicht zu, daß Du ohne Deinen kleinen Freund nicht leben kannst? Ich bedaure nur eins, alter Junge, daß Du nicht den Mumm hattest, mir das schon früher und *offen* zu sagen. Wofür hältst Du mich? Für eine kleinbürgerliche Hinterwäldlerin, die von solchen Sachen nichts weiß? *Du* bist derjenige, der sich kleinbürgerlich benimmt! Na, meine Strafpredigt dafür, daß Du nicht den Mut aufgebracht hast, mir alles zu sagen, wird hoffentlich Dein Gewissen ein kleines bißchen erleichtern und Dich den Kopf hochhalten lassen. Stolz kann man jedenfalls nicht gerade sein auf die Person, die Du liebst, nicht wahr? Haben wir nicht schon einmal darüber gesprochen? Nutzeffekt Nummer zwei meines Romaufenthaltes ist:

ich konnte die Polizei darüber aufklären, daß Tom Ripley sich in Deiner Begleitung befindet. Sie schienen wie verrückt nach ihm zu suchen. (Möchte wissen, warum? Was hat er jetzt angestellt?) Ich habe der Polizei ferner in meinem besten Italienisch mitgeteilt, daß Ihr beide unzertrennlich wäret und daß es mir völlig unerklärlich sei, wie sie Dich hätten finden können, ohne auch auf Tom zu stoßen.

Werde ein anderes Schiff nehmen und Ende März in die Staaten fahren, nach einem kurzen Besuch bei Käthe in München. Danach werden sich unsere Wege wohl nie wieder kreuzen. Ich bin Dir nicht böse, Dickielein. Bloß – ich hatte Dir doch eine ganze Menge mehr zugetraut.

Hab Dank für die wunderbaren Erinnerungen. Mir kommen sie schon vor wie ein Stück im Museum oder so was von Bernstein Umschlossenes, ein bißchen unwirklich, so wie Du mir gegenüber immer empfunden haben mußt.

Beste Wünsche für die Zukunft, Marge«

Uff! *Der* Apfel war ab! Ah, goldiges Mädchen! Tom faltete den Brief zusammen und steckte ihn in die Jackentasche. Er blickte auf die beiden Türen des Hotelrestaurants, automatisch hielt er nach Polizisten Ausschau. Wenn die Polizei dachte, Dickie Greenleaf und Tom Ripley reisten gemeinsam, dann müßten sie inzwischen bereits die Hotels von Palermo nach Tom Ripley abgesucht haben, überlegte er. Aber er hatte nichts dergleichen gemerkt, etwa daß die Polizei ihn beobachtet hätte oder ihm nachgestiegen wäre. Vielleicht waren sie auch schon von der ganzen Greuelgeschichte mit dem Boot abgekommen, nachdem sie keinen Zweifel mehr hatten, daß Tom Ripley lebte. Warum in aller Welt sollten sie das weiterverfolgen? Vielleicht war auch der Verdacht gegen Dickie in der Sache San Remo und im Mordfall Miles schon in alle Winde zerstoben. Vielleicht.

Er ging in sein Zimmer hinauf und fing auf Dickies Kofferschreibmaschine einen Brief an Mr. Greenleaf an. Er fing damit an, daß er sehr säuberlich und logisch die Miles-

Affäre darlegte, denn Mr. Greenleaf dürfte inzwischen ganz hübsch aufgeregt sein. Er schrieb, er habe die polizeilichen Verhöre hinter sich, und nun könnte die Polizei nach menschlichem Ermessen nur noch eins von ihm wollen, nämlich daß er Verdächtige, die sie vielleicht aufgriffen, zu identifizieren versuchte, denn diese Verdächtigen konnten ja gemeinsame Bekannte von ihm und Freddie sein.

Während er schrieb, läutete das Telephon. Eine männliche Stimme stellte sich als Tenente Sowieso von der Kriminalpolizei Palermo vor.

»Wir suchen Thomas Phelps Ripley. Ist er bei Ihnen in Ihrem Hotel?« fragte er höflich.

»Nein, er ist nicht hier.«

»Wissen Sie, wo er sich aufhält?«

»Ich denke, er ist in Rom. Ich habe ihn vor drei oder vier Tagen in Rom gesehen.«

»In Rom ist er nicht gefunden worden. Sie wissen nicht, wohin er von Rom aus gegangen sein könnte?«

»Es tut mir leid, ich habe nicht die leiseste Ahnung«, sagte Tom.

»Peccato«, seufzte die Stimme enttäuscht. »Grazie tante, signor.«

»Di niente.« Tom hängte auf und wandte sich wieder seinem Brief zu.

Die schwerfällige Prosa Dickies floß ihm jetzt leichter aus der Maschine, als seine eigenen Briefe je geflossen waren. Mit dem größten Teil des Briefes wandte er sich an Dickies Mutter, er unterrichtete sie über den Zustand seiner Garderobe, der gut sei, und seiner Gesundheit, die ebenfalls nichts zu wünschen übrigließe, und er fragte sie, ob sie das Emaille-Triptychon bekommen hätte, das er ihr von einem römischen Antiquariat aus vor ein paar Wochen geschickt hatte. Während er tippte, dachte er darüber nach, was er wohl mit Thomas Ripley machen sollte. Der Anruf war ihm sehr höflich und leidenschaftslos erschienen, aber es war nicht ratsam, sich darauf zu verlassen. Er sollte Toms Paß nicht einfach in einer Tasche seines Koffers liegenlassen, nicht einmal verpackt in einem Haufen alter Steuerunterlagen Dickies, die ihn den Blicken eines normalen Betrachters entzogen. Er sollte ihn im Futter des neuen Antilopenkoffers verstekken, beispielsweise, wo man ihn nicht sah, selbst wenn der Koffer völlig leergemacht würde, wo er aber innerhalb weniger Sekunden griffbereit war, wenn es nötig wurde. Denn es könnte eines Tages nötig werden. Es könnte eine Zeit kommen, da es gefährlicher war, Dickie Greenleaf zu sein als Tom Ripley.

Tom verschwendete den halben Vormittag auf den Brief an die Greenleafs. Er hatte das Gefühl, daß Mr. Greenleaf langsam unruhig wurde und ungeduldig mit Dickie, und das war nicht die gleiche Ungeduld, die er damals gezeigt hatte, als Tom in New York bei ihm war, jetzt war die Sache viel ernster. Tom wußte, Mr. Greenleaf sah in Dickies Umsiedlung von Mongibello nach Rom nichts als eine launische Schrulle. Toms Bemühungen, sein Malen und seine Studien in Rom als ernsthafte Arbeit darzustellen, waren ganz und gar danebengegangen. Mit einem einzigen vernichtenden Satz hatte Mr. Greenleaf das alles weggewischt: es täte ihm leid, so ungefähr hieß es, daß Dickie sich überhaupt immer noch mit der Malerei abquälte, denn mittlerweile hätte er doch einsehen müssen, daß eine schöne Gegend oder ein Tapetenwechsel allein noch keinen Maler ergäben. Auch war Mr. Greenleaf nicht sehr beeindruckt davon gewesen, daß Tom solches Interesse für die Burke-Greenleaf-Prospekte bekundete, die Mr. Greenleaf ihm geschickt hatte. Tom war noch weit entfernt von dem, was er sich für diesen Zeitpunkt errechnet hatte: daß er Mr. Greenleaf dazu gebracht hätte, ihm aus der Hand zu fressen, daß er all die frühere Nichtachtung und Gleichgültigkeit Dickies seinen Eltern gegenüber wettgemacht hätte und daß er Mr. Greenleaf um einen Zuschuß bitten könnte und ihn erhalten würde. Unmöglich konnte er Mr. Greenleaf jetzt um Geld angehen.

»Sieh Dich vor, Mutsch [schrieb er]. Paß auf diese Erkältungen auf. [Sie hatte geschrieben, daß sie in diesem Winter vier Erkältungen durchgemacht und Weihnachten im Bett zugebracht hätte, den rosa Wollschal um den Hals, den er ihr als eins seiner Weihnachtsgeschenke geschickt hatte.] Hättest Du ein Paar von diesen wunderbaren Wollstrümpfen getragen, die Du mir geschickt hast, dann hättest Du die Erkältungen nie bekommen. Ich habe mich den ganzen Winter über nicht ein einziges Mal erkältet, und das heißt etwas hier im europäischen Winter ... Mutsch, was kann ich Dir mal schicken? Ich kaufe so gern für Dich ein ...«

20

Fünf Tage vergingen, fünf ruhige, einsiedlerische, aber sehr angenehme Tage, an denen er Palermo durchstreifte, hier und da anhielt, um sich für eine Stunde oder so in ein Café oder Restaurant zu setzen und seine Reiseführer oder die Zeitungen zu lesen. An einem trüben Tage nahm er eine Carrozza und fuhr weit hinaus zum Monte Pellegrino, um das imposante Grabmal der Santa Rosalia zu besichtigen, der Schutzgöttin Palermos, dargestellt in einer berühmten Statue, von der Tom schon in Rom Bilder gesehen hatte, sie lag da in einer jener Posen erstarrter Ekstase, denen die Psychiater andere Namen geben. Tom fand das Grabmal höchst erheiternd. Kaum konnte er sein Kichern unterdrücken, als er die Statue sah: den üppigen, zurückgelehnten Frauenkörper, die tastenden Hände, die leeren Augen, die leichtgeöffneten Lippen. Es fehlte nichts, nur das Geräusch ihres keuchenden Atems. Marge fiel ihm ein. Er besichtigte einen byzantinischen Palast, die Bibliothek Palermos mit ihren Gemälden und alten, zerfressenen Handschriften in Glaskästen, und er erforschte die Hafenanlagen, die in seinem Reiseführer genauestens aufgezeichnet waren. Er zeichnete ein Gemälde von Guido Reni ab, ohne besonderen Zweck, und er lernte einen langen Ausspruch von Tasso auswendig, der als Inschrift auf einem der öffentlichen Gebäude stand. Er schrieb Briefe an Bob Delancey und an Cleo in New York, einen langen Brief an Cleo, in dem er seine Reisen beschrieb, seinen Zeitvertreib und seine mannigfachen Bekanntschaften, er schrieb mit der packenden Inbrunst eines Marco Polo, der China beschrieb.

Aber er war einsam. Es war nicht das gleiche Gefühl wie in Paris, wo er allein, aber nicht einsam war. Er hatte sich vorgestellt, daß er einen neuen, aufgeschlossenen Freundeskreis um sich scharen würde, daß er mit ihm ein neues Leben beginnen würde, ein Leben mit neuen Gedanken, Maßstäben und Gewohnheiten, ein Leben, das weit besser und sauberer war als das, welches er seit seiner Kindheit geführt hatte. Jetzt wurde ihm klar, daß das unmöglich war. Für immer würde er sich von Menschen fernhalten müssen. Andere Maßstäbe, andere Gewohnheiten konnte er haben – niemals aber den Freundeskreis. Niemals, es sei denn, er ging nach Istanbul oder nach Ceylon, und was nützten ihm Leute von dem Schlag, den er dort antreffen würde? Er war allein, und er spielte ein einsames Spiel. Natürlich, die Freundschaften, die er schlösse, wären die größte Gefahr. Und wenn er sich ganz allein auf der Welt herumtreiben müßte, um so besser: dann bestand um so weniger die Gefahr, daß man ihn entdeckte. Das war jedenfalls der eine, freundlichere Aspekt der Sache, und er fühlte sich gleich wohler, als er das bedacht hatte.

Unmerklich veränderte er sein Benehmen, damit es zu seiner Rolle als abgeklärter Beobachter des Lebens paßte. Er war weiterhin höflich und hatte ein Lächeln für jeden, für Leute, die in Restaurants seine Zeitung ausborgen wollten, für Hotelpersonal, mit dem er sprach, aber er trug seinen Kopf noch höher, und er faßte sich etwas kürzer, wenn er sprach. Es umgab ihn ein Hauch der Traurigkeit jetzt. Ihm gefiel diese Veränderung. Er hatte den Eindruck, daß er jetzt wie ein junger Mann wirkte, der eine unglückliche Liebe oder ein ähnliches seelisches Mißgeschick hinter sich hatte und der nun versuchte, sich auf kultivierte Art davon zu erholen, indem er ein paar der schönsten Winkel der Erde besuchte.

Das erinnerte ihn an Capri. Das Wetter war immer noch miserabel, aber Capri war Italien. Dieser eine Blick, den er mit Dickie damals auf Capri werfen durfte, hatte ihm nur Appetit gemacht. Jesus, war Dickie an *dem* Tage unausstehlich gewesen! Vielleicht sollte er sich Capri lieber bis zum Sommer verkneifen, dachte er, sollte bis dahin Abstand halten von der Polizei. Aber noch mehr als Griechenland und die Akropolis wünschte er sich einen unbeschwerten Ferientag auf Capri, und zum Teufel mit allem Komfort eine Zeitlang! Er hatte schon gelesen von Capri im Winter – Sturm, Regen und Einsamkeit. Aber dennoch Capri. Da waren der Sprung des Tiberius und die Blaue Grotte, die Plaza ohne Menschen, aber dennoch die Plaza, nicht ein Pflasterstein wäre anders. Er könnte sogar heute noch fahren. Mit schnelleren Schritten strebte er seinem Hotel zu. Auch die Côte d'Azur hatte durch das Fehlen der Touristen nichts eingebüßt. Vielleicht konnte er nach Capri fliegen. Er hatte mal von einer Flugverbindung Neapel–Capri gehört. Wenn das Flugzeug im Februar nicht verkehrte, konnte er es chartern. Was spielte Geld schon für eine Rolle?

»Buon' giorno! Come sta?« Er begrüßte den Mann am Empfang mit einem Lächeln.

»Ein Brief für Sie, Signor. Urgentissimo«, sagte der Mann und lächelte auch.

Der Brief kam von Dickies Bank in Neapel. Innen im Umschlag steckte noch ein zweiter Umschlag, er kam von Dickies Treuhandgesellschaft in New York. Tom las den Brief der Bank in Neapel zuerst.

10. Februar

»Sehr geehrter Herr,

von der Wendell-Treuhandgesellschaft in New York wurden wir darauf hingewiesen, daß Zweifel daran bestehen, ob Ihre Unterschrift zur Quittierung der Überweisung von $ 500,– vom Januar dieses Jahres tatsächlich Ihre eigene ist. Wir beeilen uns, Ihnen davon Mitteilung zu machen, damit wir die notwendigen Maßnahmen ergreifen können.

Wir hielten es für angezeigt, die Polizei bereits zu verständigen, aber wir erwarten auch von Ihnen noch die Bestätigung der Auffassung unseres Schriftsachverständigen und des Schriftsachverständigen der Wendell-Treuhandgesellschaft in New York. Wir sind Ihnen dankbar für jede Information, die Sie eventuell geben können, und bitten Sie dringend, sich zum frühestmöglichen Termin mit uns in Verbindung zu setzen.

Mit vorzüglicher Hochachtung
und stets zu Ihren Diensten, Emilio di Braganzi
Segretario Generale della Banca di Napoli

P. S. Falls Ihre Unterschrift wider Erwarten gültig sein sollte, bitten wir Sie, trotzdem so bald wie möglich in unserem Büro in Neapel vorzusprechen, damit Sie hier eine neue Unterschriftenprobe für unsere Kartei hinterlegen können.

Wir fügen als Anlage einen Brief bei, der von der Wendell-Treuhandgesellschaft über uns an Sie gerichtet wurde.«

Tom riß den Umschlag der Treuhandgesellschaft auf.

5. Februar

»Sehr geehrter Mr. Greenleaf,
unsere Unterschriftenabteilung hat uns mitgeteilt, daß sie Ihre Unterschrift auf der regulären Monatsanweisung vom Januar Nr. 8747 für ungültig hält. In der Annahme, daß dies aus irgendeinem Grunde Ihrer Aufmerksamkeit entgangen sein könnte, beeilen wir uns, Ihnen davon Kenntnis zu geben, damit Sie die Unterschrift auf dem besagten Scheck bzw. unsere Auffassung, daß der besagte Scheck gefälscht ist, bestätigen. Wir haben auf diese Angelegenheit auch die Bank in Neapel aufmerksam gemacht.

Beigefügt erhalten Sie eine Karte für unsere ständige Unterschriftenkartei mit der Bitte, sie zu unterzeichnen und an uns zurückzusenden.

Bitte geben Sie uns so bald wie möglich Nachricht.

Hochachtungsvoll Edward T. Cavanach, Sekretär«

Tom fuhr sich mit der Zunge über die Lippen. Er würde an beide Banken schreiben, daß ihm überhaupt kein Geld fehlte. Aber ob sie das auf die Dauer beruhigen würde? Dreimal hatte er schon quittiert, erstmals im Dezember. Wollten sie jetzt anfangen, all seine Unterschriften rückwirkend zu prüfen? Konnte ein Experte feststellen, daß alle drei Unterschriften gefälscht waren?

Tom ging in sein Zimmer hinauf und setzte sich unverzüglich an die Schreibmaschine. Er drehte einen Bogen vom Hotelbriefpapier hinein und saß einen Augenblick bewegungslos da, starrte es an. Sie würden nicht dabei stehenbleiben, dachte er. Wenn sie einen Stab von Experten hatten, die mit der Lupe die Unterschriften prüften und all das, dann wären sie sicherlich imstande, alle drei Unterschriften als Fälschungen zu entlarven. Aber es waren ganz verflucht gute Fälschungen, Tom wußte es. Die Januar-Unterschrift hatte er ja ein bißchen schnell hingesetzt, er erinnerte sich, aber schlechte Arbeit war es nicht gewesen, sonst hätte er sie niemals abgeschickt. Er hätte der Bank mitgeteilt, daß er die Anweisung verloren habe, und sie hätten ihm eine neue geschickt. Die meisten Fälschungen entdeckte man doch erst Monate später, dachte er. Wieso hatten sie diese hier innerhalb von vier Wochen gefunden? Lag das nicht einfach daran, daß sie in jedem Winkel seines Lebens herumschnüffelten seit dem Mord an Freddie Miles und der San Remo-Bootsgeschichte? Sie wünschten ihn persönlich in der Neapel-Bank zu sehen. Vielleicht kannten dort ein paar Männer Dickie Greenleaf. Eine entsetzliche, prickelnde Angst kroch ihm über den Rücken und an den Beinen hinunter. Einen Augenblick lang fühlte er sich elend und hilflos, zu schwach für die kleinste Bewegung. Er sah sich einem

Dutzend Polizisten gegenüber, italienischen und amerikanischen, sie fragten ihn, wo Dickie Greenleaf sei, und er war unfähig, ihnen Dickie Greenleaf zu liefern oder ihnen zu sagen, wo er zu finden wäre, oder zu beweisen, daß es ihn noch gab. Er sah sich dasitzen und unter den Blicken eines Dutzends von Schriftsachverständigen mit H. Richard Greenleaf unterschreiben, er sah sich plötzlich zusammenbrechen, unfähig, überhaupt zu schreiben. Er hob die Hände auf die Tasten der Schreibmaschine und zwang sich, anzufangen. Er adressierte den Brief an die Wendell-Treuhandgesellschaft AG, New York.

12. Februar

»Sehr geehrte Herren,

in Beantwortung Ihres Schreibens bezüglich meiner Januaranweisung teile ich Ihnen mit, daß ich den betreffenden Scheck selber unterzeichnet und das Geld ordnungsgemäß erhalten habe. Wenn ich den Betrag vermißt hätte, dann hätte ich Sie selbstverständlich sofort unterrichtet.

Wunschgemäß füge ich die Karte für Ihre ständige Kartei unterschrieben wieder bei.

Hochachtungsvoll H. Richard Greenleaf«

Mehrmals probierte er Dickies Namenszug auf der Rückseite des Briefumschlages von der Treuhandgesellschaft, bevor er den Brief und dann die Karte unterschrieb. Anschließend schrieb er einen ähnlichen Brief an die Bank in Neapel, er versprach, in den nächsten Tagen bei ihnen vorzusprechen und eine neue Unterschrift für ihre Kartei zu leisten. Beide Briefumschläge versah er mit dem Vermerk ›Urgentissimo‹, ging nach unten, kaufte beim Portier Briefmarken und steckte die Briefe in den Kasten.

Dann ging er spazieren. Sein Verlangen, nach Capri zu fahren, hatte sich verflüchtigt. Es war Viertel nach vier nachmittags. Ziellos lief er umher. Schließlich blieb er vor dem Schaufenster eines Antiquariats stehen und starrte minutenlang auf ein düsteres Ölgemälde mit zwei bärtigen Heiligen, die im Mondschein von einem dunklen Berge herabstiegen. Er ging hinein in den Laden und kaufte es zu dem Preise, den ihm der Mann als ersten nannte. Das Bild war noch nicht einmal gerahmt, und er trug es, zusammengerollt unter den Arm geklemmt, mit sich in sein Hotel.

21

Stazione Polizia, 83
Roma, 14. Februar

»Sehr geehrter Signor Greenleaf,

Sie werden dringend gebeten, nach Rom zurückzukehren und einige wichtige Fragen bezüglich des Thomas Ripley zu beantworten. Ihre Anwesenheit in Rom würde von uns sehr begrüßt und wäre von großem Nutzen für unsere Ermittlungen.

Sollten Sie nicht binnen einer Woche bei uns vorsprechen, wären wir gezwungen, bestimmte Maßnahmen zu ergreifen, die weder Ihnen noch uns angenehm wären.

Ihr sehr ergebener Cap. Enrico Farrara«

Sie suchten also immer noch nach Tom. Vielleicht aber bedeutete das auch, daß es im Fall Miles irgend etwas Neues gab, dachte Tom. Die Italiener pflegten einen Amerikaner nicht mit solchen Worten zu sich zu bestellen. Der letzte Absatz war eine unverhüllte Drohung. Und natürlich wußten sie inzwischen auch über den gefälschten Scheck Bescheid.

Er stand da, den Brief in der Hand, und sah sich verstört im Zimmer um. Sein Blick blieb an seinem Bild im Spiegel hängen: seine Mundwinkel zogen sich nach unten, seine Augen blickten erschrocken und verängstigt. Er sah aus, als versuchte er, die Regungen der Furcht und des Erschreckens durch seine Pose und seinen Gesichtsausdruck zu überspielen, und weil er so aussah, ganz ungewollt und echt, hatte er plötzlich noch einmal so große Angst. Er faltete den Brief zusammen und steckte ihn ein, dann holte er ihn wieder aus der Tasche hervor und zerfetzte ihn.

In fliegender Hast begann er zu packen, er riß Morgenrock und Schlafanzug vom Haken an der Badezimmertür, schmiß seine Toilettenutensilien in das Lederetui, das Dickies Monogramm trug und das Marge ihm zu Weihnachten geschenkt hatte. Plötzlich erstarrte er. Er mußte Dickies Sachen loswerden, alle. Hier? Jetzt? Sollte er sie auf dem Rückweg nach Neapel über Bord werfen?

Die Frage beantwortete sich nicht von selber, aber er wußte plötzlich, was er zu tun hatte, was er tun würde, wenn er wieder auf dem italienischen Festland wäre. Er würde nicht in die Nähe Roms kommen. Er konnte geradewegs nach Mailand oder Turin hinauffahren, vielleicht auch irgendwo in die Nähe von Venedig, dort konnte er einen Wagen kaufen, einen gebrauchten mit möglichst viel Kilometern auf dem Tacho. Er würde sagen, daß er in den letzten zwei oder drei Monaten ganz Italien durchstreift hätte. Daß man nach Thomas Ripley suchte, davon sei ihm nichts zu Ohren gekommen. Thomas Ripley.

Er packte weiter. Das war das Ende Dickie Greenleafs, das war ihm klar. Er haßte den Gedanken, wieder Thomas Ripley zu sein, haßte es, ein Niemand zu sein, haßte es, seine alten Gewohnheiten wieder anzunehmen, zu spüren, daß man wieder auf ihn herabsah, daß man sich mit ihm langweilte, es sei denn, er gab eine Schau wie ein Clown, haßte es, sich inkompetent zu fühlen und unfähig, etwas mit sich anzufangen, außer daß er andere Leute für wenige Augenblicke zu amüsieren verstand. Er haßte es, wieder in sein altes Ich zu schlüpfen, so wie er es gehaßt hätte, einen schäbigen alten Anzug wieder anzuziehen, einen fettbekleckerten, ungebügelten Anzug, der nicht einmal neu besonders gut gewesen war. Seine Tränen tropften auf Dickies blauweiß gestreiftes Hemd, das zuoberst im Koffer lag, sauber und gestärkt, es sah noch genauso neu aus wie damals, als er es zum erstenmal in Mongibello aus Dickies Schublade geholt hatte. Aber es trug in kleinen roten Buchstaben Dikkies Monogramm auf der Tasche. Während des Packens begann er trotzig diejenigen von Dickies Sachen herzuzählen, die er noch behalten konnte, weil sie kein Monogramm trugen oder weil niemandem mehr bekannt sein würde, daß sie Dickie und nicht ihm gehörten. Nur Marge würde vielleicht das eine oder andere wiedererkennen, zum Beispiel das neue Notizbuch aus blauem Leder, in das Dickie erst ein paar Adressen hineingeschrieben hatte und das er höchstwahrscheinlich von Marge bekommen hatte. Aber es lag nicht in seiner Absicht, Marge wiederzusehen.

Tom bezahlte im Hotel *Palma* seine Rechnung, aber auf das nächste Schiff zum Festland hinüber mußte er bis zum andern Tag warten. Er bestellte die Schiffskarte auf den Namen Greenleaf, und er dachte dabei, es wäre in seinem Leben wohl das letztemal, daß er eine Karte auf den Namen Greenleaf bestellte, aber andererseits – vielleicht war es auch nicht das letztemal. Er konnte sich einfach nicht von dem Gedanken trennen, das alles könnte vorübergehen. Es könnte, ja. Und allein schon deshalb war es sinnlos, zu verzweifeln. Es war sowieso sinnlos, zu verzweifeln, sogar als Tom Ripley. Tom Ripley war niemals wirklich verzweifelt gewesen, wenn er auch oft genug danach ausgesehen hatte. Hatte er denn nichts gelernt in diesen letzten Monaten? Wenn man fröhlich oder melancholisch oder sehnsüchtig oder nachdenklich oder liebenswürdig sein wollte, dann brauchte man bloß mit jeder Bewegung diese Dinge *darzustellen.*

Ein sehr erfreulicher Einfall kam ihm, als er an seinem letzten Morgen in Palermo erwachte: wenn er nun Dickies gesamte Habe unter irgendeinem Namen an den American Expreß in Venedig schickte, konnte er sie irgendwann später wieder abholen, wann immer er wollte oder mußte, er brauchte sie auch überhaupt nie abzuholen. Jetzt war ihm viel wohler, da er wußte, daß Dickies gute Hemden, sein Kästchen mit all den Manschettenknöpfen und dem Silberkettchen und der Armbanduhr in sicherem Gewahrsam sein würden und nicht auf dem Grunde des Tyrrhenischen Meeres oder in einer sizilianischen Mülltonne.

Nachdem er die Monogramme von Dickies beiden Koffern abgekratzt hatte, schickte er also die Koffer, gut verschlossen, an den American Expreß AG, Venedig, außerdem noch zwei Gemälde, die er in Palermo angefangen hatte, er schickte alles auf den Namen Robert S. Fanshaw mit der Bitte um Aufbewahrung auf Abruf. Das einzige, das einzig Verräterische, was er bei sich behielt, das waren Dickies Ringe, er steckte sie ganz unten in einen häßlichen braunen Lederbeutel, der Eigentum von Thomas Ripley war, den er jahrelang irgendwie mit sich herumgeschleppt hatte, wohin er auch immer gereist oder gezogen war, und der im übrigen mit seiner eigenen, uninteressanten Kollektion von Manschettenknöpfen, Kragenknöpfen, alten Hosenknöpfen, ein paar Schreibfedern und einer Rolle weißen Zwirns mit einer durchgesteckten Nadel angefüllt war.

Tom bestieg in Neapel einen Zug hinauf nach Rom, Florenz, Bologna und Verona, wo er ausstieg und mit dem Bus nach Trento fuhr, etwa sechzig Kilometer weiter. Er wollte den Wagen nicht in einer so großen Stadt wie Verona kaufen, weil die Polizei über seinen Namen stolpern könnte, wenn er die Zulassung beantragte, überlegte er. In Trento kaufte er einen gebrauchten, cremefarbenen Lancia für den Gegenwert von etwa achthundert Dollar. Er kaufte ihn auf den Namen Thomas Phelps Ripley, so wie sein Paß ihn auswies, und er nahm sich auf den gleichen Namen ein Hotelzimmer, um die vierundzwanzig Stunden hinter sich zu bringen, die er auf seine Zulassungsschilder warten mußte. Sechs Stunden später war noch nichts passiert. Tom hatte befürchtet, daß man sich sogar in diesem kleinen Hotel an seinen Namen erinnerte, daß auch dem Büro, das die Zulassungsanträge bearbeitete, sein Name auffallen könnte, aber am Mittag des folgenden Tages hatte er seine Schilder am Wagen, und nichts war passiert. Es stand auch nichts in der Zeitung über die Suche nach Thomas Ripley, nichts über den Fall Miles, nichts über das Boot von San Remo. Ihm war ein bißchen merkwürdig zumute, er fühlte sich ziemlich sicher und wohl und so, als wenn das alles vielleicht gar nicht wahr wäre. Er begann, sich selbst in seiner traurigen Rolle als Thomas Ripley zufrieden zu fühlen. Es machte ihm richtig Spaß, beinahe übertrieb er die alte Ripleysche Scheu vor Fremden, die Inferiorität in jedem Einziehen des Kopfes und jedem traurigen Seitenblick. Schließlich und endlich, wer, *wer* wollte behaupten, daß so ein Mensch jemals einen Mord begangen haben könnte? Und der einzige Mord, der ihm überhaupt zur Last gelegt werden konnte, war der Mord an Dickie in San Remo, und wie es aussah, kamen sie in der Sache nicht weit. Das Dasein als Tom Ripley hatte wenigstens ein Gutes: es befreite sein Gewissen von der Schuld des dummen, unnötigen Mordes an Freddie Miles.

Eigentlich wollte er direkt nach Venedig fahren, aber er überlegte sich, daß er doch wenigstens eine Nacht so verbringen sollte, wie er nach dem, was er der Polizei zu erzählen gedachte, monatelang seine Nächte verbracht hatte: auf einer Landstraße in seinem Wagen. Er ertrug eine Nacht auf dem Rücksitz des Lancia, zusammengekrümmt und elend, irgendwo in der Umgebung von Brescia. Als die Dämmerung heraufkroch, krabbelte er nach vorn, er hatte einen so schmerzend steifen Hals, daß er kaum den Kopf weit genug drehen konnte, um zu fahren, aber das machte die ganze Sache echt, dachte er, nun könnte er die Geschichte viel plastischer bringen. Er kaufte einen Reiseführer für Norditalien, schrieb überall die passenden Daten an den Rand, kniffte Ecken in seine Seiten, trampelte auf seinem Einband herum und brach ihm den Rücken, so daß er nun bei Pisa auseinanderfiel.

Die nächste Nacht verbrachte er in Venedig. Wie ein Kind hatte er Venedig bisher gemieden, nur weil er befürchtet hatte, es würde ihn enttäuschen. Nur Schwärmer und amerikanische Touristen faselten so viel von Venedig, hatte er immer gedacht, und gewiß wäre es bestenfalls eine Stadt für Hochzeitsreisende, die Freude hatten an der Unannehmlichkeit, daß man nicht anders als per Gondel mit drei Kilometern in der Stunde von der Stelle kam. Er entdeckte, daß Venedig viel größer war, als er vermutet hatte, und es war voller Italiener, die aussahen wie alle anderen Italiener auch. Er entdeckte, daß er zu Fuß durch die ganze Stadt laufen konnte, durch enge Gäßchen und über Brücken, ohne je eine Gondel zu betreten, und daß es auf den Hauptkanälen einen Linienverkehr mit Motorbooten gab, der genauso schnell und gut funktionierte wie die Untergrundbahn, und die Kanäle stanken auch gar nicht. Es gab ein riesiges Angebot an Hotels, angefangen beim *Gritti* und *Danieli,* von denen er schon gehört hatte, bis hinunter zu traulichen kleinen Hotels und Pensionen in Nebenstraßen, die so weit entfernt waren vom großen Getriebe, so abgelegen von der Welt der Polizei und der amerikanischen Touristen, daß Tom sich durchaus vorstellen konnte, wie er monatelang hier lebte, ohne daß eine Menschenseele Notiz von ihm nahm. Er wählte ein Hotel namens *Costanza*, dicht bei der Rialtobrücke, das etwa die Mitte zwischen den berühmten Luxushotels und den obskuren kleinen Herbergen in den Nebenstraßen hielt. Es war sauber, nicht teuer und entsprach allen Anforderungen. Es war genau das Hotel für Tom Ripley.

Tom brachte ein paar Stunden damit zu, in seinem Zimmer herumzuwirtschaften, seine altvertrauten Kleider auszupacken und aus dem Fenster in die Dämmerung zu träumen, die sich über den Canal Grande senkte. Er stellte sich das Gespräch vor, das er in wohl nicht allzu ferner Zukunft mit der Polizei führen würde . . . Wieso, ich habe keine Ahnung! Ich war in Rom mit ihm zusammen. Wenn Sie Zweifel daran haben, dann können Sie sich das von Miss Marjorie Sherwood bestätigen lassen . . . Selbstverständlich, ich bin Tom Ripley! (Hier würde er einmal auflachen.) Ich verstehe diese ganze Aufregung überhaupt nicht! . . . San Remo? Ja, ich erinnere mich. Wir haben das Boot nach einer Stunde wieder hingebracht ... Ja, von Mongibello aus bin ich wieder nach Rom gefahren, aber ich bin nicht länger als ein paar Nächte dort geblieben. Ich bin die ganze Zeit in Norditalien herumgezogen ... Es tut mir leid, ich habe keine Ahnung, wo er ist, aber ich habe ihn vor ungefähr drei Wochen getroffen ... Lächelnd schob Tom sich von der Fensterbank, wechselte Hemd und Krawatte für den Abend und ging aus, um ein nettes Restaurant für das Abendessen zu suchen. Ein gutes Restaurant, dachte er. Einmal konnte auch Tom Ripley sich etwas Teures leisten. Seine Brieftasche war so prall gefüllt mit langen Zehn- und Zwanzigtausendern, daß sie steif war wie ein Brett. Er hatte vor seiner Abreise aus Palermo auf Dickies Namen noch tausend Dollar abgehoben und in Lire umgewechselt.

Er kaufte zwei Abendzeitungen, klemmte sie unter den Arm und ging weiter, über eine kleine, gewölbte Brücke, durch eine lange, kaum zwei Meter breite Straße voller Läden mit Lederwaren und Herrenhemden, vorbei an Fenstern voll glitzernder Juwelenkästchen, aus denen Halsketten und Ringe quollen, so wie Tom sich immer die überquellenden Schätze in den Märchen vorgestellt hatte. Er fand es angenehm, daß es in Venedig keine Autos gab. Das machte die Stadt menschlich. Die Straßen waren wie Adern, dachte er, und die Menschen waren das Blut, das überall zirkulierte. Er ging einen anderen Weg zurück und überquerte das große Quadrat des Markusplatzes zum zweitenmal. Tauben überall, in der Luft, im Lichtschein der Geschäfte – sogar in der Nacht liefen die Tauben zwischen den Füßen der Menschen herum, als besichtigten auch sie die Stadt, ihre eigene Heimatstadt! Die Tische und Stühle der Cafés breiteten sich von den Arkaden aus über den ganzen Platz, so daß Menschen und Tauben sich über schmale Pfade zwischen ihnen hindurchschlängeln mußten, um vorbeizukommen. Aus jeder Ecke des Platzes plärrte ein Plattenspieler disharmonisch gegen die anderen an. Tom versuchte, sich den Platz im Sommer vorzustellen, im Sonnenschein, voller Menschen, die immer wieder eine Handvoll Körner in die Luft warfen für die Tauben, die darauf herniederflatterten. Er betrat eine neue, erleuchtete Straßenschlucht. Hier gab es lauter Restaurants, und er entschied sich für ein sehr solide und anständig aussehendes Lokal mit weißen Tischdecken und brauner Holztäfelung, ein Restaurant von der Art, die, das wußte er inzwischen aus Erfahrung, mehr Wert auf gutes Essen als auf die vorüberlaufenden Touristen legte. Er suchte sich einen Tisch und schlug eine der Zeitungen auf.

Und da war es, ein kleine Meldung auf der zweiten Seite:

POLIZEILICHE SUCHE NACH VERMISSTEM AMERIKANER

Dickie Greenleaf, Freund des ermordeten Freddie Miles, nach Urlaub in Sizilien verschwunden.

Tom beugte sich tief über die Zeitung, konzentrierte sich ganz darauf, und doch registrierte er, daß ein gewisser Verdruß in ihm aufstieg beim Lesen, denn es schien doch so seltsam dumm, dumm von der Polizei, daß sie so beschränkt und so untüchtig war, dumm von der Zeitung, daß sie Papier auf so was verschwendete. In der Meldung hieß es, daß H. Richard (›Dickie‹) Greenleaf, ein guter Freund des verstorbenen Frederick Miles, des vor drei Wochen in Rom ermordeten Amerikaners, verschwunden sei, nachdem er vermutlich mit dem Schiff von Palermo nach Neapel gefahren wäre. Sowohl die sizilianische als auch die römische Polizei seien mobilisiert worden und hielten eine *vigilantissimo* Suche nach ihm ab. Der letzte Absatz besagte, daß Greenleaf unmittelbar vorher von der Polizei in Rom gebeten worden sei, einige Fragen zu beantworten, die das Verschwinden von Thomas Ripley, ebenfalls ein enger Freund Greenleafs, betrafen. Ripley sei seit etwa drei Monaten verschwunden, schrieb das Blatt.

Tom ließ die Zeitung sinken, er heuchelte ganz ungewollt so hervorragend das Staunen, das jeder empfinden würde, wenn er in der Zeitung läse, er sei ›vermißt‹, daß er den Ober gar nicht bemerkte, der ihm die Speisekarte reichen wollte, bis die Karte seine Hand berührte. Der Augenblick war da, dachte er, wo er geradewegs zur Polizei gehen und sich melden müßte. Wenn dort nichts gegen ihn vorlag – und was sollte schon vorliegen gegen Tom Ripley? –, dann würden sie wohl kaum nachprüfen, wann er den Wagen gekauft hatte. Die Zeitungsmeldung war für ihn eine richtige Erleichterung, denn sie bedeutete, daß die Polizei seinen Namen tatsächlich nicht entdeckt hatte in der Zulassungsstelle für Autos in Trento.

Langsam und mit Genuß verzehrte er sein Mahl, bestellte hinterher einen Espresso und rauchte ein paar Zigaretten, während er seinen Reiseführer für Norditalien durchblätterte. Mehrere ganz verschiedene Überlegungen hatte er inzwischen angestellt. Zum Beispiel: wieso mußte er eine so kleine Zeitungsmeldung überhaupt gesehen haben? Und sie stand nur in einer Zeitung. Nein, er brauchte nicht zu Polizei zu gehen, ehe er nicht zwei oder drei derartige Meldungen gesehen hatte, oder eine große, die er beim besten Willen nicht hätte übersehen können. Wahrscheinlich würden sie bald mit einer Schlagzeile herauskommen: wenn ein paar Tage vergingen und Dickie Greenleaf noch immer nicht auftauchte, dann würden sie den Verdacht schöpfen, er hielte sich verborgen, weil er Freddie Miles ermordet hätte und möglicherweise auch noch Thomas Ripley dazu. Marge mochte der Polizei erzählt haben, daß sie vor zwei Wochen in Rom mit Tom Ripley gesprochen hätte, aber gesehen hatte die Polizei ihn nicht. Er blätterte in dem Reiseführer, ließ seine Augen über die farblose Prosa und die Statistiken gleiten und überlegte weiter.

Er dachte an Marge, die jetzt wahrscheinlich in Mongibello ihren Haushalt auflöste und alles einpackte für Amerika. Sie wußte sicher aus der Presse vom Verschwinden Dickies, und Marge würde ihm die Schuld geben, das wußte Tom. Sie würde an Dickies Vater schreiben, Tom Ripley übe einen niederträchtigen Einfluß aus, das war das allermindeste. Mr. Greenleaf mochte sich sogar dazu entschließen, herüberzukommen.

Wie schade, daß er nicht als Tom Ripley vor sie hintreten und sie in dieser Hinsicht beruhigen konnte, um sich dann als Dickie Greenleaf zu präsentieren, gesund und munter, damit er auch dieses kleine Geheimnis aufgeklärt hätte!

Er könnte eigentlich Tom ein bißchen mehr hervorkehren, dachte er. Er könnte noch etwas krummer gehen, er könnte schüchterner sein denn je, er könnte sogar eine Hornbrille tragen und seinen Mund noch trauriger und matter hängen lassen, damit es von Dickies Straffheit abstach. Denn es konnte sein, daß von den Polizisten, mit denen er sprechen müßte, einige ihn schon als Dickie Greenleaf erlebt hatten. Wie hieß doch der in Rom? Rovassini? Tom beschloß, sein Haar noch einmal in einer stärkeren Hennalösung zu spülen, damit es noch dunkler würde, dunkler, als sein Haar normalerweise war.

Zum drittenmal sah er alle Zeitungen durch nach irgend etwas zum Fall Miles. Nichts.

22

Am anderen Morgen stand ein langer Artikel in der größten Zeitung. Von dem vermißten Tom Ripley war nur in einem ganz kleinen Absatz die Rede, dafür schrieb das Blatt kühn, Dickie Greenleaf ›setze sich selber dem Verdacht der Mittäterschaft‹ an dem Miles-Mord aus und man müsse annehmen, er weiche der ›Frage‹ aus, solange er sich nicht gestellt habe, um sich von dem Verdacht zu reinigen. Die Zeitung erwähnte auch den gefälschten Scheck. Sie schrieb, die letzte Nachricht von Richard Greenleaf sei sein Brief an die Bank in Neapel gewesen, in dem er bestätigte, es seien keine Fälschungen gegen ihn begangen worden. Aber von den drei Experten in Neapel hätten zwei erklärt, daß ihrer Meinung

nach die Januar- und Februarunterschriften Signor Greenleafs gefälscht seien, womit sie sich in Übereinstimmung
befänden mit der amerikanischen Bank Signor Greenleafs,
die Faksimiles seiner Unterschriften nach Neapel geschickt
hätte. Das Blatt schloß leicht scherzhaft: ›Kann ein Mensch
gegen sich selber eine Fälschung begehen? Oder deckt der
reiche Amerikaner einen seiner Freunde?‹

Hol sie der Teufel, dachte Tom. Dickies Handschrift
hatte sich oft genug geändert: er hatte sie gesehen auf einer
Versicherungspolice zwischen Dickies Papieren, und er hatte
sie in Mongibello gesehen, direkt vor seiner Nase. Sollten sie
doch alles ausgraben, was er in den letzten drei Monaten
unterschrieben hatte, sollten sie sehen, wohin sie damit kamen! Es war ihnen anscheinend gar nicht aufgefallen, daß
die Unterschrift unter seinem Brief aus Palermo ebenfalls
eine Fälschung war.

Das einzige, was ihn wirklich interessierte, war, ob die Polizei irgend etwas herausgefunden hatte, was Dickie in der
Mordaffäre Miles tatsächlich belastete. Und daß ihn dies
innerlich wirklich interessierte, hätte er auch nicht einmal
sagen können. Er kaufte an einem Zeitungskiosk auf dem
Markusplatz *Oggi* und *Epoca*. Das waren kleinformatige
Wochenzeitungen voller Photos, voller Skandalgeschichten
vom Mord bis zum Hungerstreik, alles Sensationelle, was irgendwo passiert war. Sie brachten noch nichts über den ver-
schwundenen Dickie Greenleaf. Vielleicht nächste Woche,
dachte Tom. Aber jedenfalls konnten sie keinerlei Photos
von ihm bringen. Marge hatte in Mongibello Bilder von Dikkie aufgenommen, aber von ihm hatte sie nie eins gemacht.

An diesem Vormittag kaufte er sich bei seinem Rundgang
durch die Stadt in einem Laden, der Spielzeug und Krims-
krams für Witzbolde feilhielt, eine Brille. In der Fassung
saß einfaches Fensterglas. Er besichtigte die St. Markus-Kathedrale und sah sich innen alles an, ohne das geringste
wahrzunehmen, aber das lag nicht an der Brille. Er dachte
daran, daß er sich zu erkennen geben müßte, unverzüglich.

Es würde nur immer schlechter für ihn aussehen, egal, was noch passierte, je länger er es hinausschob. Als er aus der Kirche trat, erkundigte er sich bei einem Polizisten nach dem nächstgelegenen Polizeirevier. Seine Frage klang traurig. Er war traurig. Er hatte keine Angst, aber er spürte, wenn er sich jetzt als Thomas Phelps Ripley identifizierte, dann beging er damit eine der betrüblichsten Handlungen, die er je in seinem Leben begangen hatte.

»*Sie* sind Thomas Ripley?« fragte der Polizeihauptmann, er zeigte nicht mehr Anteilnahme, als wäre Tom ein Hund, der entlaufen und nun wiedergefunden war. »Darf ich Ihren Paß sehen?«

Tom reichte ihm den Paß. »Ich weiß nicht, was los ist, aber als ich in den Zeitungen gesehen habe, daß man mich für vermißt hält...« Es war alles langweilig, langweilig, genau wie er vorausgesehen hatte. Polizisten standen herum mit leeren Gesichtern und starrten ihn an. »Was soll jetzt geschehen?« fragte Tom den Offizier.

»Ich werde mit Rom sprechen«, antwortete der Offizier seelenruhig und griff nach dem Telephon auf seinem Schreibtisch.

Ein paar Minuten mußte er auf die Verbindung warten, und dann meldete der Offizier mit dienstlicher Stimme irgend jemandem in Rom, daß der Amerikaner Thomas Ripley in Venedig sei. Weitere belanglose Dialoge, dann sagte der Offizier zu Tom: »Man hätte Sie gerne in Rom gesprochen. Können Sie heute nach Rom fahren?«

Tom runzelte die Stirn. »Ich hatte nicht vor, nach Rom zu fahren.«

»Ich werde es ihnen sagen«, meinte der Offizier milde und sprach wieder in das Telephon.

Nun arrangierte er es, daß die Polizei Roms zu Tom kam. Einem amerikanischen Staatsbürger kamen doch gewisse Privilegien zu, vermutete Tom.

»In welchem Hotel wohnen Sie?« fragte der Offizier.

»Im *Costanza*.«

Der Offizier gab diese Auskunft an Rom weiter. Dann hing er auf und teilte Tom höflich mit, daß ein Vertreter der römischen Polizei heute abend nach acht in Venedig sein würde, um sich mit ihm zu unterhalten.

»Danke«, sagte Tom. Er wandte dem traurigen Anblick des Offiziers, der ein Formular ausfüllte, den Rücken. Es war eine sehr langweilige kleine Szene gewesen.

Den Rest des Tages verbrachte Tom in seinem Hotelzimmer, in aller Ruhe dachte er nach, las und nahm noch ein paar kleine Veränderungen an seiner Erscheinung vor. Er hielt es für durchaus möglich, daß sie den gleichen Mann herschicken würden, der in Rom mit ihm gesprochen hatte, Tenente Rovassini oder wie er hieß. Tom färbte seine Augenbrauen mit einem Bleistift eine Spur dunkler. Er fläzte sich den ganzen Nachmittag in seinem braunen Tweedanzug herum, und er riß sogar einen Knopf vom Jackett ab. Dickie war ein ziemlich ordentlicher Mensch gewesen, also würde Tom Ripley im Gegensatz dazu auffallend liederlich sein. Er aß nicht zu Mittag, er hätte sowieso nichts gemocht, aber er wollte auch jetzt noch versuchen, die paar Pfunde abzutrainieren, die er für die Rolle als Dickie Greenleaf angefuttert hatte. Er wollte sich noch dünner machen, als er je zuvor als Tom Ripley gewesen war. In seinem Paß war sein Gewicht mit hundertfünfundfünfzig angegeben. Dickie wog hundertachtundsechzig, aber sie hatten beide die gleiche Größe, einssechsundachtzig.

Abends um halb neun klingelte sein Telephon, und die Zentrale teilte ihm mit, daß Tenente Roverini unten sei.

»Würden Sie ihn bitte heraufschicken?« sagte Tom.

Tom ging zu dem Sessel, in dem er zu sitzen beabsichtigte, und zog ihn noch ein Stückchen weiter aus dem Lichtkreis, den die Stehlampe warf. Das Zimmer war so hergerichtet, daß es aussah, als hätte er die letzten Stunden hindurch gelesen und die Zeit totgeschlagen – die Stehlampe und eine winzige Leselampe brannten, die Steppdecke war nicht ganz glatt, ein paar Bücher lagen aufgeschlagen herum, und er hatte sogar einen angefangenen Brief auf dem Schreibtisch liegen, einen Brief an Tante Dottie.

Der Tenente klopfte.

Mit schleppenden Bewegungen öffnete Tom die Tür. »Buona sera!«

»Buona sera. Tenente Roverini della Polizia Romana.«

Das einfache, lächelnde Gesicht des Tenente sah nicht im geringsten überrascht oder mißtrauisch aus. Hinter ihm trat ein anderer großer, schweigsamer junger Polizeioffizier ins Zimmer ... nein, kein anderer, erkannte Tom plötzlich, sondern derselbe, der den Tenente begleitet hatte, als Tom Roverini zum erstenmal in der Wohnung in Rom gestroffen hatte. Der Offizier setzte sich in den Sessel, den Tom ihm anbot, unter der Lampe. »Sie sind mit Signor Richard Greenleaf befreundet?« fragte er.

»Ja.« Tom setzte sich in den anderen Sessel, einen Lehnsessel, in den er sich ganz hineinkauern konnte.

»Wann und wo haben Sie ihn zum letztenmal gesehen?«

»Ich traf ihn kurz in Rom, gerade bevor er nach Sizilien ging.«

»Und haben Sie etwas von ihm gehört, als er in Sizilien war?«

Der Tenente schrieb alles in das Notizbuch, das er aus seiner braunen Aktentasche geholt hatte.

»Nein, ich habe nichts von ihm gehört.«

»Ha–hm«, machte der Tenente. Er verwandte mehr Zeit darauf, sich seine Papiere anzusehen, als Tom zu betrachten. Schließlich sah er mit freundlichem, interessiertem Blick auf. »Haben Sie, als Sie in Rom waren, nicht gewußt, daß die Polizei Sie zu sprechen wünschte?«

»Nein, das habe ich nicht gewußt. Ich kann gar nicht verstehen, weshalb man von mir sagt, ich wäre vermißt.« Er rückte seine Brille zurecht und blickte den Mann scharf an.

»Darauf kommen wir noch. Signor Greenleaf hat Ihnen in Rom nicht gesagt, daß die Polizei Sie zu sprechen wünscht?«

»Nein.«

»Eigenartig«, murmelte er und machte sich noch einen Vermerk. »Signor Greenleaf wußte, daß wir Sie sprechen wollten. Signor Greenleaf ist nicht sehr hilfsbereit.« Er lächelte Tom zu.

Toms Gesicht blieb ernst und aufmerksam.

»Signor Ripley, wo sind Sie gewesen seit Ende November?«

»Ich bin herumgereist. Vor allem in Norditalien.« Tom machte sein Italienisch plump, hier und da mit einem Fehler und mit einem völlig anderen Rhythmus als Dickies Italienisch.

»Wo?« Der Tenente griff wieder zur Feder.

»Mailand, Turin, Faenza, . . . Pisa –«

»Wir haben in den Hotels von Mailand und Faenza zum Beispiel nachgeforscht. Haben Sie die ganze Zeit bei Freunden gewohnt?«

»Nein, ich . . . ich habe sehr oft in meinem Wagen übernachtet.« Das sah doch jeder, daß er nicht im Gelde schwamm, dachte Tom, und auch, daß er einer von diesen jungen Leuten war, die sich viel lieber mit einem Reiseführer und einem Band Silone oder Dante durchschlugen, als daß sie in so ein feines Hotel gingen. »Es tut mir leid, daß ich es versäumt habe, mein *permiso di soggiorno* erneuern zu lassen«, sagte Tom zerknirscht. »Ich wußte gar nicht, daß das eine so bedeutende Sache ist.« Aber er wußte genau, daß sich Touristen in Italien fast nie die Mühe machten, ihr *soggiorno* zu erneuern, und daß sie monatelang blieben, obwohl sie bei der Einreise erklärt hatten, nur ein paar Wochen bleiben zu wollen.

»*Permesso di soggiorno*«, verbesserte der Tenente in freundlichem, fast väterlichem Ton.

»Grazie.«

»Darf ich Ihren Paß einmal sehen?«

Tom holte ihn aus der Brusttasche seines Jacketts hervor. Der Tenente studierte das Photo genau, während Tom den etwas ängstlichen Gesichtsausdruck, den leichtgeöffneten Mund des Paßphotos vorwies. Auf dem Photo fehlte zwar die Brille, aber sein Haar war genauso gescheitelt, und sein Schlips war zu dem gleichen losen, dreieckigen Knoten gebunden. Der Tenente blickte auf die paar Einreisestempel, die die erste Seite des Passes nur teilweise füllten.

»Sie sind seit dem zweiten Oktober in Italien, abgesehen von der kurzen Frankreichreise mit Signor Greenleaf?«

»Ja.«

Der Tenente lächelte, ein nettes italienisches Lächeln jetzt, und stützte sich vornübergeneigt auf seine Knie. »Ebbene, damit ist eine wichtige Sache erledigt – das Geheimnis des San Remo-Bootes.«

Tom runzelte die Stirn. »Was ist das denn?«

»Man hat dort ein versenktes Boot gefunden mit Flecken, die man für Blutflecke hielt. Naturgemäß, da Sie vermißt waren, soweit uns bekannt war, unmittelbar im Anschluß an San Remo . . .« Er warf die Hände in die Luft und lachte. »Wir hielten es für ratsam, Signor Greenleaf danach zu fragen, was aus Ihnen geworden ist. Was wir auch getan haben. Das Boot ging am gleichen Tage verloren, an dem Sie beide in San Remo waren.« Wieder lachte er.

Tom tat, als sähe er nicht, was daran so witzig wäre. »Aber hat Ihnen denn Signor Greenleaf nicht gesagt, daß ich von San Remo aus nach Mongibello gefahren bin? Ich habe einige . . .«, er suchte nach dem passenden Wort, ». . . einige kleine Arbeiten für ihn erledigt.«

»Benone!« sagte der Tenente Roverini lächelnd. Er schob sich seinen Mantel mit den Messingknöpfen bequemer zurecht und rieb sich mit einem Finger den krausen, buschigen Schnurrbart. »Haben Sie auch Fred-derick Mie-lais gekannt?« fragte er.

Tom seufzte auf, ganz unbeabsichtigt, weil die Bootsgeschichte anscheinend damit erledigt war. »Nein. Ich habe ihn nur einmal gesehen, als er in Mongibello aus dem Bus stieg. Dann haben wir uns nie wieder getroffen.«

»Aha«, sagte der Tenente und hielt das fest. Er schwieg eine Minute lang, gerade als wären ihm die Fragen ausge-

gangen, dann lächelte er. »Ach, Mongibello! Ein wunder-
hübsches Dorf, nicht wahr? Meine Frau stammt aus Mongibello.«

»Ach, nicht möglich!« sagte Tom freundlich.

»Si. Meine Frau und ich haben dort die Flitterwochen
verlebt.«

»Ein sehr schöner Ort«, sagte Tom. »Grazie.« Er nahm
die Nazionale, die der Tenente ihm anbot. Tom dachte, dies
wäre vielleicht ein höflich-italienisches Zwischenspiel, eine
Pause zwischen zwei Runden. Gewiß würden sie noch zu
Dickies Privatleben kommen, zu den gefälschten Schecks
und alldem. Ernsthaft fragte Tom in seinem mühseligen Italienisch: »Ich habe in einer Zeitung gelesen, daß die Polizei
meint, Signor Greenleaf könnte des Mordes an Frederick
Miles schuldig sein, wenn er sich nicht meldete. Stimmt das,
glauben Sie, daß er schuldig ist?«

»Oh – no, no, no!« Der Tenente protestierte. »Aber es
ist unerläßlich, daß er sich meldet! Warum versteckt er sich
vor uns?«

»Ich weiß es nicht. Wie Sie schon sagten – er ist nicht sehr
hilfsbereit«, erläuterte Tom gemessen. »Er war nicht hilfsbereit genug, mir in Rom zu sagen, daß die Polizei mich zu sprechen wünschte. Aber trotzdem . . . ich kann nicht glauben, daß
er Freddie Miles umgebracht hat, daß das möglich wäre.«

»*Aber* – sehen Sie, ein Mann hat in Rom ausgesagt, daß er
zwei Männer neben dem Wagen von Signor Mie-lais gegenüber dem Haus von Signor Greenleaf hat stehen sehen, und
daß beide betrunken waren oder . . .«, er machte eine Kunstpause und sah Tom an – »daß der eine Mann vielleicht tot war,
denn der andere hielt ihn neben dem Wagen aufrecht! Natürlich, wir können nicht behaupten, daß der Mann, der gestützt
wurde, Signor Mie-lais oder auch Signor Greenleaf war«,
fügte er hinzu, »aber wenn wir Signor Greenleaf finden könnten, dann könnten wir ihn wenigstens fragen, ob er so betrunken gewesen ist, daß Signor Mie-lais ihn stützen mußte!« Er
lachte. »Ja, es ist eine sehr ernste Angelegenheit.«

»Ja, das sehe ich ein.«

»Sie haben absolut keine Vorstellung, wo Signor Greenleaf sich im Augenblick aufhalten könnte?«

»Nein, absolut keine.«

Der Tenente dachte nach. »Signor Greenleaf und Signor Mie-lais hatten nicht vielleicht einen Streit, von dem Sie wüßten?«

»Nein. Allerdings . . .«

»Allerdings?«

Tom fuhr ganz langsam fort, er machte es genau richtig. »Ich weiß, daß Dickie nicht zu der Skigesellschaft gefahren ist, zu der Freddie Miles ihn eingeladen hatte. Ich weiß noch, ich war sehr erstaunt, daß er nicht hingefahren ist. Er hat mir nicht gesagt, warum.«

»Ich weiß Bescheid über die Skigesellschaft. In Cortina d'Ampezzo. Sind Sie sicher, daß keine Frau im Spiel war?«

Toms Sinn für Humor regte sich, aber er gab vor, gründlich über diese Frage nachzudenken. »Ich glaube nicht.«

»Was ist mit diesem Mädchen, Marjorie Sherwood?«

»*Möglich* ist es schon«, sagte Tom, »aber ich glaube es nicht. Ich bin vielleicht nicht der richtige Mann für Auskünfte über Signor Greenleafs Privatleben.«

»Hat Signor Greenleaf nie mit Ihnen über seine Herzensangelegenheiten gesprochen?« fragte der Tenente mit dem Erstaunen des Romanen.

Er konnte sie auf dieser Spur ins Uferlose schicken, dachte Tom. Marge würde ihm Schützenhilfe leisten, allein durch ihre Gefühlsausbrüche, mit denen sie auf Fragen nach Dickie reagieren würde, und die italienische Polizei würde dem Liebesleben Signor Greenleafs niemals auf den Grund kommen. Nicht einmal ihm selber war das gelungen! »Nein!« sagte Tom. »Ich kann nicht behaupten, daß Dickie jemals mit mir über sein intimes Privatleben gesprochen hätte. Ich weiß, daß er Marjorie sehr gern hat.« Und er fügte hinzu: »Sie kannte auch Freddie Miles.«

»Wie gut hat sie ihn gekannt?«

»Nun . . .«, Tom tat, als könnte er mehr sagen, wenn er wollte.

Der Tenente beugte sich vor. »Sie haben ja eine Zeitlang bei Signor Greenleaf gewohnt in Mongibello, vielleicht sind Sie in der Lage, uns etwas über Signor Greenleafs Privatleben ganz allgemein zu sagen. Für uns wäre das von großer Bedeutung.«

»Warum sprechen Sie nicht mit Signorina Sherwood?« schlug Tom vor.

»Wir haben in Rom mit ihr gesprochen – bevor Signor Greenleaf verschwand. Ich habe dafür gesorgt, daß wir uns noch einmal mit ihr unterhalten können, wenn sie nach Genua kommt, um das Schiff nach Amerika zu nehmen. Jetzt ist sie in München.«

Tom schwieg und wartete. Der Tenente wartete seinerseits, daß er noch etwas beisteuerte. Tom fühlte sich jetzt richtig gemütlich. Es verlief alles so, wie er es in Augenblicken des größten Optimismus erhofft hatte: Die Polizei hatte nicht das mindeste gegen ihn, sie hatte keinerlei Verdacht gegen ihn. Tom fühlte sich plötzlich schuldlos und stark, so frei von Schuld wie sein alter Koffer, von dem er mit großer Sorgfalt den *Deponimento*-Aufkleber der Gepäckaufbewahrung von Palermo abgescheuert hatte. Er sagte auf seine ernste, vorsichtige Ripley-Art: »Ich erinnere mich, daß Marjorie in Mongibello eine Zeitlang gesagt hatte, sie führe *nicht* nach Cortina, und daß sie später dann ihren Entschluß änderte. Warum, das weiß ich allerdings nicht. Wenn das irgendeine Bedeutung hat . . .«

»Aber sie *ist* doch nicht nach Cortina gefahren.«

»Nein, aber nur deshalb nicht, weil Signor Greenleaf nicht gefahren ist, glaube ich. Jedenfalls hat Signorina Sherwood ihn wohl so gern, daß sie nicht allein auf eine Reise gehen würde, die sie gemeinsam mit ihm hatte machen wollen.«

»Glauben Sie, daß sie sich gestritten haben – Signor Mielais und Signor Greenleaf, über Signorina Sherwood?«

»Das kann ich nicht sagen. Möglich ist es. Ich weiß, daß auch Signor Miles sie sehr gern hatte.«

»Ah–ha.« Der Tenente legte die Stirn in Falten und mühte sich, aus all dem schlau zu werden. Er sandte einen Blick hinauf zu dem jüngeren Polizisten, der ganz offensichtlich zuhörte, der aber, seiner unbeweglichen Miene nach zu urteilen, nichts dazu zu bemerken hatte.

Was er gesagt hatte, überlegte Tom, das ließ Dickie als einen eifersüchtigen Liebhaber erscheinen, der nicht gewillt war, Marge nach Cortina fahren und sich ein bißchen amüsieren zu lassen, weil sie Freddie Miles zu gern mochte. Die Vorstellung, irgend jemand, Marge insbesondere, sollte diesen glotzäugigen Ochsen mehr lieben als Dickie, machte Tom lächeln. Er wandelte das Lächeln um in die Miene des Nichtbegreifenkönnens. »Glauben Sie tatsächlich, Dickie liefe vor irgend etwas davon, oder halten Sie es für Zufall, daß Sie ihn nicht finden können?«

»O nein. Dafür ist es doch zuviel. Erstens die Sache mit den Unterschriften. Vielleicht wissen Sie etwas darüber aus den Zeitungen.«

»Das mit den Unterschriften habe ich nicht ganz begriffen.«

Der Offizier erklärte es ihm. Er wußte genau die Daten der Schecks und die Anzahl der Leute, die sie für gefälscht hielten. Er erklärte, daß Signor Greenleaf die Frage, ob es Fälschungen seien, verneint habe. »Aber wenn ihn dann die Bank wegen einer gegen ihn begangenen Fälschung zu sich bestellt, und wenn auch die Polizei ihn wegen der Ermordung seines Freundes nach Rom vorlädt, und er verschwindet plötzlich spurlos . . .« Der Tenente riß die Arme hoch. »Das kann doch nur bedeuten, daß er vor uns davonläuft!«

»Sie sind nicht der Meinung, daß man *ihn* ermordet haben könnte?« fragte Tom sanft.

Der Offizier zuckte die Achseln, seine Schultern verharrten mindestens eine Viertelminute hochgezogen an den Ohrläppchen. »Das glaube ich nicht. Die Tatsachen sprechen nicht dafür. Nicht ganz. Ebbene – wir haben per Funk auf jedem nicht ganz kleinen Schiff angefragt, das mit Passagieren an Bord Italien verlassen hat. Er hat entweder ein kleines Boot genommen, und es müßte dann so klein gewesen sein wie ein Fischerboot, oder aber er versteckt sich in Italien. Oder selbstverständlich auch irgendwo im übrigen Europa, denn wir halten gewöhnlich nicht die Namen der Leute fest, die unser Land verlassen, und Signor Greenleaf hatte mehrere Tage Zeit, unser Land zu verlassen. Auf jeden Fall aber versteckt er sich. Auf jeden Fall handelt er verdächtig. Irgend etwas *ist* nicht in Ordnung.«

Tom starrte den Mann mit feierlichem Ernst an.

»Haben Sie je *gesehen,* wie Signor Greenleaf eine von diesen Anweisungen unterschrieb? Insbesondere die Anweisungen für Januar und Februar?«

»Ich habe ihn eine unterschreiben sehen«, sagte Tom, »aber das war leider im Dezember. Im Januar und Februar war ich nicht mit ihm zusammen. – Haben Sie allen Ernstes den Verdacht, daß er Signor Miles ermordet haben könnte?« fragte Tom noch einmal ganz fassungslos.

»Er hat im Grunde kein Alibi«, erwiderte der Offizier. »Er sagt, er hätte einen Spaziergang gemacht, nachdem Signor Mie-lais gegangen war, aber niemand hat ihn spazierengehen sehen.« Urplötzlich stieß sein Zeigefinger gegen Toms Brust vor. »*Und* – von dem Freund des Signor Mie-lais, von Signor Van Houston haben wir erfahren, daß es Signor Mie-lais durchaus nicht leichtgefallen ist, Signor Greenleaf in Rom ausfindig zu machen – gerade als wollte Signor Greenleaf sich vor ihm verstecken. Vielleicht war Signor Greenleaf böse auf Signor Mie-lais, allerdings war, nach Aussage von Signor Van Houston, Signor Mie-lais durchaus nicht böse auf Signor Greenleaf!«

»Ich verstehe«, sagte Tom.

»Ecco . . .«, sagte der Tenente abschließend. Sein Blick war starr auf Toms Hände gerichtet.

Wenigstens bildete Tom sich ein, daß dieser Blick starr auf seinen Händen ruhte. Tom trug wieder seinen eigenen

Ring, aber ob der Tenente nicht vielleicht doch irgendein Merkmal an den Händen wiedererkennen könnte? Kühn streckte Tom seine Hand zum Aschenbecher aus und zerdrückte den Stummel.

»Ebbene«, sagte der Tenente und stand auf. »Recht vielen Dank für Ihre Unterstützung, Signor Ripley. Sie sind einer der sehr wenigen Menschen, von denen wir etwas über Signor Greenleafs Privatleben erfahren können. Die Leute, die zu seinem Bekanntenkreis in Mongibello gehörten, sind äußerst schweigsam. Ein italienischer Charakterzug, was wollen Sie machen! Sie wissen schon, die Angst vor der Polizei.« Er kicherte. »Ich hoffe, wir können Sie ein bißchen bequemer erreichen beim nächstenmal, wenn wir Sie etwas fragen möchten. Halten Sie sich doch ein bißchen mehr in den Städten auf und etwas weniger draußen auf dem Lande. Es sei denn, Sie haben sich unseren Feldern verschrieben, dann natürlich.«

»Das habe ich!« sagte Tom herzlich. »Meiner Meinung nach ist Italien das schönste Land Europas. Aber ich will gern mit Ihnen in Kontakt bleiben, wenn Sie möchten, und Sie immer wissen lassen, wo ich mich aufhalte. Ich bin genauso sehr daran interessiert wie Sie, daß mein Freund gefunden wird.« Er sagte es, als wäre seinem unschuldsvollen Geiste bereits völlig entfallen, daß Dickie möglicherweise ein Mörder war.

Der Tenente reichte ihm eine Karte mit seinem Namen und der Adresse seines Büros in Rom. Er verbeugte sich. »Grazie tante, Signor Ripley! Buona sera!«

»Buona sera«, sagte Tom.

Der jüngere Polizist legte grüßend die Hand an die Schläfe, als er hinausging, und Tom nickte ihm zu und schloß die Tür hinter ihm.

Er hätte fliegen können – fliegen wie ein Vogel, zum Fenster hinaus mit ausgebreiteten Armen! Die Idioten! Rannten immer schön im Kreis drumherum, kamen nie darauf! Kamen nie darauf, daß Dickie vor dem Verhör zur

Scheckfälschung davonlief, weil er zunächst einmal überhaupt nicht Dickie Greenleaf war! Das einzige, was sie erfaßt hatten, war, daß Dickie Greenleaf Freddie Miles ermordet haben könnte. Aber Dickie Greenleaf war tot, tot, mausetot, und er, Tom Ripley, war außer Gefahr! Er hob den Telephonhörer ab.

»Bitte geben Sie mir das *Grand-Hotel*«, sagte er in Tom Ripleys Italienisch. »Il ristorante, per piacere ... Würden Sie mir bitte für halb zehn einen Tisch reservieren? Danke. Auf den Namen Ripley. R–i–p–l–e–y.«

Heute abend würde er groß essen gehen. Und auf den mondbeschienenen Canal Grande hinausblicken. Und den Gondolas zuschauen, die gemächlich dahinglitten, so wie sie seit eh und je für verliebte Paare dahingeglitten waren mit ihren Gondolieres und Rudern, deren dunkle Umrisse sich gegen das im Mondlicht glitzernde Wasser abhoben. Plötzlich verspürte er nagenden Hunger. Er wollte etwas Köstliches, etwas Teures essen – die Spezialität des *Grand-Hotels,* was es auch sein mochte, Fasanenbrust oder *petto di pollo,* vorher vielleicht *cannellonis,* sahnige Soße über delikater *pasta,* und einen guten Valpolicella würde er trinken und dabei von seiner Zukunft träumen und Pläne schmieden, wohin er von hier aus gehen sollte.

Als er sich umzog, kam ihm eine glänzende Idee: er müßte einen Briefumschlag besitzen, auf dem stünde, er dürfte nicht vor Ablauf von einigen Monaten geöffnet werden. Darin müßte sich ein von Dickie unterzeichnetes Testament befinden, mit dem Dickie ihm sein Einkommen und sein Vermögen vermachte. Na, wenn das keine Idee war!

23

Venedig, 28. Februar

»Lieber Mr. Greenleaf,

ich darf annehmen, daß Sie es unter den gegebenen Umständen nicht übelnehmen werden, wenn ich Ihnen all das schreibe, was mir aus Dickies Privatleben noch bekannt ist – ich, der anscheinend einer der letzten war, die Dickie gesehen haben. Ich habe ihn um den zweiten Februar herum in Rom im Hotel *Inghilterra* getroffen. Wie Sie ja wissen, war das nur zwei oder drei Tage nach dem Tode von Freddie Miles. Ich fand einen erregten und nervösen Dickie vor. Er sagte, er wollte nach Palermo fahren, sowie die Polizei damit fertig wäre, ihn wegen Freddies Tod zu verhören, und er schien es eilig zu haben, wegzukommen, was ja verständlich war, aber ich wollte Ihnen doch sagen, daß hinter dem allem eine gewisse Bedrückung zu spüren war, die mich weit mehr beunruhigte als seine erklärliche Nervosität. Ich hatte das Gefühl, er sei drauf und dran, irgend etwas Unüberlegtes zu tun – vielleicht sich selbst etwas anzutun. Ich wußte auch, daß er seine Freundin Marjorie Sherwood nicht wiedersehen wollte, und er sagte, er wolle ihr nach Möglichkeit aus dem Wege gehen, wenn sie wegen der Miles-Affäre aus Mongibello nach Rom käme, um ihn zu besuchen. Ich habe mich sehr bemüht, ihn zu überreden, daß er sich mit ihr traf. Ich weiß nicht, ob er es getan hat. Marge wirkt beruhigend auf Menschen, wie Sie vielleicht wissen werden.

Was ich damit sagen will, ist, daß sich Richard meinem Gefühl nach umgebracht haben könnte. Jetzt, da ich dies schreibe, ist er noch nicht gefunden worden. Ich hoffe inständig, daß man ihn findet, noch ehe Sie diese Zeilen lesen. Es versteht sich von selbst, daß ich der Überzeugung bin, Richard habe weder direkt noch indirekt mit Freddies Tod etwas zu tun, ich glaube aber, der Schock, den ihm dieser Vorfall und die nachfolgenden Vernehmungen versetzt haben, hat ihn ziemlich aus der Bahn geworfen. Es ist nicht gerade erfreulich, was ich Ihnen da schreiben muß, und ich bedaure es sehr. Vielleicht ist das alles gänzlich unnötig, vielleicht verbirgt Dickie sich nur (auch das würde durchaus zu seinem Wesen passen), bis all diese Unerfreulichkeiten vorbei sind. Aber je länger es dauert, um so unbehaglicher wird auch mir zumute. Ich hielt es für meine Pflicht,

Ihnen dies zu schreiben, einzig und allein zu dem Zweck, Sie wissen zu lassen . . .«

München, den 3. März

»Lieber Tom,

danke für Ihren Brief. Das war freundlich von Ihnen. Ich habe der Polizei schriftlich geantwortet, und einer ist angereist gekommen, um mit mir zu reden. Ich werde nicht über Venedig kommen, aber vielen Dank für die Einladung. Übermorgen fahre ich nach Rom, um Dickies Vater zu treffen, der herüberfliegen wird. Ja, ich gebe Ihnen recht, es war ein guter Gedanke, daß Sie ihm geschrieben haben.

Mich hat das alles so durcheinandergebracht, daß ich mich mit so was wie einer schweren Grippe hinlegen mußte, vielleicht war es auch nur das, was die Deutschen Föhn nennen, aber irgendein Virus hat sich auch darin herumgetrieben. War vier Tage lang buchstäblich nicht imstande aufzustehen, sonst wäre ich inzwischen bereits nach Rom gefahren. Bitte entschuldigen Sie deshalb diesen wirren und sicherlich ziemlich geistesschwachen Brief, der eine so schlechte Antwort ist auf Ihren sehr netten. Aber ich wollte Ihnen doch sagen, daß ich gar nicht Ihrer Meinung bin, Dickie könnte Selbstmord begangen haben. So etwas liegt einfach nicht in seiner Art, obwohl ich genau weiß, was Sie alles dagegen einwenden werden, daß man einem Menschen nie ansehen kann, zu welchen Handlungen er noch fähig sein wird und so weiter. Nein, alles, aber das nicht, nicht bei Dickie. Er kann ermordet worden sein in irgendeiner Gasse Neapels – oder sogar Roms, denn wer weiß denn, ob er nicht bis Rom gekommen ist, nachdem er sich in Sizilien auf die Reise gemacht hatte? Ich kann mir auch einen Dickie vorstellen, der sich seinen Verpflichtungen soweit entzieht, daß er sich nun sogar *versteckt*. Ja, ich glaube, das wird es sein.

Ich freue mich, daß Sie die Fälschungen für einen Irrtum halten. Einen Irrtum der Bank, meine ich. Ich auch. Dickie hat sich seit November so sehr verändert, daß sich ohne weiteres auch seine Schrift geändert haben kann. Wollen wir hoffen, daß schon irgend etwas geschehen ist, wenn Sie diesen Brief haben. Bekam ein Telegramm von Mr. Greenleaf wegen Rom – muß also jetzt alle Kraft dafür aufsparen.

Schön, daß ich endlich Ihre Adresse habe. Noch einmal vielen Dank für Ihren Brief, Ihren Rat, Ihre Einladungen.

Alles Gute, Marge

P. S. Ich vergaß meine *gute* Nachricht. Es ist mir gelungen, einen Verleger für ›Mongibello‹ zu interessieren! Er sagt, er möchte erst mal das Ganze sehen, bevor er mir einen Vertrag gibt, aber es klingt doch sehr vielversprechend! Wenn ich das verdammte Ding nun bloß fertigkriegte!   M.«

Sie hatte beschlossen, sich mit ihm zu vertragen, vermutete Tom. Wahrscheinlich hatte sie auch bei der Polizei andere Töne angeschlagen, soweit es sich um ihn handelte.

Dickies Verschwinden rief einen ziemlichen Wirbel in der italienischen Presse hervor. Marge oder sonstwer hatte die Reporter mit Photos versorgt. Da waren in *Epoca* Bilder von Dickie im Segelboot vor Mongibello, in *Oggi* Bilder von Dickie am Strand von Mongibello und auf der Terrasse des *Giorgio,* und ein Bild zeigte Dickie und Marge – ›die Freundin von il sparito Dickie und il assassinato Freddie‹ –, sie hielten einander umschlungen und lächelten, und da war sogar ein sehr förmliches Porträt von Herbert Greenleaf senior. Marges Münchner Adresse hatte Tom nirgendwo anders her als aus einer Zeitschrift. *Oggi* brachte seit zwei Wochen einen Fortsetzungsbericht über Dickies Leben, in dem seine Schulzeit als ›rebellisch‹ beschrieben und sein Leben in Amerika und seine Flucht nach Europa im Interesse der Kunst so bunt herausgeschmückt wurde, daß er als eine Mischung von Errol Flynn und Paul Gauguin daraus hervorging. Die Wochenillustrierten brachten immer die neuesten Polizeiberichte, aber die waren praktisch nichtssagend, und die Schreiber polsterten sie aus mit den Theorien, nach welchen ihnen in dieser Woche gerade zumute war. Ihre Lieblingstheorie war, Dickie sei mit einem anderen Mädchen durchgegangen – einem Mädchen, das vielleicht seine Schecks quittiert hatte –, und er verlebe inkognito schöne Tage in Tahiti oder in Südamerika oder in Mexiko. Die Polizei durchkämmte noch immer Rom und Neapel und Paris, und das war alles. Keine Spur vom Mörder Freddie Miles', nichts darüber, daß man Dickie Greenleaf vor seiner Haustür gesehen habe, wie er Freddie Miles schleppte oder umgekehrt. Tom fragte sich, warum sie das den Zeitungen vorenthielten. Wahrscheinlich deshalb, weil sie das nicht schriftlich geben konnten, ohne sich einer Verleumdungsklage von Dickie auszusetzen. Tom war befriedigt, sich als einen ›treuen Freund‹ des vermißten Dickie Greenleaf beschrieben zu sehen, der von sich aus alles beigesteuert hatte, was er über Dickies Charakter und Gewohnheiten wußte, und den Dickies Verschwinden genauso verstört hatte wie jeden anderen. ›Signor Ripley, einer der gutsituierten jungen Italienreisenden aus Amerika‹, schrieb *Oggi,* ›wohnt jetzt in einem Palazzo in Venedig mit Blick auf Sankt Markus.‹ Das freute Tom am allermeisten. Er schnitt sich diesen Artikel aus.

Bis jetzt hatte Tom es noch nicht als ›Palast‹ gesehen, aber natürlich war es das, was die Italiener als Palazzo bezeichnen – ein zweistöckiges, altmodisches Haus, das mehr als zweihundert Jahre alt war, mit einem Hauptportal zum Canal Grande hinaus, nur per Gondola erreichbar, mit einer breiten Steintreppe zum Wasser hinunter und Eisentüren, die mit Hilfe eines Schlüssels von acht Zoll Länge zu öffnen waren, und hinter den Eisentüren befanden sich noch normale Türen, zu denen ebenfalls enorme Schlüssel gehörten. Tom benutzte gewöhnlich die weniger formelle Hintertür, die auf die Viale San Spiridone hinausging, es sei denn, er wollte seine Gäste beeindrucken, indem er sie mit einer Gondel in sein Heim führte. Die Hintertür – ihrerseits viereinhalb Meter hoch wie die Steinmauer, die das Haus von

der Straße abschloß – führte in einen Garten, der ein bißchen vernachlässigt war, aber immer noch grün, und der sich
mit zwei verkrüppelten Olivenbäumen brüstete und mit
einem Vogelbad, das aus der altertümlich wirkenden Statue eines nackten Jungen mit einer großen flachen Schale
bestand. Es war genau der richtige Garten für einen vene-
zianischen Palast, etwas heruntergekommen, nach ein wenig
Pflege schreiend, die er nicht bekommen würde, aber von
unauslöschlicher Schönheit, weil er vor mehr als zweihundert
Jahren so schön geboren wurde. Innen entsprach das Haus
Toms Idealvorstellung von dem Heim des kultivierten Jung-
gesellen – zumindest in Venedig: unten ein Marmorfuß-
boden in schwarz-weißem Schachbrettmuster, der sich
von der vornehmen Halle aus bis in alle Zimmer zog,
oben rosa-weißer Marmorboden, Möbel, die gar nicht wie
Möbel aussahen, sondern wie gestaltgewordene Cinque-
cento-Musik, gespielt von Oboen und Violen da Gamba.
Er ließ seine Dienstboten – Anna und Ugo, ein junges
italienisches Pärchen, das schon einmal bei einem Amerikaner in Venedig gearbeitet hatte und deshalb den Unterschied zwischen einer Bloody Mary und einem *crème de
menthe frappé* schon kannte – die geschnitzten Schränke
und Kommoden und Stühle polieren, bis sie zu leben schienen mit den mattglänzenden Lichtern, die sich bewegten,
so wie man sich sie herum bewegte. Das einzig modern
Angehauchte war das Badezimmer. In Toms Schlafzimmer stand ein gigantisches Bett, breiter als lang. Tom dekorierte sein Schlafzimmer mit einer Reihe von Panorama-
bildern von Neapel aus der Zeit von 1540 bis etwa 1880,
er hatte sie in einem Antiquariat aufgestöbert. Mehr als
eine Woche hatte er der Ausgestaltung seines Hauses
ungeteilte Aufmerksamkeit gewidmet. Er besaß jetzt eine
Sicherheit des Geschmacks, die er in Rom noch nicht gehabt hatte und die seine Wohnung in Rom auch nicht hätte
vermuten lassen. In jeder Beziehung war er sich jetzt seiner
selbst viel sicherer.

Sein neues Selbstvertrauen hatte ihn sogar dazu gebracht, in ruhigem, herzlichem und geduldigem Ton an Tante Dottie zu schreiben, in einem Ton, den anzuwenden er bisher noch nie den Wunsch oder noch nie die Fähigkeit gehabt hatte. Er erkundigte sich nach ihrer unverwüstlichen Gesundheit, nach dem kleinen Kreise ihrer lästerlichen Freunde in Boston, und er setzte ihr auseinander, warum er Europa so liebte und die Absicht habe, eine Zeitlang hier zu leben, er setzte es so beredt auseinander, daß er sich diesen Abschnitt seines Briefes noch einmal abschrieb und im Schreibtisch aufhob. Er schrieb diesen begeisterten Brief eines Morgens nach dem Frühstück, er saß in seinem Schlafzimmer in einem neuen seidenen Morgenrock, den er sich in Venedig nach Maß hatte machen lassen, ab und zu blickte er aus dem Fenster auf den Canal Grande und über das Wasser hinweg auf den Campanile an der Piazza San Marco drüben. Als er fertig war mit dem Brief, kochte er sich noch einmal Kaffee und schrieb auf Dickies Schreibmaschine Dickies Testament, mit dem ihm Dickies Einkommen und das Geld, das bei den verschiedenen Banken lag, vermacht wurde, und er unterschrieb mit Herbert Richard Greenleaf. Tom hielt es für besser, keinen Zeugen zu benennen, damit nicht die Banken oder Mr. Greenleaf auf die Idee kämen, diesen Zeugen abzulehnen, wobei sie vielleicht sogar soweit gingen, daß sie zu wissen verlangten, wer dieser Zeuge war. Ursprünglich hatte Tom daran gedacht, einen italienischen Namen zu erfinden, es konnte ja jemand gewesen sein, den Dickie von der Straße in seine römische Wohnung heraufgeholt hatte, damit er als Zeuge fungierte. Nein, er mußte sich eben auf sein Glück mit einem zeugenlosen Testament verlassen, dachte er, aber Dickies Schreibmaschine war derart reparaturbedürftig, daß ihre Krakel genauso unverkennbar waren wie eine Handschrift, und er hatte gehört, daß für eigenhändige Testamente keine Zeugen nötig wären. Die Unterschrift jedenfalls war vollendet, sie war genau wie die dünne, verschlungene Unterschrift in Dickies Paß. Tom übte sie eine halbe Stunde lang, bevor er das Testament unterschrieb, er lockerte seine Finger, dann unterschrieb er auf einem Stück Schmierpapier, dann gleich hinterher das Testament. Und er war sicher, daß kein Mensch beweisen konnte, die Unterschrift auf dem Testament sei nicht die Unterschrift Dickies. Tom drehte einen Briefumschlag in die Maschine und adressierte ihn ›an alle, die es angeht‹, und darunter schrieb er die Anmerkung, daß der Umschlag nicht vor Juni dieses Jahres zu öffnen sei. Er schob ihn in eine Futtertasche seines Koffers, so als hätte er ihn dort schon eine ganze Weile mit sich herumgetragen und sich nicht die Mühe gemacht, ihn herauszunehmen, als er in sein Haus einzog und den Koffer auspackte. Dann nahm er die kleine Reiseschreibmaschine, packte sie in ihr Köfferchen, trug sie die Treppen hinunter und ließ sie in den kleinen Kanalzufluß plumpsen, der von der vorderen Hausecke bis zur Gartenmauer lief, zu schmal für ein Boot. Er war froh, die Maschine los zu sein, bis jetzt allerdings hatte er es nicht über sich gebracht, von ihr Abschied zu nehmen. Sein Unterbewußtsein mußte wohl geahnt haben, dachte er, daß er darauf noch das Testament oder sonst etwas äußerst Bedeutsames schreiben würde, und das war der Grund gewesen, warum er sie noch behalten hatte.

Mit der ängstlichen Besorgtheit, die einem Freunde Dickies wie auch Freddies wohl anstand, verfolgte Tom die Berichte der italienischen Presse und der Pariser Ausgabe des *Herald Tribune* über den Fall Greenleaf und den Fall Miles. Ende März ließen die Zeitungen bereits durchblicken, daß Dickie möglicherweise tot sei, ermordet von dem gleichen Manne oder den gleichen Männern, die aus der Fälschung seiner Unterschrift Nutzen gezogen hätten. Ein römisches Blatt schrieb, daß ein Mann in Neapel jetzt die Meinung verträte, die Unterschrift auf dem Brief aus Palermo, in dem Dickie erklärte, es wären keine Fälschungen gegen ihn begangen worden, sei ebenfalls gefälscht. Andere stimmten darin allerdings nicht mit ihm überein.

Irgendeiner von der Polizei, nicht Roverini, glaubte, daß der Täter oder die Täter ›intimo‹ mit Greenleaf gewesen wären, daß sie Zugang zu seiner Korrespondenz mit der Bank gehabt hätten und daß sie die Frechheit besessen hätten, von sich aus der Bank zu antworten. »Das geheimnisvolle dabei ist nicht nur die Frage«, so zitierten sie den Offizier, »wer der Fälscher war, sondern auch die Frage, wie er sich Zugang zu den Briefen verschafft hat, denn der Portier des Hotels erinnert sich genau daran, daß er den eingeschriebenen Brief der Bank persönlich in die Hände Greenleafs gelegt hat. Der Hotelportier kann sich außerdem erinnern, daß Greenleaf in Palermo stets allein gewesen ist . . .«

Immer wieder rund herum um die Antwort, aber nie mitten hinein. Immerhin – Tom war minutenlang ganz durcheinander, als er das gelesen hatte. Es blieb ihnen nur noch ein einziger Schritt zu tun – ob nicht einer diesen Schritt täte, heute oder morgen oder übermorgen? Oder wußten sie nicht in Wahrheit die Antwort schon und waren nun dabei, ihn zu überrumpeln – Tenente Roverini, der ihm alle paar Tage persönliche Botschaften schickte, um ihn auf dem laufenden zu halten über alles, was im Zusammenhang mit der Suche nach Dickie geschah –, würden sie vielleicht eines baldigen Tages kommen und ihn mit allen nötigen Beweisen zerschmettern?

Jetzt hatte Tom das Gefühl, er würde verfolgt, vor allem, wenn er durch die langen, schmalen Gäßchen Venedigs seiner Haustür zustrebte. Die Viale San Spiridone war nicht mehr als ein zweckdienlicher Spalt zwischen hochaufragenden Häuserwänden, kein Geschäft war da, und es war kaum hell genug, daß er sehen konnte, wohin er trat, nichts als Häuserfronten, ohne Unterbrechung, und die hohen, fest verschlossenen Flügel der italienischen Haustore, die mit den Häuserwänden zu einer glatten Fläche verschmolzen. Kein Winkel, in den er sich hätte verkriechen können, wenn er angegriffen wurde, kein Hauseingang, in den er hätte eintauchen können. Tom wußte nicht, wer ihn angreifen würde, wenn er angegriffen werden sollte. Er dachte dabei nicht unbedingt an Polizisten. Er fürchtete sich vor etwas Namenlosem, Gestaltlosem, das wie die Furien seinen Geist jagte. Nur dann konnte er ruhigen Blutes durch die San Spiridone gehen, wenn ein paar Cocktails seine Angst niedergerungen hatten. Dann lief er großspurig und pfeifend hindurch.

Er hatte die Wahl unter den Cocktailparties, obwohl er während der ersten vierzehn Tage in seinem neuen Heim nur zwei besuchte. Er hatte die Wahl unter den Leuten, und das lag an einem kleinen Zwischenfall, der sich am ersten Tage seiner Haussuche ereignet hatte. Ein Häusermakler, bewaffnet mit drei riesigen Schlüsseln, hatte ihn mitgenommen, damit er sich ein bestimmtes Haus im Stadtteil San Stefano ansähe, wohl in dem Glauben, das Haus wäre zu haben. Aber das Haus war nicht nur bewohnt – es war darin auch eine Cocktailparty in vollem Gange gewesen, und die Gastgeberin hatte darauf bestanden, daß Tom und der Makler einen Cocktail mittranken, als Entschädigung für den vergeblichen Weg und für die Nachlässigkeit der Hausbewohnerin. Denn sie hatte das Haus einen Monat zuvor zur Neuvermittlung angeboten, hatte sich dann entschlossen, doch nicht auszuziehen, und hatte es versäumt, die Agentur zu informieren. Tom blieb auf ein Gläschen, legte die höflichreservierte Platte auf und lernte alle Gäste kennen, es war, so schätzte er, ein großer Teil der Winterkolonie Venedigs, und sie hungerten ganz erheblich nach frischem Blut, das konnte man daraus schließen, wie sie ihn willkommen hießen und ihm ihren Beistand anboten bei seiner Haussuche. Natürlich war ihnen sein Name geläufig, und die Tatsache, daß er Dickie Greenleaf kannte, hob seinen gesellschaftlichen Wert in einem Maße, das sogar Tom in Erstaunen setzte. Offenbar wollten sie ihn überallhin einladen, ihn ausfragen, auch die letzte winzige Einzelheit aus ihm herauspressen, um ihrem öden Leben einige Würze zu verleihen. Tom gab sich zurückhaltend aber freundlich, so wie es einem jungen Manne in seiner Lage wohl anstand – einem empfindsamen jungen Manne, der es gar nicht gewöhnt war, im Mittelpunkt des öffentlichen Interesses zu stehen, und den im Hinblick auf Dickie vor allem eine Sorge quälte: was ihm wohl zugestoßen sein mochte.

Er verließ die erste Party mit drei Adressen von Häusern, die er sich ansehen konnte (eins davon war das, welches er dann genommen hatte), und mit Einladungen zu zwei weiteren Parties. Er ging zu der einen, deren Gastgeberin einen Titel hatte, zur Contessa Roberta (Titi) della Latta-Cacciaguerra. Ihm war nicht im geringsten nach Parties zumute. Es war, als sähe er die Leute durch einen Nebelschleier, und die Verständigung war schleppend und mühsam. Oft bat er darum, ihm eine Bemerkung zu wiederholen. Er langweilte sich entsetzlich. Aber er konnte sie gebrauchen, dachte er, um sich an ihnen zu üben. Die naiven Fragen, die sie ihm stellten (»Hat Dickie viel getrunken?« und »Aber er *war* doch in Marge verliebt, oder nicht?« und »Nun seien Sie mal ganz *ehrlich*, wohin, glauben Sie, ist er gegangen?«) waren eine gute Schule für das etwas genauere Verhör, dem Mr. Greenleaf ihn unterziehen würde, wenn sie sich trafen – falls sie sich überhaupt trafen. Langsam wurde es Tom unbehaglich, als nach Marges Brief etwa zehn Tage verstrichen waren und Mr. Greenleaf sich immer noch nicht schriftlich oder telephonisch aus Rom gemeldet hatte. In den gewissen Augenblicken der Angst war Tom davon überzeugt, die Polizei hätte Mr. Greenleaf mitgeteilt, daß sie mit Tom Ripley noch ein Spielchen vorhätte und daß er bitte nicht mit ihm reden sollte.

Täglich stürzte er zum Briefkasten in der Hoffnung, einen Brief von Marge oder Mr. Greenleaf darin zu finden. Sein Haus war empfangsbereit für alle beide. Die Antworten auf ihre Fragen hatte er im Kopf parat. Es war wie das endlose Warten auf den Beginn einer Vorstellung, auf das Hochgehen eines Vorhangs. Ob Mr. Greenleaf ihm so sehr grollte (ganz zu schweigen davon, daß er ihn vielleicht sogar richtig in Verdacht hatte), daß er ihn gänzlich ignorieren würde? Marge bestärkte ihn vielleicht noch darin. Wie dem auch sei – er konnte nicht auf Reisen gehen, bevor nicht *irgend etwas* geschehen war. Tom sehnte sich danach, eine Reise zu machen, die berühmte Griechenlandreise. Er hatte bereits einen Reiseführer für Griechenland gekauft, und seine Route über die Inseln stand fest.

Und dann, am Vormittag des vierten April, kam ein Anruf von Marge. Sie war in Venedig, am Bahnhof.

»Ich komme und hole Sie ab!« sagte Tom aufgekratzt. »Ist Mr. Greenleaf auch da?«

»Nein, er ist in Rom. Ich bin allein hier. Sie brauchen mich nicht abzuholen. Ich habe nur ganz kleines Gepäck.«

»Unsinn!« rief Tom voller Tatendrang. »Allein werden Sie nie herfinden.«

»O doch, ich finde es schon. Es liegt neben della Salute, nicht wahr? Ich nehme ein Motoscafo bis Sankt Markus, dann mit der Gondel hinüber.«

Sie kannte sich aus, na gut. »Schön, wenn Sie unbedingt wollen.« Eben hatte er sich überlegt, daß er doch besser noch einen gründlichen Blick durch das Haus warf, ehe sie hier war. »Haben Sie zu Mittag gegessen?«

»Nein.«

»Gut! Wir werden zusammen essen. Nehmen Sie sich in acht auf dem Motoscafo!«

Sie legten auf. Er schritt ruhig und bedächtig durch das Haus, in die beiden großen Zimmer oben, die Treppe hinunter und rund um das Wohnzimmer. Nichts, was Dickie gehörte, nirgends. Er hoffte, daß das Haus nicht allzu protzig wirkte. Er nahm eine silberne Zigarettendose, die er erst vorgestern gekauft und mit seinem Monogramm hatte gravieren lassen, vom Wohnzimmer und schob sie in die unterste Schublade einer Kommode im Eßzimmer.

Anna war in der Küche und bereitete das Mittagessen.

Annas Gesicht strahlte auf bei der Aussicht auf einen Gast. »Eine junge amerikanische Dame?«

»Ja, eine alte Freundin. Wenn das Essen fertig ist, können Sie und Ugo für heute gehen. Wir werden uns selber bedienen.«

»Va bene«, sagte Anna.

Anna und Ugo kamen um zehn und blieben gewöhnlich bis zwei. Tom wünschte nicht, daß sie hier waren, wenn er sich mit Marge unterhielt. Sie verstanden etwas Englisch, nicht genug, um einer Unterhaltung wirklich folgen zu können, aber er wußte genau, alle beide würden angestrengt die Ohren spitzen, wenn er mit Marge über Dickie sprach, und das war ihm unangenehm.

Tom machte eine Portion Martinis und arrangierte die Gläser und eine Platte mit Appetithäppchen auf einem Tablett im Wohnzimmer. Als er den Klopfer hörte, ging er an die Tür und riß sie auf.

»Marge! Schön, daß Sie da sind! Kommen Sie herein!« Er nahm ihr den Koffer ab.

»Wie geht es Ihnen, Tom? Jemine! Gehört das alles Ihnen?« Sie schaute in die Runde und hinauf an die hohe, getäfelte Decke.

»Ich habe es gemietet. Für ein Butterbrot«, sagte Tom bescheiden. »Kommen Sie, trinken wir etwas. Erzählen Sie, was gibt's Neues? Haben Sie in Rom mit der Polizei gesprochen?« Er nahm ihr den Mantel und die durchsichtige Regenhaut ab und legte es über einen Stuhl.

»Ja. Und mit Mr. Greenleaf. Er ist sehr in Aufregung – natürlich.« Sie setzte sich auf das Sofa.

Tom ließ sich ihr gegenüber in einem Sessel nieder. »Hat man etwas Neues gefunden? Einer der Polizeioffiziere hat mir regelmäßig geschrieben, aber er hat mir nichts mitgeteilt, was wirklich von Bedeutung gewesen wäre.«

»Nun, sie haben herausgefunden, daß Dickie mehr als tausend Dollar abgehoben hat, ehe er aus Palermo verschwand. *Unmittelbar* vorher. Er muß also mit dem Geld irgendwohin gegangen sein, nach Griechenland oder Afrika oder so. Er kann jedenfalls nicht hingegangen sein und sich umgebracht haben, nachdem er sich tausend Dollar eingesteckt hatte.«

»Nein«, gab Tom ihr recht. »Na, das klingt ja hoffnungsvoll. In den Zeitungen habe ich das nicht gelesen.«

»Nein, ich glaube, das haben sie nicht veröffentlicht.«

»Nein. Nur einen Haufen dummes Zeug, was Dickie in Mongibello zum Frühstück zu essen pflegte und so was«, sagte Tom und goß die Martinis ein.

»Ist es nicht schrecklich! Jetzt wird es schon ein bißchen besser, aber als Mr. Greenleaf ankam, war die Presse gerade auf dem Höhepunkt. Oh, danke!« Dankbar nahm sie den Martini entgegen.

»Wie geht es ihm?«

Marge schüttelte den Kopf. »Er tut mir so leid. Er sagt immer wieder, die amerikanische Polizei würde da doch anders arbeiten und all so was, und er kann kein Wort Italienisch, das macht alles noch einmal so schlimm.«

»Was macht er denn in Rom?«

»Er wartet. Was können wir alle denn tun? Ich habe meine Abreise wieder verschoben – Mr. Greenleaf und ich sind in Mongibello gewesen, und ich habe jeden einzelnen dort ausgefragt, Mr. Greenleaf zuliebe natürlich, aber sie können uns nicht das geringste sagen. Dickie ist seit November nicht dort gewesen.«

»Nein.« Nachdenklich nippte Tom seinen Martini. Marge war optimistisch, das konnte man sehen. Sogar jetzt hatte sie diese kraftvolle Lebendigkeit, die Tom an die typische Pfadfinderin denken ließ, es war, als brauchte sie eine Menge Platz, als könnte sie jeden Augenblick mit einer schwungvollen Bewegung irgend etwas umreißen, auch jetzt hatte sie dieses Air unzerstörbarer Gesundheit und leichter Schlampigkeit. Sie versetzte ihn plötzlich in sehr gereizte Stimmung, aber er inszenierte eine ganz große Schau für sie, er stand auf, klopfte ihr auf die Schulter und tätschelte ihr liebevoll die Backen. »Vielleicht sitzt er in Tanger oder sonstwo, lebt wie Gott in Frankreich und wartet, bis sich dieser ganze Spuk ausgetobt hat.«

»Na, das wäre verdammt unüberlegt von ihm, wenn es so wäre!« sagte Marge lachend.

»Ich hatte ganz bestimmt nicht die Absicht, Sie alle zu alarmieren, als ich das über seine Bedrücktheit schrieb. Ich habe es irgendwie für meine Pflicht gehalten, es Ihnen und Mr. Greenleaf zu sagen.«

»Ich verstehe schon. Nein, nein, ich finde es ganz richtig, daß Sie es uns gesagt haben. Ich glaube bloß nicht, daß es stimmt.« Sie zeigte ihr breites Lächeln, ihre Augen strahlten in einer Zuversicht, die Tom plötzlich als vollkommen irre erschien.

Er begann ihr hintergründige und zielbewußte Fragen zu stellen nach den Ansichten der Polizei in Rom, nach den Hinweisen, die sie hatte (sie hatte keine nennenswerten) und danach, was Marge über den Fall Miles wußte. Auch im Fall Miles erfuhr er nichts Neues, aber Marge wußte, daß man Freddie und Dickie an jenem Abend gegen acht vor Dickies Haustür gesehen hatte. Sie hielt diese Geschichte für übertrieben.

»Kann sein, daß Freddie betrunken war, vielleicht hatte Dickie auch bloß einen Arm um ihn gelegt. Wie soll man das denn erkennen können im Dunkeln? Erzähle mir bloß keiner, Dickie hätte ihn umgebracht!«

»Gibt es denn überhaupt irgendwelche konkreten Anhaltspunkte für die Annahme, daß Dickie ihn umgebracht hätte?«

»Natürlich nicht!«

»Ja, warum bequemen sich die Verantwortlichen dann nicht endlich dazu, sich auf die Suche nach demjenigen zu machen, der ihn nun wirklich umgebracht hat? Und herauszufinden, wo Dickie ist?«

»Ecco!« sagte Marge pathetisch. »Jedenfalls ist die Polizei jetzt überzeugt, daß Dickie von Palermo aus zumindest bis Neapel gekommen ist. Ein Steward kann sich noch erinnern,

Dickies Koffer aus der Kabine zum Kai von Neapel getragen zu haben.«

»Na also«, sagte Tom. Auch er erinnerte sich an den Steward, einen ungeschickten kleinen Tolpatsch, der seinen Leinenkoffer fallengelassen hatte bei dem Versuch, ihn unter den Arm zu klemmen. »Ist Freddie nicht erst Stunden nach seinem Besuch bei Dickie ermordet worden«, fragte Tom plötzlich.

»Nein. Die Ärzte können es nicht genau sagen. Und es scheint, als hätte Dickie kein Alibi, natürlich hat er keins, denn er war zweifellos allein. Noch mehr Pech für Dickie.«

»Sie *glauben* doch wohl nicht wirklich, daß Dickie ihn umgebracht hat, oder?«

»Das sagen sie nicht, nein. Es liegt bloß in der Luft. Selbstverständlich können sie nicht rechts und links mit unbewiesenen Behauptungen über einen Bürger Amerikas um sich werfen, aber solange sie keinen Verdächtigen haben und Dickie verschwunden ist... Und dann hat da noch seine Hausmeisterin in Rom ausgesagt, Freddie wäre heruntergekommen, um sie zu fragen, wer in Dickies Appartement wohnte oder so was ähnliches. Sie sagte, Freddie hätte wütend ausgesehen, so, als hätten sie Streit gehabt. Sie sagte, er hätte sie gefragt, ob Dickie allein dort lebte.«

Tom runzelte die Stirn. »Weshalb denn nur?«

»Ich kann es mir nicht denken. Freddies Italienisch war nicht gerade das allerbeste, und vielleicht hat die Frau ihn falsch verstanden. Auf jeden Fall aber ist die bloße Tatsache, daß Freddie über irgendwas wütend war, nicht gerade gut für Dickie.«

Tom zog die Brauen hoch. »Ich würde sagen, das war nicht gut für Freddie. Vielleicht war Dickie überhaupt nicht wütend.« Er war völlig ruhig, denn er konnte sehen, daß Marge nicht das geringste gerochen hatte. »Ich würde mir darüber gar keine Gedanken machen, es sei denn, es ergäbe sich daraus irgend etwas Konkretes. Ich jedenfalls kann daran nichts entdecken.« Er schenkte ihr nach. »Apropos **Afrika,** hat man schon um Tanger herum nachgeforscht? Dickie hat oft davon gesprochen, nach Tanger zu gehen.«

»Ich glaube, sie haben überall die Polizei auf die Beine gebracht. Meiner Meinung nach müßten sie ja die französische Polizei herholen. Die Franzosen sind ausgezeichnet in solchen Sachen. Aber das können sie natürlich nicht. Hier sind wir ja in Italien«, sagte sie mit dem ersten nervösen Zittern in der Stimme.

»Wollen wir hier essen?« fragte Tom. »Das Mädchen arbeitet über Mittag, und wir könnten das eigentlich ausnutzen.« Noch während er sprach, kam Anna herein, um zu melden, daß das Essen fertig sei.

»Wunderbar!« sagte Marge. »Es regnet sowieso ein bißchen.«

Pronta la collazione, signor«, sagte Anna lächelnd und starrte Marge an.

Anna kannte Marge aus den Illustrierten, dachte Tom. »Sie und Ugo können jetzt gehen, wenn Sie wollen, Anna. Danke schön.«

Anna ging wieder in die Küche – von der Küche aus führte eine Tür hinaus auf eine kleine Nebengasse seitlich am Hause, die Dienstboten benutzten diese Tür –, aber Tom hörte, wie sie noch mit der Kaffeemaschine herumwirtschaftete, kein Zweifel, sie wartete auf die Gelegenheit, noch einen Blick zu erhaschen.

»Und Ugo?« sagte Marge. »Zwei Dienstboten? So viel?«

»Ach, sie kommen hier in der Gegend paarweise. Ob Sie es glauben oder nicht, ich habe das hier für fünfzig Dollar im Monat bekommen, ohne Heizung.«

»Unglaublich! Das sind ja praktisch Mongibello-Mieten!«

»Es ist wahr. Die Heizung ist natürlich enorm teuer, aber ich habe nicht die Absicht, außer meinem Schlafzimmer irgendwas zu heizen.«

»Es ist aber sehr angenehm hier.«

»Ja – Ihnen zuliebe habe ich natürlich voll aufgedreht«, sagte Tom lächelnd.

»Was ist denn passiert? Ist Ihnen eine Tante gestorben und hat Ihnen ein Vermögen vermacht?« fragte Marge und tat, als wäre sie noch ganz geblendet.

»Nein. Es ist nur ein Entschluß, den ich für mich gefaßt habe. Ich will genießen, was ich habe, solange es reicht. Ich habe Ihnen ja erzählt, daß der Job, um den ich mich in Rom beworben habe, nicht eingeschlagen hat, und nun war ich hier in Europa mit nur zweitausend Dollar auf dem Konto, also beschloß ich, sie hier zu verbrauchen und dann heimzufahren – alles abzubrechen und ganz neu anzufangen.« Tom hatte ihr in seinem Brief erklärt, daß die Arbeit, um die er sich bemüht hätte, darin bestanden habe, die Hörapparate einer amerikanischen Firma in Europa an den Mann zu bringen, und daß er sich außerstande gesehen hätte, das auf sich zu nehmen, und daß auch der Mann, dem er sich vorgestellt habe, ihn nicht für den geeigneten Typ gehalten hätte. Tom hatte ihr ferner mitgeteilt, der Mann wäre eine Minute nach ihrem Gespräch aufgetaucht, und aus diesem Grunde hätte er damals in Rom ihre Verabredung im *Angelo* nicht einhalten können.

»Zweitausend Dollar werden aber nicht lange reichen bei diesem Standard.« Sie versuchte, herauszubekommen, ob Dickie ihm etwas gegeben hatte, das war Tom klar. »Es wird bis zum Sommer reichen«, sagte Tom sachlich. »Jedenfalls spüre ich, daß ich das brauche. Fast den ganzen Winter habe ich damit zugebracht, wie ein Zigeuner durch Italien zu ziehen, praktisch ganz ohne Geld. Davon habe ich jetzt ziemlich die Nase voll.«

»Wo *waren* Sie während des Winters?«

»Na, jedenfalls nicht bei Tom. Ich meine, bei Dickie«, sagte er lachend, ganz verwirrt von diesem falschen Zungenschlag. »Ich weiß, das haben Sie gewiß angenommen. Ich habe ungefähr so viel von Dickie gesehen wie Sie.«

»Ach, lassen Sie das doch«, knurrte Marge. Es klang, als stiegen ihr schon die Martinis zu Kopf.

Tom mixte noch zwei oder drei Martinis. »Außer bei dem

Cannes-Ausflug und an den beiden Februartagen in Rom habe ich Dickie überhaupt nicht gesehen.« Ganz stimmte das nicht, denn er hatte ihr geschrieben, daß Tom nach dem Cannes-Ausflug noch mehrere Tage bei Dickie in Rom gewohnt hätte, aber jetzt, wo er Marge Angesicht zu Angesicht gegenübersaß, stellte er fest, daß er sich schämte, weil sie wußte oder glaubte, er habe so lange Zeit mit Dickie zusammengewohnt, und er und Dickie jene Schuld auf sich geladen hätten, von der Marge in ihrem Brief an Dickie gesprochen hatte. Er biß sich auf die Zunge, während er neu einschenkte, und verachtete sich selbst wegen seiner Feigheit.

Während des Essens – Tom bedauerte sehr, daß der Hauptgang nur aus kaltem Roastbeef bestand, einem auf dem italienischen Markt phantastisch kostspieligen Artikel – verhörte Marge ihn scharfsinniger als jeder Polizeioffizier über Dickies Gemütsverfassung während seiner Zeit in Rom. Tom wurde festgenagelt auf zehn Tage, die er nach dem Cannes-Ausflug noch gemeinsam mit Dickie in Rom zugebracht hätte, und er wurde ausgefragt nach allem, angefangen bei dem Maler di Massimo, mit dem Dickie gearbeitet hatte, bis hin zu Dickies Appetit morgens beim Aufstehen.

»Was meinen Sie, wie stand er zu *mir*? Seien Sie ganz offen. Ich kann es ertragen.«

»Ich glaube, er hat sich viel Gedanken gemacht über Sie«, sagte Tom ernst. »Ich denke . . . nun, es war eine von diesen Situationen, die sich häufig ergeben, ein Mann, der vor allen Dingen Angst vor der Ehe . . .«

»Aber ich habe niemals von ihm verlangt, mich zu heiraten!« protestierte Marge.

»Ich weiß, aber . . .«, Tom zwang sich fortzufahren, obwohl ihm dieses Thema wie Essig den Mund zusammenzog. »Wir wollen sagen, er konnte den Verpflichtungen nicht ins Auge sehen, die ihm dadurch entstanden, daß Sie ihn so gern hatten. Ich glaube, er wünschte sich eine etwas unverbindlichere Beziehung zu Ihnen.« Das sagte ihr alles und nichts.

Marge starrte ihn einen Augenblick mit dem bekannten verlorenen Blick an, dann riß sie sich tapfer zusammen und sagte: »Na, das alles ist ja inzwischen vergangen und vergessen. Ich möchte nur noch gern wissen, was Dickie mit sich angestellt haben mag.«

Auch ihre Wut darüber, daß er scheinbar den ganzen Winter über mit Dickie zusammengelebt hatte, war nun vergangen und vergessen, dachte Tom, denn zunächst hatte sie es nicht glauben wollen, und jetzt brauchte sie es nicht mehr zu glauben. Tom fragte vorsichtig: »Er hat Ihnen nicht zufällig aus Palermo geschrieben?«

Marge schüttelte den Kopf. »Nein. Warum?«

»Ich wollte nur wissen, in welcher Verfassung er sich Ihrer Meinung nach zu dieser Zeit befunden hat. Haben Sie ihm geschrieben?«

Sie zögerte. »Ja – stimmt, ich habe ihm geschrieben.«

»Was war das für ein Brief? Ich frage nur deshalb, weil ein unfreundlicher Brief vielleicht eine böse Wirkung auf ihn gehabt haben könnte, gerade zu der Zeit.«

»Oh ... schwer zu sagen, was für ein Brief das war. Ein ziemlich netter Brief. Ich habe ihm geschrieben, daß ich in die Staaten zurückfahre.« Mit großen Augen sah sie ihn an.

Tom genoß es, ihr Mienenspiel zu beobachten, zu sehen, wie ein anderer Mensch sich wand bei seinen Lügen. Das war der schmutzige Brief gewesen, in dem sie geschrieben hatte, sie habe der Polizei mitgeteilt, daß er und Dickie immer zusammen wären. »Dann nehme ich nicht an, daß es irgendeine Bedeutung hat«, sagte Tom mit sanfter Güte und ließ sich zurücksinken.

Ein paar Sekunden herrschte Schweigen, dann erkundigte sich Tom nach ihrem Buch, welcher Verleger es denn sei und wieviel sie noch zu tun habe. Marge gab auf jede Frage begeistert Auskunft. Tom hatte das Gefühl, wenn sie Dickie wiederhätte und ihr Buch zum nächsten Winter erschiene, dann würde sie wahrscheinlich vor Glück ganz einfach platzen, es würde ein lautes, unangenehmes plop! geben, und sie wäre nicht mehr.

»Meinen Sie nicht, ich sollte mich auch Mr. Greenleaf für eine Unterredung zur Verfügung stellen?« fragte Tom. »Ich würde gern nach Rom fahren...« Gar so gern nun auch wieder nicht, fiel ihm ein, denn in Rom gab es einfach zu viele Leute, die ihn als Dickie Greenleaf erlebt hatten. »Oder glauben Sie, er würde einmal herkommen? Ich könnte ihn bei mir aufnehmen. Wo wohnt er denn in Rom?«

»Er wohnt bei amerikanischen Freunden, die eine große Wohnung haben. Ein gewisser Northup in der Via Quattro Novembre. Ich glaube, es wäre ganz schön, wenn Sie ihn anriefen. Ich werde Ihnen die Adresse aufschreiben.«

»Das ist ein guter Gedanke. Er mag mich nicht, oder?«

Marge lächelte ein bißchen. »Also, offen gesagt – nein. Ich finde, er tut Ihnen eigentlich ein bißchen Unrecht. Er ist wohl der Meinung, Sie hätten Dickie ausgenutzt.«

»Nun, das habe ich wirklich nicht. Ich bedaure, daß aus der Idee, ich sollte Dickie nach Hause holen, nichts geworden ist, aber das alles habe ich schon erklärt. Ich habe ihm den nettesten Brief über Dickie geschrieben, den ich nur schreiben konnte, als ich erfuhr, daß er weg war. Hat das gar nichts geholfen?«

»Ich glaube schon, aber... Oh! Entschuldigen Sie tausendmal, Tom! Alles über dieses wundervolle Tischtuch!« Marge hatte ihren Martini umgerissen. Unbeholfen wischte sie mit ihrer Serviette auf der gehäkelten Tischdecke herum.

Tom kam mit einem feuchten Tuch aus der Küche herbeigerannt.

»Alles gar nicht so schlimm«, sagte er und beobachtete, wie sich das Holz der Tischplatte trotz all seines Reibens weiß verfärbte. Es war nicht die Tischdecke, die ihn kümmerte, es war der herrliche Tisch.

»Es tut mir ja so leid!« fuhr Marge zu klagen fort.

Tom haßte sie. Plötzlich fiel ihm ihr Büstenhalter wieder

ein, der in Mongibello am Fensterbrett gebaumelt hatte. Heute nacht würde ihre Unterwäsche über seinen Sesseln hängen, wenn er Marge zum Bleiben aufforderte. Der Gedanke machte ihn schaudern. Willensstark warf er ihr über den Tisch hinweg ein Lächeln zu. »Ich hoffe, Sie tun mir die Ehre an und akzeptieren ein Bett für die Nacht. Nicht meines«, fügte er lachend hinzu, »aber oben habe ich noch zwei Zimmer, und Sie sind einem davon willkommen.«

»Recht vielen Dank. Gut, ich akzeptiere.« Sie strahlte ihn an.

Tom brachte sie in seinem eigenen Zimmer unter – das Bett in dem anderen war nur eine etwas groß geratene Couch und nicht so bequem wie sein Doppelbett –, und Marge schloß die Tür, um ein Mittagsschläfchen zu halten. Ruhelos wanderte Tom im Hause umher, er überlegte, ob nicht irgend etwas in seinem Zimmer war, das er beiseiteschaffen müßte. Dickies Paß hatte im Futter des Koffers gesteckt, der im Schrank stand, doch dann erinnerte er sich, daß der Paß jetzt mit Dickies anderen Sachen in Venedig war. Es fiel ihm nichts Beunruhigendes mehr ein, das noch im Zimmer hätte herumstehen können, und er versuchte, sich seine Sorgen aus dem Kopf zu schlagen.

Später zeigte er Marge das ganze Haus, zeigte ihr das Regal mit den ledergebundenen Büchern in dem Zimmer neben dem seinen, Bücher, die er mit dem Hause gemietet hatte, wie er ihr erzählte, obwohl sie ihm gehörten, er hatte sie in Rom und Palermo und Venedig gekauft. Es fiel ihm ein, daß er etwa zehn davon schon in Rom besessen hatte und daß einer der jungen Polizeioffiziere, die Roverini mitgebracht hatte, sich diese Bücher aus allernächster Nähe angesehen hatte, wahrscheinlich um die Titel zu studieren. Aber das war nichts wirklich Besorgniserregendes, dachte er, selbst wenn derselbe Polizeioffizier wiederkäme. Er zeigte Marge das Hauptportal des Hauses mit seiner breiten Steintreppe. Das Wasser stand niedrig und legte jetzt vier Stufen frei, die beiden unteren waren mit dickem, feuchtem Moos überzogen. Es war eine glatte, langfaserige Moosart und hing wie schmutzig dunkelgrünes Haar über den Rand der Stufen hinab. Tom fand die Stufen widerlich, aber für Marge waren sie sehr romantisch. Sie beugte sich hinunter und starrte in das tiefe Wasser des Kanals. Tom spürte den Drang, sie hineinzustoßen.

»Können wir nicht heute abend eine Gondel nehmen und auf diesem Wege nach Hause gehen?« fragte sie.

»Aber gewiß.« Sie gingen heute abend essen, natürlich. Tom grauste es vor dem langen italienischen Abend, der vor ihnen lag, denn vor zehn würden sie nicht essen, und dann wollte sie sicher noch am Markusplatz beim Espresso sitzen bis zwei Uhr morgens.

Tom blickte hinauf in den dunstigen, sonnenlosen Himmel Venedigs und schaute einer Möwe zu, die herabsegelte und sich drüben am anderen Ufer des Kanals auf die Steintreppe eines anderen Hauses niederließ. Er rang um einen Entschluß, welchen seiner neuen Bekannten in Venedig er anrufen und fragen sollte, ob er gegen fünf mit Marge zu einem Drink kommen könnte. Sie wären natürlich alle entzückt, Marge kennenzulernen. Er entschied sich für den Engländer Peter Smith-Kingsley. Peter besaß einen Afghanen, ein Klavier und eine wohlausgestattete Hausbar. Tom dachte, Peter sei am besten geeignet, weil Peter einen nie gehen lassen wollte. Bei ihm konnten sie bleiben, bis es für sie Zeit war, zum Essen zu gehen.

24

Gegen sieben rief Tom von Peter Smith-Kingsley aus Mr. Greenleaf an. Mr. Greenleaf klang freundlicher, als Tom erwartet hatte, und war erbarmenswert hungrig nach dem kleinsten Wort, das Tom ihm über Dickie sagen konnte. Peter und Marge und die Franchettis – ein nettes Brüderpaar aus Triest, das Tom vor kurzem kennengelernt hatte – saßen im angrenzenden Raume und konnten beinahe jedes Wort verstehen, das er sagte, und deshalb machte Tom die Sache besser, als er sie gemacht hätte, wenn er völlig allein gewesen wäre, fand er.

»Ich habe Marge alles erzählt, was ich weiß«, sagte er, »sie wird Ihnen also sagen können, ob ich etwas vergessen habe. Ich bedaure nur, daß ich nichts beisteuern kann, was für die Arbeit der Polizei wirklich wertvoll wäre.«

»Diese Polizei!« schnob Mr. Greenleaf. »Ich mache mich langsam mit dem Gedanken vertraut, daß Dickie tot ist. Aus irgendeinem Grunde wollen die Italiener noch nicht zugeben, daß er tot sein könnte. Sie führen sich auf wie Amateure oder wie ... wie alte Tanten, die Detektiv spielen.«

Daß Mr. Greenleaf so unverblümt von der Möglichkeit sprach, Dickie könnte tot sein, versetzte Tom einen Schlag. »Halten *Sie* es für möglich, daß Dickie Selbstmord begangen hat, Mr. Greenleaf?« fragte Tom ruhig.

Mr. Greenleaf seufzte. »Ich weiß es nicht. Ich halte es für möglich, ja. Ich habe nie viel von der Stabilität meines Sohnes gehalten, Tom.«

»Ich fürchte, ich muß Ihnen beipflichten«, sagte Tom. »Möchten Sie mit Marge sprechen? Sie ist im Nebenzimmer.«

»Nein, nein, danke. Wann kommt sie wieder?«

»Ich glaube, sie hat gesagt, daß sie morgen nach Rom zurückfahren will. Und wenn Sie vielleicht nach Venedig kommen möchten, Mr. Greenleaf, nur für eine kleine Atempause, dann sind Sie mir in meinem Hause jederzeit willkommen.«

Aber Mr. Greenleaf lehnte die Einladung ab. Es war nicht unbedingt nötig, aufs Eis tanzen zu gehen, überlegte Tom. Er tat ja gerade, als wollte er sich den Ärger selber ins Haus laden und könnte sich nicht bremsen. Mr. Greenleaf dankte ihm für den Anruf und wünschte ihm sehr liebenswürdig gute Nacht.

Tom ging wieder nach nebenan. »Nichts Neues aus Rom«, sagte er niedergeschlagen.

»Ach.« Peter sah enttäuscht aus.

»Hier, für das Gespräch, Peter«, sagte Tom und legte zwölfhundert Lire auf den Klavierdeckel. »Vielen Dank.«

»Ich weiß was«, sagte Pietro Franchetti in seinem italienisch gefärbten Englisch. »Dickie Greenleaf hat mit einem neapolitanischen Fischer oder vielleicht mit einem römischen Zigarettenhöker die Pässe getauscht, so daß er jetzt das stille Leben führen kann, das er immer schon führen wollte. Und dann zeigt sich, daß der neue Inhaber des Dickie-Greenleaf-Passes doch nicht so ein guter Fälscher ist, wie er geglaubt hatte, und er muß plötzlich untertauchen. Die Polizei müßte also einen Mann finden, der seinen ordnungsgemäßen Ausweis nicht vorzeigen kann, müßte feststellen, wer es ist und dann nach einem Manne seines Namens suchen, der sich dann als Dickie Greenleaf entpuppen wird!«

Alle lachten, und Tom lachte am lautesten.

»Das dumme an der Geschichte ist«, sagte Tom, »daß eine Menge Leute, die Dickie kannten, ihn im Januar und Februar noch gesehen haben . . .«

»Wer?« unterbrach Pietro mit dieser verwirrenden Angriffslust des diskutierenden Italieners, die auf englisch doppelt verwirrend war.

»Na, ich zum Beispiel. Jedenfalls – ich wollte sagen, die Fälschungen fangen schon im Dezember an, wie die Bank jetzt meint.«

»Trotzdem – das ist eine Idee«, zwitscherte Marge, die

nach ihrem dritten Glase glänzender Laune war und sich auf Peters großer Chaiselongue rekelte. »Eine richtige Dikkie-Idee. Er könnte das gut und gerne so gemacht haben, direkt nach Palermo, als ihm zu allem Überfluß auch noch die Geschichte mit den Bankfälschungen in die Quere kam. Ich glaube keine Minute lang an diese Fälscherei. Ich finde, Dickie hat sich so sehr verändert, daß auch seine Handschrift anders geworden sein kann.«

»Das finde ich auch«, sagte Tom. »Man ist sich bei der Bank sowieso nicht einig darüber, ob sie alle gefälscht sind. Amerika ist darüber geteilter Meinung, und Neapel hat das unbesehen von Amerika übernommen. Neapel wäre im Leben nicht auf Fälschung gestoßen, wenn die Vereinigten Staaten nicht davon angefangen hätten.«

»Was die Abendzeitungen wohl heute bringen?« fragte Peter und zog seinen pantoffelähnlichen Schuh wieder an, den er halb abgestreift hatte, wahrscheinlich weil er drückte. »Soll ich sie holen gehen?«

Aber einer der Franchettis erbot sich zu gehen und schoß aus dem Zimmer. Lorenzo Franchetti trug eine Weste mit rosa Stickerei, all' inglese, einen Anzug aus England und dicksohlige englische Schuhe, und auch sein Bruder war nicht viel anders angezogen. Peter dagegen war von Kopf bis Fuß italienisch eingekleidet. Das hatte Tom gelernt auf Parties und im Theater, daß ein Mann, der in englischer Kleidung steckte, ganz bestimmt Italiener war, und umgekehrt.

Gerade als Lorenzo mit den Zeitungen kam, trafen noch ein paar Gäste ein – zwei Italiener und zwei Amerikaner. Die Zeitungen gingen von Hand zu Hand. Wieder Diskussionen, wieder lauter alberne Spekulationen, wieder neue Erregung über die Nachrichten des Tages: Dickies Haus in Mongibello sei an einen Amerikaner verkauft worden, der doppelt so viel bezahlt habe, als Dickie ursprünglich für das Haus verlangt hätte. Das Geld würde bei einer Bank in Neapel deponiert, bis Greenleaf es holen käme.

Die gleiche Zeitung brachte auch eine Karikatur, auf der

ein Mann am Boden kniete und unter die Kommode guckte. Seine Frau fragte: »Kragenknopf?« Und seine Antwort lautete: »Nein, ich suche Dickie Greenleaf.«

Tom hatte gehört, daß auch die römischen Kabaretts die Suche nach Dickie auf die Schippe nahmen.

Einer der gerade angekommenen Amerikaner, er hieß Rudi Sowieso, lud Tom und Marge für den nächsten Tag zu einer Cocktailparty in sein Hotel ein. Tom setzte eben zu einer Absage an, als Marge bereits sagte, daß sie mit Vergnügen kommen würde. Tom hatte nicht gedacht, daß sie morgen noch hier sein würde, denn beim Mittagessen hatte sie von Abreise gesprochen. Diese Cocktailparty würde tödlich, dachte Tom. Rudi war ein großmäuliger, ungehobelter Bursche in auffälliger Kleidung, er handelte mit Antiquitäten, wie er sagte. Tom manövrierte sich mit Marge aus dem Hause, ehe sie noch weitere Einladungen annehmen konnte, die vielleicht in noch fernerer Zukunft lagen.

Marge war mächtig aufgekratzt, sie fiel Tom auf die Nerven während der langen, fünfgängigen Mahlzeit, aber er tat sein Äußerstes und gab sich wie sie – wie ein hilfloser Frosch, an einer elektrisch geladenen Nadel zappelnd, dachte er –, und immer, wenn sie ihm den Ball zuwarf, nahm er ihn auf und dribbelte ein Stückchen weiter. Er sagte Dinge wie: »Vielleicht hat Dickie sich in seiner Malerei plötzlich gefunden und ist auf und davon gegangen wie Gauguin, auf eine Südseeinsel.« Es machte ihn krank. Dann spann Marge den Gedanken aus zu einer Phantasie über Dickie und die Südseeinseln, sie untermalte es mit trägen Handbewegungen. Und das Schlimmste sollte noch kommen, dachte Tom: die Fahrt in der Gondel. Wenn sie diese Hände im Wasser baumeln ließe, dann würde hoffentlich ein Hai kommen und sie abreißen. Er bestellte einen Nachtisch, den er um keinen Preis mehr hinuntergebracht hätte, aber Marge aß ihn noch.

Marge wünschte eine Extragondel, selbstverständlich, nicht etwa eine der normalen Gondeln im Linienverkehr, die jeweils mehr als zehn Personen vom Markusplatz zu den Stufen der Santa Maria della Salute hinüberbrachten. Sie mieteten also eine Gondola. Es war halb zwei Uhr morgens. Tom hatte einen dunkelbraunen Geschmack im Mund von den vielen Espressos, sein Herz flatterte wie ein Vöglein, er war sicher, daß er bis in den frühen Morgen hinein nicht würde schlafen können. Er war völlig ausgepumpt und lehnte sich beinahe ebenso schlapp in den Sitz der Gondel zurück wie Marge, dabei sah er sich sehr vor, daß sein Oberschenkel nicht den ihren berührte. Marge war noch immer von sprühender Munterkeit, sie unterhielt sich jetzt mit einem Monolog über den Sonnenaufgang in Venedig, den sie anscheinend früher schon einmal hier erlebt hatte. Das sanfte Schaukeln des Bootes und die rhythmischen Schläge der Ruder ließen in Tom leichte Übelkeit aufsteigen. Die Wasserstrecke zwischen dem Markusplatz und seiner Treppe schien endlos.

Jetzt lagen die Stufen bis auf die zwei obersten unter Wasser, die dritte Stufe wurde vom Wasser gerade überspült, widerlich, wie das Moos sich bewegte. Mechanisch bezahlte Tom den Gondoliere und stand vor dem hohen Tor, als er feststellte, daß er die Schlüssel nicht bei sich hatte. Er ließ den Blick über das Haus gleiten, um zu sehen, ob er nicht irgendwo einsteigen konnte, aber von der Treppe aus konnte er nicht einmal eine Fensterbrüstung erreichen. Noch ehe er etwas sagen konnte, brach Marge in Gelächter aus.

»Sie haben den Schlüssel nicht mit! Ausgerechnet das – an die Schwelle gefesselt, rings herum die tobenden Fluten, und kein Schlüssel!«

Tom quälte sich ein Lächeln ab. Warum zum Teufel sollte er daran gedacht haben, Schlüssel mitzunehmen, die fast eine Elle maßen und so schwer waren wie ein paar Revolver? Er wandte sich um und schrie dem Gondoliere zu, er solle zurückkommen.

»Ah!« kicherte der Gondoliere übers Wasser. »Mi dispiace, signor! Deb' ritornare a San Marco! Ho un appuntamento!« Er ruderte weiter.

»Wir haben keinen Schlüssel!« schrie Tom auf italienisch.

»Mi dispiace, signor!« schrie der Gondoliere zurück.

»Mandarò un altro gondoliere!«

Marge lachte wieder. »Oh, ein anderer Gondoliere wird uns abholen. Ist es nicht herrlich?« Sie war voller Erwartung.

Es war alles andere als eine schöne Nacht. Es war kühl, und ein häßlicher Nieselregen hatte eingesetzt. Er könnte versuchen, die Fähre heranzuholen, dachte Tom, aber er sah sie nirgends. Das einzige Boot, das er entdecken konnte, war das Motoscafo, das sich der Anlegestelle des Markusplatzes näherte. Es war kaum zu erwarten, daß das Motoscafo sich die Mühe machte, sie zu holen, aber Tom schrie trotzdem hinüber. Das Motoscafo, hellerleuchtet und voller Menschen, zog unbeirrt vorbei und bog hinüber zum Holzpier drüben am anderen Kanalufer. Marge saß auf der obersten Stufe, die Arme um die Knie geschlungen, und tat gar nichts. Endlich verlangsamte ein flaches Motorboot seine Fahrt, es sah aus wie eine Art Fischerboot, und eine italienische Stimme schrie: »Ausgesperrt?«

»Wir haben die Schlüssel vergessen!« gab Marge fröhlich Auskunft.

Aber mit ins Boot wollte sie nicht. Sie sagte, sie wollte auf der Treppe warten, bis Tom ums Haus herumgegangen sei und die Hintertür aufgeschlossen habe. Tom wandte ein, das könnte eine Viertelstunde und noch länger dauern, und sie würde sich bestimmt hier eine Erkältung holen, und endlich stieg sie ein. Der Italiener setzte sie an der nächstgelegenen Anlegestelle bei den Treppen der Kirche Santa Maria della Salute ab. Er weigerte sich, Geld für seine Bemühungen anzunehmen, aber er nahm Toms angebrochene Packung amerikanischer Zigaretten. Tom wußte nicht warum, aber er hatte in dieser Nacht, da er mit Marge durch die San Spiridone ging, viel mehr Angst, als wenn er allein hindurchlief. Marge natürlich war völlig unbeeindruckt von der Straße und redete unaufhörlich während des ganzen Weges.

25

Am nächsten Morgen wurde Tom sehr früh vom Bumsen seines Türklopfers geweckt. Er tastete nach seinem Morgenrock und ging hinunter. Es war ein Telegramm, und er mußte noch einmal nach oben rennen, um ein Trinkgeld für den Mann zu holen. Dann stand er im kalten Wohnzimmer und las.

HABE MEINUNG GEÄNDERT. MÖCHTE SIE
SPREKEN. ANKOMME 11.45. H. GREENLEAF

Tom erschauerte. Na ja, er hatte damit gerechnet, dachte er. Aber im Grunde hatte er nicht damit gerechnet. Ihm graute davor. Oder lag das einfach an der frühen Morgenstunde? Es dämmerte kaum. Das Wohnzimmer sah grau und scheußlich aus. Das ›SPREKEN‹ verlieh dem Telegramm so etwas Gruseliges, Archaisches. Im allgemeinen wiesen italienische Telegramme viel komischere Schreibfehler auf. Und was wäre gewesen, wenn sie statt des ›H.‹ ein ›R.‹ oder ein ›D.‹ gesetzt hätten? Wie ihm dann wohl jetzt zumute wäre?

Er sauste nach oben und kroch wieder in sein warmes Bett, er wollte versuchen, noch ein bißchen zu schlafen. Eine Zeitlang wartete er darauf, daß Marge hereinkommen oder an seine Tür klopfen würde, weil sie diesen lauten Türklopfer gehört hätte, doch schließlich zog er den Schluß, sie sei wohl nicht davon aufgewacht. Er stellte sich vor, wie er Mr. Greenleaf an der Tür begrüßen, ihm fest die Hand drükken würde, und er versuchte sich auszumalen, was Mr. Greenleaf fragen würde, aber müde verschwammen seine Gedanken ineinander, es verursachte ihm Angst und Unbehagen. Er war zu schläfrig, um klare Fragen und Antworten zu formulieren, und zu angespannt, um einzuschlafen. Er wäre gern aufgestanden, hätte Kaffee gekocht und Marge geweckt, damit er mit irgend jemandem hätte reden können, aber er brachte es nicht über sich, dieses Zimmer zu betreten und die Unterwäsche und Strumpfhaltergürtel überall herumliegen zu sehen, er *konnte* einfach nicht.

Es war Marge, die ihn weckte, und sie hatte unten bereits Kaffee gemacht, sagte sie.

»Was meinen Sie wohl?« sagte Tom mit breitem Lächeln.

»Ich habe heute früh ein Telegramm von Mr. Greenleaf bekommen, und er kommt heute mittag.«

»Er *kommt?* Wann ist das Telegramm denn gekommen?«

»Heute ganz früh. Wenn ich das nicht geträumt habe.« Tom suchte es. »Hier ist es ja.«

Marge las das Telegramm. »Möchte Sie spreken«, sagte sie und lachte ein bißchen. »Na, ist ja nett. Es wird ihm guttun. Hoffe ich. Kommen Sie herunter, oder soll ich den Kaffee heraufbringen?«

»Ich komme«, sagte Tom und zog seinen Morgenrock an.

Marge war bereits angekleidet, sie trug Hose und Pullover, eine schwarze Cordhose, gutgeschnitten und maßgeschneidert, schätzte Tom, denn sie saß so tadellos an ihrer Kürbisfigur, wie Hosen nur sitzen konnten. Sie zogen das Kaffeetrinken in die Länge, bis um zehn Anna und Ugo kamen und Milch und Brötchen und die Morgenzeitungen brachten. Dann machten sie neuen Kaffee und heiße Milch und setzten sich ins Wohnzimmer. Es war wieder einmal ein Morgen, an dem nichts über Dickie oder den Fall Miles in den Zeitungen stand. Das kam manchmal vor, und dann brachten immer die Abendzeitungen etwas, selbst wenn es nichts wirklich Neues zu berichten gab, nur um einen daran zu erinnern, daß Dickie noch vermißt und der Miles-Mord noch immer nicht aufgeklärt war.

Marge und Tom gingen zum Bahnhof, um Mr. Greenleaf um dreiviertel zwölf abzuholen. Es regnete wieder, und es war so windig und kalt, daß der Regen sich auf ihren Gesichtern wie Hagel anfühlte. Sie standen im Schutze der Bahnhofshalle, beobachteten die Leute, die durch die Sperre kamen, und endlich, da war Mr. Greenleaf, ernst und bleich. Marge sprang hinzu, küßte ihn auf die Backe, und er lächelte ihr zu.

»Hallo, Tom!« sagte er herzlich, er streckte die Hand aus. »Wie geht's?«

»Danke, sehr gut. Und Ihnen?«

Mr. Greenleaf hatte nur ein kleines Köfferchen, aber ein Dienstmann trug es, und der Dienstmann fuhr mit ihnen im Motoscafo, obwohl Tom gesagt hatte, er könnte ohne weiteres den Koffer tragen. Tom schlug vor, daß sie geradewegs zu ihm gingen, aber Mr. Greenleaf wollte sich zuerst in einem Hotel einmieten. Er bestand darauf.

»Ich werde zu Ihnen hinüberkommen, sobald ich ein Zimmer habe«, sagte er. »Ich habe gedacht, ich probiere es mal mit dem *Gritti*. Liegt das irgendwo in Ihrer Nähe?«

»Das nicht gerade, aber Sie können bis zum Markusplatz gehen und dort mit der Gondel übersetzen«, sagte Tom. »Wir können auch mitkommen, wenn Sie sich nur eben eintragen wollen. Ich dachte, wir könnten heute mittag alle zusammen essen gehen – wenn Sie nicht lieber eine Weile mit Marge allein sein wollen.« Er war wieder der alte selbstlose Tom Ripley.

»Bin in erster Linie hier, um mit Ihnen zu reden!« sagte Mr. Greenleaf.

»Gibt es etwas Neues?« fragte Marge.

Mr. Greenleaf schüttelte den Kopf. Er warf nervöse, zerstreute Blicke aus dem Fenster des Motoscafo, so als zwänge ihn die unbekannte Stadt hinauszublicken, obwohl er nichts von ihr wahrnahm. Toms Frage nach dem Mittagessen hatte er nicht beantwortet. Tom verschränkte die Arme, setzte eine freundliche Miene auf und machte nicht mehr den Versuch, eine Unterhaltung in Gang zu bringen. Der Motor des Bootes machte sowieso ziemlichen Krach. Mr. Greenleaf und Marge führten ein sehr oberflächliches Gespräch über ein paar Bekannte in Rom. Tom dachte sich, daß Marge und Mr. Greenleaf sehr gut miteinander auskamen, obwohl

Marge, wie sie sagte, ihn nicht gekannt hatte, bevor sie ihn in Rom traf.

Sie speisten in einem bescheidenen Restaurant zwischen dem *Gritti* und dem *Rialto,* das auf Fischgerichte spezialisiert war und diese Gerichte immer in einem langen gläsernen Tresen zur Schau stellte. Eine der Platten bestand aus verschiedenen Arten der kleinen purpurroten Tintenfische, die Dickie so geliebt hatte, und Tom sagte zu Marge und wies dabei im Vorübergehen mit einer Kopfbewegung auf die Platten: »Zu schade, daß Dickie nicht hier ist, er würde sich an denen da laben.«

Marge lächelte heiter. Sie war stets guter Laune, wenn es ans Essen ging.

Mr. Greenleaf sprach ein bißchen mehr während des Essens, aber sein Gesicht blieb steinern, und sein Blick schweifte umher, während er sprach, so als hoffte er, Dickie würde jeden Augenblick hereinspazieren. Nein, die Polizei hatte auch nicht das geringste bißchen gefunden, was man eine Spur hätte nennen können, sagte er, und er habe gerade dafür gesorgt, daß ein Privatdetektiv aus Amerika herüberkäme und versuchte, das Mysterium aufzuklären.

Tom mußte nachdenklich schlucken – auch er hatte einen heimlichen Verdacht, oder vielleicht nur die Illusion, daß die amerikanischen Detektive besser seien als die italienischen –, aber dann erkannte er, wie sinnlos das war, genau wie auch Marge es anscheinend erkannte, denn ihr Gesicht wurde plötzlich lang und leer.

»Vielleicht ist das ein sehr guter Gedanke«, sagte Tom.

»Halten Sie denn etwas von der italienischen Polizei?« fragte Mr. Greenleaf ihn.

»Nun ja – ich halte tatsächlich etwas von ihr«, erwiderte Tom. »Außerdem hat sie den Vorteil, daß die Beamten italienisch sprechen, sie kommen überall hin und vernehmen jeden Verdächtigen. Wie ich annehme, spricht der Mann, den Sie angefordert haben, Italienisch?«

»Das weiß ich wirklich nicht. Ich weiß es nicht«, sagte

Mr. Greenleaf ganz verstört, als käme ihm erst jetzt zum Bewußtsein, daß er das hätte verlangen müssen, aber es nicht verlangt hatte. »Der Mann heißt McCarron. Er soll ausgezeichnet sein.«

Sicherlich spricht er nicht italienisch, dachte Tom. »Wann trifft er hier ein?«

»Morgen oder übermorgen. Ich will morgen wieder in Rom sein, um ihn zu empfangen, wenn er da ist.« Mr. Greenleaf war mit seiner *vitello alla parmigiana* fertig. Viel hatte er nicht gegessen.

»Tom hat ein wunderschönes Haus!« sagte Marge und hieb in ihren siebenschichtigen Rumkuchen ein.

Tom wandelte den funkelnden Blick, den er auf sie gerichtet hatte, in ein schwaches Lächeln.

Das Fragespiel würde zu Hause vonstatten gehen, dachte Tom, wahrscheinlich dann, wenn er mit Mr. Greenleaf allein wäre. Er wußte, daß Mr. Greenleaf ihn allein sprechen wollte, und deshalb schlug er vor, den Kaffee gleich hier im Restaurant einzunehmen, noch ehe Marge den Vorschlag machen konnte, ihn zu Hause zu trinken. Marge mochte den Kaffee aus seinem Filter so gern. Auch so saß Marge noch eine halbe Stunde lang bei ihnen im Wohnzimmer herum, als sie wieder zu Hause waren. Marge besaß keinerlei Fingerspitzengefühl für so was, dachte Tom. Endlich schnitt er ihr eine wildkomische Grimasse und blickte auf die Treppe, und sie begriff den Wink, sie schlug die Hand vor den Mund und verkündete, daß sie hinaufginge, um ein Auge voll Schlaf zu nehmen. Sie war wie üblich von unzerstörbarer guter Laune, und sie hatte während des ganzen Essens auf Mr. Greenleaf eingeredet, daß Dickie *natürlich* nicht tot sei, und er dürfte, dürfte sich nicht so viel Sorgen machen, denn das sei gar nicht gut für seine Verdauung. Als hätte sie immer noch Hoffnung, eines Tages seine Schwiegertochter zu werden, dachte Tom.

Mr. Greenleaf stand auf und wanderte ruhelos auf und ab, die Hände in den Taschen seines Jacketts wie ein Direktor, der dabei war, seinem Sekretär Briefe zu diktieren. Er hatte die Aufwendigkeit des Hauses nicht kommentiert, er hatte nicht einmal besonders darauf geachtet, wie Tom festgestellt hatte.

»Na, Tom«, begann er mit einem Seufzer, »das hat ein seltsames Ende genommen, nicht wahr?«

»Ende?«

»Nun ja, jetzt sind Sie in Europa, und Richard . . .«

»Niemand von uns hat bisher angenommen, er könnte in die Staaten zurückgekehrt sein«, sagte Tom freundlich.

»Nein, das nicht. Das kann nicht sein. Dafür sind die amerikanischen Einreisebehörden viel zu wachsam.« Mr. Greenleaf lief weiter auf und ab und sah ihn nicht an. »Wie ist Ihre wahre Meinung darüber, wo er sein könnte?«

»Tja, Mr. Greenleaf . . . er könnte sich in Italien verborgen halten . . . sehr leicht sogar, wenn er nicht in ein Hotel geht, wo er sich anmelden muß.«

»Gibt es denn Hotels in Italien, in denen man sich nicht anmelden muß?«

»Nein, nein, offiziell nicht. Aber jeder, der mit dem Italienischen so vertraut ist wie Dickie, kann das zuwege bringen. Wenn er zum Beispiel irgendeinen kleinen Gastwirt in Süditalien bestochen hat, daß er den Mund hält, dann kann er dort bleiben, selbst wenn der Mann wüßte, daß er Dickie Greenleaf heißt.«

»Und Sie meinen, das ist es, was er tut?« Mr. Greenleaf blickte ihn plötzlich voll an, und Tom sah wieder diesen erbarmungswürdigen Ausdruck in seinen Augen, den er schon am ersten Abend in New York, als er Mr. Greenleaf kennenlernte, bemerkt hatte.

»Nein, ich . . . es ist möglich. Das ist alles, was ich dazu sagen kann.« Er zögerte. »Es tut mir leid, Mr. Greenleaf, aber ich glaube, es besteht auch die Möglichkeit, daß Dickie tot ist.«

In Mr. Greenleafs Gesicht veränderte sich nichts. »Wegen dieser Niedergeschlagenheit in Rom, von der Sie sprachen? Was hat er im einzelnen gesagt?«

»Es war seine Stimmung ganz allgemein.« Tom runzelte die Stirn. »Die Miles-Geschichte hat ihn ganz offenbar erschüttert. Er ist so ein Mensch ... Aufsehen jeder Art ist ihm zutiefst verhaßt. Gewalttätigkeit jeder Art.« Tom fuhr sich mit der Zungenspitze über die Lippen. Sein qualvolles Bemühen, sich auszudrücken, war echt. »Er sagte, wenn noch so was passierte, dann würde er sich aufhängen – oder dann wisse er nicht, was er täte. Ich hatte auch zum erstenmal den Eindruck, daß ihn das Malen nicht interessierte. Vielleicht war das nur vorübergehend so, aber bis dahin hatte ich immer geglaubt, das Malen wäre für Dickie eine Zuflucht, was immer ihm auch widerfahren mochte.«

»Nimmt er denn wirklich seine Malerei so ernst?«

»Ja, das tut er«, sagte Tom fest.

Wieder blickte Mr. Greenleaf zur Zimmerdecke empor, die Hände auf dem Rücken. »Schade, daß wir diesen di Massimo nicht ausfindig machen können. Er weiß vielleicht mehr. Ich habe erfahren, daß Richard mit ihm zusammen nach Sizilien wollte.«

»Das wußte ich nicht«, sagte Tom. Das hatte Mr. Greenleaf von Marge, dachte er.

»Auch di Massimo ist verschwunden, falls er je existiert hat. Ich neige fast zu der Annahme, daß Richard ihn erfunden hat, um mich davon zu überzeugen, daß er malt. Die Polizei kann keinen Maler namens di Massimo entdecken auf ihren ... ihren Identitätslisten oder was es ist.«

»Ich habe ihn nie kennengelernt«, sagte Tom. »Dickie hat ein paarmal von ihm gesprochen. Seine Identität habe ich nie angezweifelt – oder seine Existenz.« Er lachte ein bißchen.

»Was haben Sie vorhin gesagt, ›wenn noch so was passierte‹? Was ist denn noch passiert?«

»Ja – damals in Rom wußte ich es noch nicht, aber ich glaube jetzt zu wissen, was er gemeint hat. Sie haben ihn wegen des versenkten Bootes von San Remo vernommen. Hat man Ihnen davon erzählt?«

»Nein.«

»Man hat in San Remo ein Boot gefunden, versenkt. Wie es scheint, ging das Boot an dem Tage verloren oder ungefähr an dem Tage, an welchem Dickie und ich dort waren, und wir sind mit einem Boot der gleichen Art gefahren. Das sind diese kleinen Motorboote, die man dort mieten kann. Jedenfalls, das Boot ist versenkt worden, und es waren Flecke darin, die man für Blutflecke hielt. Zufällig wurde das Boot unmittelbar nach dem Miles-Mord gefunden, und gleichzeitig war *ich* nicht zu finden, denn ich bin im Lande herumgereist, also fragten sie Dickie, wo ich wäre. Dickie muß wohl eine Zeitlang den Eindruck gehabt haben, man verdächtigte ihn, mich ermordet zu haben!« Tom lachte.

»Du lieber Himmel!«

»Ich weiß das nur, weil mich ein Polizeiinspektor in dieser Sache verhört hat, erst vor ein paar Wochen in Venedig. Er sagte, er hätte auch Dickie schon dazu vernommen. Das komische dabei ist, daß ich gar nicht ahnte, daß ich gesucht wurde – bis ich es in Venedig in der Zeitung las. Da ging ich hier zum Polizeirevier und meldete mich zur Stelle.« Noch immer lächelte Tom. Vor Tagen schon hatte er den Entschluß gefaßt, Mr. Greenleaf dies alles doch besser zu erzählen, falls er je mit ihm zusammenträfe, ob Mr. Greenleaf nun schon vom San Remo-Boot wußte oder nicht. Es war besser so, als wenn Mr. Greenleaf es von der Polizei erführe, als wenn ihm dort gesagt würde, daß er mit Dickie in Rom zusammengewesen war zu einem Zeitpunkt, da ihm bekannt gewesen sein mußte, daß die Polizei nach ihm suchte. Außerdem paßte das genau zu dem, was er über Dickies damalige Depression sagte.

»Ich verstehe das alles nicht ganz«, sagte Mr. Greenleaf. Er saß auf dem Sofa und hörte aufmerksam zu.

»Das ist ja jetzt erledigt, da Dickie und auch ich noch ganz lebendig sind. Der Grund, warum ich das überhaupt erwähne, ist der, daß Dickie wußte, die Polizei suchte mich, denn sie hatten ihn ja nach mir gefragt. Beim ersten Ge-

spräch mit der Polizei mag er tatsächlich nicht genau gewußt haben, wo ich war, aber er wußte zumindest, daß ich
noch im Lande war. Aber sogar als ich dann nach Rom kam
und ihn besuchte, hat er der Polizei nicht gesagt, daß ich
besucht habe. Er hatte nicht die Absicht, ihnen soweit ent-
gegenzukommen, er hatte keine Lust dazu. Ich weiß das,
weil Dickie zur gleichen Zeit, da Marge im Hotel in Rom
mit mir sprach, unterwegs war, um mit der Polizei zu reden.
Er war der Meinung, die Polizei sollte mich nur selber finden, er dachte nicht daran, ihr zu sagen, wo ich zu finden
wäre.«

Mr. Greenleaf schüttelte den Kopf, ein väterliches Kopf-
schütteln voll nachsichtigen Tadels, so als könnte er das von
Dickie ohne weiteres glauben.

»Wenn ich mich recht erinnere, war das derselbe Abend,
an dem er sagte, wenn noch so was passierte ... Mich hat
das in einige Verlegenheit gebracht, später in Venedig. Die
Polizisten haben mich wahrscheinlich für schwachsinnig gehalten, weil ich nicht gewußt habe, daß ich gesucht wurde,
aber es bleibt eine Tatsache, daß ich es nicht wußte.«

»Hm-m«, machte Mr. Greenleaf uninteressiert.

Tom stand auf, um Cognac zu holen.

»Ich fürchte, ich kann mich Ihrer Meinung nicht anschließen, wenn Sie sagen, Richard hätte Selbstmord begangen«,
sagte Mr. Greenleaf.

»Ach, Marge auch nicht. Ich habe ja auch nur gesagt, daß
es eine der Möglichkeiten ist. Ich halte es nicht einmal für
das wahrscheinlichste.«

»Nein? Was denn dann?«

»Daß er sich verborgen hält«, sagte Tom. »Darf ich Ihnen
einen Cognac anbieten, Mr. Greenleaf? Ich kann mir vorstellen, daß Ihnen in diesem Hause ganz hübsch kalt ist
nach Amerika.«

»Offen gesagt, ja.« Mr. Greenleaf nahm sein Glas entgegen.

»Sehen Sie, er kann ja nicht nur in Italien, er kann in vielen anderen Ländern sein«, sagte Tom. »Er könnte nach Griechenland oder Frankreich oder irgendwohin gegangen sein, nachdem er in Neapel angekommen war, denn man fing ja erst Tage später an, nach ihm zu suchen.«

»Ich weiß, ich weiß«, sagte Mr. Greenleaf müde.

26

Tom hatte im stillen gehofft, daß Marge die Einladung zur Cocktailparty des Antiquitätenhändlers im *Danieli* vergäße, aber sie vergaß sie nicht. Gegen vier Uhr ging Mr. Greenleaf in sein Hotel, um sich etwas hinzulegen, und kaum hatte sich die Tür hinter ihm geschlossen, kam Marge und erinnerte Tom an die Party um fünf.

»Möchten Sie denn wirklich hingehen?« fragte Tom. »Ich weiß nicht einmal mehr, wie der Mann hieß.«

»Maloof. M-a-l-o-o-f«, sagte Marge. »Ich würde gern hingehen. Wir brauchen ja nicht lange zu bleiben.«

So war das also. Was Tom daran so haßte, das war das Aufheben, das man von ihnen machte, nicht eine, nein, gleich zwei Hauptfiguren des Greenleaf-Dramas, ins Auge fallend wie ein Akrobatenpaar im Scheinwerferlicht der Zirkuskuppel. Er spürte, er wußte, sie waren nichts als zwei Namen, Trophäen des Mr. Maloof, Ehrengäste, die tatsächlich erschienen, und ganz gewiß dürfte Mr. Maloof heute allen mitgeteilt haben, daß Marge Sherwood und Tom Ripley seiner Party beiwohnen würden. Es war unangebracht, empfand Tom. Und Marge konnte ihre Vergnügungssucht nicht einfach damit entschuldigen, daß sie sagte, sie machte sich nicht die geringsten Sorgen wegen Dickies Verschwinden. Tom hatte sogar den Eindruck, daß Marge die Martinis soff, weil sie nichts kosteten, gerade als bekäme sie bei ihm nicht alles, was sie brauchte, oder als ob er ihr nicht noch ein paar bezahlen würde, wenn sie mit Mr. Greenleaf zum Essen gingen.

Tom nippte langsam seinen Drink und brachte es fertig,

die ganze Breite des Raumes zwischen sich und Marge zu legen. Er war der Freund Dickie Greenleafs für jeden, der die Konversation mit der Frage eröffnete, ob er es sei, aber Marge kannte er nur flüchtig.

»Miss Sherwood ist mein Gast«, sagte er mit einem verlegenen Lächeln.

»Wo ist Mr. Greenleaf? Zu schade, daß Sie ihn nicht mitgebracht haben«, sagte Mr. Maloof, der sich heranwälzte wie ein Elefant mit einem riesigen Manhattan in einem Champagnerglas. Er trug einen karierten Anzug aus grellem englischem Tweed, ein Muster, wie es die Engländer – widerwillig – speziell für Amerikaner von der Sorte Rudi Maloofs herstellten, dachte Tom.

»Ich glaube, Mr. Greenleaf ruht sich etwas aus«, sagte Tom. »Wir werden uns später zum Abendessen mit ihm treffen.«

»So«, sagte Mr. Maloof. »Haben Sie schon die Abendzeitungen gelesen?« Dies letzte höflich, mit respektvoll-ernstem Blick.

»Ja, habe ich«, erwiderte Tom.

Mr. Maloof nickte ohne ein weiteres Wort. Tom fragte sich, welche unwichtige Meldung Mr. Maloof wohl hergesagt hätte, wenn er zu hören bekommen hätte, daß Tom die Zeitungen noch nicht gelesen habe. Heute abend schrieb die Presse, daß Mr. Greenleaf in Venedig eingetroffen sei und im *Gritti*-Palast wohne. Es war nicht die Rede davon, daß heute ein Privatdetektiv aus Amerika nach Rom käme oder daß überhaupt einer zu erwarten war, was in Tom Zweifel an der Geschichte vom Privatdetektiv weckte. Da hatte Mr. Greenleaf wohl so eins von den Märchen erzählt, die andere Leute sich ausdachten, oder so was wie seine eigenen Angstphantasien, nie stützten sie sich auch nur auf die kleinste Tatsache, und er schämte sich jedesmal ein paar Wochen später, daß er so was hatte *glauben* können. Märchen wie: Marge und Dickie hätten etwas miteinander in Mongibello oder wären auch nur im Begriff, etwas miteinander zu haben. Oder daß der Fälschungsskandal im Februar ihn zugrunde richten und ihn verraten würde, wenn er noch weiter die Rolle Dickie Greenleafs spielte. Der Sturm um die Fälschungen hatte sich in Wirklichkeit schon gelegt. Das neueste war, daß von zehn Experten in Amerika sieben gesagt hatten, sie hielten die Schecks nicht für gefälscht. Er hätte ruhig noch eine Anweisung der amerikanischen Bank unterschreiben können, er hätte endlos als Dickie Greenleaf weitermachen können, hätte er sich nicht von seinen eingebildeten Ängsten beherrschen lassen. Mit halbem Ohr lauschte er noch dem Geplapper Mr. Maloofs, der sich mühte, einen intelligenten und seriösen Eindruck zu machen mit der Schilderung seiner Expedition zu den Inseln Murano und Burano heute vormittag. Tom hielt den Mund, runzelte die Stirn, hörte zu und konzentrierte sich verbissen auf sich selbst. Vielleicht sollte er Mr. Greenleafs Geschichte von dem Privatdetektiv lieber glauben, bis das Gegenteil erwiesen war, aber er würde sich davon nicht erschüttern lassen, und er würde auch nicht mit einem Wimpernzucken Angst verraten.

Tom gab auf eine Bemerkung Mr. Maloofs eine geistesabwesende Antwort, und Mr. Maloof lachte mit alberner Fröhlichkeit und schlenderte davon. Tom verfolgte seinen breiten Rücken mit verächtlichen Blicken, es war ihm klar, daß er unhöflich gewesen war, daß er unhöflich war und daß er sich besser zusammennehmen sollte, denn es gehörte zu dem Geschäft, ein Gentleman zu sein, daß man sich höflich benahm, höflich sogar zu dieser Handvoll zweitklassiger Antiquitätenhändler und Nippes- und Aschenbecherkäufer – Tom hatte ihre Warensortimente gesehen, ausgebreitet auf einem Bett drüben in dem Zimmer, in das sie ihre Mäntel gebracht hatten. Aber sie erinnerten ihn zu sehr an die Leute, denen er in New York adieu gesagt hatte, dachte er, und deshalb haßte er sie wie die Pest, und deshalb weckten sie in ihm den Wunsch zu rennen. Marge war schließlich der Grund, warum er hier war, einzig und allein Marge. *Sie* war schuld. Tom nahm einen Schluck von seinem Martini, sah zur Decke hinauf und dachte: noch ein paar Monate weiter, und seine Nerven, seine Geduld ertrügen auch solche Menschen, falls er sich überhaupt je wieder in Gesellschaft solcher Menschen befinden würde. Es war schon besser geworden mit ihm, seit er aus New York weg war, und es würde immer besser werden. Er starrte zur Zimmerdecke empor und dachte daran, daß er nach Griechenland dampfen würde, durch die Adria zum Ionischen Meer bis Kreta. Genau das würde er machen im Sommer. Im Juni. *Juni*. Wie sanft und süß war doch das Wort, hell und faul und voller Sonne! Seine Träumerei dauerte allerdings nur wenige Sekunden. Die lauten, knarrenden amerikanischen Stimmen erzwangen sich den Weg in seine Ohren, sie senkten sich wie Klauen in die Nerven seiner Schultern und seines Rückens. Ganz von selbst bewegte er sich von der Stelle, bewegte sich auf Marge zu. Außer ihr waren nur noch zwei Frauen im Raume, die abscheulichen Gattinnen zweier abscheulicher Geschäftsleute, und Marge, das mußte er zugeben, sah weitaus besser aus als alle beide, aber ihre Stimme, dachte er, ihre Stimme war schlimmer, sie war wie die der anderen, nur schlimmer.

Es lag ihm auf der Zunge, etwas vom Gehen zu sagen, aber da es undenkbar war, daß der Mann zuerst vom Gehen sprach, sagte er überhaupt nichts, gesellte sich nur zu der Gruppe um Marge und lächelte. Irgend jemand füllte sein Glas neu. Marge erzählte von Mongibello, von ihrem Buch, und die drei Herren mit grauen Schläfen, faltigen Gesichtern, schütterem Haar schienen von ihr ganz hingerissen.

Als Marge selber ein paar Minuten später vorschlug zu gehen, hatten sie schreckliche Mühe, sich von Maloof und Konsorten freizumachen, sie waren jetzt alle noch ein bißchen betrunkener und drängten darauf, daß sie alle *zusammen* zum Essen gehen sollten, und Mr. Greenleaf auch.

»Dafür ist Venedig da – zum Vergnügen!« sagte Mr. Maloof in steter, stumpfsinniger Wiederholung und nahm die

Gelegenheit wahr, seinen Arm um Marge zu legen und sie ein bißchen zu tätscheln, während er sich mühte, sie zum Bleiben zu bewegen, und Tom dachte, wie gut, daß er noch nicht gegessen hatte, denn hier hätte er es gleich wieder von sich gegeben. »Welche Nummer hat Mr. Greenleaf? Laßt uns anrufen!« Mr. Maloof schwankte zum Telephon.

»Ich glaube, wir verschwinden hier besser!« zischte Tom Marge ins Ohr. Mit hartem, wirksamem Griff packte er ihren Ellenbogen und steuerte sie zur Tür, während beide sich nickend und lächelnd nach allen Seiten verabschiedeten.

»Was ist *los*?« fragte Marge, als sie auf dem Gang standen.

»Nichts. Ich hatte nur den Eindruck, daß die Party ein bißchen aus den Nähten platzte«, sagte Tom und versuchte, es mit einem Lächeln zu bagatellisieren. Marge war ein bißchen beschwipst, aber nicht zu beschwipst, um zu merken, daß er irgend etwas hatte. Er schwitzte. Perlen standen ihm auf der Stirn, und er wischte sie ab. »Solche Leute machen mich fertig«, sagte er, »reden ununterbrochen über Dickie, und wir kennen sie nicht einmal, ich möchte sie auch gar nicht kennen. Sie machen mich krank!«

»Komisch. Keine Seele hat mit mir über Dickie gesprochen oder auch nur seinen Namen genannt. Ich fand es heute viel schöner als gestern bei Peter.«

Tom hob den Kopf, während er dahinschritt, er schwieg. Es war die Gattung von Mensch, die er verachtete, aber warum sollte er das Marge sagen, die auch dazugehörte?

Sie fragten im Hotel nach Mr. Greenleaf. Es war noch etwas zu früh zum Essen, so tranken sie noch Aperitifs in einem Café in der Nähe des *Gritti*. Tom bemühte sich, seine Explosion auf der Party dadurch wettzumachen, daß er während des Essens besonders liebenswürdig und gesprächig war. Mr. Greenleaf war guter Stimmung, weil er gerade mit seiner Frau telephoniert hatte, sie war in guter Verfassung gewesen, es ging ihr viel besser. Ihr Arzt hätte während der letzten zehn Tage eine neue Spritze ausprobiert, sagte

Mr. Greenleaf, und sie schiene besser darauf zu reagieren als auf alles, was sie bisher versucht hätten.

Es war ein stilles Mahl. Tom erzählte einen sauberen, zartkomischen Witz, und Marge lachte vergnügt. Mr. Greenleaf bestand darauf, daß er das Essen bezahlte, und dann sagte er, er wollte wieder ins Hotel gehen, weil er nicht so völlig auf der Höhe sei. Aus der Tatsache, daß er sich vorsichtig ein *pasta*-Gericht aussuchte und keinen Salat aß, schloß Tom, daß er wohl an den üblichen Touristenbeschwerden litte, und dagegen hätte er ein ausgezeichnetes Mittel gewußt, in jeder Drogerie erhältlich, aber Mr. Greenleaf war nicht ganz der Mann, dem man so etwas hätte sagen können, selbst unter vier Augen nicht.

Mr. Greenleaf sagte, er führe morgen wieder nach Rom, und Tom versprach, ihn morgens gegen neun Uhr anzurufen, um zu erfragen, für welchen Zug er sich entschieden hätte. Marge wollte mit Mr. Greenleaf zusammen nach Rom zurückkehren, und sie war mit jedem Zug einverstanden. Sie gingen zum *Gritti* zurück – Mr. Greenleaf mit seinem straffen Industriellengesicht unter dem grauen Homburg wirkte wie ein Stück Madison Avenue, das da durch die engen Zickzackgäßchen schritt –, und sie sagten einander gute Nacht.

»Es tut mir schrecklich leid, daß wir nicht länger zusammensein konnten«, sagte Tom.

»Mir auch, mein Junge, mir auch. Vielleicht ein andermal.« Mr. Greenleaf klopfte ihm auf die Schulter.

Tom ging mit Marge nach Hause, er lief wie auf Wolken. Alles war so unglaublich gut verlaufen, dachte er. Marge schnatterte drauflos, während sie gingen, sie kicherte, denn ein Träger ihres Büstenhalters war gerissen, und sie mußte ihn mit einer Hand hochhalten, sagte sie. Tom dachte an den Brief, den er am Nachmittag von Bob Delancey bekommen hatte, die erste Nachricht von Bob außer einer Postkarte vor ewigen Zeiten. Bob schrieb, daß die Polizei dagewesen wäre und alle Hausbewohner wegen eines Steuerbetrugs vor ein paar Monaten vernommen hätte. Der Betrüger hätte sich anscheinend seine Schecks an diese Adresse schicken lassen, und er hätte sie ganz einfach an sich gebracht, indem er die Briefe von der Kante des Postkastens herunterholte, wohin der Briefträger sie gesteckt hätte. Auch der Briefträger wäre vernommen worden, schrieb Bob, und er könnte sich noch darauf besinnen, daß auf den Briefen der Name George McAlpin gestanden hätte. Bob schien das alles zu belustigen. Er beschrieb die Reaktion der Leute im Hause auf die Vernehmungen der Polizei. Die Frage sei, wer die an George McAlpin adressierte Post an sich genommen hätte? Nun, das ganze klang jedenfalls sehr beruhigend. Diese Steuerepisode hatte immer irgendwie über Toms Haupte geschwebt, denn es war ihm klar gewesen, daß es da irgendwann noch eine Untersuchung geben würde. Er war froh, daß es bis hierhin und nicht weiter gegangen war. Er konnte sich nicht vorstellen, wie die Polizei jemals Tom Ripley mit Georges McAlpin in Verbindung bringen sollte, bringen könnte. Außerdem hatte der Betrüger, wie Bob bemerkte, nicht einmal den Versuch gemacht, die Schecks einzulösen.

Als Tom zu Hause war, setzte er sich ins Wohnzimmer, um Bobs Brief noch einmal zu lesen. Marge war nach oben gegangen, um ihre Sachen zu packen und schlafen zu gehen. Tom war auch müde, aber es war so schön, die Vorfreude auf die Freiheit morgen, wenn Marge und Mr. Greenleaf weg wären, auszukosten, daß es ihm nichts ausgemacht hätte, die ganze Nacht aufzubleiben. Er zog seine Schuhe aus, damit er seine Füße auf das Sofa legen konnte, ließ sich auf ein Kissen sinken und las, was Bob weiter schrieb. »Die Polizei nimmt an, daß es ein Fremder war, der gelegentlich vorbeikam und die Briefe abholte, denn keiner der Deppen hier im Hause sieht nach einem Kriminellen aus . . .« Eigenartig, von seinen Bekannten in New York zu lesen, von Ed und Lorraine, dem hirnlosen Mädchen, das versucht hatte, sich in seiner Kabine zu verstauen, damals, als er von New York abfuhr. Es war eigenartig und nicht im geringsten angenehm. Was für ein trauriges Leben hatten sie doch, krochen in New York herum, hinein in die U-Bahnen und wieder heraus, standen in einer schmutzigen Bar an der Dritten Avenue herum, um sich zu amüsieren, saßen vor dem Fernsehgerät – aber selbst wenn sie Geld genug hatten für eine Bar an der Madison Avenue oder für ein gutes Restaurant hier und da, wie langweilig war doch das alles im Vergleich zu der schlechtesten kleinen Trattoria in Venedig mit ihren Platten voll grüner Salate, ihren Tabletts voll herrlichen Käses, ihren freundlichen Obern, die einem den besten Wein der Welt kredenzten! »Und wie ich Dich beneide, der da in Venedig in einem alten Palazzo sitzt!« schrieb Bob. »Fährst Du oft Gondola? Wie sind die Mädchen? Wirst Du so kultiviert werden, daß Du keinen von uns mehr eines Wortes würdigst, wenn Du wieder hier bist? Übrigens, wie lange willst Du denn bleiben?«

Für immer, dachte Tom. Vielleicht führe er niemals in die Staaten zurück. Es lag nicht so sehr an Europa selber, daß er so empfand, als vielmehr an den Abenden, die er allein verbracht hatte, manchmal in Rom, Abende, an denen er bloß Landkarten betrachtet oder, auf Sofas herumliegend, Reiseführer durchgeblättert hatte, Abende, an denen er seine Kleider durch die Finger gleiten ließ – seine und Dickies Kleider –, Dickies Ringe zwischen den Handflächen gefühlt hatte, mit den Fingerspitzen über den Antilopenkoffer gefahren war, den er im *Gucci* gekauft hatte. Er hatte den Koffer mit einem englischen Spezialpflegemittel poliert – nicht daß er unbedingt hatte poliert werden müssen, das nicht, er nahm ihn sehr in acht – nein, er polierte ihn nur vorbeugend. Er liebte Besitztümer, nicht in Massen, sondern einige ausgewählte Stücke, von denen trennte er sich nicht. Sie verliehen einem Menschen Selbstachtung. Nicht Gepränge, sondern Qualität, und dazu die Liebe, die die Qualität hegte. Besitztümer bewiesen ihm, daß er da war, und sie ließen ihn sein Dasein genießen. So einfach war das.

Und war es nicht etwas wert? Er war da. Nicht viele Menschen wußten ihr Dasein so zu schätzen wie er. Nicht viele Menschen auf der Welt verstanden das, selbst wenn sie das Geld besaßen. Dafür war ja im Grunde gar kein Geld nötig, nicht viel Geld, nur eine gewisse Sicherheit war nötig. Er war auf dem Wege dahin gewesen, sogar bei Marc Priminger schon. Er hatte Marcs Besitztümer geschätzt, sie waren es gewesen, die ihn angezogen hatten, aber sie gehörten ja nicht ihm, und es war unmöglich gewesen, mit vierzig Dollar in der Woche anfangen zu wollen, irgend etwas Eigenes anzuschaffen. Das hätte ihn die besten Jahre seines Lebens gekostet, auch wenn er sich bis zum Äußersten eingeschränkt hätte, um die Dinge zu kaufen, die er sich wünschte. Dickies Geld hatte ihm nur noch zusätzlichen Schwung verliehen auf dem Wege, den er gegangen war. Das Geld gab ihm die Muße, Griechenland zu besuchen, etruskische Töpferware zu sammeln, wenn er wollte (neulich hatte er ein interessantes Buch über dieses Thema von einem in Rom lebenden Amerikaner gelesen), sich Künstlerkreisen anzuschließen, wenn er den Drang dazu verspürte, und Geld für ihre Werke zu stiften. Es gab ihm beispielsweise die Muße, heute nacht seinen Malraux zu lesen, solange es ihm gefiel, denn er mußte ja morgen nicht zur Arbeit. Er hatte gerade eine zweibändige Ausgabe von Malraux' *Psychologie de l'Art* gekauft, die er jetzt las, mit großem Vergnügen, er las sie auf französisch mit Hilfe eines Wörterbuchs. Er könnte jetzt ein Nickerchen machen, dachte er, und dann ein bißchen darin lesen, egal, wie spät es dann sein mochte. Er fühlte sich behaglich und schläfrig trotz der vielen Espressos. Der geschwungene Rand des Sofas schmiegte sich an seine Schultern wie jemandes Arm, nein, besser als jemandes Arm. Er beschloß, die Nacht hier zu verbringen. Es war bequemer hier als auf dem Sofa oben. Gleich würde er hinaufgehen und sich eine Decke holen.

»Tom?«

Er öffnete die Augen. Marge kam die Treppe herunter,

barfuß. Tom setzte sich auf. Sie trug seinen braunen Lederbeutel in der Hand.

»Eben habe ich hier drin Dickies Ringe gefunden«, sagte sie atemlos.

»Ach ja. Die hat er mir gegeben. Zur Aufbewahrung.« Tom stand auf.

»Wann?«

»In Rom, glaube ich.« Er ging einen Schritt rückwärts, stieß an einen seiner Schuhe und hob ihn auf, hauptsächlich in dem Bestreben, ruhig zu wirken.

»Was hatte er vor? Warum hat er sie Ihnen gegeben?«

Sie hatte nach Nadel und Faden gesucht, um ihren Büstenhalter zu nähen, dachte Tom. Warum zum Teufel hatte er nur die Ringe nicht woandershin gesteckt, in das Futter dieses Koffers oder so? »Ich weiß es wirklich nicht«, sagte Tom. »War wohl so eine Schrulle von ihm. Sie kennen ihn doch. Er sagte, für den Fall, daß ihm etwas zustoßen sollte, möchte er mir seine Ringe in Verwahrung geben.«

Marge sah ihn verstört an. »Wohin wollte er?«

»Nach Palermo. Sizilien.« Er hielt seinen Schuh mit beiden Händen, er hielt ihn so, daß er den hölzernen Absatz notfalls als Waffe gebrauchen könnte. Auch wie er es tun würde, schoß ihm blitzschnell durch den Kopf: mit dem Schuh niederschlagen, dann zur Vordertür hinauszerren und in den Kanal werfen. Er würde sagen, sie sei gestürzt, auf dem Moos ausgeglitten. Und sie wäre so eine gute Schwimmerin, er hätte doch angenommen, daß sie sich über Wasser halten könnte.

Marge starrte auf den Lederbeutel hinunter. »Dann *hatte* er die Absicht, sich umzubringen.«

»Ja ... wenn Sie die Sache so betrachten, die Ringe ... Sie machen es wahrscheinlicher, daß er es getan hat.«

»Warum haben Sie bis jetzt noch nichts davon gesagt?«

»Ich hatte das tatsächlich vollkommen vergessen. Ich habe sie weggesteckt, damit sie nicht verlorengingen, und es ist mir nie eingefallen, nach ihnen zu sehen, seit dem Tage, an dem er sie mir gegeben hat.«

»Er hat sich entweder umgebracht oder seine Identität gewechselt, nicht wahr?«

»Ja.« Tom sagte es traurig und fest.

»Sie sollten das besser Mr. Greenleaf sagen.«

»Ja, das werde ich. Mr. Greenleaf und der Polizei.«

»Das *erledigt* die Sache praktisch«, sagte Marge.

Tom wrang jetzt den Schuh zwischen seinen Händen wie ein Paar Handschuhe, aber er hielt ihn immer noch bereit, denn Marge starrte ihn seltsam an. Sie dachte immer noch nach. Führte sie ihn an der Nase herum? Wußte sie jetzt Bescheid?

Marge sagte ernst: »Ich kann mir Dickie einfach nicht vorstellen ohne seine Ringe«, und da wußte Tom, daß sie nicht auf die Antwort gekommen war, daß ihre Gedanken meilenweit davon entfernt einen anderen Weg liefen.

Jetzt ließ seine Spannung nach, schlapp sank er auf das Sofa, er tat, als sei er mit dem Anziehen seiner Schuhe vollauf beschäftigt. »Nein«, stimmte er mechanisch zu.

»Wenn es nicht schon so spät wäre, würde ich jetzt Mr. Greenleaf anrufen. Aber er ist wahrscheinlich schon zu Bett gegangen, und wenn ich ihm das jetzt sagen würde, dann täte er die ganze Nacht kein Auge zu, das weiß ich.«

Tom mühte sich, seinen Fuß in den zweiten Schuh zu zwängen. Sogar seine Finger waren schlapp und ohne Kraft. Er zerbrach sich den Kopf nach einer gescheiten Bemerkung, die er jetzt machen könnte. »Es tut mir leid, daß ich das nicht früher gesagt habe«, brachte er mit tiefer Stimme hervor. »Es war einfach wieder so eine . . .«

»Ja, dadurch wird es irgendwie sinnlos, daß Mr. Greenleaf jetzt noch einen Privatdetektiv herüberholt, nicht wahr?« Ihre Stimme zitterte.

Tom schaute sie an. Sie war den Tränen nahe. In diesem Augenblick, erkannte Tom, gestand sie sich zum allerersten Male ein, daß Dickie tot sein könnte, daß er wahrscheinlich tot war. Langsam ging Tom auf sie zu. »Es tut mir leid, Marge. Es tut mir ganz besonders leid, daß ich Ihnen nicht eher etwas von den Ringen gesagt habe.« Er legte seinen Arm um sie. Das war kaum noch nötig, denn sie lehnte sich gegen ihn. Er atmete den Duft ihres Parfüms. Das Stradivari sicherlich. »Das ist einer der Gründe, warum ich mit dieser Gewißheit spürte, daß er sich umgebracht hat – wenigstens daß er es getan haben könnte.«

»Ja«, sagte sie in jämmerlichem, klagendem Ton.

Sie weinte nicht richtig, sie lehnte sich nur an ihn, bewegungslos, mit gesenktem Kopf. Wie jemand, der gerade eine Todesnachricht erhalten hat, dachte Tom. Und das hatte sie ja auch.

»Wie wär's mit einem Cognac?« fragte er sanft.

»Nein.«

»Kommen Sie, setzen Sie sich auf das Sofa.« Er führte sie hinüber.

Sie setzte sich, und er ging quer durchs Zimmer, um den Cognac zu holen. Er goß Cognac in zwei Schwenker. Als er sich umwandte, war sie nicht mehr da. Er konnte gerade noch einen Zipfel ihres Morgenrockes und ihre bloßen Füße oben auf der Treppe verschwinden sehen.

Sie zog es vor, allein zu sein, dachte er. Er setzte sich in Bewegung, um ihr den Cognac nachzubringen, dann änderte er plötzlich seinen Entschluß. Wahrscheinlich half ihr hier auch Cognac nicht mehr. Er wußte, wie ihr zumute war. Gemessen trug er die Cognacs wieder zurück zur Hausbar. Eigentlich hatte er nur einen zurückgießen wollen, aber jetzt goß er beide zurück und stellte die Flasche wieder zu den anderen Flaschen.

Wieder sank er auf das Sofa, streckte ein Bein darauf aus und ließ den Fuß baumeln, er war jetzt zu erschöpft, um auch nur seine Schuhe auszuziehen. Genauso müde wie nach dem Mord an Freddie Miles, dachte er plötzlich, oder wie nach dem Mord an Dickie in San Remo. Er war so nahe daran gewesen! Wie nüchtern er überlegt hatte, daß er sie mit dem Schuhabsatz bewußtlos schlagen müßte, jedoch nicht so heftig, daß irgendwo die Haut verletzt würde, daß er sie durch die Diele und zur Vordertür hinausschleppen müßte, ohne Licht, damit niemand sie sehen könnte – wie schnell er sich seine Geschichte gezimmert hatte, daß sie anscheinend ausgeglitten sei, daß er geglaubt hätte, sie könnte ohne weiteres zurückschwimmen zur Treppe, daß er ihr deshalb nicht nachgesprungen sei oder um Hilfe gerufen hätte, bis ... Wenn er es sich recht überlegte, hatte er im Geiste sogar den genauen Wortlaut des Gespräches gehört, das er hinterher mit Mr. Greenleaf geführt hätte – Mr. Greenleaf erschüttert und verschreckt, er selber äußerlich genauso erschüttert, aber eben nur äußerlich. Unter dieser Erschütterung wäre er so ruhig und selbstsicher gewesen, wie er es nach der Ermordung Freddies war, denn seine Geschichte wäre unangreifbar gewesen. Wie die San Remo-Geschichte. Seine Geschichten waren gut, weil er sie lebendig vor sich sah, so lebendig, daß er sie am Ende selber glaubte.

Einen Augenblick lang hörte er seine eigene Stimme: »... Ich stand hier auf der Treppe und rief sie, ich dachte, sie müßte doch jeden Moment heraufkommen, ich rechnete auch schon damit, daß sie ihren Schabernack mit mir triebe ... Aber ich wußte nicht *genau*, ob sie sich verletzt hatte, und sie hatte doch eben noch so quicklebendig dort gestanden ...« Sein Körper spannte sich. Es war, als drehte sich in seinem Schädel eine Schallplatte, als spiele sich mitten im Wohnzimmer ein kleines Drama ab, ohne daß er imstande gewesen wäre, dem Einhalt zu gebieten. Er konnte sich selber sehen, wie er mit den italienischen Polizisten und mit Mr. Greenleaf an der großen Tür stand, die in die Halle führte. Er konnte sich sehen und hören, wie er voller Ernst redete. Und Glauben fand.

Aber was ihn eigentlich in Angst und Schrecken versetzte, das waren nicht dieser Dialog und nicht die Halluzination, er hätte es getan (er wußte genau, er hatte es nicht getan), sondern das war die Vorstellung, daß er vor Marge gestanden hatte, den Schuh in der Hand, daß er sich all dies auf so kühle, methodische Weise zurechtgelegt hatte. Die beiden ersten Male, das waren *Tatsachen*, keine Phantasien. Er konnte zwar sagen, er habe es nicht tun wollen, aber er hatte es getan. Er wollte kein Mörder sein. Manchmal konnte er völlig vergessen, daß er gemordet hatte, kam ihm zum Bewußtsein. Manchmal aber auch konnte er es nicht – so wie jetzt. Ganz sicher hatte er es heute abend für eine Weile vergessen, als er über die Bedeutung des Besitzes nachgedacht hatte und darüber, warum er so gern in Europa war.

Er wälzte sich auf die Seite, zog seine Füße auf das Sofa hinauf. Er schwitzte und zitterte. Was war mit ihm los? Was war passiert? Würde er morgen, wenn er Mr. Greenleaf traf, einen Schwall von Unsinn hervorsprudeln, von Marge, die in den Kanal gefallen sei, von seinem Hilfegeschrei, seinem Hineinspringen, seiner vergeblichen Suche nach ihr? Auch wenn Marge dabei war, neben ihm stand – würde es mit ihm durchgehen, würde er die Geschichte heruntersprudeln und sich als ein Wahnsinniger entpuppen?

Morgen mußte er sich Mr. Greenleaf mit den Ringen stellen. Er mußte die Geschichte wiederholen, die er Marge erzählt hatte. Er mußte sie noch mit Details ausschmücken, um sie besser zu machen. Er begann, zu erfinden. Seine Gedanken ordneten sich. Er stellte sich ein römisches Hotelzimmer vor, Dickie und er standen da und sprachen, und Dickie zog beide Ringe von den Fingern und reichte sie ihm. Dickie sagte: »Am besten sagst du niemandem etwas davon . . .«

27

Am nächsten Morgen um halb neun rief Marge Mr. Greenleaf an, um ihn zu fragen, wann sie frühestens bei ihm im Hotel sein könnten, wie sie Tom sagte. Tom hörte, wie sie anfing, ihm die Geschichte von den Ringen zu erzählen. Marge gebrauchte die gleichen Worte, mit denen

Tom ihr von den Ringen berichtet hatte – offensichtlich hatte Marge ihm geglaubt –, aber Tom konnte nicht feststellen, wie Mr. Greenleaf es aufnahm. Er befürchtete, diese Nachricht könnte genau das Steinchen sein, das die Lawine ins Rollen brächte, er befürchtete, daß Mr. Greenleaf nachher, wenn sie zu ihm gingen, mit einem Polizisten dastünde, der gekommen war, Tom Ripley zu verhaften. Diese Möglichkeit glich den Vorteil, daß er nicht dabei war, wenn Mr. Greenleaf von den Ringen erfuhr, ziemlich aus.

»Was hat er gesagt?« fragte Tom, als Marge aufgehängt hatte.

Müde sank Marge auf einen Stuhl am anderen Ende des Raumes. »Er scheint genauso darüber zu denken wie ich. Er hat es selbst gesagt. Es sieht so aus, als hätte Dickie die Absicht gehabt, sich umzubringen.«

Aber Mr. Greenleaf hätte ja jetzt ein bißchen Zeit, darüber nachzudenken, bis sie dort wären, dachte Tom. »Wann sollen wir dort sein?« fragte er.

»Ich habe ihm gesagt, wir kämen um halb zehn oder früher. Sobald wir etwas Kaffee getrunken haben. Der Kaffee ist gleich soweit.« Marge stand auf und ging in die Küche. Sie war schon angezogen. Sie trug das Reisekostüm, das sie auch bei der Ankunft angehabt hatte.

Unentschlossen hockte Tom auf der Sofakante und lockerte seine Krawatte. Er hatte in seinen Kleidern auf dem Sofa geschlafen, und Marge hatte ihn geweckt, als sie vor ein paar Minuten heruntergekommen war. Wie er die ganze Nacht in dem kalten Zimmer hatte schlafen können, war ihm unbegreiflich. Es verstörte ihn. Marge war höchst erstaunt gewesen, ihn hier vorzufinden. Ein Krampf saß in seinem Genick, seinem Rücken und seiner rechten Schulter. Ihm war elend. Plötzlich stand er auf. »Ich gehe nach oben, mich waschen«, rief er Marge zu.

Oben warf er einen Blick in sein Zimmer und sah, daß Marge ihren Koffer gepackt hatte. Er lag mitten im Zimmer, geschlossen. Tom hoffte, daß sie und Mr. Greenleaf trotzdem mit einem der Vormittagszüge abreisen würden. Sicherlich würden sie abreisen, denn Mr. Greenleaf sollte ja in Rom den amerikanischen Detektiv empfangen.

Tom zog sich in dem Raum neben Marges Zimmer aus, ging ins Badezimmer und drehte die Brause auf. Nach einem Blick in den Spiegel beschloß er, sich erst einmal zu rasieren, und er ging wieder hinüber in das Zimmer, um seinen elektrischen Rasierapparat zu holen, den er, ohne besonderen Grund, aus dem Badezimmer entfernt hatte, als Marge kam. Auf dem Rückweg hörte er das Läuten des Telephons. Marge hob ab. Tom lehnte sich über das Treppengeländer und horchte.

»Oh, das ist ja schön«, sagte sie. »Ach, es schadet gar nichts, wenn wir nicht... Ja, ich werde es ihm sagen... Gut, wir beeilen uns. Tom wäscht sich gerade... Oh, in weniger als einer Stunde. Wiedersehn!«

Er hörte, wie sie sich der Treppe näherte, und trat vom Geländer zurück, denn er war nackt.

»Tom?« schrie sie herauf. »Der Detektiv aus Amerika ist eben gekommen! Mr. Greenleaf hat gerade angerufen, er kommt vom Flughafen herüber!«

»Schön!« rief Tom zurück und ging verärgert ins Badezimmer. Er drehte die Brause ab und schloß den Rasierapparat an die Steckdose an. Wenn er nun unter der Brause gestanden hätte? Marge hätte trotzdem heraufgeschrien, sie hätte einfach vorausgesetzt, daß er sie hören konnte. Er würde froh sein, wenn sie weg wäre, und er hoffte inständig, sie führe noch heute vormittag ab. Es sei denn, sie und Mr. Greenleaf entschlössen sich, noch zu bleiben, um zu sehen, was der Detektiv mit ihm anstellen würde. Tom wußte, der Detektiv war eigens dazu nach Venedig gekommen, um ihn zu sehen, sonst hätte er gewiß in Rom auf Mr. Greenleaf gewartet. Tom fragte sich, ob auch Marge das wußte. Wahrscheinlich nicht. Dazu brauchte man ein Minimum an Logik.

Tom wählte einen unauffälligen Anzug und eine ebensolche Krawatte, dann ging er hinunter, um mit Marge Kaffee zu trinken. Er hatte so heiß wie irgend erträglich geduscht, und nun ging es ihm viel besser. Marge sagte während des Kaffeetrinkens nicht viel, nur daß die Ringe sowohl für Mr. Greenleaf wie auch für den Detektiv ausschlaggebend sein dürften, und sie meinte damit, daß es auch für den Detektiv jetzt klar sein dürfte, daß Dickie sich umgebracht hätte. Tom hoffte, daß sie recht hatte. Alles hing davon ab, was für ein Mensch dieser Detektiv war. Alles hing davon ab, wie der erste Eindruck ausfiel, den der Detektiv von ihm gewinnen würde.

Es war wieder ein grauer, feuchtkalter Tag, es regnete nicht richtig um neun, aber es hatte geregnet und es würde wieder regnen, wahrscheinlich gegen Mittag. Tom und Marge nahmen die Fähre von der Kirchentreppe zum Markusplatz, von dort aus gingen sie zum *Gritti*. Sie telephonierten zu Mr. Greenleafs Zimmer hinauf. Mr. Greenleaf sagte, Mr. McCarron sei da und sie möchten bitte hinaufkommen.

Mr. Greenleaf öffnete ihnen. »Guten Morgen«, sagte er. Väterlich drückte er Marges Arm. »Tom . . .«

Tom trat hinter Marge ein. Der Detektiv stand am Fenster, ein kleiner untersetzter Mann von etwa fünfunddreißig Jahren. Sein Gesicht war freundlich und wachsam. Mäßig intelligent, aber nur mäßig, war Toms erster Eindruck.

»Dies ist Alvin McCarron«, sagte Mr. Greenleaf. »Miss Sherwood und Mr. Tom Ripley.«

Sie alle sagten: »Sehr erfreut.«

Tom bemerkte auf dem Bett eine nagelneue Aktentasche und einige Papiere und Photos drumherum. McCarron unterzog ihn einer genauen Inspektion.

»Wie ich höre, sind Sie ein Freund Richards?« fragte er.

»Das sind wir beide.«

Es gab eine minutenlange Unterbrechung, bis Mr. Greenleaf dafür gesorgt hatte, daß sie alle saßen. Es war ein wohlproportioniertes Zimmer mit schweren Möbeln, die Fenster blickten auf den Kanal. Tom setzte sich auf einen einfachen Stuhl mit rotem Sitzpolster. McCarron hatte sich auf dem Bett installiert und sah sein Bündel von Papieren durch. Es waren ein paar Photokopien darunter, erspähte Tom, die wie Reproduktionen von Dickies Schecks aussahen. Es waren auch ein paar einzelne Photos von Dickie dabei.

»Haben Sie die Ringe?« fragte McCarron, er blickte von Tom zu Marge.

»Ja«, sagte Marge feierlich und stand auf. Sie holte die Ringe aus ihrer Handtasche und überreichte sie McCarron.

McCarron streckte sie auf der flachen Hand Mr. Greenleaf entgegen. »Sind das seine Ringe?« fragte er, und Mr. Greenleaf warf nur einen Blick darauf und nickte, während ein beleidigter Ausdruck auf Marges Gesicht kroch, so als wollte sie sagen: »Ich kenne diese Ringe mindestens ebensogut wie Mr. Greenleaf, wenn nicht besser!« McCarron wandte sich an Tom. »Wann hat er sie Ihnen gegeben?«

»In Rom. Soweit ich mich erinnern kann, war es so um den dritten Februar herum, wenige Tage nach der Ermordung von Freddie Miles«, antwortete Tom.

Der Detektiv studierte ihn mit seinen inquisitorischen sanftbraunen Augen. Seine hochgezogenen Brauen schoben ein paar Falten in die dick aussehende Haut seiner Stirn. Er hatte welliges braunes Haar, das an den Seiten sehr kurz geschnitten war und über der Stirn zu einer hohen Locke aufstieg in netter Studentenmanier. Aus diesem Gesicht war absolut nichts zu entnehmen, dachte Tom, es war ein geschultes Gesicht. »Was hat er gesagt, als er sie Ihnen gegeben hat?«

»Er sagte, daß es ihm ganz lieb wäre, wenn ich sie hätte, falls ihm irgend etwas zustoßen sollte. Ich habe ihn gefragt, was ihm denn zustoßen sollte. Darauf sagte er, das wisse er nicht, aber es könnte ihm ja irgend etwas zustoßen.« Tom machte eine Kunstpause. »Er schien mir in diesem Moment nicht bedrückter zu sein, als er schon mehrmals zuvor gewesen war, wenn wir miteinander gesprochen hatten, deshalb kam mir nicht der Gedanke, daß er sich etwas antun wollte. Ich wußte, daß er verreisen wollte, das war alles.«

»Wohin?« fragte der Detektiv.

»Nach Palermo, hat er gesagt.« Tom sah Marge an. »Er muß sie mir an dem Tage gegeben haben, an welchem wir in Rom miteinander gesprochen haben – im *Inghilterra*. An dem Tage oder am Tage vorher. Wissen Sie noch, wann das war?«

»Zweiten Februar«, sagte Marge gedämpft.

McCarron machte sich Notizen. »Weiter?« fragte er Tom. »Welche Tageszeit? Hatte er getrunken?«

»Nein. Er trinkt sehr wenig. Ich glaube, es war am frühen Nachmittag. Er sagte, am besten sollte ich die Ringe niemandem gegenüber erwähnen, und das habe ich ihm selbstverständlich versprochen. Ich habe die Ringe weggesteckt, und dann habe ich sie völlig vergessen, wie ich Miss Sherwood schon sagte – vielleicht sollte ich deswegen nichts von den Ringen sagen, weil er gesehen hat, wie tief schon ich davon beeindruckt war.« Tom sprach frei von der Leber weg, dabei stotterte er ein bißchen, ganz unbeabsichtigt, so wie ein Mensch unter den gegebenen Umständen eben stottert, dachte Tom.

»Was haben Sie mit den Ringen gemacht?«

»Ich habe sie in einen alten Beutel von mir gesteckt – so einen kleinen Beutel, in dem ich lose Knöpfe aufbewahre.«

McCarron betrachtete ihn eine Weile schweigend, und Tom benutzte die Pause, um sich zu sammeln. Aus diesem sanften und doch wachsamen Irengesicht konnte alles kommen, eine drohende Frage, die unverblümte Feststellung, er löge. Tom klammerte sich im Geiste noch fester an seine eigenen Fakten, er war entschlossen, sie zu verteidigen bis zum Untergang. In diesem Schweigen konnte Tom beinahe hören, wie Marge atmete, und ein Husten Mr. Greenleafs ließ ihn zusammenfahren. Mr. Greenleaf blickte bemerkenswert ruhig, beinahe gelangweilt. Tom fragte sich, ob Mr. Greenleaf gemeinsam mit McCarron einen Plan gegen ihn ausgeheckt hatte, einen Plan, der sich auf die Ringgeschichte stützte?

»Liegt es in seiner Art, Ihnen die Ringe als Glücksbringer vorübergehend zu leihen? Hat er jemals zuvor so etwas gemacht?« fragte McCarron.

»Nein«, sagte Marge, noch ehe Tom antworten konnte.

Tom begann aufzuatmen. Er konnte sehen, daß McCarron bis jetzt noch nicht wußte, was er aus der Sache machen sollte. McCarron wartete auf seine Antwort. »Er hat mir schon hier und da gewisse Dinge geliehen«, sagte Tom. »Er hat sich manchmal erboten, mir mit seinen Krawatten und Jacketts auszuhelfen. Aber das ist natürlich etwas völlig anderes als das mit den Ringen.« Er hatte sich gezwungen gesehen, das zu sagen, denn Marge wußte zweifellos Bescheid über den Zwischenfall in Mongibello, als Dickie ihn in seinen Kleidern angetroffen hatte.

»Ich kann mir Dickie ohne seine Ringe nicht vorstellen«, sagte Marge zu McCarron. »Den grünen zog er ab, wenn er schwimmen ging, aber immer hat er ihn gleich wieder aufgesteckt. Die Ringe waren geradezu ein Teil seiner Kleidung. Und darum glaube ich, daß er entweder die Absicht hatte, sich umzubringen, oder daß er seine Identität wechseln wollte.«

McCarron nickte. »Wissen Sie, ob er Feinde hatte?«

»Absolut keine«, sagte Tom. »Das habe ich mir auch schon überlegt.«

»Wissen Sie von irgendeinem Motiv, das ihn veranlaßt haben könnte, unterzutauchen oder einen anderen Namen anzunehmen?«

Vorsichtig sagte Tom und drehte dabei seinen schmerzenden Hals: »*Möglicherweise* ... aber das ist in Europa beinahe unmöglich. Er hätte einen anderen Paß haben müssen. In welches Land er auch immer einreisen wollte, er hätte einen Paß haben müssen. Er hätte sogar einen Paß haben müssen, um auch nur ein Hotelzimmer zu bekommen.«

»Sie haben mir gesagt, daß er dafür auch vielleicht keinen Paß hätte haben müssen«, sagte Mr. Greenleaf.

»Ja, ich habe das von kleinen Hotels in Italien gesagt. Das ist eine ganz entfernte Möglichkeit, gewiß. Aber jetzt, nach dem ganzen Wirbel um sein Verschwinden, sehe ich nicht, wie er damit noch durchkommen könnte«, sagte Tom. »Irgend jemand hätte ihn doch inzwischen sicherlich verraten.«

»Nun, als er ging, hatte er seinen Paß ja anscheinend bei sich«, sagte McCarron, »denn er ist ja damit nach Sizilien gefahren und hat sich dort in einem großen Hotel eingetragen.«

»Ja«, sagte Tom.

McCarron machte wieder Notizen, dann sah er zu Tom auf. »Na, Mr. Ripley, wie sehen Sie die Sache?«

McCarron war bei weitem noch nicht zu Ende, dachte Tom. McCarron würde sich ihn noch unter vier Augen vornehmen, später. »Ich fürchte, ich muß mich der Meinung von Miss Sherwood anschließen, daß es ganz danach aussieht, als hätte er sich umgebracht und als hätte er das regelrecht vorbereitet. Ich habe das auch Mr. Greenleaf bereits gesagt.«

McCarron sah Mr. Greenleaf an, aber Mr. Greenleaf schwieg, blickte nur erwartungsvoll auf McCarron. Tom hatte das Gefühl, daß McCarron jetzt auch zu der Auffassung neigte, Dickie sei tot und es sei Zeit- und Geldverschwendung, daß er überhaupt hergekommen wäre.

»Ich wollte mich nur noch einmal dieser Fakten vergewissern«, sagte McCarron, er arbeitete also weiter, nun wandte er sich wieder seinen Papieren zu. »Zum letztenmal wurde Richard am fünfzehnten Februar gesehen, als er aus Palermo kommend in Neapel vom Schiff ging.«

»Richtig«, sagte Mr. Greenleaf. »Ein Steward erinnert sich daran, ihn gesehen zu haben.«

»Und dann keine Spur mehr von ihm, in keinem Hotel, und auch keine Nachricht.« McCarron blickte von Mr. Greenleaf auf Tom.

»Nein«, sagte Tom.

McCarron sah Marge an.

»Nein«, sagte Marge.

»Und wann haben Sie ihn zum letztenmal gesehen, Miss Sherwood?«

»Am dreiundzwanzigsten November, als er nach San Remo abfuhr«, kam die prompte Antwort.

»Sie waren damals in Mongibello?« fragte McCarron, er sprach den Namen mit einem harten ›g‹ aus, so als besäße er keinerlei Italienischkenntnisse oder wenigstens kein Verhältnis zum gesprochenen Italienisch.

»Ja«, sagte Marge. »In Rom habe ich ihn im Februar um ein Haar verfehlt, aber zum letztenmal gesehen habe ich ihn in Mongibello.«

Gute alte Marge! Tom empfand beinahe Zärtlichkeit für sie – neben dem anderen allen. Heute morgen hatte er angefangen, Zärtlichkeit für sie zu empfinden, obwohl sie ihm auf die Nerven gegangen war. »Er hat sich in Rom sehr bemüht, allen Menschen aus dem Wege zu gehen«, warf Tom ein. »Und darum nahm ich zunächst auch an, als er mir die Ringe gab, er sei zur Zeit darauf aus, all seine derzeitigen Bekannten hinter sich zu lassen, in einer anderen Umgebung zu leben, einfach einmal für eine Weile zu verschwinden.«

»Und warum wollte er das Ihrer Meinung nach?«

Tom erklärte es sehr ausführlich, erwähnte die Ermordung seines Freundes Freddie Miles und deren Wirkung auf Dickie.

»Meinen Sie, Richard hat gewußt, wer Freddie Miles umgebracht hat?«

»Nein. Ich bin gar nicht dieser Meinung.«

McCarron wartete auf Marges Äußerung.

»Nein«, sagte Marge kopfschüttelnd.

»Denken Sie mal nach«, sagte McCarron zu Tom. »Meinen Sie nicht, daß damit sein Benehmen erklärt wäre? Meinen Sie nicht, daß er den Fragen der Polizei ausweichen will, wenn er sich jetzt versteckt hält?«

Tom dachte nach. »Er hat mir nicht einen einzigen Anhaltspunkt in dieser Richtung gegeben.«

»Meinen Sie, daß Richard vor irgend etwas Angst gehabt hat?«

»Ich könnte mir denken, wovor«, sagte Tom.

McCarron fragte Tom, wie eng Dickie mit Freddie Miles befreundet war, wen er sonst noch kenne, der mit Dickie und Freddie gemeinsam befreundet wäre, ob er von irgendwelchen Geldgeschichten zwischen ihnen, von irgendwelchen Freundinnen wüßte – »nur Marge, soviel ich weiß«, erwiderte Tom auf diese Frage, und Marge protestierte, sie sei nicht die *Freundin* Freddies gewesen, deshalb könne von einer *Rivalität* ihretwegen keineswegs gesprochen werden – und ob Tom sagen könne, daß er in Europa Dickies bester Freund sei?

»Das möchte ich nicht behaupten«, antwortete Tom. »Ich denke, das ist Marge Sherwood. Ich kenne kaum einen von Dickies Freunden in Europa.«

Wieder forschte McCarron in Toms Gesicht. »Was halten Sie von diesen Fälschungen?«

»Sind es Fälschungen? Ich dachte, man wäre sich darüber nirgends ganz einig.«

»Ich glaube nicht, daß es welche sind«, sagte Marge.

»Die Meinungen scheinen darüber geteilt zu sein«, sagte McCarron. »Die Sachverständigen halten den Brief, den er an die Bank in Neapel richtete, nicht für gefälscht, was nur heißen kann, daß er, falls da irgendwo eine Fälschung sein sollte, jemanden deckt. Angenommen, das mit den Fälschungen stimmte, haben Sie eine Ahnung, wen er zu decken versucht?«

Tom zögerte einen Augenblick, und Marge sagte: »Ich kenne ihn, und ich kann mir einfach nicht vorstellen, daß er versuchen sollte, jemanden zu decken. Warum sollte er?«

McCarron starrte auf Tom, aber Tom hätte nicht sagen können, ob er im stillen Toms Ehrenhaftigkeit bezweifelte oder ob er nur nachgrübelte über all das, was sie ihm gesagt hatten. McCarron sah aus wie ein typischer amerikanischer Autoverkäufer oder sonst ein Verkäufer, dachte Tom – launig, von angenehmen Äußeren, durchschnittlich intelligent, imstande, mit einem Manne über Fußball zu reden und einer Frau ein billiges Kompliment zu machen. Tom hielt nicht allzuviel von ihm, aber andererseits war es gar nicht klug, einen Gegner zu unterschätzen. McCarrons kleiner, weicher Mund öffnete sich, während Tom ihn so betrachtete, und er sagte: »Würde es Ihnen etwas ausmachen, für ein paar Minuten mit mir nach unten zu gehen, Mr. Ripley, falls Sie noch ein paar Minuten Zeit für mich haben?«

»Aber gewiß«, sagte Tom und stand auf.

»Es wird nicht lange dauern«, sagte McCarron zu Mr. Greenleaf und Marge.

Tom wandte sich an der Türe noch einmal um, denn Mr. Greenleaf hatte sich erhoben und setzte zu einer Bemerkung an, aber Tom hörte nicht hin. Tom bemerkte plötzlich, daß es regnete, daß dünne, graue Regenschleier gegen die Fensterscheiben wehten. Es war wie ein letzter Blick, verschwommen und hastig – Marges Gestalt sah quer durchs Zimmer ganz klein und zusammengesunken aus, Mr. Greenleaf tapste zitternd vorwärts wie ein Greis und protestierte. Aber es war das gemütliche Zimmer und der Blick über den Kanal bis dorthin, wo sein Haus stand – unsichtbar jetzt wegen des Regens –, was er vielleicht nie wiedersehen würde.

Mr. Greenleaf fragte: »Sie ... Sie kommen gleich wieder?«

»Aber ja«, antwortete McCarron mit der unpersönlichen Routiniertheit eines Henkers.

Sie gingen zum Fahrstuhl. Machten sie es auf die Art? fragte sich Tom. Ein leises Wort in der Halle unten. Er würde der italienischen Polizei übergeben, und dann würde McCarron wie versprochen in das Zimmer zurückkehren. McCarron hatte ein paar Papiere aus seiner Aktentasche mitgenommen. Tom starrte auf die vertikale Zierleiste neben dem Schild mit der Etagennummer am Fahrstuhl: ein eiförmiges Muster, eingerahmt von vier erhabenen Punkten, Eiform, Punkte, Eiform, Punkte, von oben bis unten. *Laß dir irgendeine gescheite, normale Bemerkung einfallen, über Mr. Greenleaf beispielsweise,* sagte Tom zu sich selber. Er knirschte mit den Zähnen. Wenn er jetzt bloß nicht anfangen würde zu schwitzen. Noch schwitzte er nicht, aber vielleicht würde ihm der Schweiß aus allen Poren brechen, wenn sie in der Halle wären. McCarron reichte ihm kaum bis zur Schulter. Tom wandte sich McCarron zu, gerade als der Fahrstuhl hielt, und sagte grimmig, die Zähne zu einem Lächeln entblößt: »Sind Sie zum erstenmal in Venedig?«

»Ja«, sagte McCarron. Er durchquerte die Halle. »Wollen wir hier hineingehen?« Er wies auf das Café. Sein Ton war höflich.

»Gern«, sagte Tom liebenswürdig. Das Café war nicht überfüllt, aber es war kein einziger Tisch mehr frei, der außer Hörweite der anderen gelegen hätte. Würde McCarron ihn an so einem Ort überführen, ruhig ein Indiz nach dem andern auf den Tisch blätternd? Er nahm den Stuhl, den McCarron ihm hervorzog. McCarron saß mit dem Rükken zur Wand.

Ein Ober trat heran. »Signori?«

»Kaffee«, sagte McCarron.

»Cappuccino«, sagte Tom. »Möchten Sie einen Cappuccino oder einen Espresso?«

»Welches ist der mit Milch? Cappuccino?«

»Ja.«

»Den möchte ich.«

Tom bestellte.

McCarron sah ihn an. Sein kleiner Mund lächelte schief. Drei oder vier Einleitungen fielen Tom ein, mit denen McCarron das Gespräch eröffnen könnte. »Sie haben Richard ermordet, nicht wàhr? Das mit den Ringen war ein bißchen viel, meinen Sie nicht?« Oder: »Erzählen Sie mir etwas über das San Remo-Boot, Mr. Ripley, im Detail.«

Oder einfach auf die sanfte Art: »Wo waren Sie am fünfzehnten Februar, als Richard in Neapel an Land ging? . . . Gut, gut, aber wo haben Sie gewohnt? Wo haben Sie beispielsweise im Januar gewohnt? . . . Können Sie das beweisen?«

McCarron sagte überhaupt nichts, schaute jetzt nur auf seine plumpen Hände hinunter und lächelte schwach. Als wäre es für ihn so unglaublich einfach gewesen, alles zu entwirren, daß er sich jetzt kaum dazu überwinden könnte, es in Worte zu fassen, dachte Tom.

An einem Nebentisch schnatterten vier Italiener wie ein ganzer Gänsestall, sie kreischten in wildem Gelächter. Gern wäre Tom ein Stückchen von ihnen abgerückt. Er blieb rerungslos sitzen.

Tom saß so angespannt da, daß sein Körper sich bald wie ein Stück Eisen anfühlte, daß pure Spannung den Trotz in ihm weckte. Er hörte sich selber mit unglaublich ruhiger Stimme fragen: »Haben Sie schon die Zeit gefunden, mit Tenente Roverini zu sprechen, als Sie durch Rom gekommen sind?«, und noch während er sprach, wurde ihm bewußt, daß er mit der Frage sogar einen Zweck verfolgte: er wollte wissen, ob McCarron schon von dem San Remo-Boot gehört hatte.

»Nein«, sagte McCarron. »Ich habe die Nachricht vorgefunden, daß Mr. Greenleaf heute nach Rom käme, aber ich bin so früh in Rom angekommen, daß ich mir überlegt habe, ich könnte noch herfliegen und ihn hier treffen – und zugleich auch mit Ihnen reden.« McCarron sah auf seine Papiere hinunter. »Was für ein Mensch ist Richard? Wie würden Sie ihn beschreiben, soweit es seine Persönlichkeit betrifft?«

Wollte McCarron sich auf diesem Wege an ihn heranmachen? Wollte er sich noch mehr kleine Hinweise herauspicken aus den Worten, die er zur Beschreibung Dickies wählte? Oder wollte er tatsächlich bloß die objektive Meinung über Dickie hören, die er von Dickies Eltern nicht zu hören bekam? »Er wollte gern ein Maler sein«, begann Tom, »aber er wußte, daß er niemals ein guter Maler sein würde. Er gab sich Mühe, so zu tun, als machte ihm das nichts aus, als wäre er völlig zufrieden und führte genau das Leben, das er hier in Europa zu führen wünschte.« Tom befeuchtete sich die trockenen Lippen. »Aber ich glaube, dies Leben begann ihn aufzureiben. Sein Vater mißbilligte es, wie Sie wahrscheinlich wissen werden. Und Dickie selber hatte sich in eine schlimme Patsche manövriert mit Marge.«

»Wie meinen Sie das?«

»Marge liebte ihn, und er liebte sie nicht, gleichzeitig aber waren sie in Mongibello so viel zusammen, daß Marge die Hoffnung nicht aufgab . . .« Tom fühlte nach und nach festeren Boden unter den Füßen, aber er tat, als fiele es ihm schwer, sich auszudrücken. »Er hat nie richtig mit mir darüber gesprochen. Er hat immer nur Gutes gesagt über Marge. Er hatte sie sehr gern, aber jeder konnte sehen – auch Marge –, daß er sie nie heiraten würde. Marge allerdings hat nie ganz aufgegeben. Ich glaube, daß Dickie hauptsächlich deshalb aus Mongibello weggegangen ist.«

McCarron hörte geduldig und wohlwollend zu, hatte Tom den Eindruck. »Was meinen Sie mit ›nie ganz aufgegeben‹? Was hat sie gemacht?«

Tom wartete, bis der Ober die beiden schaumgekrönten Cappuccinos abgesetzt und das Kassenzettelchen zwischen ihnen unter die Zuckerschale geklemmt hatte. »Sie schrieb ihm ständig, wollte ihn sehen, und gleichzeitig, davon bin ich überzeugt, hat sie Taktgefühl gezeigt, hat durchblicken lassen, daß sie sich ihm nicht aufdrängen wollte, wenn er allein zu sein wünschte. Er hat mir das alles erzählt, als ich ihn in Rom besuchte. Er sagte nach dem Miles-Mord, ihm sei überhaupt nicht danach zumute, sich mit Marge zu treffen, und er fürchtete, sie könnte aus Mongibello heraufkommen nach Rom, wenn sie erführe, in welchen Schlamassel er verwickelt war.«

»Warum war er Ihrer Meinung nach so nervös nach dem

Miles-Mord?« McCarron nahm einen Schluck Kaffee, zuckte zusammen, weil er so heiß war oder so bitter, und rührte mit dem Kaffeelöffel um.

Tom erklärte es. Sie seien sehr enge Freunde gewesen, und Freddie sei nur wenige Minuten, nachdem er sich von Dickie verabschiedet hatte, umgebracht worden.

»Halten Sie es für möglich, daß Richard Freddie umgebracht hat?« fragte McCarron ruhig.

»Nein.«

»Warum nicht?«

»Weil er gar keinen Grund hatte, ihn umzubringen – wenigstens nicht, daß ich wüßte.«

»Gewöhnlich bekommt man zur Antwort, der Sowieso sei nicht der Typ, der einen Menschen tötet«, sagte McCarron. »Halten Sie Richard für einen Menschen, der jemanden töten könnte?«

Tom zögerte, er durchforschte sich ernsthaft nach der Wahrheit. »Darüber habe ich nie nachgedacht. Ich weiß nicht, welcher Menschentyp dazu neigt, jemanden umzubringen. Ich habe ihn wütend erlebt . . .«

»Wann?«

Tom beschrieb die beiden Tage in Rom, als Dickie, wie er sagte, wütend und verbittert war wegen der Polizeiverhöre, als er tatsächlich aus seiner Wohnung auszog, um den Telephonanrufen von Freunden und Fremden zu entfliehen. Tom verknüpfte dies noch mit einer steigenden Verbitterung Dikkies darüber, daß er mit seiner Malerei nicht so vorangekommen war, wie er es sich vorgestellt hatte. Er stellte Dickie als einen eigenwilligen, stolzen jungen Mann hin, der seinen Vater fürchtete und deshalb entschlossen war, dessen Wünsche zu mißachten, als einen ziemlich launischen Burschen, der Fremden gegenüber genauso großzügig sein konnte wie zu seinen Freunden, der aber wechselnden Stimmungen unterworfen war – von der Vergnügungssucht bis zum grämlichen Einsiedlertum. Er faßte es zusammen mit den Worten, Dickie sei ein ganz gewöhnlicher junger Mann, der sich in der Vorstellung gefiele, er sei außergewöhnlich. »Wenn er sich das Leben genommen hat«, schloß Tom, »dann meiner Meinung nach deshalb, weil er an sich selber bestimmte Fehler entdeckt hat, Unzulänglichkeiten. Ich kann in Dickie viel eher einen Selbstmörder sehen als einen Mörder.«

»Aber ich bin nicht restlos sicher, daß er Freddie Miles nicht doch umgebracht hat. Sie?«

McCarron meinte es vollkommen ernst. Da gab es für Tom keinen Zweifel. McCarron erwartete jetzt sogar von ihm, daß er Dickie verteidigte, denn sie waren ja Freunde gewesen. Tom spürte, wie ein Teil seiner Angst von ihm wich, aber doch nur ein Teil, es war, als schmelze in seinem Innern irgend etwas langsam dahin. »Sicher bin ich nicht. Aber ich glaube einfach nicht, daß er es getan hat.«

»Auch ich bin nicht sicher. Aber damit wäre doch eine ganze Menge erklärt, nicht wahr?«

»Ja«, sagte Tom. »Alles.«

»Nun, ich fange ja gerade erst an mit der Arbeit«, sagte McCarron mit optimistischem Lächeln. »Ich habe mir noch nicht einmal die Akten in Rom angesehen. Wahrscheinlich werde ich Sie noch einmal sprechen wollen, wenn ich in Rom gewesen bin.«

Tom starrte ihn an. Es schien vorbei zu sein. »Sprechen Sie Italienisch?«

»Nein, nicht sehr gut, aber ich kann es lesen. Französisch kann ich besser, aber ich werde schon zurechtkommen«, sagte McCarron, es klang, als hielte er das nicht für so wichtig.

Es war wichtig, dachte Tom. Er konnte sich nicht vorstellen, wie McCarron nur durch den Mund eines Dolmetschers all das aus Roverini herausholen wollte, was er über den Fall Greenleaf wußte. Auch wäre McCarron nicht imstande, herumzulaufen und mit den Leuten zu plaudern, zum Beispiel mit Dickie Greenleafs Hausmeisterin in Rom. Es war äußerst wichtig. »Ich habe vor ein paar Wochen hier in Venedig mit Roverini gesprochen«, sagte Tom. »Bitte grüßen Sie ihn von mir.«

»Gern.« McCarron trank seinen Kaffee aus. »Sie kennen ihn doch, was meinen Sie, wohin könnte Dickie am ehesten gegangen sein, wenn er untertauchen wollte?«

Tom rückte sich auf seinem Stuhl etwas bequemer zurecht. Das war schon das Schlußlicht, dachte er. »Nun, soviel ich weiß, mag er Italien am liebsten. Auf Frankreich würde ich nicht setzen. Auch Griechenland hat er gern. Manchmal hat er davon gesprochen, nach Mallorca zu gehen. Ganz Spanien kommt meiner Meinung nach in Frage.«

»Aha«, sagte McCarron und seufzte.

»Fahren Sie heute noch nach Rom zurück?«

McCarron zog die Augenbrauen hoch. »Ich denke schon, wenn ich hier noch ein paar Stunden Schlaf finden kann. Ich habe seit zwei Tagen kein Bett gesehen.«

Er hielt sich aber gut, dachte Tom. »Ich glaube, Mr. Greenleaf hat sich nach den Zügen erkundigt. Es gehen zwei heute vormittag, und am Nachmittag gibt es wahrscheinlich auch noch ein paar. Er hatte vor, heute abzureisen.«

»Von mir aus können wir heute fahren.« McCarron griff nach dem Kassenzettel. »Vielen Dank für Ihre Unterstützung, Mr. Ripley. Ich habe ja Ihre Adresse und Telephonnummer für den Fall, daß ich mich noch einmal an Sie wenden muß.«

Sie erhoben sich.

»Macht es Ihnen etwas aus, wenn ich noch mit hinaufkomme und mich von Marge und Mr. Greenleaf verabschiede?«

Es machte McCarron nichts aus. Sie fuhren mit dem Fahrstuhl wieder nach oben. Tom mußte sich zusammennehmen, um nicht zu pfeifen. *Papa non vuole* ging ihm im Kopf herum.

Tom sah sich Marge genau an, als er ins Zimmer trat, er suchte nach Anzeichen der Feindseligkeit. Marge blickte nur ein bißchen tragisch drein, dachte er. Als wäre sie gerade Witwe geworden.

»Ich hätte auch Ihnen gern ein paar Fragen gestellt, Miss Sherwood – allein«, sagte McCarron. »Wenn Sie nichts dagegen haben«, wandte er sich an Mr. Greenleaf.

»Natürlich nicht. Ich wollte gerade in die Halle hinuntergehen und ein paar Zeitungen kaufen«, sagte Mr. Greenleaf.

McCarron machte also weiter. Tom sagte auf Wiedersehen zu Marge und zu Mr. Greenleaf, falls sie heute noch nach Rom zurückführen und sie sich nicht mehr sehen sollten. Zu McCarron sagte er: »Ich komme gern jederzeit nach Rom, wenn ich Ihnen irgendwie behilflich sein kann. Ich werde jedenfalls bis Ende Mai voraussichtlich hier sein.«

»Bis dahin haben wir schon etwas«, sagte McCarron mit seinem zuversichtlichem Irenlächeln.

Tom ging mit Mr. Greenleaf in die Halle hinunter.

»Er hat mir all die alten Fragen noch einmal gestellt«, teilte Tom Mr. Greenleaf mit, »und hat mich außerdem nach seiner Meinung über Richards Charakter gefragt.«

»Na, und wie lautet Ihre Meinung?« fragte Mr. Greenleaf in hoffnungslosem Ton.

Ob Dickie nun Selbstmord begangen hatte oder ob er davongelaufen war und sich verborgen hielt, beides war in den Augen Mr. Greenleafs gleichermaßen schändlich, das wußte Tom. »Ich habe ihm gesagt, was ich für zutreffend halte«, sagte Tom, »nämlich daß Dickie imstande ist wegzulaufen und daß er ebenso imstande ist, sich das Leben zu nehmen.«

Mr. Greenleaf sagte nichts dazu, er tätschelte nur Toms Arm. »Auf Wiedersehen, Tom.«

»Auf Wiedersehen«, sagte Tom. »Lassen Sie von sich hören.«

Zwischen ihm und Mr. Greenleaf war alles in Ordnung, dachte Tom. Und auch mit Marge würde alles in bester Ordnung sein. Sie hatte die Selbstmorderklärung geschluckt, und von nun an würden all ihre Gedanken in diese Richtung laufen, das wußte er.

Den Nachmittag verbrachte Tom zu Hause, er erwartete einen Anruf, wenigstens einen Anruf von McCarron, selbst wenn es nichts Wichtiges zu besprechen gab, aber es kam kein Anruf. Es kam nur ein Anruf von Titi, der Contessa, die ihn für heute nachmittag zu ein paar Cocktails einlud.

Warum sollte er von seiten Marges Ärger zu erwarten haben, dachte er. Sie hatte ihm noch nie Ärger gemacht. Der Selbstmord war ihr zur fixen Idee geworden, und nun würde sie sich in ihrem stumpfen Hirn alles so zurechtbiegen, daß es ins Schema paßte.

28

Am nächsten Tage rief McCarron aus Rom bei Tom an und wollte die Namen sämtlicher Leute in Mongibello wissen, die Dickie gekannt hatten. Das war anscheinend alles, was McCarron wollte, denn er ließ sich viel Zeit, sie alle aufzunehmen und mit der Liste zu vergleichen, die er von Marge hatte. Die meisten Namen hatte ihm Marge schon gegeben, aber Tom ging sie alle durch mit ihren schwierigen Adressen – Giorgio natürlich, Pietro, der Hafenmeister, Faustos Tante Maria, deren Zunamen er nicht wußte, obwohl er McCarron eine komplizierte Beschreibung lieferte, wie man zu ihr kam, Aldo, der Lebensmittelhändler, die Cecchis und sogar der alte Stevenson, der einsiedlerische Maler, der vor den Toren des Dorfes lebte und den Tom niemals persönlich kennengelernt hatte. Es kostete Tom mehrere Minuten, sie alle aufzuzählen, und McCarron würde es wahrscheinlich mehrere Tage kosten, sie alle aufzusuchen. Er gab alle an außer Signor Pucci, der den Verkauf von Dickies Haus und Schiff in die Hand genommen hatte und der McCarron zweifellos erzählen würde – falls McCarron das nicht schon von Marge erfahren hatte –, daß Tom Ripley nach Mongibello gekommen wäre, um Dickies Angelegenheit zu ordnen. Tom hielt es nicht für sehr gefährlich, so oder so, wenn McCarron wüßte, daß er sich um Dikkies Angelegenheiten gekümmert hatte. Und was Leute wie

Aldo oder Stevenson betraf, so konnte man McCarron nur beglückwünschen zu jedem Wort, das er aus ihnen herausbrächte.

»Irgend jemand in Neapel?« fragte McCarron.

»Nicht, daß ich wüßte.«

»Rom?«

»Ich bedaure, ich habe ihn in Rom nie in Begleitung von Freunden gesehen.«

»Haben Sie diesen Maler, diesen ... äh ... di Massimo kennengelernt?«

»Nein. Ich habe ihn einmal gesehen«, sagte Tom, »aber nie selber kennengelernt.«

»Wie sieht er aus?«

»Ach, wissen Sie, es war an einer Straßenecke. Ich ließ Dickie allein, als er sich mit ihm treffen wollte, ich bin also nicht sehr nahe an ihn herangekommen. Er war etwa einsfünfundsiebzig groß, etwa fünfzig Jahre alt, hatte grauschwarzes Haar ... das ist ungefähr alles, was ich noch weiß. Er war recht kräftig gebaut. Er trug einen hellgrauen Anzug, fällt mir ein.«

»Hm-m. Gut, gut«, sagte McCarron abwesend, so als schriebe er das alles auf. »Schön, das wäre wohl vorerst alles. Vielen Dank, Mr. Ripley.«

»Gern geschehen. Viel Erfolg.«

Dann blieb Tom mehrere Tage lang still zu Hause sitzen und wartete, so wie es jeder tun würde, wenn die Suche nach einem vermißten Freund ihren Höhepunkt erreichte. Drei oder vier Einladungen zu Parties lehnte er ab. Das Interesse der Zeitungen am Verschwinden Dickies war wieder aufgeflammt, angefacht durch die Anwesenheit eines amerikanischen Privatdetektivs in Italien, den Dickies Vater angeheuert hatte. Als die Illustrierten *Europeo* und *Oggi* ihm ein paar Photographen schickten, die Bilder von ihm und seinem Hause machen wollten, wies er ihnen standhaft die Tür, einen besonders beharrlichen jungen Mann packte er sogar beim Ellenbogen und schob ihn quer durchs Wohnzimmer zur Tür. Aber sonst geschah fünf Tage lang nichts von Bedeutung – keine Anrufe, keine Briefe, auch nicht von Tenente Roverini. Manchmal nahm Tom schon das Schlimmste an, besonders wenn es dunkelte, dann fühlte er sich stets bedrückter als zu jeder anderen Tageszeit. Er stellte sich vor, wie Roverini und McCarron zusammenhockten und die Theorie entwickelten, Dickie könnte schon im November verschwunden sein, wie McCarron nachprüfte, wann Tom seinen Wagen gekauft hätte, wie er sich auf die Fährte setzte, wenn er herausgefunden hätte, daß Dickie von dem San Remo-Ausflug nicht zurückgekommen sei und daß statt seiner Tom Ripley in Mongibello aufgetaucht wäre, um dafür zu sorgen, daß Dickies Habe verkauft würde ... Im Geiste drehte und wendete er Mr. Greenleafs müdes, indifferentes »Auf Wiedersehen!« an jenem letzten Vormittag in Venedig, legte es als unfreundlich aus und stellte sich vor, wie Mr. Greenleaf in Rom einen Wutanfall bekäme, wenn all die Bemühungen, Dickie zu finden, ergebnislos blieben, und wie er dann plötzlich eine gründliche Untersuchung gegen Tom Ripley forderte, diesen Halunken, den er mit seinem eigenen Gelde herübergeschickt hätte, damit er versuchte, seinen Sohn heimzuholen.

Am Morgen darauf war Tom aber stets wieder optimistisch gestimmt. Auf der Habenseite stand die Tatsache, daß Marge fraglos glaubte, Dickie hätte diese Monate schmollend in Rom verbracht, und ganz bestimmt hatte sie seine sämtlichen Briefe aufbewahrt und würde sie auch alle hervorholen, um sie McCarron zu zeigen. Es waren außerdem hervorragende Briefe. Jetzt war Tom heilfroh, daß er so viele Gedanken darauf verschwendet hatte. Marge war eher ein Aktivum als ein Passivum. Es war wirklich eine gute Sache, daß er in jener Nacht, als sie die Ringe fand, seinen Schuh wieder hingelegt hatte.

Jeden Morgen beobachtete er vom Schlafzimmerfenster aus, wie die Sonne sich über die winterlichen Nebel erhob, sich emporkämpfte über die friedlich schlummernde Stadt, wie sie schließlich durchbrach, um bis Mittag ein paar strahlende Stunden zu schenken, und dieser stille Tagesbeginn jeden Morgen war wie das Versprechen auf eine friedliche Zukunft. Die Tage wurden wärmer. Es gab mehr Licht und weniger Regen. Der Frühling stand vor der Tür, und an einem solchen Morgen, an einem noch schöneren Morgen würde er das Haus verlassen und ein Schiff nach Griechenland besteigen.

Am Abend des sechsten Tages nach der Abreise Mr. Greenleafs und McCarrons rief Tom in Rom an. Mr. Greenleaf hatte nichts Neues zu berichten, aber Tom hatte ja auch nichts erwartet. Marge war nach Haus gefahren. Solange Mr. Greenleaf in Italien war, dachte Tom, würde die Presse jeden Tag irgend etwas über den Fall bringen. Aber den Zeitungen gingen die Sensationen aus, was den Fall Greenleaf betraf.

»Und wie geht es Ihrer Frau?« fragte Tom.

»Es geht. Ich glaube, es nimmt sie trotz allem mit. Gestern abend habe ich wieder mit ihr gesprochen.«

»Das tut mir leid«, sagte Tom. Er sollte ihr eigentlich einmal einen netten Brief schreiben, dachte er, nur eine freundliche Zeile, solange Mr. Greenleaf weg war und sie allein ließ. Er wünschte, er hätte schon eher daran gedacht.

Mr. Greenleaf sagte, er würde wohl Ende der Woche abreisen, via Paris, wo die französische Polizei ebenfalls noch auf der Suche war. McCarron käme mit, und wenn in Paris nichts vorläge, dann führen sie beide heim. »Mir ist klar – jedem ist klar, daß er entweder tot ist oder sich absichtlich nicht meldet«, sagte Mr. Greenleaf. »Es gibt keinen Winkel mehr auf dieser Erde, in dem nicht bekanntgeworden wäre, daß er gesucht wird. Außer Rußland vielleicht. Mein Gott, hat er denn je in seinem Leben dafür Vorliebe gezeigt?«

»Für Rußland? Nicht, daß ich wüßte.«

Anscheinend hatte Mr. Greenleaf sich jetzt zu der Einstellung durchgerungen, daß Dickie entweder tot sei oder zum Teufel mit ihm. Bei diesem Telephongespräch hatte Tom den Eindruck, daß das Zum-Teufel-mit-ihm überwog.

Am gleichen Abend ging Tom noch hinüber zu Peter Smith-Kingsley. Peter hatte von seinen Bekannten ein paar englische Zeitungen geschickt bekommen, die eine brachte ein Bild von Tom, wie er den *Oggi*-Photographen aus dem Hause warf. Tom hatte es auch schon in italienischen Zeitungen gesehen. Bilder von ihm auf den Straßen Venedigs und Bilder von seinem Haus waren auch nach Amerika gelangt. Bob und auch Cleo hatten ihm per Luftpost Bilder und Berichte aus amerikanischen Zeitschriften geschickt. Sie fanden das alles schrecklich aufregend.

»Ich habe die Nase voll davon«, sagte Tom. »Ich sitze hier nur herum aus lauter Höflichkeit und um vielleicht zu helfen, wenn ich kann. Wenn noch mehr Reporter versuchen, mein Haus zu stürmen, dann werde ich sie mit Pulver und Blei empfangen, sowie sie die Schwelle betreten!« Er war richtig erbost und aufgebracht, und es schwang in seiner Stimme mit.

»Ich verstehe das vollkommen«, sagte Peter. »Ich fahre Ende Mai nach Hause, wissen Sie. Wenn Sie Lust haben mitzukommen und bei mir in Irland zu bleiben, sind Sie mir mehr als willkommen. Es ist dort sterbenslangweilig, das kann ich Ihnen versichern.«

Tom schaute ihn an. Peter hatte ihm von seinem alten irischen Schloß erzählt und hatte ihm auch Bilder davon gezeigt. Eine Empfindung, die er aus seiner Beziehung zu Dikkie kannte, durchzuckte ihn wie der Gedanke an einen Alptraum wie ein bleicher, böser Geist. Das kam daher, daß genau dasselbe auch mit Peter passieren könnte, mit Peter, dem aufrechten, arglosen, naiven, generösen guten Jungen – nur daß er Peter nicht so ähnlich sah. Allerdings hatte er neulich abends zu Peters Unterhaltung einen englischen Akzent angenommen und hatte Peters Gesten imitiert, die Art, wie er beim Sprechen seinen Kopf ruckartig zur Seite warf, und Peter hatte es herrlich komisch gefunden. Er hätte das nicht machen sollen, dachte Tom jetzt. Jetzt schämte er sich zutiefst, schämte sich dieses Abends und der Tatsache, daß er auch nur für einen Augenblick daran gedacht hatte, daß mit Peter das gleiche geschehen könnte, was mit Dickie geschehen war.

»Danke«, sagte Tom. »Ich bleibe lieber noch ein bißchen allein. Ich vermisse meinen Freund Dickie, wissen Sie. Ich vermisse ihn entsetzlich.« Plötzlich war er den Tränen nahe. Er konnte sich noch an Dickies Lächeln erinnern, damals an jenem ersten Tage, als sie anfingen, sich zu verstehen, als er Dickie gebeichtet hatte, daß er von seinem Vater geschickt wurde. Er dachte an ihren verrückten ersten Ausflug nach Rom. Er erinnerte sich voller Wehmut sogar jener halben Stunde in der *Carlton*-Bar von Cannes, als Dickie so gelangweilt war und wortkarg, aber Dickie hatte ja schließlich auch Grund gehabt, gelangweilt zu sein: er, Tom, hatte Dickie dort hingeschleppt, wo Dickie sich doch nichts aus der Côte d'Azur machte. Hätte er doch nur seine Besichtigungen alle allein gemacht, dachte Tom, hätte er es doch nur nicht so eilig gehabt und wäre nicht so gierig gewesen, hätte er doch nur nicht das Verhältnis zwischen Dickie und Marge so dämlich falsch beurteilt, oder hätte er doch einfach gewartet, bis sie sich aus freien Stücken getrennt hätten – dann wäre nichts von all dem passiert, und er *hätte* sein Leben lang mit Dickie zusammenbleiben können, hätte reisen und leben und sein Leben genießen können bis ans Ende seiner Tage. Hätte er doch nur nicht an jenem Tage Dickies Kleider angezogen ...

»Ich verstehe, Tommie, alter Junge ... ich verstehe wirklich«, sagte Peter und klopfte ihm auf die Schulter.

Tom sah ihn tränenverschwommen an. Er stellte sich vor, daß er mit Dickie auf einem Dampfer für die Weihnachtsferien nach Amerika führe, stellte sich vor, daß er sich mit Dickies Eltern genauso gut verstünde, als wären Dickie und er Brüder. »Danke«, sagte Tom. Es kam heraus wie ein kindliches ›blub‹.

»Ich hätte tatsächlich geglaubt, mit Ihnen wäre irgendwas nicht in Ordnung, wenn Sie nicht endlich einmal so zusammengebrochen wären«, sagte Peter freundschaftlich.

29

Venedig, den 3. Juni

»Lieber Mr. Greenleaf,

als ich heute den Koffer packte, fiel mir ein Umschlag in die Hände, den Richard mir in Rom übergeben hat und den ich aus irgendeinem unerklärlichen Grunde bis heute völlig vergessen hatte. Auf dem Umschlag stand ›Nicht vor Juni zu öffnen‹, und zufällig ist jetzt Juni. Der Umschlag enthielt Richards Testament, und er hinterläßt sein Einkommen und sein Vermögen mir. Ich bin hiervon ebenso überrascht, wie Sie es wahrscheinlich sein werden, aber aus dem Wortlaut des Testaments (es ist mit der Maschine geschrieben) ist zu entnehmen, daß er im Vollbesitz seiner geistigen Kräfte gewesen ist.

Nur eins bedaure ich zutiefst, daß ich nicht mehr an diesen Briefumschlag gedacht habe, denn er hätte schon viel früher bewiesen, daß Dickie die Absicht hatte, sich das Leben zu nehmen. Ich steckte ihn in eine Koffertasche und vergaß ihn dort. Er hat ihn mir bei unserem letzten Beisammensein in Rom gegeben, als er so niedergeschlagen war.

Nach näherer Überlegung füge ich Ihnen eine Photokopie des Testaments bei, damit Sie es mit eigenen Augen sehen. Dies ist das erste Testament, das ich mein Leben lang zu Gesicht bekommen habe, und ich bin absolut nicht vertraut mit den üblichen Formalitäten. Was soll ich tun?

Bitte sagen Sie Mrs. Greenleaf meine verbindlichsten Grüße und seien Sie versichert, daß ich tief mit Ihnen fühle und die Notwendigkeit dieses Briefes bedaure. Bitte geben Sie mir so bald wie möglich Nachricht. Ich bin auf weiteres über den

American Expreß
Athen, Griechenland

zu erreichen.

Ergebenst Ihr Tom Ripley«

In gewisser Weise hieß das ja das Schicksal herausfordern, dachte Tom. Es könnte eine neue Untersuchung der Unterschriften auslösen, der Unterschrift auf dem Testament und der auf den Anweisungen, eine der unerbittlichen Untersuchungen, die von Versicherungsgesellschaften und wahrscheinlich auch von Treuhandgesellschaften eingeleitet wurden, wenn es um Geld aus ihrer Tasche ging. Aber es entsprach genau der Gemütsverfassung, in der er sich befand. Er hatte Mitte Mai seine Fahrkarte nach Griechenland gekauft, und das Wetter war von Tag zu Tag schöner geworden, es machte ihn von Tag zu Tag rastloser. Er hatte seinen Wagen aus der Fiat-Garage in Venedig geholt und war über den Brenner nach Salzburg und München gefahren, nach Triest hinunter und hinüber nach Bolzano, und überall hatte er schönes Wetter gehabt, außer einem sanften, frühlingshaften Schauer in München, gerade als er im Englischen Garten spazierenging, und er hatte sich nicht einmal bemüht, unter Dach und Fach zu kommen, sondern war einfach weitergelaufen, begeistert wie ein Kind bei dem Gedanken, daß dies der erste deutsche Regen sei, der in seinem Leben auf ihn herniederfiel. Er besaß nur zweitausend Dollar auf seinen Namen, übernommen von Dickies Bankkonto und erspart von Dickies Einkommen, denn er hatte es nicht gewagt, in der kurzen Zeit von drei Monaten noch mehr abzuheben. Allein schon die Aussicht, an Dickies gesamtes Geld heranzukommen, und das damit verbundene Risiko waren unwiderstehlich für ihn. Er langweilte sich entsetzlich nach all den trüben, ereignislosen Wochen in Venedig, wo jeder Tag, der vorüberging, seine persönliche Sicherheit zu bestätigen und die Leere seines Daseins zu unterstreichen schien. Roverini schrieb ihm nicht mehr. Alvin McCarron war nach Amerika zurückgekehrt (nachdem Tom nichts weiter von ihm gehört hatte als noch einen völlig belanglosen Anruf), und Tom nahm an, daß McCarron und Mr. Greenleaf zu dem Schluß gekommen waren, Dickie sei entweder nicht mehr am Leben oder aus eigenem Willen untergetaucht und weitere Nachforschungen wären zwecklos. Die Presse hatte aufgehört, ihren Bedarf an Neuigkeiten über Dickie zu decken. Tom hatte ein Gefühl der Leere und der Ungewißheit, das ihn beinahe zum Wahnsinn trieb, bis er dann die Autofahrt nach München machte. Als er nach Venedig zurückkehrte, um die Koffer für Griechenland zu packen, war ihm noch schlimmer zumute: er war dabei, nach Griechenland zu fahren, zu den Heldeninseln des Altertums, er, der kleine Tom Ripley, scheu und bescheiden, mit schrumpfenden Zweitausend auf dem Konto, so daß er praktisch jeden Pfennig zweimal umdrehen müßte, bevor er sich auch nur ein Buch über griechische Kunst kaufte. Es war unerträglich.

Er hatte in Venedig beschlossen, seine Griechenlandreise zu einer heroischen Reise zu machen. Er würde die Inseln sehen, die zum ersten Male in sein Blickfeld schwammen, er würde sie sehen als eine lebendige, atmende, mutige Persönlichkeit – nicht als ein katzbuckelnder kleiner Niemand aus Boston. Und wenn er auch am Piräus direkt in die Arme der Polizei segeln würde, so hätte er doch wenigstens die Tage zuvor erlebt, am Bug eines Schiffes im Winde stehend und wie Jason oder Ulysses auf der Heimreise über das weindunkle Meer kreuzend. Also hatte er den Brief an Mr. Greenleaf geschrieben und ihn drei Tage vor seiner Abreise aus Venedig in den Kasten gesteckt. Vor Ablauf von vier oder fünf Tagen würde Mr. Greenleaf den Brief sicherlich nicht erhalten, es würde Mr. Greenleaf also keine Zeit mehr bleiben, ihn mit einem Telegramm in Venedig festzuhalten und ihn sein Schiff verpassen zu lassen. Außerdem sah es in jeder Beziehung besser aus, wenn er leger an die Sache heranging, wenn er jetzt zwei Wochen lang, bis zu seiner Ankunft in Griechenland, nicht erreichbar wäre, gerade als kümmerte es ihn so wenig, ob er das Geld bekam oder nicht, daß dieses Testament für ihn kein Grund war, auch nur eine kleine Reise, die er plante, zu verschieben.

Zwei Tage vor seiner Abreise war er bei Titi della Latta-

Cacciaguerra zum Tee eingeladen, bei der Contessa, die er am ersten Tage seiner Haussuche in Venedig kennengelernt hatte. Das Mädchen führte ihn ins Wohnzimmer, und Titi begrüßte ihn mit einem Satz, den er seit vielen Wochen nicht mehr gehört hatte: »Ah, ciao, Tomaso! Haben Sie die Mittagszeitungen gesehen? Man hat Dickies Koffer gefunden! Und seine Bilder! Hier bei uns, im American Expreß in Venedig!« Ihre goldenen Ohrringe zitterten vor Erregung.

»*Was?*« Tom hatte noch keine Zeitung gelesen. Er war zu beschäftigt gewesen mit Packen.

»Hier! Lesen Sie selbst! Alle seine Sachen, erst im Februar deponiert! Sie sind von Neapel aus hergeschickt worden. Vielleicht ist er hier in Venedig!«

Tom las es. Die Schnur, mit der die Gemälde zusammengebunden waren, hatte sich gelöst, schrieb die Zeitung, und als ein Angestellter sie wieder zusammenbinden wollte, hatte er auf den Bildern das Signum R. Greenleaf entdeckt. Toms Hände fingen an zu zittern, er mußte die Zeitung fest an den Rändern packen, um sie ruhig zu halten. Das Blatt schrieb, daß die Polizei jetzt alles sorgfältig nach Fingerabdrücken untersuche.

»Vielleicht lebt er noch!« schrie Titi.

»Ich glaube nicht . . ., ich sehe nicht ein, wieso das beweisen soll, daß er noch lebt. Er könnte ja ermordet worden sein oder sich selbst das Leben genommen haben, nachdem er die Koffer hergeschickt hatte. Die Tatsache, daß sie unter einem anderen Namen laufen – Fanshaw . . .« Er hatte das Empfinden, daß die Contessa, die steif auf dem Sofa saß und ihn anstarrte, ganz betroffen war über seine Nervosität, deswegen riß er sich abrupt zusammen, sammelte all seinen Mut und sagte: »Sehen Sie! Sie suchen alles nach Fingerabdrücken ab. Das würden sie doch nicht tun, wenn sie sicher wären, daß Dickie die Koffer selber aufgegeben hat. Warum sollte er sie unter dem Namen Fanshaw deponieren, wenn er doch damit rechnet, sie selbst wieder abzuholen? Sogar sein Paß ist dabei. Er hat seinen Paß eingepackt!«

»Vielleicht verbirgt er sich unter dem Namen Fanshaw! Oh, caro mio, Sie brauchen einen Schluck Tee!« Titi stand auf. »Giustina! Il tè, per piacere, subitissimo!«

Kraftlos sank Tom auf das Sofa nieder, noch immer hielt die Zeitung aufgeschlagen in den Händen. Wie war das mit dem Knoten an Dickies Leiche? War es ihm nicht einfach bestimmt, daß *der* sich jetzt löste?

»Ah, carissimo, Sie sind zu pessimistisch«, sagte Titi und tätschelte sein Knie. »Das sind gute Nachrichten! Wenn nun alle Fingerabdrücke von ihm sind? Wären Sie dann nicht zufrieden? Stellen Sie sich vor, morgen, wenn Sie durch irgendeine kleine Gasse Venedigs gehen, stehen Sie plötzlich Angesicht in Angesicht Dickie Greenleaf alias Signor Fanshaw gegenüber!« Sie stieß ihr schrilles, heiteres Lachen aus, das zu ihr gehörte wie ihr Atem.

»Es heißt hier, daß die Koffer alles enthalten – Rasierzeug, Zahnbürste, Schuhe, Mantel, die vollständige Ausrüstung«, sagte Tom, seinen panischen Schrecken hinter Düsterkeit verbergend. »Es kann nicht sein, daß er lebt und sich von dem allen getrennt hat. Der Mörder muß die Leiche ausgeraubt und die Sachen hier deponiert haben, weil das der einfachste Weg war, sich ihrer zu entledigen.«

Das ließ Titi für eine Weile verstummen. Dann sagte sie: »Sie sollten doch nicht so mutlos sein, bevor Sie nicht wissen, was mit den Fingerabdrücken ist. Morgen wollen Sie sich auf eine Vergnügungsreise begeben! Ecco, il tè.«

Übermorgen, dachte Tom. Reichlich Zeit für Roverini, sich seine Fingerabdrücke zu besorgen und sie mit denen auf den Gemälden und an den Koffern zu vergleichen. Er versuchte sich zu erinnern, wo es glatte Flächen gegeben hatte, von denen man Fingerabdrücke nehmen konnte, auf den Bilderrahmen und auf den Sachen in den Koffern. Viele waren es nicht, außer an den Gegenständen im Rasieretui, aber natürlich konnten sie genügend Abdrücke finden, bruchstückweise und verwischt, um zehn einwandfreie Fingerabdrücke zusammenzusetzen, wenn sie sich Mühe gaben. Sein einziger Anlaß zum Optimismus war der, daß sie seine Fingerabdrücke noch nicht hatten und daß sie vielleicht nicht danach fragen würden, weil er noch nicht unter Verdacht stand. Aber was, wenn sie irgendwoher schon Dickies Fingerabdrücke hatten? Würde nicht Mr. Greenleaf als allererster Dickies Fingerabdrücke aus Amerika herüberschicken, zum Vergleich? Es gab zahllose Möglichkeiten, Dickies Fingerabdrücke zu besorgen: auf bestimmten Gegenständen in Amerika, die ihm gehört hatten, in dem Haus in Mongibello . . .

»Tomaso! Trinken Sie Ihren Tee!« sagte Titi und preßte wieder sanft sein Knie.

»Danke!«

»Sie werden sehen. Dies ist zumindest ein Schritt auf dem Wege zur Wahrheit, zu dem, was *wirklich* passiert ist. Lassen Sie uns jetzt von etwas anderem sprechen, wenn Sie das so unglücklich macht! Wohin fahren Sie von Athen aus?«

Er bemühte sich, seine Gedanken auf Griechenland zu konzentrieren. Für ihn war Griechenland vergoldet, mit dem Gold an den Harnischen der Helden und dem Gold der berühmten Sonne Griechenlands. Er sah Marmorstatuen mit ruhigen, starken Gesichtern, wie die Frauengestalten an der Säulenhalle des Erechtheions. Er mochte nicht nach Griechenland fahren, solange das Damoklesschwert der Fingerabdrücke von Venedig über ihm schwebte. Es würde ihn erniedrigen. Er würde sich fühlen wie die gemeinste Ratte, die durch die Abwässerkanäle Athens huschte, niedriger als der schmutzigste Bettler, der sich ihm in den Straßen von Saloniki näherte. Tom legte das Gesicht in seine Hände und weinte. Griechenland war hinüber, zerplatzt wie ein goldener Luftballon.

Titi legte ihren festen, drallen Arm um ihn. »Tomaso, Kopf hoch! Warten Sie doch ab, bis Sie wirklich Grund haben für diese Niedergeschlagenheit!«

»Ich sehe wirklich nicht ein, wieso Sie nicht einsehen wollen, daß dies ein schlechtes Zeichen ist!« sagte Tom verzweifelt. »Das sehe ich absolut nicht ein!«

30

Das allerschlechteste Zeichen war, daß Roverini, der ihm bisher immer so nette und klare Nachrichten geschickt hatte, überhaupt nichts von sich hören ließ wegen der Koffer und der Bilder, die in Venedig gefunden worden waren. Tom verbrachte eine schlaflose Nacht und den darauffolgenden Tag mit ruhelosem Hin- und Hergelaufe, während er sich bemühte, die unendlich vielen kleinen Dinge zu erledigen, die seine Reise mit sich brachte, er bezahlte Anna und Ugo, bezahlte die verschiedensten Händler. Tom war Tag und Nacht jederzeit darauf gefaßt, daß die Polizei an seine Tür klopfte. Der Gegensatz zwischen seinem heiter gelassenen Selbstvertrauen von vor fünf Tagen und seiner gegenwärtigen Angst riß ihn beinahe in Stücke. Er konnte weder schlafen noch essen noch stillsitzen. Die Ironie, von Anna und Ugo bemitleidet zu werden, von seinen Bekannten angerufen und gefragt zu werden, ob er denn wüßte, was in der Angelegenheit der aufgefundenen Koffer geschehen wäre, schien mehr, als er ertragen konnte. Welche Ironie auch, daß er ihnen ruhig zeigen durfte, wie aufgeregt er war, wie pessimistisch, ja verzweifelt, und sie dachten sich gar nichts dabei. Sie hielten es für völlig normal, denn schließlich konnte Dickie ja ermordet worden sein: jeder betrachtete es als äußerst bedeutsam, daß sich Dickies gesamte Habe bis hin zum Kamm und Rasierzeug in den Koffern von Venedig befand.

Und dann war da noch die Sache mit dem Testament. Übermorgen würde Mr. Greenleaf es bekommen. Bis dahin wüßten sie vielleicht schon, daß die Fingerabdrücke nicht von Dickie stammten. Bis dahin hätten sie vielleicht schon die *Hellenes* abgefangen und ihm die Fingerabdrücke abgenommen. Auch wenn sie entdeckten, daß das Testament gefälscht war, würden sie kein Pardon mit ihm haben. Dann würden die Morde herauskommen, das war so selbstverständlich wie das Einmaleins.

Als er schließlich an Bord der *Hellenes* ging, fühlte sich Tom wie ein wandelnder Geist. Er war übermüdet, ausgemergelt, bis oben hin voller Espressos, nur seine zuckenden Nerven trieben ihn noch vorwärts. Er wollte fragen, ob das Schiff ein Funkgerät hatte, aber es war ja klar, natürlich hatte es ein Funkgerät. Es war ein ziemlich großes Schiff mit drei Decks und achtundvierzig Passagieren. Etwa fünf Minuten nachdem der Steward ihm sein Gepäck in die Kabine gebracht hatte, brach er zusammen. Er merkte, daß er mit dem Gesicht nach unten auf seiner Koje lag, ein Arm lag verrenkt unter ihm, aber er war zu müde, um sich anders hinzulegen, und als er erwachte, bewegte sich das Schiff, es bewegte sich nicht nur, sondern es schlingerte sanft in einem angenehmen Rhythmus, der auf enorme Kraftreserven schließen ließ und wie ein Versprechen auf unendliche, unaufhaltsame Vorwärtsbewegung war, die alles beiseitefegen würde, was sich ihr in den Weg stellte. Er fühlte sich besser, nur der Arm, auf dem er gelegen hatte, hing schlaff neben ihm herab wie ein lebloses Etwas und bumste gegen seinen Körper, als er durch den Korridor ging, so daß er ihn mit der anderen Hand packen und festhalten mußte. Seine Uhr zeigte Viertel nach neun, und draußen war es völlig finster.

Dort ganz links war irgendein Stück Land zu erkennen, wahrscheinlich ein Stück von Jugoslawien, fünf oder sechs kleine trübweiße Lichter, und ansonsten nichts als schwarzes Meer und schwarzer Himmel, so schwarz, daß von Horizont keine Spur war, sie hätten auch gegen eine schwarze Wand fahren können, nur daß er keinerlei Widerstand spürte gegen das stetig voranpflügende Schiff, und frei strich der Wind um seine Stirn, als käme er aus unendlichen Weiten. Er sah ringsherum niemanden auf Deck. Sie waren alle unten und verzehrten ihr spätes Abendessen, nahm er an. Er war froh, allein zu sein. Das Leben kehrte in seinen Arm zurück. Er hielt sich am Geländer fest, ganz vorn, wo es zu einem spitzen V zusammenlief, und nahm einen tiefen Atemzug. Ein trotziger Mut wuchs in ihm empor. Wenn nun der Funker jetzt, in eben dieser Minute, den Funkspruch empfing, Tom Ripley sei zu verhaften? Was dann? Er würde genauso tapfer und aufrecht dastehen, wie er jetzt dastand. Oder er könnte sich über die Reling stürzen – was für ihn der äußerste Mutbeweis sein würde, ebenso gut wie Flucht. Na, was dann, wenn? Sogar bis hierher, wo er stand, war schwach das *Biep-biep-biep* aus dem Funkraum oben auf der Brücke zu hören. Er fürchtete sich nicht. Das war es. Das war genau das Gefühl, das er zu empfinden gehofft hatte, wenn er nach Griechenland fuhr. Hinauszublicken auf das schwarze Wasser ringsumher und sich nicht zu fürchten, das war beinahe ebenso schön wie der Anblick der näher rückenden Inseln. In die weiche Dunkelheit der Juninacht über ihm zeichnete seine Phantasie die kleinen Inseln, die Hügel von Athen, gepünktelt von Gebäuden, und die Akropolis.

Da war auch eine ältliche Engländerin an Bord, sie reiste mit ihrer Tochter, die ihrerseits bereits vierzig war, unverheiratet und so grenzenlos nervös, daß sie keine Viertelstunde lang in ihrem Liegestuhl die Sonne genießen konnte, ohne aufzuspringen und mit lauter Stimme zu verkünden, sie ›ginge ein bißchen spazieren‹. Ihre Mutter war im Gegensatz dazu extrem ruhig und langsam – sie hatte irgendeine Lähmung im rechten Bein, das auch kürzer war als das andere, so daß sie am rechten Schuh einen dicken Absatz tragen mußte und nicht ohne Stock gehen konnte –, die Sorte von Mensch, die Tom in New York zum Irrsinn getrieben hätte mit ihrer Langsamkeit und ihrem unwandelbar gütigen Gehaben, jetzt aber trieb es Tom, stundenlang im Liegestuhl bei ihr zu sitzen, sich mit ihr zu unterhalten und ihr zuzuhören, wenn sie von ihrem Leben in England erzählte und von Griechenland im Jahre 1926, als sie zum letztenmal dort war. Er machte mit ihr kleine Spaziergänge auf Deck, dabei stützte sie sich auf seinen Arm und entschuldigte sich unaufhörlich für die Mühe, die sie ihm machte, aber es war ganz offensichtlich, daß ihr seine Aufmerksamkeit guttat. Und ganz offensichtlich war die Tochter entzückt, daß jemand ihr die Mutter abnahm.

Vielleicht war Mrs. Cartwright in ihrer Jugend ein Satan gewesen, dachte Tom, vielleicht war sie verantwortlich für jede der Neurosen ihrer Tochter, vielleicht hatte sie die Tochter so fest an sich gekettet, daß es dem Mädchen unmöglich war, ein normales Leben zu führen und zu heiraten, und vielleicht verdiente sie es, mit einem Fußtritt über Bord befördert zu werden, anstatt daß man sie auf dem Deck spazierenführte und ihr stundenlang zuhörte, wenn sie erzählte, aber was machte das schon? Gab die Welt denn jedem nur, was er verdiente? Hatte die Welt ihm gegeben, was er verdiente? Er fand, daß er ganz unbegreifliches Glück gehabt hatte, als er der Aufdeckung zweier Morde entgangen war, unbegreifliches Glück von dem Tage an, da er Dickies Identität annahm, bis jetzt. Während seines ersten Lebensabschnittes war das Schicksal schreiend ungerecht mit ihm umgegangen, dachte er, doch die Periode mit Dickie und danach hatte das mehr als wettgemacht. Jetzt in Griechenland allerdings würde irgend etwas geschehen, das spürte er, und es konnte nichts Gutes sein. Sein Glück hatte schon zu lange gewährt. Angenommen, sie bekämen ihn mit den Fingerabdrücken und mit dem Testament, angenommen, sie gäben ihm den elektrischen Stuhl – konnte dieser Tod im elektrischen Stuhl, konnte der Tod überhaupt, im Alter von fünfundzwanzig Jahren, so schmerzlich sein, daß er nicht doch sagen könnte, die Monate von November bis jetzt wären es wert gewesen? Gewiß nicht.

Das einzige, was er bedauerte, war, daß er noch nicht die ganze Welt gesehen hatte. Er hätte gern Australien gesehen. Und Indien. Japan wollte er sehen. Und dann war da ja auch noch Südamerika. Sich nur die Kunstschätze dieser Länder anzuschauen, das wäre allein eine schöne, lohnende Lebensaufgabe, dachte er. Er hatte eine Menge gelernt über Malerei, sogar durch seine Versuche, Dickies mittelmäßige Arbeiten zu kopieren. In den Kunstgalerien von Paris und

Rom hatte er ein Interesse für Malerei entdeckt, daß er nie zuvor an sich bemerkt hatte oder das zuvor nicht in ihm gewesen war. Er hatte nicht den Wunsch, selber ein Maler zu sein, aber wenn er Geld hätte, dachte er, dann wäre es seine größte Freude, Gemälde, die ihm gefielen, zu sammeln und jungen, talentierten Malern, die Geld brauchten, zu helfen.

Auf solchen Bahnen bewegte sich sein Geist, wenn er mit Mrs. Cartwright um das Deck spazierte oder ihren Monologen lauschte, die nicht immer interessant waren. Mrs. Cartwright fand ihn reizend. Mehrmals sagte sie ihm, schon Tage vor ihrer Ankunft in Griechenland, wie sehr er dazu beigetragen habe, ihr die Reise angenehm zu gestalten, und sie schmiedeten Pläne, daß sie sich am zweiten Juli in einem bestimmten Hotel auf Kreta treffen würden, denn Kreta war der einzige Punkt, an dem ihre Routen sich kreuzten. Mrs. Cartwright wollte mit einer Reisegesellschaft im Autobus fahren. Tom willigte in all ihre Vorschläge ein, aber er war davon überzeugt, daß er sie nie wiedersehen würde, wenn sie erst einmal vom Schiff gegangen wären. Er stellte sich vor, wie er sofort ergriffen und auf ein anderes Schiff gebracht würde, vielleicht auch in ein Flugzeug, und zurück ging's nach Italien. Es waren keine Funksprüche gekommen, die ihn betrafen, soweit ihm bekannt war, aber müßten sie ihm denn unbedingt sagen, wenn einer käme? Die Schiffszeitung, ein kleines, abgezogenes Blättchen von einer Seite, das jeden Abend auf dem Abendbrottisch neben jedem Teller lag, befaßte sich ausschließlich mit Nachrichten aus der internationalen Politik und hätte auch dann nichts über den Fall Greenleaf berichtet, wenn irgend etwas Wichtiges geschehen wäre. Während der ganzen zehntägigen Reise lebte Tom in einer eigenartigen Atmosphäre der Schicksalhaftigkeit und des heroischen, selbstlosen Mutes. Er stellte sich die wunderlichsten Dinge vor: daß Mrs. Cartwrights Tochter über Bord fiele und er ihr nachspränge und sie rettete. Oder daß er sich durch die hereinstürzenden

Fluten an ein Leck herankämpfte, um es mit seinem eigenen Körper zu schließen. Er fühlte sich besessen von einer übermenschlichen Kraft und Furchtlosigkeit.

Als das Schiff sich dem griechischen Festland näherte, stand Tom neben Mrs. Cartwright an der Reling. Sie erzählte ihm, wie sich der Hafen Piräus verändert habe, seit sie ihn zum letztenmal gesehen hätte, und Tom war nicht ein bißchen interessiert an diesen Veränderungen. Der Hafen existierte, etwas anderes war für ihn nicht wichtig. Das dort vorn war keine Fata Morgana, es war ein solider Berg, den er besteigen konnte, mit Häusern, die er berühren konnte – falls er dazu noch kam.

Die Polizisten warteten am Kai. Vier von ihnen sah er, sie standen mit verschränkten Armen da und sahen am Schiff hinauf. Tom half Mrs. Cartwright bis zum allerletzten Moment, hob sie sanft über die Stufe am Ende der Gangway und sagte lächelnd adieu zu ihr und ihrer Tochter. Er mußte bei den Rs warten und sie bei den Cs, um ihr Gepäck in Empfang zu nehmen, und dann fuhren die beiden Cartwrights gleich nach Athen ab mit ihrem Sonderbus.

Tom wandte sich um, Mrs. Cartwrights Kuß noch immer warm und ein bißchen feucht auf seiner Backe, und ging langsam auf die Polizisten zu. Kein Aufheben, dachte er, er würde ihnen einfach selber sagen, wer er sei. Hinter den Polizisten war ein großer Zeitungsstand, und es kam ihm der Gedanke, er könnte ja erstmal eine Zeitung kaufen. Vielleicht gestatteten sie ihm das. Die Polizisten starrten ihn über ihre verschränkten Arme hinweg an, als er auf sie zuging. Sie trugen schwarze Uniformen und Schirmmützen. Tom schenkte ihnen ein schwaches Lächeln. Einer von ihnen tippte sich an die Mütze und trat beiseite. Aber die anderen umringten ihn nicht. Jetzt stand Tom praktisch zwischen zwei Polizisten, direkt vor dem Zeitungsstand, und die Polizisten starrten wieder nach vorn, sie schenkten ihm nicht die geringste Aufmerksamkeit.

Tom ließ den Blick über die Reihen der Zeitungen vor

seinen Augen schweifen, er fühlte sich matt und betäubt. Automatisch hob sich seine Hand, um nach einer vertrauten römischen Zeitung zu greifen. Sie war erst drei Tage alt. Er zog ein paar Lire aus der Tasche, stellte plötzlich fest, daß er überhaupt kein griechisches Geld besaß, aber der Zeitungsmann nahm die Lire so bereitwillig an, als stünde er irgendwo in Italien, er gab ihm sogar in Lire heraus.

»Ich nehme diese hier auch noch«, sagte Tom auf italienisch und suchte sich drei italienische Zeitungen und den Pariser *Herald Tribune* heraus. Er warf einen Blick zu den Polizisten hinüber. Sie schauten nicht zu ihm her.

Dann ging er zurück zu dem Schuppen am Kai, wo die Passagiere auf ihr Gepäck warteten. Er hörte Mrs. Cartwrights fröhliches Hallo, als er vorbeiging, aber er tat, als hätte er es nicht gehört. Bei den Rs blieb er stehen und schlug die älteste italienische Zeitung auf, sie war vier Tage alt.

KEIN ROBERT S. FANSHAW GEFUNDEN, DER GREENLEAF-GEPÄCK DEPONIERTE

lautete die ungeschickte Überschrift auf der zweiten Seite. Tom las den langen Artikel darunter, doch nur der fünfte Absatz war für ihn von Interesse:

»Die Polizei ermittelte vor ein paar Tagen, daß sich auf den Koffern und Bildern die gleichen Fingerabdrücke befinden, die auch in Greenleafs verlassener Wohnung in Rom gefunden worden sind. Deshalb wird angenommen, daß Greenleaf die Koffer und Bilder selbst deponiert hat . . .«

Unbeholfen faltete Tom eine andere Zeitung auseinander. Da war es noch einmal:

». . . Angesichts der Tatsache, daß die Fingerabdrücke auf den Gegenständen in den Koffern mit den Fingerabdrükken in Signor Greenleafs Wohnung in Rom identisch sind, ist die Polizei zu dem Schluß gekommen, daß Signor Greenleaf die Koffer gepackt und nach Venedig aufgegeben hat. Vermutungen zufolge hat er möglicherweise Selbstmord begangen, eventuell im Wasser im Zustand völliger Nacktheit. Eine andere Vermutung besagt, daß er gegenwärtig unter dem Decknamen Robert S. Fanshaw oder einem anderen Decknamen lebt. Eine weitere Möglichkeit ist, daß er ermordet wurde, nachdem er gepackt hatte, oder gezwungen wurde, zu packen – vielleicht ausschließlich zu dem Zweck, die polizeilichen Ermittlungen durch die Fingerabdrücke in die Irre zu führen . . .

In diesem Falle ist es nutzlos, noch weiter nach ›Richard Greenleaf‹ zu suchen, selbst wenn er noch leben sollte, denn er ist nicht mehr im Besitz seines ›Richard-Greenleaf‹-Passes . . .«

Tom war ganz zittrig und benommen. Das gleißende Sonnenlicht unterhalb der Dachrinne schmerzte ihm in den Augen. Automatisch folgte er dem Dienstmann mit seinem Gepäck zum Zollschalter, er versuchte, während er auf seinen geöffneten Koffer hinunterstarrte, den der Zollbeamte hastig durchstöberte, sich darüber klarzuwerden, was diese Neuigkeiten eigentlich bedeuteten, sie bedeuteten, daß keinerlei Verdacht gegen ihn bestand. Sie bedeuteten, daß die Fingerabdrücke in Wirklichkeit seine Unschuld verbürgten. Sie bedeuteten nicht nur, daß er nicht verhaftet würde und daß er auch nicht sterben würde, sondern sie bedeuteten, daß er über jeden Verdacht erhaben war. Er war frei. Abgesehen von dem Testament.

Tom bestieg den Bus nach Athen. Einer seiner Tischgenossen saß neben ihm, aber Tom ließ kein Zeichen der Begrüßung sehen, er hätte nichts erwidern können, wenn der Mann ihn angesprochen hätte. Es würde ein Brief da sein beim American Expreß in Athen wegen des Testaments, Tom war sicher. Mr. Greenleaf hatte ja Zeit genug gehabt, zu antworten. Vielleicht hatte er unverzüglich seine Rechtsanwälte darangesetzt, und es wartete nur eine höfliche Absage von einem Juristen in Athen, und das nächste Schreiben käme dann vielleicht von der amerikanischen Polizei und besagte, er hätte sich wegen Urkundenfälschung zu verantworten. Vielleicht erwarteten ihn beide Briefe bereits beim American Expreß. Das Testament könnte jetzt alles zerstören. Tom blickte aus dem Fenster auf die primitive, ausgedörrte Landschaft. Nichts drang ihm ins Bewußtsein. Vielleicht warteten griechische Polizisten beim American Expreß auf ihn. Vielleicht waren die vier, die er am Kai gesehen hatte, gar keine Polizisten gewesen, sondern eine Art Soldaten.

Der Bus hielt. Tom stieg aus, häufte sein Gepäck neben sich und winkte einem Taxi.

»Würden Sie bitte am American Expreß kurz halten?« bat er den Fahrer auf italienisch, aber der Fahrer verstand anscheinend, zumindest das Wort ›American Expreß‹, und er fuhr los. Tom erinnerte sich, daß er die gleichen Worte auch zu dem Taxifahrer in Rom gesagt hatte, damals, als er auf dem Wege nach Palermo war. Wie selbstsicher war er an jenem Tage gewesen, kurz nachdem er Marge im *Inghilterra* entwischt war!

Er setzte sich auf, als er das Schild des American Expreß erblickte, und hielt ringsherum nach Polizisten Ausschau. Vielleicht warteten sie drinnen. Auf italienisch bat er den Fahrer, zu warten, und auch das schien der Fahrer zu verstehen, er tippte sich an die Mütze. Eine trügerische Ruhe lag über allem, es war die Ruhe vor dem Sturm. Drinnen in der Halle des American Expreß sah sich Tom um. Nichts schien anders als gewöhnlich. Vielleicht in dem Augenblick, da er seinen Namen nannte ...

»Haben Sie Post da für Thomas Ripley?« fragte er leise auf englisch.

»Ripley? Bitte buchstabieren Sie.«

Er buchstabierte.

Sie drehte sich um und holte ein paar Briefe aus einem Fach. Nichts geschah.

»Drei Briefe«, sagte sie auf englisch und lächelte.

Einer von Mr. Greenleaf. Einer von Titi in Venedig. Einer von Cleo, nachgesandt. Er riß den Brief von Mr. Greenleaf auf.

9. Juni

»Lieber Tom,

Ihr Brief vom dritten Juni traf gestern hier ein. Es war für mich und meine Frau nicht gar so überraschend, wie Sie vielleicht angenommen haben. Wir wußten beide, daß Richard Sie sehr gern hatte, obwohl er niemals so weit aus sich herausgegangen ist, uns das in einem seiner Briefe mitzuteilen. Wie Sie sehr richtig bemerkten, scheint dieses Testament – leider – zu bedeuten, daß Richard sich selbst das Leben genommen hat. Das ist eine Schlußfolgerung, die wir hier jetzt endlich auch akzeptiert haben. Denn außer ihr besteht nur noch eine Möglichkeit, daß Richard einen anderen Namen angenommen und sich aus Gründen, die uns unbekannt sind, entschlossen hat, seiner Familie den Rücken zu kehren.

Meine Frau stimmt mit mir in der Auffassung überein, daß wir Richards Wünsche in seinem Geiste ausführen sollten, was er auch immer mit sich gemacht haben mag. Sie haben also, was das Testament betrifft, meine persönliche Unterstützung. Ich habe Ihre Photokopie meinen Rechtsanwälten übergeben, welche Sie auf dem laufenden halten werden über ihre Schritte zur Überschreibung von Richards Treuhandkapital und anderem Vermögen auf Ihren Namen.

Noch einmal vielen Dank für Ihre Unterstützung, als ich drüben war. Lassen Sie wieder von sich hören.

Mit den besten Wünschen,
Herbert Greenleaf

War das ein Witz? Das Burke-Greenleaf-Briefpapier in seiner Hand fühlte sich allerdings ganz seriös an, es war dick und zart gehämmert, der Briefkopf geprägt – und außerdem, solche Witze würde Mr. Greenleaf nicht machen, im ganzen Leben nicht. Tom ging hinaus zu dem wartenden Taxi. Es war kein Witz. Es gehörte ihm! Dickies Geld und Dickies Freiheit. Und die Freiheit, wie überhaupt alles, schien eins zu sein, seine und Dickies Freiheit eins. Er konnte ein Haus in Europa haben und auch ein Haus in Amerika, wenn er mochte. Das Geld für das Haus in Mongibello wartete auch noch darauf, daß es abgeholt wurde, dachte er plötzlich, und er sollte es vielleicht den Greenleafs schicken, denn Dickie hatte das Haus zum Verkauf angeboten, bevor er das Testament schrieb. Er lächelte, als er an Mrs. Cartwright dachte. Er mußte ihr einen großen Korb voll Orchideen mitbringen, wenn sie sich auf Kreta trafen, falls es auf Kreta überhaupt Orchideen gab.

Er versuchte, sich die Landung auf Kreta vorzustellen – die lange Insel, übersät mit trockenen, schartigen Kratermündern, der kleine erregte Wirrwarr am Kai, wenn sein Schiff in den Hafen glitte, die kleinen Jungen, die gierig nach seinen Koffern und seinen Trinkgeldern griffen, und er würde reichlich Trinkgelder für sie haben, reichlich für alles und für jeden. Er sah an seinem imaginären Kai vier regungslose Gestalten stehen, die Gestalten kretischer Polizisten, sie warteten auf ihn, warteten geduldig mit verschränkten Armen. Seine Muskeln spannten sich plötzlich, und die Vision zerrann. Würde er denn jetzt überall wartende Polizisten sehen, an jedem Kai, dem er sich in seinem Leben noch näherte? In Alexandrien? Istanbul? Bombay? Rio? Sinnlos, darüber nachzugrübeln. Er streckte die Brust heraus. Sinnlos, sich diese schöne Reise zu verderben und sich über imaginäre Polizisten aufzuregen. Selbst wenn Polizisten am Kai *stünden,* hieße das ja nicht unbedingt...

»A donda, a donda?« sagte der Taxifahrer, bemüht, italienisch mit ihm zu sprechen.

»Zu einem Hotel, bitte«, sagte Tom. »Il meglio albergo. Il meglio, il meglio!«

*Bitte beachten Sie auch
die folgenden Seiten*

Patricia Highsmith
Die Ripley-Romane

»Tom Ripley ist Patricia Highsmiths Lieblingsheld; sie hat mit der Erschaffung dieser Figur nicht nur Krimi- und Thrillerhelden einen Gegentyp vor die Nase gesetzt, sie hat darüber hinaus seelenruhig auch alle geschriebenen und ungeschriebenen Gesetze der literarischen Gattung Kriminalroman beiseite gefegt. Ripley ist nämlich sympathisch, obwohl ein Schurke durch und durch.«
Ilse Leitenberger / Die Presse, Wien

Der talentierte Mr. Ripley
Roman. Aus dem Amerikanischen
von Barbara Bortfeldt

Ripley Under Ground
Roman. Deutsch von Anne Uhde

Ripley's Game
oder Ein amerikanischer Freund
Roman. Deutsch von Anne Uhde

Der Junge, der Ripley folgte
Roman. Deutsch von Anne Uhde

Ripley Under Water
Roman. Deutsch von Otto Bayer

Patricia Highsmith
im Diogenes Verlag

»Die Highsmithschen Helden, gewöhnt an die pflau-
menweiche Perfidie und hämisch-sanfte Tücke des
Mittelstandsbürgertums, trainiert aufs harmlose Lügen und Verstellen, begehen Morde so, als wollten sie
mal wieder Ordnung in ihre unordentlich gewordene
Wohnung bringen. Da gibt es keine moralischen Skru-
pel, die bremsend eingreifen, da herrscht nur die
Logik des Faktischen. Meist sind es Paare, enttäuschte
Liebhaber, Beziehungen, die in der Sprachlosigkeit
gestrandet sind, sich nur noch mittels Mißverständnis-
sen einigermaßen arrangieren, ehe das scheinbar funk-
tionierende Getriebe einen irreparablen Defekt bekommt. Diese ganz normalen Konstellationen sind es,
übertragbar auf alle Gesellschaften, die die Autoren
und Filmer im deutschsprachigen Kulturraum so
faszinieren. Denn Patricia Highsmith findet für ihre
seelischen Offenbarungseide immer die schauerlich-
sten, alptraumhaftesten Rahmen, die ihren ›Bezie-
hungskisten‹ den rechten Furor geben.
Die Highsmith-Thriller sind groteske, aber präzise
Befunde unserer modernen bürgerlichen Gesellschaft,
die an Seelenasthma leidet.«
Wolfram Knorr/Die Weltwoche, Zürich

Der talentierte Mr. Ripley
Roman. Aus dem Amerikanischen
von Barbara Bortfeldt

Ripley Under Ground
Roman. Deutsch von Anne Uhde

Ripley's Game
oder Ein amerikanischer Freund
Roman. Deutsch von Anne Uhde

Der Junge, der Ripley folgte
Roman. Deutsch von Anne Uhde

Ripley Under Water
Roman. Deutsch von Otto Bayer

Venedig kann sehr kalt sein
Roman. Deutsch von Anne Uhde

Das Zittern des Fälschers
Roman. Deutsch von Anne Uhde

Lösegeld für einen Hund
Roman. Deutsch von Anne Uhde

Der Stümper
Roman. Deutsch von Barbara Bortfeldt